有爱的青春陪伴者

图书在版编目（CIP）数据

春泥 / 禾灼著. -- 南京：江苏凤凰文艺出版社，
2023.10
　ISBN 978-7-5594-7704-0

Ⅰ.①春… Ⅱ.①禾… Ⅲ.①长篇小说－中国－当代
Ⅳ.①I247.5

中国国家版本馆CIP数据核字(2023)第075956号

春泥

禾灼 著

责任编辑	王昕宁
特约编辑	年　年
出版发行	江苏凤凰文艺出版社
	南京市中央路165号，邮编：210009
网　　址	http://www.jswenyi.com
印　　刷	长沙鸿发印务实业有限公司
开　　本	880mm×1230mm　1/32
印　　张	9.5
字　　数	331千字
版　　次	2023年10月第1版
印　　次	2023年10月第1次印刷
书　　号	ISBN 978-7-5594-7704-0
定　　价	42.80元

江苏凤凰文艺版图书凡印刷、装订错误，可向出版社调换，联系电话025-83280257

目录
Contents

第一章 / 缠绵悱恻的独角戏　　　001

第二章 / 每一个瞬间都是一个童话的开始　　　026

第三章 / 这世上真的有一种感觉，叫作妙不可言　　　046

第四章 / 她既不是丑小鸭，也不是白天鹅　　　070

第五章 / 想距离他近一点，再近一点　　　096

第六章 / 朋友就朋友吧　　　114

第七章 / 这朵蔷薇，他想摘下来　　　134

第八章 / 许劲知，我要跟你一辈子的　　　155

目 录
Contents

第九章 / 衰木逢春少，动身无所托，百事不亨　　174

第十章 / 山水一程，各自安好　　190

第十一章 / 他喜欢蔷薇，自始至终　　213

第十二章 / 许劲知不是胆小鬼　　236

第十三章 / 再美的童话也不及此刻分毫　　254

番外一 / 这世上有些人的爱就是沉默的　　285

番外二 / 愿他要星得星，要月得月　　290

番外三（童年篇）/ 七加十五等于二十四　　294

番外四 / 永远到不了十二点　　296

第一章
缠绵悱恻的独角戏

车窗外闪过熟悉的景色,路两边的树光秃秃的,干枯的树杈上赶着年底挂满花灯,像是古稀之年的阿婆戴上时髦头花,看着多少有些滑稽。

街上小店扯一块红色塑料布印上"小军早餐""芳芳超市"就算是招牌了,巷子里外都是看着不怎么卫生的苍蝇小馆。

衰败。

这是这座城市给人的第一印象。

网约车司机把车开到胡同口,咯了口浓痰,开窗吐了出去,在冷风灌进来之前迅速关上,回头往后潦草扫过一圈:"芝麻胡同是吧?一人三百块。"

司机撂下这句话,利索下车,见后排乘客还睡着,在外头伸手敲了敲车玻璃:"姑娘,叫叫你小男朋友,到地方了。"

"不是,我……"

孟妍话没说完,就见司机师傅已经去后备厢拿行李了。

她哪里来的小男朋友。

孟妍下意识地将目光往左移,旁边的男生双手环胸靠着座椅,头偏向车窗,只能看见一个冷淡的侧脸和清瘦的下颌。

他怀里抱着个书包,左手袖子潦草地翻起一截,清瘦手腕上戴着一块表,牌子她不清楚,但隐约觉着贵到惨绝人寰。

两人是同时上的车,但并不认识,从车子启动起这人就是这个姿势,像是好几天没睡过囫囵觉似的,一动不动,这会儿车停了也不见醒。

一路上,他手机响了好几回,孟妍频频偏头看,奈何本尊却睡得全然不知。

她多瞧的那几眼还让司机误以为，他们是一对儿。

"喂，到了。"孟妍想了下说，"醒醒。"
无人应答。
司机在后面大着声音问："姑娘，后备厢这包土特产是你们的吗？"
孟妍一时回答不上，不是她的，但不确定是不是这个男生的。
跟前人不醒，孟妍伸手轻扯了下他的袖子："哎，到胡同了。"
她没用多大力气，他胳膊松松搭在身前，这么一拽，让他虚握在手里的手机滑落掉在脚边，落在车内地毯上发出一声闷响。
眼前人随即动了下身，睁眼时隐隐透着些不耐烦。
车内光线不明，许劲知满心烦躁好不容易趁着睡觉暂且平息，这会儿醒了又如潮水般一层层涌上来。
他脾气刚起来一半，眉心微蹙，偏头便对上一双清润的眼。
干净，简单，还有那么一点像是为叫醒他而感到后悔。
孟妍在心里小声嘟囔，早知道不叫他了。
扰人睡觉和挡人财路，这二者的恶劣程度简直难舍难分。

许劲知沉默一瞬，弯腰捞起手机，说："谢了。"
他嗓音淡淡，带着还未完全褪去的倦意。萍水相逢，孟妍随口找了话茬："三百块，司机找你付钱。"
她下车刚在脑子里把他归于二世祖那一类，就见他一手扶着车门下来，一手拿手机点出一串密码支付。
然后，余额不足，支付失败。
他没抬头，接着切换另一张卡，结果又是余额不足，支付失败。
看来这位……
最近手头有点紧啊。
他来回试了有四五次，司机师傅半天没听见钱到账，又提醒了一遍："三百块。"
男生捏着手机试了最后一张卡。
然后又……支付失败。
孟妍见他几张卡都余额不足，刚想帮忙，结果人家也不试了，一阵拉拉链找东西"哗啦啦"的响声后，最终拿了三百块现金在手上。
司机师傅正好拍上后备厢过来，收了他的钱，把孟妍的行李递过来，随口道："土特产是你们的吗？"

"不是。"孟妍伸手接过行李,再回头时那男生已经走出去好远,一身黑衣黑裤,背影在狭窄胡同里透着点莫名的冷淡。

这整条胡同都是二层小平房,年久失修,瞧着破破烂烂,楼和楼挨得很近,一排排挤在一起,窗台上摆出来的绿植倒是长得茂密。

孟妍到家的时候老爸没在,这正午刚过,估计还在店里忙活。

她费劲地拎着行李箱上楼,力气不够大,轮子"哐哐"磕在台阶上,生怕给磕掉两个。

到了房间,她把行李一松,拉开窗帘开窗透气,动作一气呵成。

孟妍落在窗户上的手还没收回来,就看见对面那家常年不见人的房子有了人。

一高个儿男生背对着她,侧着脸,冲上来的人惊讶地喊了声:"你真回来了,过完年就是高三下学期,学不上了?"

"再说吧。"许劲知单肩背着书包,懒懒散散地站在那儿,整个人都透着不爽,下巴朝跟前的门点了下,"钥匙呢?"

旁边的男生从裤兜里摸出钥匙开门:"你可真行,离家出走这出亏你想得出来。"

颤颤巍巍的木门"吱吱呀呀"地打开,许劲知还动手晃了晃门,试它会不会当场从门框里掉下来。

还好,没掉。

那扇门又在孟妍视线中摇摇欲坠地关上,再然后的对话,她就听不到了。

门内,秦远大大咧咧地往沙发上一坐,有话说话丝毫不藏着掖着:"你怎么回来的?够虎啊你。"

阳光从窗外照进来,随着人坐下的动作荡起无数灰尘飘浮在空气里。

许劲知嫌那沙发脏,洁癖发作擦了个凳子坐下。他随意地伸着腿,手肘搭在膝盖上。

他一路乘飞机、火车、大巴再转火车,以及网约车,这一遭难度不亚于两千里迁徙。

他一时冲动就摔门走了,甚至根本没顾得上考虑离开家他靠什么生活。

秦远的问题还没有回答,刚才撂在桌上的手机又一次亮起,上面那串号码宛若催命符咒。

许劲知拿起手机毫不犹豫地点了挂断,想了想还是回条短信过去:【我回武尧了,我很好。】

然后，他将手机关机丢在一旁。

秦远叹了口气，很是不解："到底什么事能把你逼到离家出走？你妈那性格也不是一天两天了，你不是一直老好人做派，说忍忍就过去了吗？"

"一两句说不清，过两天再跟你说。"许劲知这会儿不想提，随便扯了句，"原则问题，这回忍不了了。"

孟妍有午睡的习惯，少睡一会儿都不行。下午，她睡醒后泡了一壶茶，闲着无聊便拎上保温杯去市场送给老爸。

下午三四点钟，市场里人来人往，送货的、搬货的、买东西的吵吵嚷嚷。她熟门熟路地找到那家二手数码店进去，老爸正坐在柜台后面支着手机看视频。

这种店有时候一天也不见人进来，倒是落得清闲。

老孟同志听见声响，抬头看了眼，随即笑着打开抽屉，拿了些零钱给她："来，拿着花。"

这么多年眼看着她都要成年了，老孟同志还是把她当小孩，每当她踏进店里，老爸第一反应就是打开抽屉拿零钱出来，然后说，来，拿着花。

孟妍把手里的保温杯放桌上："爸，我不是来要钱的，给你送壶水。"

"闺女长大了。"老孟同志一笑，脸上又挤出几道皱纹，把钱往她手里一塞，"再大也是爸的闺女，拿着。"

孟妍没再推辞，接下钱放进口袋。

老孟收了桌上的手机，站起身来："那你帮爸看会儿店，有人来就叫我，我去后面把东西整理整理，堆两天了我都没管。"

孟妍点头答应："好。"

孟妍坐在柜台后面的凳子上，有一下没一下地看手机。

过了十来分钟，棉质门帘被掀动，有人进来了。

对方身材高瘦，少年模样，单肩背着个书包，手掀着红门帘，室外渗透进来的光给他发梢都晕染上几抹金黄。

孟妍也是一眼就认出，这人是中午网约车里的那个男生。他这会儿似是情绪缓和了，眉眼清冷不见之前那股火气。

孟妍看了几秒，又很快发觉自己在盯着人家看，不礼貌，于是仓促地别开视线，欲盖弥彰般往后面屋子叫了一声："爸，有人来。"

"来了。"老孟同志拍拍手从里面出来，"买东西还是什么？"

许劲知没来过这种地方，站在中间觉得胳膊不是胳膊腿不是腿，莫名局促，声音也有些不自在："我看门口牌子写着这儿收电脑。"

老孟同志点点头："啊，收。"

许劲知把电脑从书包里拿出来，放在跟前的玻璃台面上："这个你看值多少钱，功能都是好的，充电器没在。"

老孟打开看了看，给了个价："三千。"

许劲知答应得很快："好。"

前后不到十分钟，交易完成。

老孟同志看着人走了，才说："真是什么人都有，这电脑买了估计都没三个月，也舍得卖。"

孟妍看着这电脑，从小跟着耳濡目染，也知道一些。她说："爸，这电脑二手卖，不止三千吧？"

老孟"啧"了一声："当然不止，还是最新款，这小子也不知道还价，我说三千他就三千，说两千估计他也卖。"

冬天的北方天黑得特别早，一眨眼工夫外面就暗了一个度，再暗一个度，然后，灯火接连点亮，驱赶漆黑。

像市场这种地方下班早，下午六点多就开始陆续关门，尤其是二手数码这种没生意的。

孟妍看着老爸关了卷帘门，她把保温杯的吊绳拐在手腕上，手揣兜里取暖，摸到口袋里那几张零钱，她忽然侧过头问："爸，你这铺子赚钱吗？"

老孟把钥匙拴在裤腰上，看着前头眯缝起眼："有时候赚，有时候不太赚。今天那个卖电脑的如果天天来，我就天天赚。"

老孟眼睛本来就不大，一眯起来就像那动画片儿里的小老头。孟妍忍不住笑："谁还能天天来卖电脑。"

想起那个男生也是挺神秘的，戴那么一块表，结果掏不出三百的车钱，穿联名球鞋，下午却来二手市场把电脑卖了。

而且中午听见那两句话，好像还是负气出走。

孟妍脑子里浮现出他那张脸，无理由地就给他贴上了"中二"的标签。

走出市场，老孟看了眼手机，忽然问："阿妍，不急着吃饭吧，爸回去给你炖排骨。"

孟妍裹了下围巾，遮住了半个下巴，说话时声音被蒙住，听起来都小了一半："不着急，爸。"

晚上回家，孟妍等着吃饭的工夫在二楼卧室闲转，淡绿色的窗帘垂下，是她很喜欢的颜色。

她随手拉开，透过窗户正巧能看见一米开外对面人家的露天阳台。

孟妍似乎习惯了那户常年没人在，此刻对面也黑着灯，她视线漫无目的地走，忽然被某处光亮吸引。

漆黑夜色中的一点猩红火光。

孟妍的视线被这点光不自觉吸引，朦胧夜色中，借着她身后室内光线，模糊勾勒出前头一张清俊的脸。

少年百无聊赖，又似在做某种艰难的心理建设，指尖捏着一根火柴"嚓"的一声点燃，猩红火光忽明忽暗。

他似是察觉到了，没表情地偏头往这边看。

她正想装作无意把窗帘拉上，对面那人似乎"哎"了一声。

低沉的嗓音透着沙哑，让人都不太确定那一个单音是什么。

他清了清嗓子，又"哎"了一句："你知道电费在哪儿交吗？"

家里电费都是老爸在交，孟妍不清楚这些，想了想摇头："不知道。"

"哦。"少年应了声。

孟妍看不清他，还专程等了一小会儿他也没再吭声，她拉上窗帘的同时好像听见他又补了句："谢谢。"

她转身准备走，又听见对面的男生出声问："能帮我手机充个电吗？"

他声音带着轻微的试探和不好意思，毕竟这一天内她已经接二连三撞见他的窘迫。

许劲知自认为不是"社恐"，但这么隔着一米叫人家给自己手机充电，多少有点说不出口。

孟妍再次把窗帘拉开，瞧着对面漆黑一片的屋子忽然反应过来，这位估计是电费、暖气费之类的都还没交。

卧室的光溢出去照亮小小一片，昏黄笼罩在少年身上，垂在额前的发丝蓬松而柔软，被风吹着，整个人看上去落寞又颓败。

他坐在一把掉漆红椅上，微仰着头，手搭在扶手上。

有那么一瞬间，孟妍觉得他就是在寒冷冬夜里，捧着一束火苗瑟瑟发抖的……卖火柴的小女孩。

虽然他站起来伸手就能把东西递给她，但经她这么一脑补，她忽然心软道："要不，你来我家吧，充好了你再带走。"

他大概是被风吹昏了头，没有任何客套流程，点点头说："好。"

老孟在楼下炖排骨，孟妍下去在小厨房门口跟他打声招呼："爸，有个人要来，他手机没电了，充会儿电。"

老孟不知道听清没有，随手一挥："行行行。"

她没耽误太多时间，去门口接了人进来。两人路过小厨房时，老孟隔着玻璃窗,在里头说:"同学是吧?你们先进屋等着,饭马上就做好了。"

孟妍也懒得解释他们是不是同学这一事,只答应说:"知道了爸。"

她在前,他在后,没一会儿就上了楼。

屋内暖气很足,把门关上就是一道屏障,把外面的天寒地冻隔绝开来。

虽然说这话多少有点没出息,但他忽然很想感叹一句,真暖和啊!

孟妍没废话地朝他伸手:"手机给我。"

许劲知将手探进口袋,把手机摸了出来。

她接过这触感冰凉的物件儿,就算她再不识货,也认得出这是苹果手机最新款,刚才隔着窗户对他那一瞬间的心软好像也倏地烟消云散了。

卖火柴的小女孩竟是她自己。

孟妍拿的普通国产机,充电器不通用,蹲下身在抽屉里翻了好半天才翻出一个合适的充电器,帮他在旁边连接上充电。

许劲知见跟前摆着一个木质画架,上面贴着一张素描,画面上是个年轻的男生。

他不擅长跟女生打交道,目光错开,半天只说了句:"谢了啊。"

孟妍看他客客气气,顺手指了指他身后的凳子,热情回应:"没事,你坐吧。"

这凳子小,是老孟敲敲打打亲手做的小木凳,少年个高腿长,坐下后一条腿屈着,另一条腿不知道怎么放也屈着。

孟妍不清楚他这么坐着舒服不舒服,反正她看着都觉得憋屈。

左右瞧瞧,她这屋里别的凳子都放楼下了,来回折腾也挺麻烦,于是出于某种人道主义,她在旁边另一个小凳子上坐下,跟他一起窝着。

一般电视剧里这种不回家的少爷,迟早都是会继承家产、飞黄腾达的。

孟妍是真有点好奇,那好奇心一旦被勾起来,就特想知道。她手放在膝盖上,犹豫了半天才小声问:"你这是,离家出走啊?"

话音刚落,身旁的少年微低下头,若有似无地吸了下鼻子。

这屋里就他们两个,这点细小的声响听着格外清晰。

孟妍一下子慌了神,他该不会是哭了吧?

她手足无措地看向他,磕磕巴巴道:"不不不,我不问了,你别哭呀,别哭别哭。"

许劲知抬眼,眸子里干干净净,尽是茫然。

他哭什么。

他看着很脆弱吗?

他这是冻的。

孟妍对上他一双清冽的眼，才慢半拍的反应过来："是外面太冷了吧。"

他没吭声。

接着，她又自认为缓解尴尬，转移话题："那你为什么不在屋里待着？"

许劲知眸光淡淡地落在她身上，这问题真是一个比一个棘手。

他屋里没电没暖气，屋里温度跟外面差不太多，手机自动关机，附近的小店更是全关门了。

出来时看见最近这户人家亮着灯，他要怎么隔着一米距离敲敲人窗户说"哎，能帮我手机充下电吗"。

他刚才坐在阳台那儿也单纯是看着那方格里亮灯的窗户，一边消磨时间，一边做去敲人窗户时别人把他当神经病骂走的心理建设。

不过还好，在他主动开口之前，那窗帘被人拉开，对话就显得顺理成章。

相比这个，他更愿意回答上一个问题。

许劲知微点下头，也不含糊："嗯，离家出走。"

他回答得坦坦荡荡，反倒是孟妍不敢再往下问了，怕真的一会儿把人给问哭了。

她那点小心思似是被他看穿，少年眼睛里盛满一种"我看着像是会哭吗"的疑惑感。

他的眼睛很好看，眼角微勾，瞳仁漆黑，眉尾有颗淡色的小痣。

像孟妍这种颜控，她自觉在"帅哥"这方面还是很有见识的，但猛地这么近距离一看，还是忍不住在心底悄悄"啧"了一声。

只能说女娲捏人偏心啊。

老孟在楼下扯着嗓子喊："阿妍，和同学下楼吃饭了。"

借着这一句，孟妍不着痕迹别开眼起身，冲他说："手机充电等着也是等着，吃了饭再走吧。"

下午许劲知三千块钱卖了电脑，晚上吃饭时和二手数码店的老板坐在一起，碗里是老板亲自给夹的排骨。

他这一天真是过于玄幻了。

老孟在厨房做菜的时候根本没细看闺女领回来个什么人，只大概看着年纪不大，自动就归于同学那一类里了，直到现在才想起来问："你是……"

许劲知简单说："我住旁边，叫许劲知。"

老孟吃着饭，抬头称赞了一句："疾风知劲草，劲知，一听就有文化。"

疾风知劲草，话虽如此，但他这根出逃的温室少爷草，却不怎么抗冻。

吃完饭，手机电量也充得差不多，他拿上东西再次道谢才走的，继续

· 008 ·

回到自己那黑漆漆没暖气的屋子里睡觉。

第二天早上,秦远来敲门,声调一声比一声叫得高,像打鸣的公鸡:"老许,老许。"

许劲知在屋里听见过去开门,右边头发翘起来一撮他也浑然不知,他一晚上没睡好,这会儿神情恍恍地撂下一句:"叫魂呢。"

秦远进门把手里提着的东西放在桌上:"早餐,我起得早,路过顺便买了。"

许劲知坐在旁边椅子上,微弓着背,手肘支在膝盖上,随手抓了把头发,目光扫过这灰突突的屋子,不合时宜地吸了下鼻子。

下一秒,他就听见秦远带着点震惊和同情地抛下两个字:"哭了?"

许劲知也是没脾气了,鼻腔里"嗤"了声,没好气地扫他一眼:"我看起来心理素质就那么差?"

秦远这才看清许劲知确实没哭,也没有任何要哭的迹象,瞧着他这张稍显憔悴的脸,还是忍不住叹了口气:"你看看你这黑眼圈,真挺颓的。"

许劲知没心思去看什么黑眼圈不黑眼圈,他这几天都没好好睡过觉,不用想也知道好看不到哪儿去。

他伸手拆了桌上早餐的包装,随意道:"这屋里跟冰窖似的,一晚上冻醒好几次,没法睡。"

秦远站起来去里面卧室扫了一圈,被子有,但是那都整整齐齐放在桌上,一看就是根本没动过。

秦远了解他,估计又是嫌脏又是嫌什么的:"被子也不盖一下就这么睡?冻死你也是活该。"

许劲知眼风睨了秦远一眼:"快滚。"

两人早就习惯了这种不客气的沟通方式,秦远也没当回事。

"老许,你这是逃荒呢,懂吗?就别挑三拣四了。"秦远从卧室走出来,他这人憋不住话,说到这儿就又想问,"你跟你妈吵架了?"

许劲知不置可否,只专心地拆着早餐:"再发展下去,不是她疯就得我疯。"

秦远又叹了一声,看看,看把孩子都逼成什么样儿了。

孟妍早起洗漱,看着镜子里的少女一张标准鹅蛋脸,皮肤白皙,露出一截纤细脖颈,乖巧学生模样。

她美术集训这半年忙得天昏地暗的,好像好久都没这么认真照过镜子了。

薄荷味牙膏刚挤了一半,外面就有一声熟悉的嗓音响起,由远及近:"妍妍,想死你了。"

牙膏挤完,声音的主人宋诗瑶也熟门熟路地跑了进来。

孟妍有一个多月没见过她,这会儿见了倒也不是说变化多大,第一眼看见就指了指她的头发说:"诗瑶,你什么时候去烫的头发,开学你这头发连学校门都进不去。"

宋诗瑶顶着一头羊毛卷,还伸手捋了两把:"用卷发棒卷的,一洗就没了,等高考完我再去烫个真的。怎么样,还行吧?"

孟妍认真打量一番,给出个诚恳的评价:"好看。"

不是她姐妹情掺杂虚伪,是宋诗瑶长得真挺好看,文理分科的时候她问过宋诗瑶要不要学个表演什么的,别浪费了老天给的好资源,但宋诗瑶说不要,对那些没心思。

宋诗瑶一个理科学霸也证明了,她这辈子只对冷冰冰的公式感兴趣。

比如现在,学霸的自我修养随时体现,宋诗瑶挽着孟妍的胳膊,提议道:"咱们一会儿去吃个早饭,再陪我去书店挑两套题。"

孟妍晃了下手里的牙刷,故意叫她外号:"好,宋清华。"

闺密之间能聊些什么呢,明星娱乐八卦,班里人的八卦,隔壁班的八卦。

当宋诗瑶滔滔不绝说到关于学校宿舍第六个鬼故事的时候,她们已经从早餐摊移步到了新华书店,并且迎面遇上了她口中的鬼故事之王,他们班的班长,秦远。

秦远旁边还站着一个男生,两人差不多高。孟妍脑子里立即出现了一个贴切的形容——卖火柴的小王子,许劲知。

他还是单肩背着书包,书包侧面挂着一个不大的哆啦A梦,看着有点说不出的违和感,少年身上那点若有似无的顽劣总让人觉得他是抢了小朋友的给自己挂上了。

许劲知余光瞥见身旁的人,便停下脚步。秦远也跟着停下,抬眼。

孟妍视线来不及错开,就这么直直跟许劲知对上,同时也看清了他手里拿着的那本书,《育肥猪的信号》。

宋诗瑶不确定刚刚的八卦秦远听到没有,连忙打岔:"班长,你也来买书?"

秦远点头:"路过,进来看看。"

全程没说两句,孟妍就被宋诗瑶急忙拽着离开。

等人走了,许劲知把那本《育肥猪的信号》放回书架,也跟着叫了一声:"班长?"

秦远倒不是来买书的，真就是顺路看看，随口说："我们一个班。"

许劲知顺手抽出一本国学经典，没在意地翻着问："她旁边那个女生也是？"

秦远想了一下才知道他说的是谁："你是说孟妍吧，也是同班，学画画的艺术生。"

许劲知翻书的动作一顿，没来由地就想起昨天晚上在她那儿看见的木质画架，以及上头那张男生的素描。

不足片刻，他就继续恢复了动作，书页翻过发出轻微声响，他不咸不淡地应了声："嗯，画得不错。"

闻言，秦远瞬间来劲："认识？"

许劲知看着书上大段繁复文字，道："也不算，去人家家里蹭了会儿暖气。"

许少爷什么时候沦落到连暖气也需要蹭了。

秦远听他这话说得理直气壮，但总透露着一股淡淡的心酸，停顿几秒才说："我听着都想给你捐款了。"

许劲知把书合上，在原来的位置放好："走吧。"

秦远问："去哪儿？"

蹭暖气的少爷先他一步往前走了："交暖气费。"

宋诗瑶买了三本习题结账，孟妍也跟着买了一本，总觉得跟着学霸进书店，不买点什么好像心不安。

孟妍出了书店进旁边的文具店，挑了一些花花绿绿的信封和明信片。

走出店里，宋诗瑶才出声问："你和你妈妈，还在写信啊？"

现代社会手机微信用得飞起，谁还会用写信这种磨磨叽叽的方式沟通。

但孟妍和她妈妈会。

两人偶尔也会在手机上聊几句，但写信，是她们彼此之间一种神秘的仪式感。

孟妍提着文具店的袋子，走起路来手里的袋子一晃一晃的："还在写。"

风吹着宋诗瑶头上的羊毛卷，显得更乱了："那你妈妈有说什么时候回来吗？"

孟妍想了想说："不知道，可能等我上了大学，也可能，等我结婚的时候。"

这半年比较忙，孟妍也没顾得上写信这回事，不说还好，就一直保持着这种状态，但宋诗瑶一提，她回家就鬼使神差地把这句话写在了信里：

妈,你什么时候回来?

上午阳光正好,孟妍坐在书桌前,淡绿色的窗帘半遮半掩,她拿着笔在纸上写下这句话,忽然又觉得这样问不太好。

笔尖落在纸上,几秒洇成一个圆点。

那要怎么问才比较好?

寻常家庭里女孩一般跟妈妈亲,但到她这儿正好反过来了,她已经记不得从什么时候起,跟妈妈说句话都下意识反复斟酌,跟爸爸就能随便开玩笑,甚至有时候没大没小叫他"老孟"。

她思前想后,还是把这句话画掉,换了一张新的纸写。

写完折好放进信封,她走到胡同口一家水果店把东西交给那卖水果的老伯,会有人专门来收。

摊位上水果看着都很新鲜,孟妍买了两盒切好的带走,刚走几步,就听见旁边便利店门口传来一道冷淡的声音,是在跟人打电话:"你要是来,我就走,你找不到。"

仅此一句,通话结束。

孟妍侧头看见那道身影,不得不再次感慨这胡同真小,跟房前房后的住户都是低头不见抬头见的,这也是今天第二次遇见他。

他站在便利店外,手垂在身侧,拎着一些吃的东西。

机缘巧合,他们也算是认识了,不打声招呼走好像不太好。她率先打破沉默,开了口:"快中午了,要回家吗?"

他只是点点头:"嗯。"

两人其实半生不熟也没太多话可以聊,到了门前各自分别,她回家吃老孟做的大鱼大肉,他回屋吃自己随便买的外卖。

许劲知之前不信还有外卖小哥送不到的地方,但这会儿信了,这地方难找也偏僻,芝麻胡同里面也七拐八拐,门牌号的排列规律像是某种生怕被人破译的神奇密码。

等外卖小哥送到的时候,他已经饿过了劲儿,不想吃了。

他把那盒外卖放在桌上,靠着把红椅坐着,拆都懒得拆。

许劲知小时候在这儿住过一段时间,也算是这儿的人,倒不是富裕日子过惯了回来嫌这嫌那,东西再旧都可以,但脏不行。

人类的悲欢并不总是相通,隔壁的小平房里老孟炒了几个菜,一边往外盛一边说:"我今天在市场又看见那孩子了,叫许什么那个。"

"许劲知。"孟妍脱口而出这个名字,说完又觉得是不是回得太快了些,下意识地问,"他又去卖电脑了?"

锅铲盛完最后一勺，完美收锅。老孟说："没有，卖表去了。"

这话让人意外，又不太意外。

老孟同志塞给她一盘菜让她往桌上端，接着转身去拿下一盘："收表那老张和我熟，跟我说那表可不便宜，十来万呢。"

孟妍知道那表不便宜，但她重点也没放在那块不便宜的表上："该不会也是三千就卖了吧。"

老孟同志笑着瞅她一眼："那是二手市场，不是黑心市场，哪至于那么欺负人。老张没收那表，让他去别处再看看。"

说得也是，十来万估计都能把张叔那小表铺给盘下来了。

孟妍吃完饭上楼午睡，午睡前先浇浇花消磨时间，拿了水壶过来才发现摆在外面窗台上的几盆小绿植已经全干了。

估计她不在的这一个月，老孟也不记得还有这些"嗷嗷待哺"的小东西。

她将小绿植一盆盆搬进来浇了水，再放出去看还能不能救活。栽种着小绿植的盆不是很讲究，样式老得不行，上面不仅印着牡丹和鸳鸯，还有红色的"机电二厂"字样。

对面突然传来响动，只见许劲知收拾了一包垃圾放在门口，他开着门，进进出出地忙活着，孟妍就站在原地，不自觉看了一会儿。

几趟来回之后，他像是觉得热了，身上只穿了一件宽松的薄毛衫，袖子也撸到手肘，手臂上的线条利落干净。

男生忽然抬头，发现了站在窗户后的她。他直起身，单手搭在围栏上，对她说："要不，你过来看。"

不是街头恶霸吹胡子瞪眼语气不善的"要不你过来看"，只是一句单纯的——要不，你过来看。

对方或许就是随口一问，孟妍还当真点头了，点完头又很快改口，急忙说："不看了。"

隔着些距离，许是中午阳光刺眼，许劲知微眯起眼看她。

孟妍浇完了小绿植，见他没话说便关好窗户，拉上窗帘，然后一觉睡到下午四点。

醒来后，她看着手机上的时间发呆，这午睡一不小心睡久了，晚上估计要睡不着了。

磨蹭了一小会儿，她坐到书桌前，人往这儿一坐，就莫名想拉开窗帘往对面看。

也不知道究竟是要看什么。

窗帘拉开，对面房子的门紧闭着，空空荡荡。

孟妍看了两眼后下楼，本来说今天家里有人来，老爸提前下班买菜，结果到点了人又说有事不来了，只剩下老爸一个人在厨房择菜。

她闲着也是闲着，在旁边帮忙把不好的菜叶子给去掉。

"小时候你们胡同里小孩还经常一块玩，现在大了都不爱出去了。"老爸孟重阳听见屋外小孩跑来跑去的打闹声，忽然感慨，"还记得原来住后面那小胖吗？人家搬走的时候你哭了好几天，我跟你妈怎么都哄不好。"

孟妍撇下一根菜，没当回事儿："好像是有一个叫小胖的。"

只不过自从小胖搬走后那房子就常年没人住，他家里把房子租给别人了还是卖给别人了她不清楚，只知道过个半年一年的才能见人来打扫一回。

直到现在，许劲知住进了那房子。

孟重阳像是想起什么似的，忽然"哎"了一声："现在住在旁边的这个不会就是小胖吧？我记得当时别人叫小胖他爸都叫'老许'，这孩子不正好姓许嘛。"

孟妍择菜的动作倏地一顿，脑海中不自觉把许劲知和当年那个小胖联系起来。

时间过去太久，当年小胖长什么样子她已经不记得了，脑子里只有个模糊的印象，是个小胖子。

孟妍把择了一半的菜放进篮子里，匆匆撇下一句："爸，我先上楼了。"

她没等孟重阳应声就"噔噔"跑上楼，从抽屉里翻出那本小时候的相册。里面有几张胡同里小孩的照片，都是当年留下来的回忆。

这里面很多人陆续搬走，没再见过，或者长大变了样儿，在街上面对面见到也认不出。

她找到在这群小孩里站在边缘的小胖，就算拿着照片这么看着，也比对不出他就是许劲知。

因为不像，一点都不像。

胡同里同龄孩子很多，如果不是老孟提起，她根本不会想起还有小胖这个人。

孟妍盯着照片看了很久，越看越不像，根本和许劲知没有一点点相似之处。

可能两个人只是碰巧都姓许吧，但是……

她把相册合上放进抽屉里，想了想又拿出来，把胡同小孩合照的那张照片单独抽出来压到了自己书桌底下。

这一点小小发现就像是石子投进湖面，让她心里一直惦记着这件事，到了吃饭的时候,她还是问道:"爸,对面那房子,可不可能是小胖他们家卖给别人了?"

孟重阳摇摇头:"估计不是,之前你表姐在这儿上高中,你姑妈一家想找个近点儿的房子租,我看后面那房子一直空着,帮她打听了下什么价,那屋主说不租也不卖。"

这么说的话,许劲知就是小胖的可能性好像又增加了一点。

——等下次见了面,再旁敲侧击打听一下吧。

这句话是她在心里悄悄说的,却像是被神明听到了。

外面铁门被敲了两下,小哥高喊了声:"外卖。"

孟妍以为是孟重阳点的,没多想便出去开门,看也没看就取回来放在桌上。

孟重阳瞧着一桌子菜,忽然纳闷儿:"嫌爸做饭难吃?"

孟妍微怔一瞬,拿起来看了看外卖单子。

上面写着:许(男士)。

孟妍和孟重阳面面相觑,又快速低下头扒了两口饭,将筷子搁下,起身:"爸,我吃好了,我给他送过去。"

孟重阳含混应了声:"去吧。"

几分钟后。

许劲知将外卖摊开,安静吃饭。

孟妍坐在一旁的沙发上,她不好意思看着人家吃饭,眼睛都不知道该往哪儿看,只能四处瞄着,发现房间被他收拾得挺干净的。

只是心里某个问题无限放大,他是不是小胖是不是小胖……

内心挣扎一会儿,直到他吃完饭都没想出一个委婉的问法,于是,她直接问:"你是租的这里还是……"

他把东西一收,将外卖盒扔进垃圾桶:"没有,这儿就是我家。"

"哦。"孟妍点头,"我是想问一下这儿租金来着,我有亲戚想在这附近租房子。"

这话说完又觉得是此地无银三百两,多少有点刻意了。

孟妍没敢看他,只盯着桌上他那哆啦A梦的书包挂件。

许劲知绕过茶几走过来。

屋里暖和了,他只穿着件薄毛衫,肩膀宽阔挺直。

孟妍看着他走近,感觉到身旁的位置轻微下陷。他语气随意道:"你喜欢哆啦A梦吗?"

她不喜欢也不讨厌，但自己刚才盯着看了，也就说："喜欢。"

或许是为了让这句话显得更真实点，她还特意又看了一眼那个蓝胖子。

视线中出现一双修长干净的手，他取下挂件递给她："送你。"

她真不是觊觎他挂件的。

孟妍回味了一下刚才的对话，解释说："不是，我不是这个意思。"

许劲知勾唇笑了下，一个小东西而已，也不是什么值钱的，当然不会觉得她是专门想跟他要东西。

他直接把蓝胖子放她手里："都取下来了。"

这个小哆啦A梦被孟妍带回家后放进抽屉里，坐下后，她的目光落在书桌旁那张童年照片上。

明明下午还怎么看怎么不像，在确定了某种信息后，就越看越像。

听起来狗血烂俗的电视剧桥段，在现实发生的时候总有些偏离，比如她不记得许劲知，许劲知也不记得她，他们之间也没发生过任何让人记忆深刻的事。

哪怕她很多年前因为小胖搬走而哭得天昏地暗，但要不是小胖有"胖"这个特征，她现在根本想不起在那一堆小孩儿里还有这么一个人。

这张照片，是个只有她知道的秘密。

天气转暖，明明年还没过，就忽然有种开春了的错觉，孟妍身上的衣服也是一减再减。

上午，宋诗瑶约孟妍下午逛街，孟妍看着时间便早早到了地方等，在武尧二中门口。

孟妍来得早，听见里面操场像是有人在打球，如果搁平时她估计看都不会看一眼，但等人的时间最难磨，就算看不懂也想进去看看，打发时间。

午后阳光明媚，操场上几个男孩血气方刚，打球时大多只穿着件单衣，跑起来人影交错，连带着空气都是躁动的。她看不清局势，但看清了其中一个男生，许劲知。

只见他一个闪影运球，快速绕过对方防守纵身起跳，随着他抬手的动作衣服下摆轻微荡起，露出一小截劲瘦的腰。

篮球在空中划出一道漂亮弧线，完美入筐。

这个球像是场上一个节点，众人开始三三两两往边上走，坐下休息。

许劲知微喘着气，跟着秦远往前走了两步，不经意抬头看见操场前面的台阶上站着个人。

这时，孟妍兜里的手机响起。

宋清华：【我到了，你在哪儿？】

孟妍赶忙回复说来了。

他瞧见篮球场外那抹身影匆匆离去，脚步无意识也跟着慢了。

秦远见他不走，顺着视线看过去，前头一排秃秃的树，连个鬼影子都没有。

"看什么呢？"

被太阳照着，许劲知声音透着股懒劲儿："哆啦A梦。"

秦远丢给许劲知一个眼神，那里面写满了"你太中二了请离我远一点谢谢"。

宋诗瑶看着孟妍从学校里面走出来，还惊讶了一瞬，问："你怎么进去等了？"

"就，打发时间。"这本是个正当理由，孟妍却不自在地别开视线。

宋诗瑶神经大条，根本没在意她这视线上的闪躲。

逛街时总感觉这手里缺点什么，孟妍在降服奶茶这个妖怪之前，还要故作矜持地只要三分糖。

就像那句话，酒肉穿肠过，佛祖心中留。

回家前，孟重让她随便打包两份东西，带回去当作晚饭了。

孟妍顺路走进芝麻胡同附近的一家小店，点了两份鲜肉馄饨，站在旁边等的时候视线扫过店里，一个熟悉的人影映入眼帘。

木桌上一碗馄饨漂着翠绿葱花，许劲知用筷子挑出来，他不喜欢吃葱。

正好赶上晚饭点儿，里面人多，为了两份馄饨，她站在边上等了好半天。

原本想着拿了东西就走人，没必要打招呼，可这两碗馄饨可能还得好久，需不需要说点什么……

在她第五次看向许劲知的时候，视线里的男生放下筷子，他抬眼往这边看过来，不紧不慢道："看我好几次了，怎么不说话？"

她随口扯了个理由："不确定是不是你。"

不过说了两句话，老板娘就从小窗口递了东西出来："姑娘，两份馄饨好了。"

孟妍伸手接过，冲许劲知轻微一点头："那我先走了。"

这招呼还没打，倒是先说告辞了。

孟妍从馄饨店走出去没多远，看着前头一个醉汉摇摇晃晃地走过来，天色完全暗下来，周边住户已经亮起了灯。

这醉汉手里拿了包烟,想抽一根出来却散了一地。

他弯下腰捡东西,胳膊一晃的动作像极了电影里的丧尸。

孟妍不自觉靠边走,想离醉汉远些。不知道是不是她绕路的动作反而让醉汉注意到了她,他捡起烟就往这边过来,浑身酒气熏天,嘴里含混不清地咕哝着:"我没喝多,小丽,我真没喝多。"

周围人有往这儿看的,听他叫得那么亲还以为是自家人闹矛盾,看两眼热闹后便没在意了。

孟妍低下头加快脚步,往前再走没多远就到家了。

醉汉也跟着走,傻笑着叫她:"小丽。"

话音刚落,醉汉被人往旁边拽开,少年嗓音干净清冽,又带着点蔫儿坏的戏谑:"喝什么?来,跟我喝,我是小丽。"

醉汉侧头看了他一眼,嘴里不知道嘀咕了两句什么,又拿着没点着的烟走开了。

小丽一听就是个女的,总不会是比那醉汉高出半个头的许劲知。

许劲知刚刚开玩笑的样子和平时不太一样,好似是藏着一种不易被人发现的劣性,不张扬,不明显,只有不经意间才会冒出来作祟。

路边微弱的灯光映衬出少年深邃利落的轮廓,刚才跟人说"我是小丽"时的那份戏谑痕迹已经消失无踪。

孟妍脑子里想到了一个词,装乖。

他这人还真是个矛盾综合体。

她还没来得及感谢,就看他眼睛瞧着前头,微怔了一瞬。

孟妍感觉到他动作有片刻的僵硬。

前面有电瓶车来来往往,灯火通明的街头巷口,一个女人站在那儿。

那个女人一头长鬈发,保养得很好,尽管难掩岁月痕迹,但也隐约透着些跟这里格格不入的贵气。

和许劲知身上那种感觉一样。

女人微皱起眉,看向许劲知的这一眼,里面掺杂了惋惜、埋怨、责怪,还有很多孟妍看不懂的情绪。

那是许劲知的母亲,杨真。

杨真往前走了几步,情绪有些急:"劲知,我是你妈,我能害你吗?不听我的你迟早会后悔的。"

许劲知只那么神情寡淡地看着她,也不说话。

杨真知道他还在赌气，伸手去拉他："跟我回去，这穷酸地方不是你该待的。"

许劲知躲开她的手，轻嗤了一声，一副没骨头的懒散样儿，说："我该待在哪儿？我和我爸本来就是这地方的人，你要是看不上我爸，跟他结什么婚？"

"你爸管过你吗？他不管我管，你还有什么不满意？"杨真说着话，眼底已然蓄起了泪，"劲知，你还是觉得那个同学退学是妈的错吗？我还不都是为了你好，要不是你，我早跟你爸离了。"

看到她眼底的湿意，许劲知别开视线，停顿几秒又挪回来："想离就离，别因为我，我命薄，承受不起，既然我这么累赘，你生我干什么？"

女人伸出去拉他的手顿在半空，半响才收了回去："劲知，你怎么变成这个样子了。"

许劲知单手揣在裤兜里，没个站相："你好像不太了解我，我本来就是这样。"

杨真被他堵得说不出话，场面就这么僵持着。

许劲知回头时视线落在孟妍身上，懒懒地一抬下巴，说："再看馄饨凉了。"

"哦。"孟妍后知后觉地点头，低下头小声说，"那我，回家了。"

她埋头经过他们，身后也没人再说话，又或是说了，混杂在喧嚣声里，她没听到。

孟妍到家把馄饨摆在桌上，拆开打包盒，里面的馄饨也还是热的，只不过没刚到手的时候那么热了。

时间不算晚，孟重阳也没觉得这个点儿回来有什么不对，拿了两把勺子分给她一把，顺便摁开了电视："今天懒得做饭了，吃顿馄饨凑合。"

孟妍不挑食，想着刚才巷口那一幕，整个人心不在焉的，把勺子放进塑料碗里，随口应着："好，爸。"

她时不时往外看，看对面二楼亮灯了没。

只要灯亮了，就说明他回家了。

可惜，没亮。

孟妍兴致缺缺地吃完馄饨，放下碗又上到二楼房间，拉开淡绿色窗帘。

她翻两下手机，往外看一眼，又翻两下手机，再看一眼。

在不知道看第多少次的时候，她拿下衣架上的外套穿上往外走。

孟重阳在下面看电视，见她准备出门便问她去哪儿，她打幌子说出去转转。

孟妍回到馄饨店外那个巷口,树上花灯明明灭灭,但哪还有他的踪迹。

他也没回去,那是走了吗?

孟妍想来想去只剩下这个可能,他总共在这儿待了没到一个星期,跟她有多深的交情倒也谈不上。

只是她刚知道他就是小胖,结果他马上又不见了。

像是到十二点就会消失的灰姑娘。

不过,现实和童话正好是反的。

他应该是回到更大的城市,不屑于这破旧的南瓜马车吧。

孟妍在路口等了一会儿,看了眼手机才转身回家。

没走多远,她余光扫过花坛,看见一道瘦长身影虚倚在墙上。

孟妍偏头去看。许劲知站在那儿,发丝轻扬,微垂着眼,正在吃糖,一副对所有事都无所谓的样子。

他没想跟杨真顶嘴,也没想动不动就把自己家那点儿破事往外兜。

但今天杨真说了他两句,他就像反骨作祟,没忍住。

记忆里,从小到大杨女士从没骂过他一句,没打过他一下。

顶多是前两年有次犯错,老妈生气关了他三天,他还犟着脾气不吃不喝,出来后可能是太久没进食,吃第一口反胃直接吐了。

杨女士心疼他,以后也没再用过这招。

就这样还离家出走,听起来怎么着都是他不知好歹了。

但杨女士用孝道和眼泪绑架操控他生活的一切,不止一次以"为他好"为由去逼走他身边的人,不论他怎么说也听不进去他任何一句话,这种磨人又无力的软刀子,不如骂他两句,打他两下来得好受。

可能是旁边太吵,孟妍走近的脚步声他也完全没听见。

直到他低垂的视线中出现一双白色的运动鞋。

他视线往上,看见她垂在身侧的手,再往上,是她一双澄净的眼睛。他说话前清了下嗓子,但声音仍是哑的:"怎么了?"

他站的位置偏,来来往往的人一般都不会注意到他。晚间天凉,周边环境加上他现在的状态,给人感觉像在扮什么青春伤痛文学的人设,矫情兮兮。

见她不说话,他看过去的眼神略带着询问,尾音轻微上扬:"嗯?"

孟妍是专程出来找他的,但要问出来找他的目的是什么,她也一时说不上来。

此刻对上他的眼神，她不得不找出一个听起来像样的借口："刚才你们吵架，我担心你妈妈，跟你动手。"

"她不会打我。"许劲知神情松散，无所谓道，"再说了，她打我两下也打不坏。"

他比孟妍高出许多，她若是想直视他的眼睛，只能微昂起头。

他的眼睛带有一种莫名的吸引力，睫毛微垂似鸦羽。

孟妍刚刚从这儿过去的时候真没注意到他，她声音不大，融在风里差点就听不见了："我还以为，你跟你妈妈回去了。"

他只听了个大概，随口说："我不会走。"

孟妍知道他这句话仅仅是在回答她的上一句，但"我不会走"这四个字，足够让人自编自导一出缠绵悱恻的独角戏。

许劲知沉默着看向地面，周围风声车声喇叭声，很是清晰。

孟妍看他情绪不高，垂在身侧的手握了握，打算把那个算不得秘密的秘密说出来，忽然叫他："小胖。"

没别的，只有两个字。

许劲知沉默了一瞬，唇边随即扬起一抹笑，这个和"铁柱狗蛋"并列的土味称呼对他来说太久远了，他抬了下眼皮，等她继续说下去。

后面一辆三轮车发着噪音走过，她说的那句话却清晰地落进他耳朵里："开心点，有人站在你这边。"

她不算一个善良懂安慰的人，只是偶尔好心多管闲事，又刚巧被他赶上了。

许劲知只当这是句体面话，识趣的没刨根问底这个"有人"是谁。

他很给面子地弯了下嘴角，懒洋洋道："没不开心。"

回去路上，孟妍低着头也在想自己刚才那句话。

有人是谁？

是我吧，还能是谁。

可能是之前寒冷冬夜里"卖火柴的小王子"那一幕对她来说过于触动，她根本没细想自己为什么会说出这句话，只打心眼儿里佩服自己保护"弱小"的侠肝义胆。

小胖，以后在这芝麻胡同，未列入梁山好汉名单的第一百零九位孟某人，将永远站在你这边。

前几天气温升得快，感觉树上隔天就能冒叶子了，结果被一场突如其来的大雪给彻底打乱。

大雪一连下了好几天，孟妍就再没见过他，如果仔细算的话，就是从下雪的第一天起，就没见他出过门。

他和那位童话里卖火柴的，也不是没有一点共同之处，比如他也怕冷。这是孟妍单凭下雪这两天猜出来的。

除夕那天一大早，孟重阳就忙活着贴对联，外面祭神的祭神，放鞭炮的放鞭炮，想晚起都不行。

在这阖家团圆的热闹节日里，孟妍瞧了瞧外面一片红火，直到冷风吹过来她缩了下脖子，转身进屋。

几天不见的对面那户，总算是看见人出来了。

许少爷刚睡醒头发有点乱，身上松松垮垮穿了件毛衣，手里还拿了副对联，他从不屑于凑这个热闹，尤其是自己一个人在这儿过年，就更不屑了。

这对联是前两天他去营业厅换手机套餐时送的。

想着好几天没出过门，他正好活动活动。

但就贴对联这一件小事，难度系数是他从来没想到过的。

他出门拿着对联的上部分，下面一长条就被风卷得恨不得拧成麻花。

剪一条胶带还没粘上去，这胶带就已经自己和自己黏在一起了。

他耐心有限，对着手里这团胶带看了三秒，拿上对联重新进屋。

不贴了。

那扇木门"砰"的一声甩上，如果这个动作有情绪，那多少带点烦躁。

孟妍碰巧目睹这个贴对联的全过程，没良心地笑了一声。

手机"叮咚"响了声，是老妈发来的微信。

老妈：【除夕快乐。】

底下还有一小段视频，是那边的街头和来来往往的人。

那是南方一个不会下雪的城市，视频里的树也都相互挨着，郁郁葱葱。

她想跟老妈打个视频电话，但不知道行不行，之前提过，被拒绝了。

今天除夕，孟妍试着先打了一行字过去问：【妈，可不可以打个视频？】

下一秒，视频通话就拨了过来。

孟妍被手机这串声响催得手忙脚乱，扭头对着镜子整理了一下头发，然后才点了接通。

就算通过手机这个设备，她也已经半年没见过老妈了，更别说，老妈一走就是三年，再没有回来过。

手机里的女人熟悉，也陌生。

熟悉是因为毕竟从前在一起生活了那么多年，陌生在她们本是母女，血浓于水，不该是这样的情况。

手机屏幕里的女人看着她，半天才叫了一声她的小名："阿妍。"

她没说话，老妈也没说话。

面面相觑，竟相顾无言。

孟妍知道老妈不喜欢这个家，选择离开也是对的，但今天除夕，她还是存有私心地问了句："妈，你什么时候回来？"

原本就没话的两个人，因为这一句话落下，显得更沉默了。

时间一分一秒，安静得仿佛能听到对方的呼吸声。

孟妍第一次没有转移话题，倔强着非想要听到一个答案。

视频里的女人像是在做出某种决定，最后看着她说："今年吧，等阿妍考上大学，妈就回家。"

孟妍还沉浸在这份忽然降临的喜悦中没回过神，那边就又说："没考上也回。"

今天好像想要的都能心想事成，孟妍点头笑着说："我争取考上。"

通话结束，孟妍一想到以后，喜悦的心情也忽然淡了下来，刚才视频时看不出来，她不知道老妈放下从前的事情了吗，他们一家人还能像往常一样吗？

都说破镜重圆，但她就没见过破了的镜子粘起来还能是好的。

总是裂痕斑斑，脆弱不堪。

许劲知叉着腿坐在沙发上，仰头靠着沙发背，轻闭着眼，一个非常大爷的姿势。

外面有人敲门，他其实还没太睡醒，以为是秦远在外面，打算先装死一会儿再过去开。

外面的人很快出了声，声音浑厚有力，是个中年男人："劲知，我是爸爸。"

许劲知睁开眼，视线朝门口的方向掠过，轻叹了口气道："来了。"

茶几上红红火火的对联堆叠在一起，很是显眼。

除夕，破屋，一个人过年，这东西放在这儿只会让他本就窘迫的处境更加窘迫。

许劲知起身时随手抓起来折了几下，放垃圾桶里目标太大，仓促之中扔地下往沙发下面一踢。

"藏尸灭迹"。

许劲知确定东西看不见后才过去开门，门口的男人还是从前那样，穿着普普通通，和大家印象中的成功男士搭不上边。

许臣看见他的第一眼，就说："瘦了，一个人在这儿吃不好吧。"

许劲知这人懒，没人催着想不起来就不吃，但这会儿只是说："吃得还行。"

许臣进屋左右看了看，还是以前那老样子，破桌子破板凳，这些年没人来，也没换新的。他转悠了一圈停下，是跟儿子商量的语气："过年，也不回去？"

许劲知想也不想就摇头："不回。"

许臣也不知道许劲知这脾气像谁，吃软不吃硬，只能拣好话说："过了年再来，没不让你来。"

许劲知低着头看手机，整个就是冥顽不化听不进去的样子。

许臣说："我给你打的钱你也不要，这是彻底要跟家里决裂了？"

许劲知语气淡淡，头也不抬："我把表卖了。"

言外之意就是，他还有钱花。

许臣下意识往儿子手上看了一眼，表已经不在了，那是他送儿子的生日礼物，但是当爸的，也不在意这些。

"卖就卖了吧，开学怎么办，今年就高考了。"

许劲知像是早就有了打算，在这句话问出来的时候顺口就接上："我想在这儿读。"

许臣这才听出儿子是认真的，不是闹两天脾气就回家了。他说："你在附中上得好好的来这儿读什么书，这儿一中也比不过附中，附中在全国都是排得上号的。"

许劲知没跟他争辩，接着刚才自己的话说："我要去二中。"

秦远一直在这边上学，他也多少听说过，武尧最好的高中是一中，然后才是二中。

如果直接拿他原来上的重点附中和武尧二中比，这其中差距就不是一星半点了。

许臣也不逼许劲知，虽然从小就不怎么管，但偶尔说两句都是有商有量的："你可想好，学校很关键，这半年，别把之前的努力都白费了。"

老生常谈这么几句，就算是赌气，许劲知也不会拿前途当筹码："我知道。"

许臣坐在他对面，这会儿再看一眼儿子，也还是觉得瘦了："想好了？"

许劲知抬起眼，应了声："嗯。"

许臣手搓着膝盖，停顿一会儿才说："行，不管你妈怎么说，我给你办转学。"

许劲知没想到许臣会这么快就答应,抬眸时正好跟他对上。

许臣也没和许劲知开玩笑,是真的答应他:"过了今天我估计也没时间来了,办好了我告诉你哪个班,开学你直接去就行。"

许劲知想了想,最终也没说那句"谢谢爸"。

许臣往周围看了看,桌上有剪刀胶带,但该有的东西没有:"就过年了,一个人在这儿,也没买个对联?"

第二章
每一个瞬间都是一个童话的开始

许劲知手摸了下后颈,不自在地咳了声:"没有。"

对联被他踢沙发底下了,也没好意思再够出来。

许臣在这儿待到晚上七八点,算了算时间也该走了,拿起沙发上的衣服穿上,衣服摩擦窸窸窣窣地响:"劲知,爸就走了。"

许劲知也跟着站起身,许臣插空又问了句:"真不回?"

许劲知还是一样的答案:"不回。"

出来这些天虽然条件不比原来,但是轻松,前所未有的轻松,像是跌入深海溺水的人忽然被救上岸喘了口气。

"我得回,你妈还在家。"

许臣看儿子干站着,"啧"了一声提醒道:"送送你爸。"

两个人出门时发现外面飘起了雪花,一老一少并排走到胡同口,一路上闻到的都是各家飘出来的油烟味儿。许臣随手招了辆车,借着车靠边的空当扭头跟许劲知说:"回去吧,以后给你钱你就收着,不是外人。"

许劲知点了下头:"嗯。"

许劲知看着爸爸坐进车里,再到那辆车开走,红色的车尾灯逐渐缩小,直至隐匿在夜色中。

孟妍站在便利店门口,手里拿了几根仙女棒和打火机,在这儿待了一小会儿冻得鼻尖有点红。

仙女棒已经算是"烟花爆竹"这一类里最不容易炸到自己的了,但她犹豫好几下还是不敢点。

跟前一个人影立住,她视线从仙女棒往上移。许劲知站在她跟前,像是出来也有一会儿了,头发上落了几点雪花。

· 026 ·

便利店的老板正准备关门打烊，手套围巾瓜皮帽全副武装，看见她手里的仙女棒，又进去拿了一把出来，给他们两个一人一半，说："孟妍，跟同学在这儿聊天啊？都拿着，这种东西囤多了不好，潮了就点不着，拿着玩吧。"

孟妍正想说不用，老板就已经利索地把卷帘门拉下来上了锁。

她算是在芝麻胡同住得久的，街坊邻里相互认识。孟妍一双杏目，眼尾微扬，笑起来很有灵气："谢谢王叔。"

许劲知没怎么玩过这东西，之前过年老妈不让他放鞭炮，他对这东西也不感兴趣，便没跟老妈争辩。

他这会儿拿着把仙女棒，但好像还缺样东西。

孟妍看出他的意图，主动把打火机递给他："要这个吗？"

许劲知应了声，接过打火机往后稍微退了半步，对着仙女棒的上头点燃。

手里的东西发着"呲呲"的声响，冒出无数金丝。

孟妍轻微吸了下鼻子，被许劲知捕捉到了这点声响，他故意使坏地问："哭了？"

这话似曾相识，是把她之前说的那句送还给她。

他开玩笑不正经的时候看着特浑，有股独属于这个年纪轻佻浪荡的劲儿。孟妍声音不大地揶揄他："你还挺记仇。"

金色的光照在他脸上，许劲知垂眸认认真真地瞧着手里的东西，微皱起眉，似是完全找不出这玩意儿的乐趣在哪儿，看久了甚至觉得和生日蛋糕上插那个会冒火的旋转莲花差不多，拔下来扔门口还能不知疲倦地响上三天。

他无意抬头，跟前的姑娘正盯着他手里的东西看得起劲。

她戴了一条红色的围巾，这颜色土得不行，只有他大姨大姑才会戴，但在她身上竟然莫名和谐，是这雪天里唯——一抹艳丽。

他语调疏懒，手往前一递："送你。"

孟妍没客气地接过来拿在手上，上次小哆啦A梦的挂件也是这样，好像她眼睛看什么，他就会把什么送给她。

这句话刚在脑海中出现，她就鬼使神差般，抬头看了他一眼。

在他注意到之前又悄悄别开视线。

等她手里这根燃尽，许劲知又帮她点了一根才连带着打火机一起给她，孟妍接过来时触感不对，手心里感觉还多了样东西。

她摊开手掌看，除了塑料打火机，还有一块巧克力，外面包着蓝色的糖纸。

孟妍把东西放进口袋,没说谢谢,而是看着他道:"去我家吃饭吧。"

除夕这种家里人团圆的日子他去添什么乱,他刚想说"别了吧",开口前对上她一双明媚的眼,那里面倒映着仙女棒细碎的光。

孟妍见他没马上回答,八成是拒绝的意思,她正想着怎么给自己找个台阶下才不那么尴尬,就听见他微哑的嗓音说:"行。"

孟重阳做了一桌子菜,荤的素的还有汤,一边给许劲知盛饭,一边说:"你们小时候一群孩子在外面玩,你搬走的时候阿妍哭了好几天呢,说什么都不顶用。"

孟妍在旁边端着一个空盘子,脸一下子就红了,微低着头没好意思看许劲知:"爸,我都不记得了,你还拿出来说。"

"不说了,不说了。"孟重阳笑着塞给她一碗米饭,"拿上走,看春晚。"

他们整条芝麻胡同的人都不怎么坐在餐桌旁吃饭,正经买来的餐桌上都堆着些酱料之类杂七杂八的东西,吃饭都坐在茶几旁。

茶几矮,坐在沙发上弯着腰吃饭很别扭,于是就有了老孟同志亲手做的小木凳。

许劲知坐下,两条无处安放的长腿缩着也不是伸着也不是,束手束脚的。

孟重阳看不下去,放下碗说:"我去把餐桌擦擦搬过来。"

许劲知来这儿吃饭本就不好意思,在人真把桌子搬过来之前及时开口:"不用了叔。"

孟重阳只当没听见,一副认真模样:"我搬,不要跟着来,我还年轻着呢。"

最终,三个人在餐桌上吃完饭,电视机里播着春晚,小品一年比一年无聊。许劲知看得整个人有点犯困,又不好起身就走,多少是有蹭饭嫌疑。

孟重阳被隔壁老太太叫去找什么东西了,许劲知坐在沙发上,胳膊搭在膝盖上,微弯腰的动作让肩背自然形成一道冷淡的弧。他偏头看向她:"你记得我?"

孟妍原本在旁边打瞌睡,一下子绕到这个话题上,愣是什么困意都没了。她目光跟他交缠上,又很快败下阵来:"是上次听我爸说,我才想起有个叫小胖的。"

许劲知听见这称呼还挺稀奇,当年搬走去了那边水土不服,断断续续病了一个月，人也瘦了，就再没人叫过他小胖。

既然话说到这儿，孟妍也跟着问了一句："那你记得我吗？"

无心一问，她甚至都没察觉到这句话里还藏着点小小的期待。

他摇了下头，回答是情理之中的："不记得。"

的确，那种有故事的童年梗发生的概率小到和中彩票差不多。

四五岁的小孩更是不记事，丢了一个玩具都能哼哼唧唧哭半天，说明不了什么。

这天晚上，许劲知回了隔壁，昏昏欲睡中看见门口玄关处的鞋柜上放着一个皮质的篆刻刀包，旁边搁着一块大小正好，成色漂亮的寿山石。

这让他困意都散了大半。

这是老爸什么时候放在这儿的？

他在脑子里仔细回想了一遍，只能是许臣进门就随手放这儿了，他当时心不在焉，没注意到。

许劲知没多大爱好，唯一喜欢的就是刻石头章，跟个老大爷似的。他从小学就喜欢鼓捣这些，没少被人说浪费时间，不务正业。

许臣送他一套篆刻刀，算是新年礼物。

寿山石放在手里触感冰凉，他拿上东西进屋坐在桌前，挪了台灯过来，宛若将军醉里挑灯看剑那样细细看过里面的篆刻刀。

这石头已经是加工过的，通体莹白的长方体，磨光圆润的那一头挂着红色的穗子。

他挑了把型号合适的篆刻刀出来，动作熟练，省去起稿直接就能上手，刻一个应景的"吉祥如意"。

流畅小篆一点一点在石面上出现，当刻到第二个"祥"字的时候，他忽然就走了神。

混沌脑海中出现胡同里那个姑娘，她戴着围巾，鼻尖微红地拿着一根金光四溢的仙女棒，那双眼睛里有着盈盈的光。

仅一个瞬间，他手上动作一脱力，刀尖左冲刺在左手虎口处，立马就见了血。

突然又尖锐的疼让他轻蹙起眉。

果然，干这活儿不能走神。

孟妍觉得今年春晚特没劲，都没耐心等到最后，睡觉前把外套往衣柜里放的时候冷不丁"咚"的一声，从口袋里掉出来一颗糖。

是一块蓝色糖纸包着的巧克力。

她捡起来随手拆开,把巧克力塞进嘴里,目光无意看见这皱巴巴的锡箔纸面上还印着一行蓝色的字。

每一个瞬间,都可能是一个童话的开始。

这句话莫名戳人,孟妍没舍得扔,将它展平压在一本厚厚的书里。
是本少儿读物,《安徒生童话》。
她刚把书放回去,手机一阵响,是宋诗瑶连着给她发了好几条消息。
宋清华:【初七就开学了,初六有个聚会来不来?】
宋清华:【马上投身学习的苦海,过了这村可没这店了啊。】
宋清华:【刚才那小品你看了没,还挺搞笑,算是今年春晚最精彩的一个节目了。】
宋清华:【呼叫呼叫,呼叫孟妍。】
孟妍依次看下来,宋诗瑶说的小品她根本不知道是哪个,看了那么一堆无聊节目,就这么一个有趣的还让她给错过了。
她一一开始回复,在去不去聚会的问题上她犹豫了一下,最终还是选择了去。
算是这个假期最后的狂欢。

………………

初五的时候,许劲知接到老爸发来的微信,说转学办好了,武尧二中高三(5)班,班主任姓杨。
或许因为他母亲杨真,他现在看见杨这个姓都有种奇怪的感觉,如同某种渗入血液的条件反射。
得知转学消息的同时,他还收到了几大箱的快递,来送快递的小哥直接骑了辆三轮过来,送了两趟,两车东西全是他的。
里面是他高中三年的书、练习题,以及一些许臣说不准有用还是没用的东西,本着"万一会有用就都给拿上"的原则,塞了满满几大箱子。
他分好几趟才把东西搬完,太久没这么活动过热出一身汗。
许劲知脱了外套随手放在沙发上,身上只剩最里面的那件。
他稍微喘了口气才去拿美工刀拆快递,厚重的纸箱翻折开,最上面一个卡通封面的本子让他隐约觉得有什么地方不太对。
本子上用铅笔写着一行稚嫩又端正的小字"三年级 许劲知"。
再往下一翻,是一张橙黄色靓丽醒目的奖状,三年级少儿组放风筝大赛一等奖。

他把手里的本子撂回箱子里，合着费这么大劲就搬了些这个回来。

这不是拿不准有用还是没用，是根本不管有用还是没用，都给他寄来了。

他拿着三年级放风筝大赛一等奖的奖状能干什么，保送清华吗？

许劲知把其余几个纸箱全打开，东西实在是有点过于齐了。

除了书和学习资料，他的耳机、牙刷、衣服应有尽有，比"原来扔在抽屉里的糖纸被原封不动地送回来"更离谱的是还有一床被子。

这七八个纸箱挤在屋里，忽然让他不确定究竟是自己离家出走，还是被扫地出门，让他卷铺盖滚蛋。

秦远抱着颗球从外面一边拍一边往这儿走，人没进屋，就开始喊着："老许。"

门是半开着的，秦远直接就走进来了，看见一屋纸箱还愣了一下："这是干什么？"

许劲知手搭在纸箱上，偏头看他："我爸给我办转学了，我户口那些都在这儿，高考迟早得回来考，这回转到二中，估计是把我原本那屋都给搬空了。"

秦远瞧这阵仗，怎么看都觉得震撼："真的假的，哪个班啊？"

刚才只潦草看了眼，这么一问他忽然忘了。许劲知翻着手机确认了一遍："高三（5）班。"

秦远放下球，跨过门口一堆书走进来："那不跟我一个班吗？正好，初六有个聚会，来不来，提前认识一下新同学。"

许劲知没当回事地随口道："嗯。"

初七开学，聚会在初六的晚上。当真是最后的狂欢，许劲知去得算早的，来来去去的人看他面生，也都没怎么跟他说话。

秦远拿了一摞牌玩真心话大冒险，石头剪刀布，谁输谁抽。

许劲知运气算好的，一共也没输几次。学生之间既不会问太出格的问题，也不会让做太出格的事儿，纯属打发时间。

孟妍和宋诗瑶姗姗来迟，孟妍其实没怎么打扮，耽误的时间是在等宋诗瑶动手卷羊毛卷。

看得出来宋诗瑶真的对羊毛卷情有独钟。

孟妍第一次走过去时没注意到许劲知，拿东西又走回来才看见他坐在沙发上正跟人说话。

她刚停下脚步，宋诗瑶就在她耳边小声说："他好像转到咱们班了，我听别人说的。"

孟妍声音里藏着不自知的喜悦："听谁说的？"

宋诗瑶抬了抬下巴，示意她往前看："这话是从班长那儿传出来的。"

孟妍顺势瞧了眼，那边秦远和许劲知坐在一起，她隔着些距离也听不清他们具体在说什么。

从进门到现在她听到了很多话，也说了很多话，此刻却只记得一句——"他转到咱们班了。"

孟妍和宋诗瑶一人拿杯饮料坐在角落位置，宋诗瑶全程都在说自己卷这羊毛卷的手法心得，孟妍全程都在一边听她讲心得，一边偷看许劲知。

看他抽了大冒险，不知道给谁打了电话，又看他胳膊随意搭在沙发背上，侧着头和秦远说话，还要笑不笑地朝这边看了一眼。

目光触及一瞬，她躲开了，等过会儿再抬头看过去时他人已经不在那个位置了。

是她偷看被发现了吗？

孟妍怀揣着这种堪称为"忐忑"的心情，直到最后快结束的时候往外走，才发现他犯困靠在另一边的沙发上睡过去了。

她看了会儿，然后磨蹭绕出去去了趟洗手间，等着结束回家。

这个店整得像迷宫似的，孟妍出来绕过拐角在走廊经过，就看见秦远靠着墙打电话，对那头的人说：

"外面下雪了？"

"没事，就不用送了，下雪天的没摔着吧？"

"真不用送了，那朋友睡过去了，而且有的人已经提前走了，送来也没人吃。"

孟妍只听了这么几句，秦远也很快结束电话，注意到了她。

她没话找话地问了句："是谁摔倒了吗？"

"是送外卖的。"秦远说，"今天老许生日，我本来想着既然都出来了，就顺便帮他过个生日，结果蛋糕摔坏了，他也睡着了，就算吧，不为难外卖小哥了。"

孟妍和他进去的时候，许劲知已经醒了，周围一圈人都收拾好准备走了。

像是到了晚上十点左右人就容易犯困的生物钟，许劲知坐在沙发上，微弓着身看着地上，整个人神情倦怠，困得不行。

孟妍也背上自己的斜挎包，她犹豫再三，其实是想过去跟他说句生日快乐的。宋诗瑶拍了下她的肩:"走了,想什么呢?"

班里同学已经走得没剩多少,秦远朝许劲知打了个响指,说:"生日快乐。"

孟妍抓了下身前的包带,这句话有人替她说了,就当她也说过了吧。

她打车回到胡同口,下了车却没有马上回家,脚步很慢,像是故意在等什么人。

一束车灯照过来,雪花的踪迹无所遁形,身后车轮声滚过地面,她往边靠了靠,出租车在她身后几米处停下。

孟妍回头,看见许劲知从车上下来,一脸生无可恋的困意。

出租车倒车转弯,几秒工夫他就走到了跟前。

许劲知似是已经困到一句话都不想说了,跟她并排走着,也没说话。

在即将到各回各家的岔路口,她停下脚步,开口说:"生日快乐。"

他脚步也随即停下,侧头看她。

"我听见秦远跟你说生日快乐了。"孟妍望着灯下的少年,"要不要趁着今天没结束许个愿?"

他笑了一下,声音透着股慵懒:"蜡烛都没有,许什么愿。"

孟妍放在口袋里的手摸到一个长方形的东西,是那天点仙女棒用的打火机。她拿出打火机,"咔哒"一声,蹿出摇晃的火苗。

"凑合一下?"

许劲知被她逗笑,唇边的笑更深了些:"我不喜欢许愿。"

"哦。"孟妍收了手,那小火苗随即消失。

还以为他想许个"金榜题名"或者"逢考必过"什么的,结果是四大皆空,连许愿这种事情都不喜欢。

那她就悄悄祝福他金榜题名、前程似锦吧。

第二天,孟妍起得挺早。开学第一天,她还以为去了能碰到许劲知,结果没有,教室里收作业的收作业,各干其事。

她的视线在教室里转了一圈,然后低垂下眼,放下书包掏出自己的卷子。

是的,这是许劲知这十八年,屈指可数的迟到。

芝麻胡同的平房区,少年将醒未醒,他第一感受就是冷,像是躺在了冰窖里。

按道理说交了暖气费,不应该这么快就用完了。

他不想起来,在和寒冷的抗争中无声地拽了一下被子,这下稍微暖和点，身上的感官才逐渐复苏……

直到他慢半拍感觉到头疼得要命，像是刚跑完了一整场马拉松，浑身所有的力气都被抽干了。

忽然想说要不别了吧，别复苏了。

许劲知伸手抓了下头发坐起来，冷白的手指若有似无淹没在黑发间，脑子里瞬间飘过十万个为什么，为什么他要醒为什么。

侧面一股冷风直往脸上拍，吹得他头发都是乱的。许劲知慢悠悠地往左瞧了一眼，哦，昨天回来只顾着睡觉，没留意看旁边窗户什么时候被吹开了。

他一边叹气一边关窗，一边没来得及心疼自己就已经摸了枕边的手机来看，六点半，早自习应该已经开始了。

上面是许臣发的消息，问他见到老师了没之类了。

一个转学生开学第一天就请假好像说不过去，许劲知回了许臣的微信，短暂衡量了一下从床上爬起来。

他在洗手间看见镜子里自己病态的脸色，就这状态还坚持去上学，老师感动不感动他不知道，他反正是挺感动的。

许劲知洗了把脸，二中校服他也还没领，从衣柜里随便拎了件自己的衣服，拿了几样书就出门了。

他到办公室找到五班那个姓杨的老师，对方是个穿着衬衫的中年男人。

老师看见他第一眼就问："脸色怎么这么不好，感冒了？"

他点了下头："是有点头疼。"

离谱吗，没关窗，吹的。

老师没再说什么，领着他走："走吧，先去教室。"

许劲知第一次来不认路，放慢脚步跟在杨老师后面走。

杨启超当了这么多年班主任，转学的他见过，但高三这节骨眼儿转学的还真不多。

还是从外省重点附中转到这儿，这操作属实让人看不懂。

杨启超又回头看了他一眼："不要紧吧？要不先去一趟医务室。"

他摇摇头："没事。"

孟妍在座位上翻着英语书，把没写完的那张卷子补起来。

她美术集训有半年都没翻过一下书，现在看到从前的笔记有些都看不懂了。

孟妍写完最后两道选择题放下笔，忽然想到除夕那天老妈在电话里说，等阿妍考上大学，妈就回家。

她会努力的。

她低头看了眼手表，还有几分钟就下自习了，周围的声音忽然往下降了一个度，再抬头，班主任杨老师已经站在了讲台上。

杨启超不轻不重地拍了下讲台，抬手扶了下眼镜："先停一下，咱们班转来一个新同学。"

所有人像是接收到某种指令，脑袋接二连三地抬起。杨启超冲门口一点头："来，给大家做一下自我介绍。"

许劲知穿着一身黑衣黑裤，单肩松松垮垮背着个书包，他在众人的视线之中走上讲台，简单地说："大家好，我叫许劲知。"

自我介绍这种事情，他除了报一遍名字也不知道还能说什么。

介绍走个过场也就得了，杨启超视线在班里扫过，伸手往秦远旁边的位置指了下："倒数第二排，靠墙那个位置你先坐着，过几天测验完就调座位。"

孟妍从他进门开始就不自觉盯着他看，直到老师说完这句话，他背着书包从前排经过，去到了后面的位置。

班里同学有扭着头看热闹的，还有不闻窗外事只读圣贤书的。

课间铃声准时响起，杨启超清了清嗓子："都吃饭去吧，我有点事儿，第一节数学换英语了。"

底下几个调皮的学生跟着起哄，故意把声音拖得老长："好——"

孟妍和宋诗瑶这种坚实饭友随着人群往外走，走到后门的时候听见秦远叫许劲知："走，吃饭。"

许劲知把东西往桌兜里一放，根本没有起来的意思："没胃口，我睡会儿。"

两句话的工夫，她们已经出了教室，身后的一切都掩入嘈杂声中，再听不见。

宋诗瑶挽着孟妍的胳膊，边下楼边说："你听说了吗，他是从外省附中转过来的，好像还是个学霸。"

孟妍实话道："没有。"

孟妍对这些事情向来不太灵通，倒是宋诗瑶各种小道消息都知道得一清二楚，还时不时跟她讲两句。

宋诗瑶路上叨叨着："你说他这人学习又好，人长得还帅，这老天怎么这么偏心呢。"

是啊，这老天怎么这么偏心呢。

楼道口的风吹过来，孟妍和宋诗瑶靠得更紧一些，胳膊肘碰了下她："你也不差，二中的希望，宋清华。"

武尧二中虽然不比一中，但五班是理科重点班，宋诗瑶是班里第一，也是年级第一，冲一下清华还是很有希望的。

班里人都戏称她"宋清华"，宋诗瑶倒也不在意，丝毫不认为别人这么叫她最后考不上清华岂不是很尴尬。宋诗瑶总是无所谓地说："考不上就考不上呗，人人都能上的话，那还叫什么清华。"

这个班总共四十二个人，正常发挥的话能上四十一个重本，孟妍就是那个例外。

俗称——关系户。

一个在众学霸当中夹缝生存的，美术生。

而且她还有一个非常名不符实的身份，英语课代表。

虽然英语是她的强项，但绝对没有出挑到这个程度，刚分文理班的那次考试，她不知道走了什么运气考了英语单科第一名。

于是，她就顺理成章被选为英语课代表，在往后的考试里又很快淹没于这群重本苗子中，寻常到看不见。

孟妍吃完饭回教室时刻意从后门进去，视线无意识锁定在倒数第二排，桌上放了一瓶牛奶，应该是秦远帮他带的。

许劲知似乎真的很困，睡下就没再动过，他一只手搭在脑后，周围的吵吵嚷嚷仿佛根本惊扰不到他。

他成绩怎么样孟妍不清楚，但这人觉多是真的，他们在网约车上的第一次碰面，他全程睡过去只给一个冷淡的侧脸。

第一节数学课换成英语课，英语老师踩着上课铃走进教室，先往下惯例看了一圈，然后低头翻着今天需要讲的假期卷子："高三了，都开始收收心，十年磨一剑，就看这半年了。"

英语老师找了找发现漏掉了要用的东西，最终把目光落在孟妍身上："英语课代表，去办公室帮我把卷三拿一下。"

孟妍刚从座位上站起来，又听见老师问："新同学是哪位，叫什么名字。"

后排睡醒的男生举了下手："许劲知。"

"课代表，你把新同学名字写到这个座位表上。"老师用粉笔点了点讲台上的座位表，"卷子还是我拿吧，忽然想起来早上夹在书里了，不好找。"

孟妍点头，随手拿了支笔走上讲台，对照着座位，俯下身在秦远旁边写上他的名字。

许劲知。

字迹遒劲有力，龙飞凤舞，不像是女生的字。

她小时候字写得难看，是后来专门花钱去练的，字是练成了，同时也一路承担了从小学到现在班级里所有的板报任务。

孟妍直起身往许劲知座位上看了一眼，不知道什么时候许劲知鼻梁上多了一副金丝边的眼镜。

墨黑的碎发垂在额前，更衬着肤色冷白，神情寡淡，整个人透着点病态的颓。

秦远小声问了他句什么，他撩起眼皮瞧了眼台上，点头勾唇，散漫地冲她笑了一下。

孟妍微垂下眼，心说别笑了大哥。

万一，万一……

孟妍思维忽然卡壳，半天也没在脑海中"万一"出来，大概是察觉到某人还在看她，从讲台上下来这几步路走得格外端正。

讲台上一张打印出来的座位表忽然多了一个手写的名字，扫过去是最显眼的，也因为这个，一上午来上课的老师没少叫许劲知起来回答问题。

许劲知都要怀疑在他名字后面是不是画了什么标记，比如括号里面标注"快叫这个人起来回答问题"之类的。

中午放学，孟妍照常回家，从早上到现在不过一上午，她已经很习惯于从教室后门出去。

这层楼都是高三的学生，一放学倾巢出动，人群熙熙攘攘，她没听见倒数第二排的某人在她跨出班门的那一刻叫了声她的名字："孟妍。"

她不知道，许劲知日后也没有再提。

开学之前他们在芝麻胡同遇到就会一起走，开学后孟妍反而没跟他说过话，更没和他在一起走过，仿佛在同学的众目睽睽之下，上来就表现得跟他"有关系"是一件需要勇气的事。

耀眼的人放在任何地方都耀眼，他转学过来不到一个星期，就和班上的人都混熟了。

课间偶尔能看见他们几个男生插科打诨，扯几句闲话，她不止一次经过，却从未参与其中。

直到周五晚自习结束，孟妍从办公室回来时，教室里还亮着灯，空荡的教室，走得只剩下许劲知一个人。

许劲知单肩背着书包，双手环胸闲闲地靠在后门上。

这种行为好像不言而喻，他专门是在等她。

孟妍草草收拾了几样东西，他就站在后面默不吭声地看着，空气中安静数秒后，他清了清嗓子："我，惹到你了？"

孟妍背书包的动作顿了一瞬，稍微想想也大概猜到他为什么会这么问。

"没有。"

许劲知还是靠在门上的姿势，眼睛看着她，语气不轻不重："那怎么不跟我说话？"

他说这话时语气认真，那双眼睛里多少带点无辜。

孟妍手抓着书包带子，解释说："你刚转到班里，如果我表现得跟你很熟，好像……"

她没往下说了，这又不是什么大逆不道的事，好像也不会怎么样。

秦远从他进班就毫不遮掩，原来是怎么样现在就还是怎么样，那她又在扭捏些什么呢。

"好像怎么？"他嗓音很干净，停顿了几秒又问，"我们不熟吗？"

这话听着他就是一个完完全全的受害者，但谁规定必须要她先主动说话了。

孟妍视线跟他对上，自觉占理："你不是也没跟我说话吗？"

他看着跟前穿着校服的姑娘，站得笔直跟他对峙，头发扎起一个高马尾，清爽利落。

许劲知也是头一回知道什么叫理不直也气壮，微垂下眼笑了声："我刚来那天就叫你了，你没理我。"

短短几秒钟，她刚刚那强硬态度忽然就泄了气："那天什么时候？"

许劲知听出她是真不记得，也不着急，不紧不慢地提醒她："中午放学。"

孟妍在脑子里仔细回想了一下这几天的事情，确定没跟他有任何正面的交集，说话声音也比刚才更小了些："我应该是，没听到。"

他垂下手懒懒散散地站在那儿，也不在意，唇边勾出一抹浅淡弧度："那我现在主动跟你说话，还理我吗？"

他头发蓬松柔软，灯下眉眼清晰硬朗。少年的嗓音带笑，面上偏又说着一句类似于"哄人"的话，莫名勾人。

孟妍别别扭扭地别开眼，许劲知知道她没赌气，但也说不上她在拧巴什么，故意催着问："理不理，真不理？"

孟妍没底气地嘟哝一句："没说不理。"

高中下晚自习，外面的天已经黑透了，许劲知觉得她这别扭劲儿特有意思，闷笑了声点点下巴："成，到点了，再不走底下锁门了。"

他们莫名其妙一个礼拜没说话,许劲知这几天闲了还专门反省了一下自己,是不是说了什么话把人给得罪了。

思前想后,是自从他进班她就不理人了,这会儿两人走在空荡的校园里,地上一高一矮两道身影被路灯拉长又缩短,缩短,再拉长。

他目光扫了眼地上的人影,随口说:"我还以为是上次你让我许愿,我不许,你因为这个生我气了。"

孟妍完全不知道他是怎么得出的这个结论,感觉很无厘头:"这个有什么好生气的。"

许少爷比她更摸不着头脑:"我哪知道,这不专门来问了吗?"

她低下头笑,走了几步才问:"那你为什么,不喜欢许愿?"

毕竟许愿这种"不劳"就可能"而获"的事情,很少有人会不喜欢吧。

晚上十点刚过,耳边风声阵阵,她听见许劲知语调散漫地开口说:"愿望是说给自己听的,也只有我自己才能实现。"

愿望是说给自己听的,也只有我自己才能实现。

孟妍回去就把这句话写进了日记里。

单独一个日期,下面紧跟这行字,再无其他。

这句话好像自成一派,底下无须任何赘述,就足以表达一种少年人的傲气。

孟妍本想着今天睡个好觉,洗漱完就去床上躺着了,刚才没注意,现在拿起手机才看见上面多了一条好友申请。

对方通过班群添加,昵称为一个单字:树。

头像是一只白色的萨摩耶在雪地里打滚的情景。

班里同学基本都相互加上了,忽然多这一个很容易就猜到是谁。

孟妍点了通过,她看着上面自动出现的系统提示,想着以防万一,要不要先问问是谁。

他像是正好忙完手头上的事有空了,十分简短地发来一句介绍。

树:【许劲知。】

孟妍也客套地回了他:【在干吗?】

树:【我给你打个视频,不用开摄像头,我拍给你看。】

她没来得及回复,那边视频就拨了过来,孟妍仔细辨认了一下那两个键,生怕不小心把自己这边的摄像头给开了。

等点下接听,她看到的画面是桌子的局部和一双手。

许劲知左手拿着一块颜色漂亮的寿山石,右手拿着篆刻刀往上刻字。

她第一次见就觉得他的手很好看,尤其是稍微用力时能看清手背上的筋骨,有种美和力量的结合感,他左手虎口处有一小道暗红色的疤,像是最近才弄上的。

许劲知人不在镜头内,但声音和他本人一样吸引人:"是不是很无聊,刻章。"

上回刻到一半走神,不小心把手刺破了,结果一放下就放到了现在。

孟妍没见过手工刻章,不觉得无聊反而觉得很新奇:"第一次见,感觉挺有趣的。"

她声音轻轻的,像是怕谁听见似的,不吓人不突兀。许劲知却是走神一瞬,险些又把手给划了。

他及时收住刀,手上动作跟着停下:"那刻好了送你。"

这话不是他现在想起来随口说的,是除夕那天晚上刻的时候就这么想的。

孟妍看着手机屏幕,如果算上这个,这是第三次他送她东西了吧。

哆啦A梦的挂件,点燃的仙女棒,他自己刻的章。

这些小玩意儿,还都是她多看了一眼或者说了一句好,许劲知就毫不吝啬地送给她。

半天没听见她说话,许劲知一边接着刻字一边说:"我都说出来了,你不要我很没面子。"

孟妍在这边点头:"要。"

这个没开摄像头的视频通话很快结束,她本来是想睡觉的,结果手机上给自己推送的日本电影《情书》,男主角叫"树"。

全名藤井树。

她盯着"树"这个字,默默点了进去,然后一不留神看完了整部电影。

电影讲的是通过后来人的回忆,才发现男主藤井树在初中时期有过一段暗恋,当年青涩的暗恋时隔多年重见天光,早已物是人非,满是遗憾。

孟妍放下手机走去窗边,拉开窗帘往对面瞧了一眼,夜深人静,对面依然亮着灯。

她看了几眼又重新拉上窗帘,喝了杯水爬回床上睡觉。

也许是今天发生的事,又或许是睡前看了一部男主叫"树"的电影,孟妍在梦里梦到他了,在早上睁眼的那一瞬又全给忘了,只隐约记得,是梦到他了。

芝麻胡同一户挨着一户，对面人在屋外大声说句话，她在这边都听得一清二楚。

秦远抱着一颗球在对面二层敲门，一声高过一声："老许，老许，你人还活着吧。"

许劲知又是从床上起来给他开的门，开了门也没说话，返回到沙发上坐下，微仰着头靠着沙发背，明显的没睡醒。

秦远在他斜对面的位置坐下，上下打量他一眼："昨天你不是说来打球吗，到点了给你打电话也不接，我还以为你人没了。"

许劲知轻闭着眼，也不搭腔，仿佛是在真情演绎"人没了"，隔了半晌才说："睡晚了，没听见。"

秦远怔了几秒抬头："你该不会熬夜刷题吧，感觉被你卷到了。"

许劲知从旁边拿起一枚莹白的寿山石章，红色的穗子从指间垂下。

秦远接过去拿在手里看，刻着"吉祥如意"的那一面，有故意破出去的形体，营造做旧复古感。

手工刻章，看着也是挺专业的水准了，之前有个企业老板找许劲知刻章，价钱开得不低，但是那时候他大少爷一个，最不缺的就是钱，想也不想就拒绝了。

秦远拿着这小东西左右看："可以啊，以后要是成了篆刻大师，苟富贵，勿相忘。"

"富贵个头。"许劲知笑骂他一句，"小心点看，别给摔坏了，我要送人的。"

秦远的视线从手里的东西移上来："送谁啊这么宝贝。"

许劲知从前不说挥金如土，起码也是阔少的做派，送人礼物都是挑牌子买，根本懒得动手去做什么。

他自己刻完的章都整整齐齐地放在一个单独的柜子里保存着，从未送过人。

许劲知朝门的方向抬了抬下巴："我隔壁那家，孟妍。"

"哎。"秦远倾着身子往跟前凑了凑，神神道道的，"你不对劲。"

许劲知扯了下嘴角，声音倦哑，低头微弓着背，整个人都很疲惫："小时候在一起玩过，她知道我叫小胖。"

秦远算了算这个时间差，"啧"了一声："这就叫缘分，要是换我隔那么多年肯定记不得了，而且你这会儿早变样了。"

许劲知不自觉想到在她家吃饭那天，隔壁孟叔几句玩笑话就让她一张脸红到耳根，很不经逗。

那般模样让他唇边弧愈深了些:"她也不记得我,是她爸说的。"

不记得也好,如果她单方面记得他,他反而觉得自己忘得一干二净挺不地道。

对于从前在芝麻胡同的记忆已经很淡了,同龄的孩子男男女女具体都长什么样子,在他这儿更是连个模糊的印象都没剩下。

秦远把那枚章放在茶几上,看了眼表,问:"还打球不?"

"打。人全不全?"许劲知一旦醒了就再睡不着,不去也没事干,他坐了会儿起身,"先出去吃点东西。"

秦远顺势捞起地上那颗球:"人全,我早上都懒得吃,你还挺养生。"

许劲知眸光从他身上扫过,懒洋洋地调侃一句:"大早上不吃饭去打球,你这条命真是留着给阎王年底冲业绩。"

许劲知从小就养生,不太理解旁人这种糟蹋身体的习惯都是怎么养成的。

秦远站在旁边看许劲知穿上外套,仿佛隔着窗,就已经能看见黑白无常拿着铁链朝自己走来了,他摇摇头,赶紧甩开那些画面。

某人已经穿好衣服站在旁边,好整以暇:"去哪儿打?"

秦远说:"这附近就有个球场,就是可能,有小孩。"

秦远打球时最烦场地有小孩乱入,扰乱节奏倒还是小事,球飞出去万一把人家孩子磕着碰着,要是遇上个胡搅蛮缠的家长,那多少张嘴也说不清。

许少爷的认知里显然是没有经历过这种场面,听了也没觉得有小孩就怎么样。

孟妍每个周末都有往家里屯零食的习惯,这会儿就近在一家便利店买东西。

视线看过货架上一排排饮料,她目标明确地拿了几瓶白桃味的汽水,店不太大,来往的人进进出出,一道高大瘦长的身影从她背后笼罩下来,她下意识往货架的方向缩了缩。

身后人伸手,拿走了她耳侧位置的饮料,虎口处有一道暗红色的小疤。

这动作像是无意把她圈在货架和他胸腔之间,近得可以闻到他身上淡淡洗衣液的香味。

干净清爽,若有似无。

孟妍侧头去看,他的手已经拿上瓶饮料收走了。

许劲知因为怕冷习惯把衣服拉链拉到最顶头,低头时下巴隐没在衣领中。她这个角度正好能看见他侧脸流畅的下颌线。二人视线相对,她没话找话:"你也在这儿。"

许劲知刚是真没注意到她,这会儿看见才笑了下,点头说:"嗯,来打球。"

外面秦远已经开始拖着调子催:"老许,怎么这么慢啊。人呢,人呢人呢人呢?"

这声音整个便利店里的人都听得到,再不走估计外面那位就要冲进来找人了。

许劲知抬手,又拿了瓶一样的在手上,冲她一点头:"那我先走了。"

孟妍随口应着:"好。"

她目光看着许劲知过去结账,直到便利店的门帘掀动一下,他抬脚迈了出去,再看不见。

孟妍扭回头继续挑了几样东西,随后又进来几个男生,嘴里聊着某个品牌的球衣,她在旁边跟着听了一耳朵,心里悄悄记下了那个牌子。

从便利店出来,她也不急着回家,想起刚刚他那句"来打球",脚步便往这附近唯一的球场走。

像是某种神秘力量的驱使,她从未对人有过这种感觉,复杂,也陌生。

球场外一些早上买完菜回来的大爷大妈坐着晒太阳,还有一些小孩跑来跑去的闹着玩。

打球的男生好像不挑地方,就这么一个简陋的篮球场也能打得起来。许劲知好似兴致不高,球到他手上也不怎么投,大多是运两下就抛给别人了。

他们其中有个人到点了得去补课班,秦远投中最后一个球,正准备散场各回各家。

孟妍站在球场外,左手拎着一大袋零食,她看着前面许劲知偏过头,漫不经心地往这边睇了一眼。

孟妍脑子里仿佛有个小仙儿在努力地为她出谋划策,让她短短几秒间做出反应。

她朝他挥了挥手,姿态大方利落,"恰好路过"和"专程来看"二者的性质可大不一样。

而她这样的举动毫无疑问,令真相看起来更趋于前者。

许劲知也冲她挥了下手算作回应,听见她隐约是说了句要回家了,然后就见她往旁边走了几步,随后消失在篮球场外男女老少的人群中。

秦远在旁边,把这几秒的对视看得明明白白,拧开水往嘴里灌,另一条胳膊搭在他的肩上:"我当你今天怎么了呢,原来是身在曹营心在汉。"

许劲知笑着睨秦远一眼:"扯淡。"

秦远这种吃瓜群众看热闹不嫌事大:"说真的,她是不是对你……"

许劲知唇边还带着笑,但语气明显比刚才正经了些:"人可没说,别瞎猜。"

"我怎么就瞎猜了。"秦远不服,再扭头发现人已经走了,拧上盖子追过去也要接着说,"哎,我这是有根据的。"

就因为他在球场看了她一眼,秦远就叨叨着在耳边烦了他一路。

许劲知松松拎着瓶水往芝麻胡同的方向走,一条小道越来越窄:"你说我身上有什么吸引人的,我听听。"

秦远捏着手里的空瓶"哗啦哗啦"响,瞬间来劲:"单凭哥们儿你这个长相,就招男女老少喜欢,虽然目前是个落魄富二代,但身上那种阔少气质都还在,而且吧,你还是学霸,等下周测验完出了成绩,你的魅力值还得再刷一层。"

听着还挺像那么回事儿的,许劲知半真半假,照单全收:"照你这么说,以后追我的人还不得从胡同口排到法国。"

秦远侧头看他一眼,认真地点头:"我其实就是这个意思,谁喜欢你都可以理解,我爸妈也喜欢你,这种就叫'别人家的孩子'。"

胡同窄,许劲知低头看着路走,难得收敛:"这话跟我说说也就得了,别跟旁人说这话,尤其是她,不经逗。"

秦远一副没皮没脸的样子,拿胳膊肘碰他:"就护上了?"

许劲知嘴角轻勾着骂秦远一句:"滚。"

秦远故意装着老谋深算,拍了拍他的肩:"有事问哥,哥都懂,肯定对你倾囊相助。"

许劲知一脸的清心寡欲,山上敲钟的和尚看着都没他寡,淡淡吐出几个字:"不用,没兴趣。"

聒噪了一路的秦某人在听见这句话之后就陷入了长久的沉默。

胡同里的路很长,拐来拐去,弯弯绕绕,只能听见脚下踩过碎石子的声音,对比之下这份沉默就显得过分突兀。

一直到拐进下一条小路,秦远才犹豫再三,慎重开口:"你是对谈恋爱没兴趣还是……对女人没兴趣。"

这话问得许劲知脚步一顿,也是给气笑了。

半天不说话是憋这个呢。

许劲知反问他一句:"你觉得呢?"

秦远是真说不准，毕竟像许劲知他妈妈那种一点小事就一哭二闹三上吊，为达目的能刀架在手腕上以死相逼的，这种控制欲几乎疯魔的人还真不多，许劲知从小被这样的人养大，连带着对整个女性群体失去兴趣也是情有可原。

许劲知看清他眼神里的不确定，赶在他说出更惊世骇俗的话之前开口："对谈恋爱没兴趣。"

秦远的求知欲往往体现在各种时候，比如现在明知某人耐心即将消耗殆尽，还是不死心地追问了句："为什么？"

许劲知随便扯了个理由，明眼人可见的敷衍："现在高三，女人影响我拔刀的速度，这理由成吗？"

秦远识相没再问，答应了声："成。"

他回去翻翻"五三"最终页，看看上面是不是写着"无爱即是神"。

第三章
这世上真的有一种感觉，叫作妙不可言

孟妍站在二楼浇花，前几天窗台外面几盆干掉的小绿植救回来一些，她把彻底死掉的搬回来，浇完水再把"努努力还能支棱起来"的摆出去。

收拾完这些也快中午了，孟妍坐在位置上歇了会儿，慢悠悠地从书包里抽出一张数学卷子做，想着吃饭前做到哪儿算哪儿，也算是一上午时间没白费。

她数学成绩很差，一百五十分的卷子她徘徊在六七十分，那还是艺考之前的水平，现在半年没跟学校的进度，做起题来更加费劲。

虽然还没到下周测验，她就已经预感到成绩出来一定是一团糟。

一个艺术生混在重点班，学习氛围是挺浓厚，但老师有时候讲得太快，她这种基础差的跟不上，课下也不好意思老拿这些特简单的题去问旁人。

错过的题她下次做也还是会错，有时候想想不如画画，没这么费脑子。

中午吃饭的时候，她跟老爸提了一嘴，老孟这些年又当爹又当妈，自然操心她学习生活上的一切。

孟重阳嚼完嘴里那口饭，筷子轻搭在碗沿："等这次测验考出来，不行的话，还是转班吧，当初让你进重点班也是想着重点班肯定老师教得好，现在艺考回来要是感觉明显跟不上，那还不如普通班。"

不知道为什么，她并不想离开这个班，但老爸话说得没错，在她能想出一个说服自己的理由之前，只能跟着点头："好，等考试完。"

孟重阳接着吃了两口饭，不经意地提起："你跟你妈上回联系，都说什么了？"

孟妍想起除夕的那通电话，到这会儿心里都还是温暖的："我妈说，她等我考上大学就回来，考不上也回来。"

一走三年,孟重阳这是头一回听见她要回来的消息,手上动作一滞,停顿几秒后,又接着吃饭,没有再问。

许劲知回到那小破屋,秦远进门时不小心绊了一下,险些把门给撞掉。

许劲知回头瞧了眼:"看着点,门掉了还得买。"

"你应该关心关心我才对吧。"秦远说着就又去拿那枚章,被许劲知眼疾手快地给拍开了,"打完球手脏,别碰。"

秦远不讲究,但迫于某人的洁癖,还是去洗手间把手洗干净了出来,甩了甩手上的水:"这章你什么时候给她,叫她来拿?"

许劲知已经把那枚章收起来了,许臣寄来的几箱东西里正好有专门放章的盒子。

他人坐在沙发上,从抽屉里拿出一盒新的印泥:"送人东西还叫人来拿,到底想送还是不想送。"

"那就是你给送去呗。"秦远往沙发上一瘫,早上也没吃,到现在是真饿了,"中午吃什么?"

许劲知说:"外卖。这地方偏,现在点在饿死之前应该能吃上。"

这话说了等于没说,秦远一分钟都不想等:"那你不早告诉我,刚才在外面吃了再回来。"

许劲知的视线从手机上抬起,就在秦远以为他有什么好主意的时候,他淡淡地说:"你也没问。"

"你这屋里有吃的吗,随便什么都成。"

看秦远这饿得下一秒就要把沙发吃了的样子,许劲知起身去开了下冰箱,在冰箱门打开的瞬间最后一丝希望也破灭了。

吃的都吃完了,他也没补。

他随手合上冰箱门,非常无情地撂下两个字:"没了。"

秦远赖着不想动,这个年纪的男生饭量大,尤其是上午打球消耗体力,他仰着头递过来一个眼神。许少爷毫不客气地回绝:"要吃你自己去,我不饿。"

秦远屁股还没坐热,就磨磨蹭蹭地起身:"得,你不饿我饿。"

天气预报说最近还有一场雪,逐天的降温已经在为这场雪做提前的预热。

尽管如此,孟妍的书桌靠着暖气,坐久了也还是会很热。

她开了一点窗户,好让风吹进来一些,不然本就一团糨糊的脑子更没办法思考做题了。

卷子上的题她隐约觉得不难,但死活就是算不出选项里的答案。

孟妍拿笔支着下巴,乌黑柔软的头发从脸侧垂下来,她顺手别在耳后。

窗外某人故意轻咳一声发出点声音:"在忙什么?"

孟妍侧头去看,他站在一米开外的阳台,穿得整整齐齐应该是正打算出门。

她表情无奈也沮丧,像动画片里那只蔫头耷脑的兔子:"我在做题,还都不会做。"

许劲知随口道:"我应该会。"

孟妍手中的笔无意识地在书上点了点,要叫他来教自己做题吗,他会同意吗?

可她又不太愿意在他面前暴露自己"这种简单题也不会"的事实。

二人一坐一站,隔窗对视。安静的时间各有心思,许劲知说完那句话就觉得不太对,总感觉有点在跟人炫耀似的。

话都说了,他也收不回来。许劲知抬了抬手,手里是放寿山石章的盒子:"正好我过去一趟,把这枚章,给你带上。"

孟妍笑着点点头:"谢谢。"

许劲知进来时,她还坐在书桌前对着卷子发愁。他把手里的方盒子和一盒印泥放在桌上,那盒子上四面印着"福禄寿喜",很是喜庆。

许劲知站在旁边,视线扫过摊开的卷子,主动问:"哪个不会?"

孟妍伸手在卷子上指了下:"这个。"

"我看看。"他以前在班里也经常给人讲题,男生之间也都大大咧咧不在乎,他直接俯下身随手拿起桌上那支笔,一边说一边在纸上列公式,"公式记得吗,你先把公式……"

许劲知这个姿势从背后看像是把她整个人都给包住了,他垂颈低头,下巴快点到她肩膀上。

他话说一半,其余的都卡在了嗓子里。

他一侧头就看见她正襟危坐,头发别在耳后,露出来那一点耳朵尖儿都是红的。

他这人就算是再迟钝,也能联想到今天秦远在他耳边说的那些话。

许劲知直起身,缓解尴尬般清了清嗓子。

他那句话明显没说完,孟妍摸了下自己的耳朵,瞬间就明白过来。一想到他可能是因为看到自己脸红所以不说话了,那份无地自容更是让她脸颊发烫。

孟妍手抓着衣角微低下头，人在这种"危急"时刻脑子都变得灵光了，她顶多停了两秒便说："今年供暖特别足，热的话把外套脱了吧，我也刚坐一会儿就觉得热。"

言外之意就是，她这是热的。

许劲知接着话茬点头："啊，是，是挺热。"

他只是动手把衣服拉链拉下来，并没有脱，同时不着痕迹地往右挪了半步，隔出一个适当距离才弯下身把刚才写了一半的公式接着写完："先把公式写出来。"

许劲知讲题讲得很清楚，没用那种天才式的点拨，而是讲得很基础，让她一听就能明白。

一张卷子的题量不小，许劲知带着她做，一开始孟妍觉得他应该和宋诗瑶水平差不多，做到后来她又觉得，这回测验，宋诗瑶霸占了两年半的第一，可能要换人了。

不得不说，人与人的参差，一张卷子体现得明明白白。

一张卷子做完，孟重阳也正好下班回来，顺路买了几盒桃酥给闺女送上去。

孟重阳手里拎着几盒东西，看见屋里两人坐在那儿："同学也在，正好，你们一起吃。"

孟妍伸手接过来。孟重阳在这儿热闹了两句就走了。

她把桃酥放在一个台面上拆，绳子系得太紧，她不得已打开抽屉去找剪刀。

抽屉里有个收起来的相框，许劲知站在跟前，无意扫过，照片里的男生就是上回画架上那张素描人像正主。

他视线本能地往旁边画架上看，那幅画已经不在了。

一个女生画了一张同年龄段男生的素描，还保存着两人的合照，这说明了什么。

许劲知视线盯着那孤零零的画架，随即默默地收了回来。

孟妍用完剪子合上抽屉，用盒子里白带的牛皮纸包了一块给他："这个是好吃的，跟别家做的不一样。"

她这话就是想让他尝尝，许劲知也没拒绝，接了过去。

屋里开了灯，她看见许劲知鼻梁上有个很浅的印记，那个位置当学生的最不陌生，应该是这几天戴眼镜卡出来的。

那是一副金丝边的眼镜，戴在他脸上更显得冷淡清隽。

孟妍这会儿想起来问："你近视吗？平时也不见你戴眼镜。"

他随口说：“坐后面看不太清，坐前面就用不着戴。”

主要眼镜这东西，不到看不清的时候他也想不起来戴。

许劲知没有留下吃饭，坐了会儿就起身回家了。

孟妍那屋子不大，他坐着的时候目光总是避不开那个空掉的画架，之前在的那张素描现在又没有了，自己坐在这儿总感觉有种鸠占鹊巢的别扭。

许少爷想不明白这种别扭的来源，暂且把这种说不清楚的感觉归类为，八卦。

许劲知回了自己屋，人往沙发上一靠，拿出手机从微信里翻出秦远的联系方式。

他没有给人加备注的习惯，对方昵称是什么就是什么。

秦远的昵称是一个非常不想让人点进去的：远远啊。

许劲知犹豫几秒还是点了进去，尽量不去看上头那昵称，快速打字：【班里人的八卦，讲给我听听。】

秦远正吃着饭，回消息也快。

远远啊：【班里属我的八卦多，你想听哪段儿？】

许劲知故意把话模糊了一下：【我问那个艺术生。】

秦远还以为他这是开窍要"深度"融入班集体了，结果上来一问就是带目的的。

远远啊：【她没什么八卦，虽然成绩放在五班算是很差，但人乖，不旷课不早退，班里板报都是她办。】

许劲知算是有某种自动筛选重点的本领，一眼扫过就只看见了那句"人乖"。

话问完了，他如同一个"用完就扔"的渣男一般，随手点了一个表情包，默认结束对话。

但这种隐晦手法秦远直接当看不见，消息不停地往外弹。

远远啊：【我今天说错了，看样子原本那段话得反过来说。】

远远啊：【你听哥的，哥教你。】

远远啊：【等测验完出成绩，直接魅力值刷满，以后在二中横着走。】

许劲知看着这话越说越离谱，上头还在不停出现"输入中"，他简短打了几个字：【再说拉黑。】

孟妍等人走了之后才打开他带来的方盒，红色盒子里躺着一枚盈白色的石章。

她拿出来试着在纸上印了一下，四个小篆字体显现："吉祥如意"。

孟妍又拿着在纸上印了好几个，彻底玩尽兴了才收起来。

她也想送许劲知一个礼物，但又想着像他那样的人估计从小到大收到的礼物数不胜数，其中平平无奇算不上出挑的，他收到八成都懒得拆，随手放在角落里积灰。

孟妍没有给男生送过礼物，眼下唯一能想到的就是那天在便利店听见别人说的球衣。

她拿出手机在里面搜，NBA球衣。

后面关联的常用词条跳出来：NBA球衣送给喜欢的男生。

星期一开学，孟妍从后门进班，她的目光无意瞥过倒数第二排靠墙那个位置。

干净整洁的桌面上，放着一个信封。

信封上印着粉红色的爱心。

孟妍没少在附近文具店买信封这种东西，像这类带有爱心的样式，不用想也知道是用来干什么的。

她回到自己座位上坐下，随着班里的人陆续到齐，她忍不住想扭头往后看。

她想看看许劲知拿起桌上那个信封是什么反应。

她位置在前面，又不好一直转着身子看后排，终于皇天不负有心人，她目睹了许劲知拿起粉色信封的全过程。

许劲知这周换上了二中校服，白蓝配色，他似乎习惯把所有带拉链的衣服都拉到顶头，颔首就半遮着下巴。

他来了看见桌上有样东西，下意识以为是秦远的，拿起来顺手就扔秦远桌子上了。

刚做完这个动作，他脑子就慢半拍地反应过来，那东西好像是个，粉色的。

许劲知手还放在书包上，垂眸扫向那粉色的信封，又抬眼看过班里。

他抬眼的瞬间让人来不及躲避，和前排一道专门侧着身往后看的目光猝不及防撞上。

孟妍触及他的眼神，一瞬就别开，故作淡定地就势弯下身系了个"本来就没有开"的鞋带，装作刚才那一眼是无意扫过。

系鞋带毕竟是假，怎么都是她心虚。

孟妍俯身听见自己略微加速的心跳，再到直起身端坐在座位上，目不斜视，扎起的马尾下是一截白皙的脖颈。

那信封跟她没关系，她跟着瞎紧张个什么劲。

许劲知看她坐得端正，又低头瞧了眼被自己扔在秦远桌上的信封。

不会吧。

应该不会吧。

他这么想着，坐下时还是把那信封又拿回来了。

许劲知不是第一回收到这种东西，但这是第一次拿在手上，感受到纸张轻微的分量，心里甚至还有那么点不要脸的期待？

他神色坦然，修长指节不紧不慢地拆着手里的信封，展开里面那张粉色信纸，上面是空白的。

什么都没有。

孟妍坐在位置上拿出单词本开始背单词，英语是她唯一的长项，说什么也不能再落下。

秦远从后门进来，书包隔着一排就往桌上扔，随口甩出一句："你拿我的东西干什么？"

许劲知正捏着那张空白的纸发呆，抽空瞧了他一眼又什么都没说，把纸折好塞进信封，重新放秦远桌上："你扔我这儿了。"

秦远回味了一下刚才许劲知那略带茫然的表情，坐下收拾东西，用肩膀碰了下他："你以为这是情书吧？"

许劲知别开眼，也不吭声。

给留点面子吧兄弟。

这朋友还能不能做了。

说得他好像是那种"认为全天下妹子都喜欢自己"的自恋狂。

许劲知停顿几秒后拿了本习题出来，也没侧头，就随手翻着问："你买这么粉红的信封干什么？"

秦远说："我妹买的，不知道怎么夹我书里了，我看见就随手扔出来了。"

许劲知没再搭腔，题也没看随手钩了个"C"，扫了眼题又划掉改成"B"。

随手就扔我桌上？

这周的周三、周四用来测验，每个学校重点班的学习氛围总是最浓厚的，尤其体现在考前，武尧二中的高三年级，每年会在这个时候的开学一周左右进行测验，测验完是百日誓师大会。

专门卡在这个时间点，测验的目的也很明显，让分数在高分段的同学继续查缺补漏，而相对于孟妍这种低分段选手来说，就是知耻而后勇。

她这两天努力做了一些基础题找感觉，无暇顾及许劲知桌上那封信是怎么回事，放学要是正好跟他遇上了就一起走，没刻意走掉别别扭扭。

礼拜二放学，班长让提前把桌子和书搬到教室外面，教室里只留出几张空桌子考试用。

孟妍想偷个懒，把桌子和书两样一起搬，出班门时桌子腿被门槛绊了一下，上面整摞书都往一边倒。

她腾不出手，右边及时靠过来一道身影，伸手扶稳了书："慢点。"

孟妍抬头去看，是许劲知干净流畅的下巴，和鼻梁上来不及摘的眼镜。

许劲知路过想着顺道帮一把："我帮你搬。"

她摇摇头，手把在桌子左右两端不肯松："不，不用。"

孟妍很快把桌子搬出去放好，转身发现他还没走。许劲知胳膊肘搭在围栏边，视线往下面花坛看。

她站在原地没一会儿，他偏头看过来，也没说话。

楼道里充斥着桌子腿儿摩擦地面的刺耳噪音，放学的人潮中夹杂各种关于考试、关于分数的担忧。

半晌，他最先察觉到自己应该说点什么，可他脑子里除了公式，此刻能想到的只能在"你怎么在这儿"和"啊好巧原来是你"作为开头。

这两句显然都不合适。

他思考了一小会儿："一起走吗？"

孟妍也没去过多脑补他这句话里的意思，只点头道："一起。"

今天是元宵节，晚上学校食堂还特别供应了元宵，她在教室磨蹭了一会儿才去吃饭，到的时候元宵已经卖完了。

学校门口没多远是一条小吃街，路边小店都亮着灯。

旁边穿着同样校服的两个女生走过，其中一个说："这回第一应该还是宋清华吧，她最后要是考不上清华，那就是二中不行，不是她不行。"

"第一我就不惦记了，寒假我爸妈找了个名校大学生给我补课，一对一，我觉得挺有效果的，希望能进前五十。"

宋诗瑶是孟妍从小玩到大的朋友，听到"宋清华"这个代号，孟妍还专门扭头看了一眼。

那两个女生挽着胳膊结伴走过，她回过头，若有似无叹了口气："这次要是考得不行，我估计就要转班了。"

许劲知没听清，微低下头问："什么。"

"重点班本来就是我爸托关系让我进的,原来上课还可以勉强跟上,上学期他们已经复习过一轮,我没在,现在就更费劲了。"孟妍还冲他笑了一下,仿佛不是什么要紧事,"我估计要换去普通班。"

许劲知这回听清了,沉默着点了下头。

到了高三最后这半年,谁都想再拼一把,转班还是不转班,以他们目前点头之交的同学关系,他甚至都没资格提意见。

孟妍不是话太多的那种人,但是刚刚一口气说了一大串,某人也并没有过多回应。

她两手垂在身前,十指交叉。

她其实想听听他怎么说。

一路上,他们并排走着,有一句没一句地说着话,晚上芝麻胡同很安静,除了偶尔能看见几个晚归的学生,见不到人。

孟妍到家时,孟重阳还没睡,在看着电视等她。

她一路上还在想转班还是不转班,其实她是不想走的,但苦于找不到理由,这会儿又忍不住再问问老爸,想探探他的口风。

孟妍假模假样去给自己倒了杯水,专门从孟重阳面前经过:"爸,我之前在这个班一直挺好的,宋诗瑶也会给我讲题。"

她这句摇摇欲坠的理由被孟重阳一语戳穿:"爸知道你跟她从小一起长大,人家成绩好是人家的事,原来课程不紧,她可以课余教教你,现在最后一百天,人家姑娘要是想考清华,哪顾得上管你。"

孟妍喝了口水,黑亮的眼睛看着老爸,点头应着:"哦。"

早知道就不多嘴跟老爸提跟不上课这回事了。

现在想反悔,真是难上加难。

不过提不提她说了不算,等成绩出来一目了然,就算她什么都没说,老爸看到成绩也还是会知道她在学校学得怎么样。

孟妍喝完这杯水拿上书包上楼,她拉开一点窗帘,看到对面屋子的灯是亮着的。

她最近为了考试想恶补一下,睡得晚。也正因为这个,孟妍有意无意地观察到,从开学到现在对面那间屋子每天的熄灯时间都在凌晨一点半到两点之间。

天才学霸是什么样她不知道,但是这位,还是挺拼的。

孟妍做完作业,又往他那边看了一眼,今天他早一些,已经熄灯了。

她抬头望了眼天上,圆月挂在黑幕中,静谧的月光如细纱笼罩而下,铺洒在小小的芝麻胡同。

孟妍看了一会儿，拉上窗帘，从桌上抽出日记本，拿起笔字迹飞扬地写了一句：

> 今天月亮挺圆的，就忘了叫你看，元宵我也没吃上，下次有机会一起。

第二天一早，孟妍收拾好东西出门，外面的地面和屋顶都铺了层厚厚的雪，天上还洋洋洒洒飘着一些。

孟妍伸出手感受了一下室外温度，又折回屋里把围巾戴上了。

她长得一张标准鹅蛋脸，眼睛清澈明亮，头发扎起来也还是会冒出些绒毛碎发，更显这个年纪少女的灵动。

孟妍出去刚走没几步，就在前头岔路口遇到了许劲知。

冬天的早晨将明未明，偶尔几家有学生早起的才亮着灯，雪花飘飘而落，落在少年人的发梢上。

许劲知穿着校服，书包懒散地挂在肩上，看着有点没睡醒的样子。

她把手从口袋里伸出来，冲他做了个加油手势："许劲知，考试加油。"

他点头笑了下："成。"

为期两天的考试很快结束，周四考完全科，头一天考的有些科目已经出成绩了。

宋诗瑶从学校小超市回来，手里拿着瓶饮料，路过孟妍的时候还往她桌上放了几颗糖："老师叫你去办公室。"

孟妍拿起糖，冲她点头说："好。"

因为英语课代表这个职务，她平时没少往办公室跑，这会儿听见要去办公室，也没觉得有什么稀奇的。

孟妍去了才知道，找她的不是英语老师，而是班主任，杨启超。

杨启超桌上放了一壶茶，里面泡着枸杞和菊花。他见她进门，就说："来，老师问你个事儿。"

孟妍有点蒙地走过去，杨启超没磨叽地直接问："你要转班？"

她摇摇头："还没想好。"

她盯着桌面上那壶茶，犹犹豫豫，想不出一个确定的答案。

"我刚才在外面碰到宋诗瑶，她问我现在转班，好还是不好，然后就多聊了两句。"杨启超说，"其实有好有坏，看你怎么想，虽然我在二中教了这么多年，但二中不比一中，学习氛围也就五班还能说得过去，别班自由散漫的不在少数,半大的孩子都爱玩,看着别人不学自己也忍不住开小差了。"

孟妍似懂非懂,跟着点头。

杨启超和历史书上那位"梁启超"撞名,但他这个人却一点都不古板。

但凡是进了他的班,他就不会轻易放弃任何一个学生,这会儿看着孟妍,语重心长:"等调了座位马上就会进入下一轮复习,过基础部分的时候你下点功夫努力跟上,而且你有艺考的成绩,老师也愿意帮你,后期拔高你跟不上可以不用跟,我帮你找一些适合你做的题,老师给你开小灶,咱们努努力,也能上重本。"

杨启超说:"去别的班可能上课更轻松一点,但是自制力不强的学生容易受影响,老师跟你说清楚,等分数出来,你自己看。"

孟妍脑子里装着这番话,认真地点头:"好,谢谢老师。"

她从办公室出去正迎面遇上许劲知进来,他完全收起了平时那副懒散样子,正经得不行。办公室里好多老师都在,她也不好多问,只点头打了个招呼从他身边走过,先回了教室。

周五开始陆续发卷子,赶在下午放学前总成绩排名和座位表更是全都出来了。

秦远占着班长优势,率先从办公室拿到了那张成绩表,回来往讲台上放了一份,另一份往自己桌上一拍,颇为震撼地看着某人:"你是人吗?"

许劲知的视线从题本上移开,看着那张成绩表,从上往下。

第一名许劲知,694分。

第二名宋诗瑶,665分。

第三名是班上另外一个男生,641分。

除了前三名断层比较厉害,从"600"到"550"这个分数段就比较密集了,隔几分一个人。

再到最底下还有一个极端断层可怜巴巴的分数,349分,孟妍。

孟妍早就核对出自己多少分了,现在成绩表下来,她也没往前凑那个热闹。

讲台上围了一圈人,她隐约听到那么几声压低的:"真的假的。"

上面人看完成绩表,下意识抬头往倒数第二排的某个位置上看。

这回的第一,真的换人了。

关于这个"空降第一"的许同学,孟妍也是等人散得差不多了上去瞧了一眼成绩表,他的分数快有她的两倍了。

她视线看着上头那一长条各科成绩默默叹了一声,不愧是许同学,这成绩还真是争气。

孟妍感觉到肩膀一沉,是宋诗瑶把胳膊搭了上来。

宋诗瑶低下头一看,跟班里人是同样的反应。

宋诗瑶中考发挥失常才来了二中,但从进校起她就一直稳坐第一,虽然听说新同学是个了不得的学霸,但她潜意识里,觉得他们两个应该差不多,就算比她多的话也多不了几分。

但这么一瞧,名次只差一位,却比她高出将近三十分。

她二中宋清华断层第一的神话,就这样被人毫不留情地打破了。

宋诗瑶伸手点了点纸上许劲知的名字:"要不把我宋清华的代号给他吧,许清华。"

杨启超手里拿了杯菊花茶,清了清嗓子从教室门口走进来。孟妍和宋诗瑶匆忙相视一眼从讲台上下去,回到自己位置上坐好。

"成绩都看了吧,个别人下课我单独找。"杨启超扶了下眼镜,半开玩笑地说,"咱们班新同学成绩很不错啊,办公室老师都说今年二中能出个清华了。"

刚考试完气氛还比较放松,班里有人小声说话,杨启超也没制止,从前面屏幕上投了一张新排出来的座位表:"按照这个座位表,换一下位置。"

孟妍在表格里仔细找自己的名字。她先看到的是许劲知,再然后,才是许劲知旁边的名字,孟妍。

她握笔的动作都有轻微的收紧,这种班里第一和倒数第一坐同桌的划时代现象,发生在了她的身上。

孟妍转着身子往后看,所有人都在看座位表,唯独他没有。

许劲知低着头不知道在看什么,手里拿了支笔写写画画。

那天杨启超叫他去办公室,第一句话就是:"数学不错,这回第一,146分,差一点就满分了。"

他无意瞥见旁边电脑上的空白表格,当时那上面只写了一行字:高三(5)班座位表。他别开眼斟酌了一下,还是开口:"老师,那数学第一能不能挑个座位?"

别的他不擅长,装乖却很有一套。

从开学第一天"带病上学"开始,杨启超对他的印象就一层层刷新好感,这种踏实又努力的学生,没有当老师的会不喜欢。

所以面对他这一个微不足道的请求,杨启超当即点头:"行,你先选。"

教室里搬桌子搬椅子夹杂着各种说话声,孟妍的位置变动不太大,许劲知从后面搬了一摞书过来，放在她桌上空余的地方："同桌，先借点地方给我放下书。"

孟妍点着头，还专门把自己的东西往里挪了挪。

许劲知去后面把东西搬完，借放在她这儿的书也收了回去。

这位置算是教室中后排，她在靠墙的角落，他在靠走廊的这一边。

剩下的晚自习大家都在安静地看书，也有讨论分数和明天周六誓师大会的。

二中一向比较"龟毛"，百日誓师不在学校，而是安排在城外的某座山上。要坐大巴到山下，再来个全民登山，读个演讲稿子也得站到上头去读。

许劲知刚从秦远那儿听到了这些，回来坐下，一条腿支在桌子腿儿外，晚自习一般没人走动，他这么坐也不用担心会绊到谁。

孟妍本来在做周末的作业，从他坐下开始她便有点心神不宁，因为他不止一次地往这边看，像是欲言又止。

她也没好意思问，就埋头装看不见。

终于在自习快结束的时候，听见他说："明天誓师大会结束，还能见着你吗？"

孟妍手中的笔一顿，没想到他是想问这个。她侧过头，已经有了答案："老师找过我了，我想了想，还是不转班了。"

身为五班唯一一个菜鸟，她同样想和各位同僚一起努力一把。

孟妍回家就把这个决定告诉了老爸，她要留在五班。

孟重阳眉头紧皱，问得也很明确："考了多少？"

她犹豫几秒说："349分。"

本来是想说350分的，还听着好听些。

这个分数艺考，本科应该是可以的，但和重本这两个字摸不到边。

孟妍实话实话，等候发落。孟重阳皱起的眉心却忽然舒展开来，一拍大腿："那还行，我还以为只有两百多分呢。"

孟妍听着都忍不住笑，从小老爸就是"鼓励式"教育，就算她真的只考两百多，艺术本科线都摸不到，老爸也会说："啊，那还行，我还以为只有一百多呢。"

孟重阳没再发表转不转班的言论，只是跟她说："阿妍，本科线你可得扒住了，咱好赖上个本科。"

她连连点头："嗯，知道了爸。"

有一个"就算自己考三百多分也觉得还不错"的老爸，她还有什么不知足呢。

孟妍上楼扔下书包，看见手机上多了一条消息。

树：【山上冷。】

对方陷入"正在输入中"得有足足两分钟，硬是没下一句发出来。

许劲知脑子一热想告诉她山上冷，明天多穿点，前半句发出去又觉得自己说这种话是不是有点"逾越"了。

这边孟妍等着上头"正在输入中"消失，才终于看到后半句话发出来。

树：【明天我多穿点。】

孟妍看着这两行字，怎么也拼凑不出一个合理的逻辑。

这是把她的对话框当成提醒自己穿衣服的备忘录了吗？

孟妍回复了一个单字：【哦。】

回完，她又觉得这一个字轻飘飘的，很冷淡。

那边没有再发，她也放下手机就此作罢。

许劲知进去浴室洗了个澡，一个人住得自在，衣服不小心被水溅湿了，随手套了条灰色长裤就往外走，他微低着头，拿了块毛巾擦头发，屋里灯光明亮，许劲知余光忽然瞥见沙发上坐了个人。

出于"知羞耻"的人类本能他连那人是谁都没看清，直接就给吓得退了回去。

许劲知去卧室抓了件长袖T恤穿身上，再走出去才看清稳坐在沙发上的人是秦远。

他有些无语，语气淡淡地撂下一句："你有病？裸男好看吗？"

"我哪知道你不穿衣服。"秦远视线往下，指了下许劲知被衣服遮挡住的腰腹，"要我说，可以的兄弟。"

如果他刚才那一眼没看错的话，许劲知还有腹肌，适度且不夸张。

许劲知并不想跟他探讨这个话题，懒懒抬眸睨他一眼："大晚上来这儿干什么，被赶出家门了？"

之前许劲知扔了把钥匙在门口花盆里，秦远每次"离家出走"就来这儿，拿上钥匙自己进来住一晚，这地方常年也没人来，后来那钥匙就让秦远带走了。

离家出走这种戏码演多了，秦远他爸妈干脆都不找了，知道没跑丢，问都懒得问一句。

"我爸妈嫌我这回考得不好，一直在我耳边叨叨，张口闭口就是'你看看人家许劲知啊'。"秦远耸了耸肩，一脸无奈，"得，我这不来看看嘛。"

结果来了敲门没人应，进来刚坐下就看见许劲知光着膀子走出来。

看得还挺彻底。

许劲知觉得要是不把他支开今天是绕不开这个话题了,下巴朝旁边那屋点了下:"要是不回就去那儿睡。"

秦远就等这句呢,站起来走了两步,客套地问了句:"那你打算干吗?"

许劲知言简意赅:"刷题。"

秦远这迈出去的脚都自觉往后收了半步:"你都考694分了大哥。"

他忽然觉得爸妈有句话说得没错,那就是,你看看人家许劲知啊。

许劲知在今晚无数次成为家长口中"别人家的孩子"而且本人浑然不知,他微仰着头看着秦远,语气随意散漫,莫名欠揍:"凑个整,争取下回七百。"

秦远多多少少还是被他给影响到了,拿了他一份卷子做,结果做到一半困得不行,打算先撤。

许劲知戴着耳机,并没有注意到某人已经停笔了。

秦远拍了下许劲知的肩,困倦中带着那么一丝强撑起来的精神:"老许,我先睡了,就冲你这股劲儿,谁也影响不了你拔刀的速度。"

秦远人走门一关,许劲知这屋里彻底安静了,没有一点声响。

他摸了下左手虎口处的那一小道疤,颜色已经变淡,但仍有轻微的不平之处,估计消不掉了。

会一直留着。

第二天周六,学校规定七点在校门口集合出发,孟妍起得早,在胡同口的便利店简单买份早餐。她拿了瓶豆奶和三明治过去结账,排在她前面的人是秦远,手里拿东西都是双数,明显两人份。

秦远见这校服眼熟,才定神瞧了眼:"哟,这么早。"

他往收银台上放着东西,拿手机准备扫码。

孟妍也点头跟他打招呼:"你怎么在这儿?"

秦远付了钱,把东西往袋子里装:"昨天晚上在老许那儿睡的,我出来的时候他还没起,想着让他多睡会儿,没叫他。"

说曹操曹操到,话音刚落,外面就走进来一个人。许劲知抬了下眼皮扫过收银台,在看向秦远之前目光在她身上短暂停留一瞬:"聊什么呢?"

孟妍看着许劲知,今天他校服外面套了一件棒球服,扣子也没扣上,就那么随意敞着。

"正说你呢,说我出门之前没好意思叫你。"秦远一手拎着袋子,一手拨了一下他这件外套,"你怎么穿得比我奶奶还厚,该不会出来之前还套棉裤了吧。"

许劲知没说话,他也根本没有棉裤这种东西,但怕冷是真的,一旦冷了就觉得很委屈,莫名其妙的。

说出来还很矫情。

在这儿遇到了,他们三个自然一起往学校走。一路上,秦远那嘴就没停过,孟妍觉得他特逗,笑也不敢笑得太明显,低着头笑。

几辆大巴停在学校门口,各班班主任站在车下,无形中充当了人形招牌。

班里有个男生过来找许劲知,隔着两米跟他挥手:"杨哥叫你。"

班里学生私底下叫杨启超为"杨哥"。

许劲知反应了一下这个对他来说不太熟的称呼,手里还拎着一瓶水就过去了。

孟妍看着他走去前面,杨启超同时叫的还有一个隔壁班的女生。

那位女生是学舞蹈的,身姿窈窕,亭亭玉立,个子也比孟妍高出一小截。

孟妍看着那个女生站在许劲知旁边,仅仅是一个背影,就让人觉得他们两个格外登对。

孟妍握了一下手里的豆奶瓶,每多看一眼,心底就有种微妙朦胧的感觉。像是在冰激凌里忽然咬到了糖衣药丸,糖衣逐渐消退,有种说不上来的苦涩。

这也是她第一次觉得,自己为什么没有再长高一点。

宋诗瑶从后面过来,胳膊勾上孟妍的脖子,视线自然落在前头的俊男美女上,忍不住感慨:"他们两个好般配啊!"

孟妍看了两秒,没说是,也没说不是,好像她死不承认他们般配,他们就真的不般配了一样。

她默默收回视线,叹了口气:"先上车吧。"

宋诗瑶刚才是故意那么说的,就为了试试孟妍,现在结果了然,故意不肯放她走,放低声音在二人之间小声说:"你是不是吃醋了?"

孟妍下意识地往旁边看,生怕让人听见了:"你别胡说。"

杨启超不知道在跟他俩聊什么,聊了很久都没结束。

孟妍和宋诗瑶上车,在最靠近后车门的位置坐下。

直到车快出发的时候,许劲知才跟杨启超一起上来,前面秦远旁边给他留了个位置。孟妍不过是多看了一眼,宋诗瑶就直接站起来走到前面,"大言不惭"地开始说瞎话:"许劲知,我能跟你换个座儿吗,我晕车。"

许劲知这人也好说话,跟她点头:"行。"

孟妍看着二人身影交错,许劲知往车后走,然后,在她身边的位置坐下。

他身上带着一股干净好闻的味道,像是洗衣液或者洗发水那一类的,清清淡淡,若有似无。

许劲知调整出一个舒服的坐姿,手搭在前面横杠上,不紧不慢道:"巧了不是,在这儿也是同桌。"

他不经意的一句,总能让她心底泛起层层涟漪。

孟妍看着他清俊的侧脸,原来,这世上真有一种感觉,叫作妙不可言。

孟妍想得走神,隔了快半分钟才含糊地应了声:"是啊,好巧。"

她把碎发别到耳后,尴尬地把头转向车窗玻璃,这种大巴车窗都是封死的,也推不开,只能瞧两眼外面,假装自己有事可做。

班长秦远又点了一遍名字,确定没有谁漏掉才告诉司机可以出发了。

学校租来的几辆大巴接连启动,光这阵仗看着就很不简单。

外面日头正好,稍微有点太阳照进来很暖和,孟妍靠着椅背昏昏欲睡。大巴在中途休息停了一次,原本在车上睡觉的聊天的同学都凑热闹般跟着下去透口气,她也是被这声音给吵醒的。

车上几乎没剩几个人,许劲知也没在。

孟妍准备下去买瓶水,许劲知和秦远正说着话从后车门上来。

许劲知侧头看他:"你怎么不装一书包你妹的信?"

秦远嚼着口香糖,摆摆手:"下回我再乱扔也扔不到你桌上了,咱隔了两排还有一个走廊。"

信。

孟妍脑子里想到了那天他桌子上的粉色信封。

她当时假装系鞋带,并不知道后续,转瞬间许劲知已经在旁边坐下,他屈着一条腿,另一条长腿抻直踩在下面过道上。

许劲知把手里的水递过来一瓶,慢悠悠道:"看你没醒,顺便买的。"

他握着瓶子的手骨节分明,干净白皙,手腕上戴着一块黑色的表,不是什么大牌,但他这人就算往手腕上拴一根狗尾巴草,也让人觉得那根草很贵。

"谢谢。"她正想去买的,这下省得出去了。

虽然不贵,但总收人家东西心里老是惦记着,下回得送还他一个什么。比如她上次看到那件 NBA 的白色球衣。

十分钟后大巴启动,孟妍这回倒是没再睡了,许劲知从口袋里掏出耳机塞上,发现她在看后,微怔了一瞬,像小孩子分食糖果那样摘下一边:

"你要？"

孟妍赶紧摇头："不要。"

她平时很少听歌，除了偶尔出么一两首大热的歌她听一听，也根本没有听歌的习惯。

"这不是歌。"他说着，微倾过来，伸手直接给她戴上了，"你听听。"

然后，一段奇妙的对话传入她耳朵里。

哆啦A梦和哆啦美为什么不一样？因为，因为是神奇的动力油。

孟妍把耳机戴正，这学霸耳机里听的东西，就是，和常人不一样啊。

孟妍一副见过"大世面"的样子，淡定地听了一段，觉得应该是哆啦A梦广播剧那一类的东西。

有了耳机里的东西，一路上就算不说话也不觉得奇怪，她听着听着就走神，但他好像听得挺认真的，时不时还勾起嘴角笑一下。

大巴到了地方，带队老师简单说了两句就让他们开始爬山。

孟妍这种毫无运动细胞的选手就跟宋诗瑶聊着闲话，磨磨蹭蹭跟在队伍后面，看着那山就走不动路。

跟前经过两个别班男生说："别的学校誓师都在学校，咱们还得爬山，还是周六爬山，没人性。"

声音逐渐走远，宋诗瑶又凑过来八卦："你们两个一路上坐一起，说什么了没？"

"没。"孟妍摇摇头，"他听了一路哆啦A梦。"

宋诗瑶难以置信地"啊"了一声："这也太无聊了吧，哆啦A梦小时候不都看过很多遍了吗，这个东西现在还放耳机里听啊。"

孟妍还什么都没说，宋诗瑶就已经吐槽了好几句。

尽管许劲知这会儿人不在眼前，但孟妍也总想着维护某人的颜面，她声音不大地含糊道："我觉得还好啊。"

她这人干什么都温暾，端水大师从不倾斜向任何一个人，但涉及到许劲知，她又护短得紧，一句不好的都听不得。

一行人浩浩荡荡去到山顶观景台，许劲知不愿意出风头，还是往日好学生宋诗瑶念的演讲稿。

太阳已经升起，淡金色的光笼罩下来，照着蜿蜒山脉如同屠龙少年的脊梁。

宣誓结束后，许劲知转身回头。人群纷纷散去，吵吵嚷嚷，他冲她笑了一下。

孟妍身后的秦远抬手招呼了一声："这儿！"

得，那八成不是冲她笑的。

孟妍挽着宋诗瑶随着大流往下走，人群熙熙攘攘，路边几团野花却垂丧着脑袋。

她像那花一样。

秦远过去，胳膊直接搭许劲知的肩上："一起吃个饭？"

许劲知的视线从某处收回来，不咸不淡吐出两个字："随便。"

许劲知是吃了饭才回家的，他照常走到家门口，杨真就站在那儿，手里拿着一个饭盒，身后的门上贴的都是小广告。

他脚步在原地立住，停顿几秒后转身就走。

他们不是没谈过，但谈不拢，不如不谈，免得几句话顶起来场面不好看。

杨真在身后叫住他："劲知。"

他听见这一声名字，没有往前走，也没有转身。

好像全能学霸就该什么都会，但他不知道该怎么跟自己的妈妈交流。

杨真快走了几步追上，上下打量他一眼："吃饭了吗，妈妈做了一些。"

他低头看着地下，没个正行地踢着脚边石子："吃过了。"

杨真坚持道："吃过了也再吃一些，妈妈特意做的。"

看，她从来都不会听他说的什么。

许劲知也不说话，就这么干耗着。

杨真越来越不知道该拿他怎么办，有些泄气："不想吃算了，妈妈就是来看看你。"

上回除夕许臣回去说儿子瘦了，她担心他在这儿吃不好住不好，又怕把他逼急了再跑了，这回要是离开芝麻胡同，估计就去她再也找不到的地方了。

杨真知道他身上还有钱，没到愁吃愁穿的地步，也没多问下去。两个人面对面站了会儿，她主动说："我走了。"

许劲知始终是半低着头，听见这话点头，不过是把头点得更低了一点。

直到他听见高跟鞋走动的声音才抬起头，他撩起眼皮看向那一抹高贵骄傲的背影渐行渐远。

他忽然有点说不上来的感觉，老妈那么大老远来了，专门给他带了午饭，他怎么着也该吃两口的。

许劲知看着前头，张口叫了一声："妈。"

他嗓音干涩，叫出这个字竟是扑面而来的陌生感。

他已经记不得有多久没这么叫过了。

前面那道身影也没听见，转身消失在了芝麻胡同。

许劲知盯着那个空荡荡的路口看了会儿，始终没有追上去。

算了，下次吧。

孟妍回来坐的出租车把她送到一个不常走的路口，她下车得先经过许劲知的家，再然后，才能到自己家。

于是，她非常巧合也非常无心地，站在拐角撞见了这一幕。

为了避免上次的尴尬重演，她就在这儿躲着没出去。

约莫等了三五分钟，她看着那个女人离开芝麻胡同才迈开腿往外走，走出拐角。

视野不被遮挡倏然变得开阔，胡同里乱七八糟缠绕的电线杆子下面，许劲知站在那儿，他没有走。

二人面对面遇见，她总不能就这么走了。

刚才许劲知叫了一声"妈"，然后她就从墙角出现算怎么回事。

孟妍隐约觉着气氛不太对，没去追着问他和他妈妈之间怎么怎么样了。

许劲知忽然低头，勾唇笑了一下，手揣在兜里懒懒散散往前走了两步，才抬起头看她："这种破事儿你怎么总能碰见。"

他十八年的人生履历其中不少可以称得上"高光时刻"，但接二连三的尴尬几乎都集中发生在这几个月，而且，还都被她或多或少地看到了。

这算哪门子稀罕缘分。

"我也不知道。"孟妍摇摇头，她怎么知道。

她站在后面不敢出来也挺尴尬的好吗。

孟妍说完这句就看着他，没了下文。

直到许劲知摸了下后颈，轻咳了声别开眼："不回家吗？"

"然后呢？然后呢？"

那天晚上，宋诗瑶过来了，拽着孟妍的胳膊想听八卦，孟妍只是"老父亲"般地拍了拍宋诗瑶的手，那天也并没有发生什么。

当时她有些呆愣地回过神，点头说："就回了，再见。"

孟妍不是"社恐"，也不胆小，唯独在面对他的时候会不自觉小心斟酌自己说的每一个字句。

· 065 ·

周一早自习，孟妍背着书包进教室。她位置靠墙，而靠走廊的桌上放着本书，应该是人已经来了，但这会儿没在。

孟妍左右看了看，不到自习时间，班里小声说话的人不少，她过去刚放下书包，他就从门口进来了。

许劲知拿了一摞英语周报放讲台上，袖子挽起露出一截清瘦的手腕。

他一边往座位上走，一边把袖子放下来，坐下说："来挺早。"

"刚到。"孟妍想了想，又问，"你物理卷子写了吗？"

这话的意思已经很明显了，她总不能是想跟他这种好学生对答案。

许劲知从桌兜里抽出一小沓卷子，挨着翻哪张是物理，头也不抬地随口道："放假两天不够你写作业？"

她捍卫尊严般为自己誓死辩驳："有一张忘了带回去。"

其实就算带回去，她也没几道会写的。

说着，许劲知拿了张卷子递过来，她伸手去接，他没注意手又往前送了一下。

孟妍的手碰到了他的指尖，感觉是凉的。

不正常的那种凉。

许劲知看着她拿上卷子，没马上动笔，脸上表情还略带纠结，这纸的质量要是软一些，估计要被她揉成林黛玉的手绢。

半晌，孟妍侧过头说："我妈妈是中医，我姥爷也是中医。"

算是半个中医世家，所以从小她对这些就懂一些。

许劲知忽然听她说她妈妈和姥爷是干什么的，表情有些疑惑地朝她睇了一眼。

"你是不是有点，体虚啊。"孟妍指了下他的手，"你的手，凉的。"

这种问题发现要赶紧治，要不然等人老了会拖成大病的。

许劲知对上她一脸复杂，抬了抬手："刚洗的手，水房的水很凉。"又为了打消她疑虑般，特意补了句，"应该没有体虚等问题。"

许劲知不知道她信了没信，反正人是点了点头，把卷子放在桌上开始动笔了。

孟妍看着卷子上一串串的公式符号，看得头大。

她的语文和英语分数加起来两百出头，其余科目加起来才一百多分。

这么一算，简直跟个文盲水平差不多。

许劲知的字写得说好看也好看，盯着看一会儿又觉得不那么好看了，她也是头一回知道，原来字还有不耐看的。

孟妍抄完最后一行把卷子还给他，早自习已经开始有一会儿了，周围充斥着混杂的背书声。

她拿着卷子，扭头，看见的是他清俊的侧脸，头发稍长有些遮眼，鼻梁英挺，下颌清晰。

怎么比，都是他人比较耐看。

他桌上铺了一本厚厚的数学题，全是跳着做的，有的在纸上算一算写答案，有的看一眼直接就翻过了。

她把卷子悄悄放在旁边他那摞书上，许劲知察觉到转过头来，眼睛往她桌上扫了眼："抄上没用啊，得会。"

孟妍收回手，坐正身子，要把物理卷子往抽屉里塞："哪有你说的那么轻巧。"

她捏着卷子的力被一只手压住，他右手轻放在她卷子上："我教你。"

孟妍怕把卷子扯破松了力，侧头看他："不会影响到你吗？"

前几天孟重阳说"人家姑娘要是想考清华，哪顾得上管你"这话还犹在耳边。

如果说宋诗瑶有希望冲一冲清华，那许劲知这个成绩是一定能上的。

她不愿意让自己影响到别人，只本本分分守住本科线就心满意足了。

许劲知手腾回他桌上拿了支笔过来，无所谓道："不是那么容易受影响的。"

他脑子里莫名冒出秦远那句"女人也影响不了你拔刀的速度"。

孟妍看他胸有成竹的样子，还是忍不住提前跟他打个招呼："我可能跟你之前认识的同学都不一样，你如果教我，八成得从最基础的开始讲。"

许劲知跟秦远是好哥们儿，虽然秦远看着整天不务正业，但该学的人家没少学，上周测验也是考580分的。

她事先说明一下，以免刷新许同学的三观。

许劲知看她这一本正经的样子，勾唇冲她抬了抬下巴："自信点，咱不笨。"

孟妍压下心头悸动，低下头去翻草稿纸。

别笑了别笑了，哥，咱有话好好说。

许劲知趁着自习给孟妍讲了几道简单的，发现她确实没谦虚。

是真的，得从最基础的讲。

孟妍也特配合地去听，不能辜负了许同学的一片好心。

许劲知中午回家就撸起袖子，在许臣寄回来的那些大纸箱子里翻了翻，找出几本笔记，都是第一遍学过去的时候简单记的东西，后来做题练多了也就不需要了。

他拿着这几本笔记坐在沙发上，看着一地被自己翻乱的东西。

他什么时候对别人的事这么上心了。

许劲知低头看了两眼笔记，又看了看跟前几个大纸箱，想了想也没想明白。

如果对象换成宋诗瑶，按理说以她的基础应该一点就通，不费力，但他根本没那兴趣。

莫非这就是秦远说的，挑战性？

孟妍下午去学校就看见桌子上放了好几个本子，一翻第一页还都写的许劲知的名字。

她以为他随手乱丢，就想着给他放回去。

许劲知人走过来，手里拿了瓶水："笔记，你看看有用没。"

孟妍表情微怔一瞬，垂眸看着手里几个写得满满的本子，一时没反应过来："给我的？"

他点头："嗯，我拿着没用。"

她掂了掂手上颇有分量的东西，笑起来眉眼弯弯："谢谢许同学。"

许劲知就特佩服她身上这种时不时外露的气质，或者说心态。

他都怀疑自己不是给了她几本笔记，而是给了她一张盖着红戳的大学录取通知书。

许劲知把手里的矿泉水随手放桌上，胳膊肘搭着桌沿："不见得有用，你挑着看看。"

孟妍翻了两页，又拿出自己的笔记对照着看，发现他记的确实精简不少，都是重点。

许劲知的视线从她本子上扫过，第一眼，字很漂亮，还来不及有第二眼她就把东西收回去了。

孟妍合上笔记，转头对上他的眼睛："我觉得我有希望了，能在本科这堆里挑个好一些的。"

"心态倒是不错。"许劲知伸手捞过瓶子，拧开喝了一口。

"可能是遗传。"借着周围的嘈杂，她有样学样，"每次我考这点分回去，我爸都一松眉毛，说，啊，我还以为只有二百多分呢，那还不错，继续努力。"

许劲知忍不住笑了声，被那口水呛到还咳了好一阵。

他没有任何嘲笑的意思，单纯觉得她学得挺逗。

孟妍看着他笑，也不说话了。许劲知怕她误会，稍稍收敛了笑意，点了下头说："挺羡慕的。"
　　这是真话，挺羡慕的。
　　不论他考多少分，杨真都不会夸赞他一句，只觉得还能更好。
　　多好才算更好，全科满分吗？
　　可他又不是机器，怎么可能呢。
　　孟妍看着他，知道他没瞧不起人。许劲知眼睛里那点稍纵即逝的复杂情绪她没抓住，就看不见了。
　　上课铃声响起，他拿了一支笔在手上转，仿佛刚才她看到的那一瞬只是错觉。
　　许劲知说："上课了，仔细听。"
　　差生和优生的区别在于什么呢，很重要的一点就是差生不想听课，容易走神，眼睛盯着书，心思却早不知道去哪儿了。
　　这周开始复习的这部分内容比较基础，对于许劲知来说都很简单，除了做自己的题还有工夫分心看见孟妍走没走神，手里拿支笔时不时往她桌上点点，提醒她听课。
　　但总有他没注意到的时候，比如现在，杨启超手一抬，示意靠墙的某位学生："你来说，这个符号应该是正的还是负的。"

第四章
她既不是丑小鸭，也不是白天鹅

孟妍站起身，刚刚走了一下神，都不知道老师讲到哪一步了。

她微低下头看书，企图能从书上看出点什么来。

许劲知点了点笔，在桌上画了一横。

动作微小，只有他们两个人看得到。

她抬起头说："负的。"

杨启超"嗯"了声："坐下吧，认真听。"

孟妍用脚勾了下板凳腿准备坐，余光瞥见外面走廊经过一个人，她侧头那一瞬正巧跟人对上，外面男生高高瘦瘦，看着是很阳光的类型。

许劲知也往那边扫了眼，看见那男生冲她点头，明显是认识。

人从窗外走过，孟妍坐下后越发心不在焉。许劲知觉得那人有点眼熟，总感觉不是第一次见。

他低着头做了两道选择题，笔尖倏地一顿。

哦，是摆在她家木质画架上的素描人像，也是放在抽屉里合照上的那个男生。

"今天上午数学课，上到一半外面走过去一个男的，你看见了吗？"

许劲知坐在篮球场边上，一条长腿屈着，手搭在上头。

秦远完全没印象："没有，谁啊？"

一起打球的这堆人里有人插了句："陈祁吧，我看到了。"

听到这个名字，许劲知掀了下眼皮，朝说话那男生看去。他坐的这地方没树，阳光刺目，不得不微眯着眼。

秦远想了想，觉得合理："哦，那可能是。他开学就没在，考试也没考，可能是请假了，这会儿才来。"

许劲知隐约有些不爽，很幼稚："他很出名吗，你们怎么都认识？"

"以前篮球队的，经常一起打球。"秦远往左瞅了一眼，才发现许劲知状态有些不对，"怎么了，问这个干什么？"

秦远说不上来哪儿不对，就感觉挺别扭的。

许劲知语气淡淡，听不出多大异常："他和孟妍什么关系？"

秦远说："普通朋友？高一没分班的时候我跟陈祁在一个班，那会儿孟妍天天往我们班门口跑，就盯着他看。"

许劲知轻嗤了声，像是不屑。他撑了把地站起来，捞起地上的球拍了两下，问："然后呢？"

秦远在脑海中简单梳理一遍，那两个人的关系也并不复杂："他们没什么特别的，跟孟妍类似于朋友关系吧，见了面说说话。"

许劲知把球收在手里，他手掌大，单手就握得住，不阴不阳地反问了句："这什么意思，渣男？"

反正听秦远这几句话，他就感觉这人不是什么好东西。

秦远天地良心，他刚才说的保证客观公道，没去贬低陈祁，挺普通一句话能让许劲知说出这两个字，也听得出许劲知对这人意见挺大。

没来由冲。

让人想不通这两个生活上根本没有任何交集的人，哪儿来的敌意。

秦远抓了下后脑勺，可能这就是，八字不合。

毕竟他是站许劲知这边的，兄弟看谁不爽，他自然不会给那人说半句好话，并且迅速划分阵营："管他渣不渣，下回'冒'哭他。"

许劲知又拍了下球，声音有点闷："起来，再打会儿球。"

孟妍在教室研究许劲知的笔记，把老师给她圈的基础题都做一下。

门口进来一女生，把洗干净的抹布重新放回讲台上："新来那同学好像受伤了，秦远在下面扶着他去医务室。"

班里男生插嘴："是打球把脚扭了吧，他们那伙人刚打球来着。"

孟妍听到这话手中的笔一停，下一秒就站起来往外走。

她走得很快，冒冒失失险些在拐角把人撞了。

她稳了稳步子才看清对方是谁，不论见过多少次，那张脸总是让她心里"咯噔"一下。她站在原地，半响才说："陈祁。"

陈祁手里拿了一沓卷子，像是刚从办公室出来的，问："去干什么这么着急？"

她担心许劲知,但这话显然没胆子说。

孟妍借口道:"去超市买瓶水。"

说话间,她看着眼前人,当初认识陈祁还差点闹出一场乌龙,主要是陈祁长得像她的哥哥,她就经常守在人家教室门口看。

不光她一个人,宋诗瑶也觉得像。

连之前来给她开家长会的孟重阳见到他也吓了一跳,但凡是见过她哥哥的,再看到陈祁都会是一愣的反应。

猛地一看确实挺像的。

但仔细看的话,又不那么像,能明明白白地分辨出这是两个人。

一来二去,两个人就熟悉了。

算是个朋友吧。

许劲知胳膊挂在秦远肩上,一瘸一拐地上楼,本来就郁闷,打个球还把脚崴了,现在更是烦得不行。

秦远扶着他,也不着急快走:"要不请个假?"

"不至于。"他无所谓道。

前后不到半分钟,许劲知看见前面拐角有两个人站在那儿,孟妍,还有那个叫陈祁的男生。

他忽然停下不继续走了,秦远狐疑着看他一眼,又顺着视线往前瞧过去。

一男一女不知道在说什么,陈祁俯了下身,孟妍往后退了半步。

他们这个角度看不清脸,动作倒是像极了某种小打小闹。

许劲知没有再看,一时间抬脚忘了先后,受伤的那只脚先动了半步,脚腕实实在在受力那一下,他疼得"嘶"了一声。

秦远立马反应过来:"慢点,哥,慢点,离上课还早着呢。"

许劲知的视线掠过前头,忽然改口说:"不去教室了,请个假,回家休息。"

杨启超正从后面楼梯上来,见许劲知被扶着,紧张地过来问:"怎么了这是,摔着了?"

许劲知的视线中猝不及防出现杨哥紧张的脸。

"脚崴了。"他趁着把话说完,"老师,请个假。"

杨启超点头:"好说,医务室去了没有?"

"我陪他去了,不严重。"秦远接了话茬。

杨启超又担忧地看了许劲知一眼,才说:"那行,你们就在这儿等会

· 072 ·

儿，我去拿假条，一会儿一起下去。"

杨启超走了，视线范围随之扩大，拐角处空空荡荡，已经不见人。

这一届高三教室都在六楼，他这好不容易才千难万苦地上了楼，等会儿请了假又要下去，简直烦透了。

秦远看着这楼梯，叹了口气："要不待会儿下去时我背你吧。"

许劲知想也不想就拒绝了："不用了。"

还没残废到那个地步。

没一会儿，杨启超就拿着张签好字的假条过来，一路上问了许劲知好多遍"真的没事吧"，才放心把假条给了他。

许劲知说没事，都担心他下一秒说"没事啊，没事那走两步"。

出校门的时候，许劲知还回头看了一眼，已经打过上课铃，校园里除了上体育课的不会有其他人，他也不知道在看什么。

孟妍去医务室扑了个空，问了校医才知道人已经走了。她还抱着他可能已经回教室了的心态往回走，但直到上课铃响了，许劲知也没回来。

秦远迟到了几分钟喊的报告，语文老师捏着粉笔写字，问他："去干什么了？"

他实话说："许劲知打球扭伤脚了，陪他去了趟医务室。"

许劲知这个名字在老师办公室一点都不陌生，都说五班新转来一个学生，是个成绩直奔清华或北大的好苗子。

老师接着问了句："他人呢？"

秦远说："请假了。"

"坐下吧，翻到测验卷第一篇古文《逍遥游》。"语文老师忍不住说道，"班上男生啊，最近能不打球就不要打了，等考完，一整个暑假就是用来打球的，这节骨眼儿磕了碰了影响心态。"

孟妍看着旁边空荡荡的位置，也不知道他怎么样了，心里惦记着事儿，后两节课就显得特别难熬。

等到中午一放学，孟妍收拾了东西就往外走。宋诗瑶跟着她出来，急急忙忙追在后面："哎，等等我。"

孟妍稍稍放缓了脚步，宋诗瑶很快跟上来，问："这么急，今天回家有事啊？"

孟妍手抓了下校服边，也没说话。

知孟妍者，宋诗瑶也。

见她这闷葫芦的样了，宋诗瑶瞬间就明白了，这是心疼同桌伤到了呢。

"他没事，我问过秦远了，他俩一起去的医务室，说不严重。"宋诗瑶说，"他本来没打算请假的，都上来了不知道怎么又想请假了。"

孟妍回家先解决掉午饭，中途孟重阳看着电视说最近菜价又涨了，她也时不时应几声。

她吃饭慢，只能不说话专心致志才能快点吃完。

吃完最后一口，孟妍放下碗筷就往外走："爸，今天值日得早点去，我走了。"

孟重阳也没管她，摆摆手让她去了。

孟妍绕去后面许劲知家，上二楼敲了敲门。

许劲知以为是秦远，根本懒得站起来，声音稍大地朝外面喊了声："走不了，自己进。"

外面敲门的动作戛然而止，过了十几秒，才听见推门的"吱呀"声。

许劲知也没扭头看，他自顾自吃着饭。茶几上摆着几个拆开的外卖盒，前面的电视机是十多年前的，样式很老，这么久了还能用，真是个奇迹。

里面播着《今日说法》，画面是可可西里的藏羚羊。

电视声遮盖掉来人的脚步，直到他余光看见人过来，才偏头去瞧一眼。

许劲知手中筷子停下："怎么了。"

本该是个问句，语调却寡淡得听不出来。

孟妍就是想来看看他还好吗，现在人看到了，反而不知道该说什么了。

她沉默了几秒，总算是找出来一个话茬："你下午去学校吗？"

许劲知也吃得差不多，干脆放下筷子，侧着身子看她："想让我去？"

他没过脑子就来了这么一句，说完就觉得自己指定有点毛病，这么问让人怎么回。

他正想说开玩笑的，不用当真，就见她点了点头说："想。"

孟妍认认真真地看着他："走路不方便的话，可以多请两天假，等好了再来。"

许劲知低下头不知道在想什么，含糊地应了一声。

他校服脱下来扔在旁边沙发上，身上是件黑色的卫衣，胸口处有一个简单标志。

孟妍见他起身，走路看着确实还有点瘸。她伸出手，主动道："我扶着你吧。"

她眼睛里仿佛藏着光，跟人说话的时候总带着真诚，就单凭这双眼睛，不管嘴里说什么都会让人觉得是真的。

他看了眼她伸在半空的手，顿了下说："我上厕所。"

"哦。"孟妍后知后觉地把手收回来。

这个她可扶不了。

许同学自己努力吧。

中午时间短,吃吃饭就不剩下多少时间了。

上午的假条直接是请了一周的,或许是因为她那句"想",许劲知下午就上学去了。

杨启超在走廊看见他,着实又被他感动了一把。

杨启超扶了扶鼻梁上的眼镜,深感欣慰地拍拍他的肩:"好孩子,去吧。"

这两下拍得像上战场前的分别,莫名还有那么点壮烈。

等杨启超走了,许劲知将胳膊搭在栏杆上往下看,从这儿正好能看见食堂和食堂门口的超市。

孟妍刚才说要去买水,买到这会儿也没见人。

底下全都是穿校服的,深蓝和纯白的配色,左胸的位置写着"武尧二中",在零零散散的人堆里,他几乎是一眼就看见了她。

孟妍买了两瓶水从超市出来,好巧不巧又遇到了陈祁,他们之间隔着起码有一米的距离,正在楼上看着的某人却不自觉皱起了眉。

陈祁不光长得像她哥,身上那种将熟未熟的成熟感也像是一个长她几岁的老大哥。他抬手遮了下太阳:"校考成绩出了吗?"

她摇摇头:"还没有,应该快了。"

陈祁说:"文化课怎么样,来了还跟得上吗?"

"还行,高考能有 400 分的话,就能上个很不错的学校了。"她最近把目标从普本悄悄移到重本,也没跟任何人说。

她没宋诗瑶那么看得开,生怕现在说了豪言壮志到时候考不上丢人。

陈祁来了学校就听说学校多了号人物,除了打球,他和五班人接触不多,这会儿见了她,他问:"听说你班转来一个学霸,比宋清华还考得高。"

"嗯。"孟妍语气里莫名藏着点小小的骄傲,"是我同桌。"

陈祁笑了一下,随口说:"二中还没出过这种人物呢,改天带我见见,交个朋友。"

陈祁口中的这号"人物"正在上面看着,底下说的什么许劲知听不见,许劲知知道的就是越看那小子越不顺眼,从上到下,没有一处能入眼的地方。

孟妍没在下面待太久,简单说了几句话两人就上楼了。许劲知换了个朝向,胳膊肘支在身后台面,校服拉链拉到顶头,懒懒散散地站着。

孟妍在楼道口跟陈祁说了再见。许是觉得眼生，陈祁瞧了眼她身后站着的某人，视线并未过多停留，仿佛堪堪扫过。

陈祁回班，孟妍扭头就看见许劲知也偏过脑袋，留给人的后脑勺上仿佛都写满了"不屑"两个字。

也不知道在不屑个什么劲。

过了几秒，他重新转过头来，朝刚才陈祁离开的方向抬了抬下巴，语气随意："那人谁啊，认识？"

她反应慢了半拍："陈祁，算是朋友吧。"

算是朋友，吧？

是还是不是啊？

哪种朋友啊？

家里摆着人家的素描，得是面对面给人画出来的吧，合照还放到抽屉里，又是什么神秘的交友方式。

这话他自己听着都像是个怨妇，要许劲知非逮着她问出个一二三，他又问不出口。

他不过就是个同桌，未免管得也太宽了。

许劲知抬手看了眼表，表面云淡风轻："快上课了，走吧。"

孟妍回教室坐着，趁着老师还没来，从书包里拿出一枚印章。

她拿着石章往印泥上戳一下，再往自己书上印一下，她重复这个"戳一下印一下"的动作，把桌上几本书的首页都印上一个"吉祥如意"。

许劲知看了她半天，怎料她乐此不疲头也不抬："这么好玩？"

孟妍停手，拨着石章穗子："闲得无聊，想印几个。"

他总是一条腿跨在桌腿外，像是憋屈的课桌影响了他发挥，手里转着支笔，有一下没一下，毫无节奏。

他手指瘦长白皙，转支笔都让人觉得赏心悦目。

"这道疤，消不掉了吗？"她伸手指了下，提议说，"要不买个去疤的东西试试？"

他垂眸瞧了眼，满不在乎："去不掉就去不掉了，你见过哪个男生在乎这么一小道疤的，你不说我都看不见。"

理虽然是这个理，但孟妍还是忍不住想问："怎么弄的？"

刻章的时候弄的，他没好意思说。

许劲知坐正身子，隔了一小会儿才开口："忘了。"

忘了就忘了吧。

孟妍没再问，翻开一会儿上课要用的书。

她最近学习挺认真,虽然成绩比不过五班任何一个人,但她自己还是挺满意的。

想上进心意是有,但奈何扛不住这——瞌睡虫。

孟妍有午睡习惯,今天中午去找了许劲知,没顾上睡,下午第一节课就困得不行。

她手里的笔点在书上,写出的字都像是鬼画符。

孟妍看了眼讲台上滔滔不绝的化学老师,再看看旁边听课的许同学。

美色也抵挡不住袭来的困意。

她就这么没出息的,趴桌子上睡着了。

睡着之前,她还凭借最后一点意志力,把头倔强地转向了靠墙的那一边。

睡着了谁知道自己会是什么丑样子,这可不能让他看到。

化学老师年纪挺大,教龄和头发成反比,发型是典型的地中海,他忽然在底下学生里发现一个趴下去的,眼神往那儿盯了一会儿,决定暂且先给她一个"自觉醒悟"的机会,赶着教学进度没叫她。

许劲知注意到老师看过来了。

他伸手过去,手指微微屈着,想敲敲她桌子把她叫起来。

他这么坐着看不见她的正脸,借着她肩膀轻微而又均匀的起伏,猜她应该是睡着了。

动作在敲到她桌面之前骤然停下,手指一点一点地收紧,然后移回自己桌上。

他扫了眼黑板上那些基础到不行的公式,还是扯了张纸,帮她都记上。

孟妍这一觉睡过去,直到听见下课铃声的那一刻才醒来,迷迷糊糊地睁眼,看见化学老师从讲台上走下来,一直到跟前,敲了敲他俩的桌子:"你俩,跟我来一下办公室。"

倒也不是多大的事,去了办公室,老师教育了孟妍一番上课睡觉是不对的,还跟许劲知说看见同桌睡着了要提醒她,不能任由她这么睡下去。

孟妍自知理亏,连连点头。

最后走的时候是许劲知先走的,她被英语老师留下在办公室数卷子。

如果说许劲知前两次看见陈祁是一脸不屑,那么第三次,就是有点恼火了。

他从办公室出来,瘸着走路本来就慢,后面还冲过来一个人险些把他撞倒。

许劲知跟跄一下皱着眉回头看,这回是近距离地看到了那张让人生厌的脸。

陈祁，这人就是刚撞他的。

他还没说话，秦远从旁边不知道哪儿冒出来，一副路见不平的英勇模样，大着嗓门对陈祁喊："干什么？干什么？想干什么？哎，我告诉你别动手动脚的。"

本来没什么，秦远这么一喊，周围不少人往这儿瞅，以为有什么好戏看。

许劲知听着额角突突跳，伸手拉住秦远，避免秦远没刹住扑他身上："小点声，没怎么。"

孟妍抱着一沓英语卷子出来，正看见走廊里三个人站着，气氛看着有点剑拔弩张。

许劲知没注意到办公室门口那抹身影，对秦远说："走了。"

秦远作势要扶他，他没让。

瘸归瘸，倒也不需要那么"身残志坚"。

孟妍跟在后面，再往前没多远就是五班。

陈祁刚才听谁提了一耳朵，这会儿跟着她走："那是，你同桌？"

说话间，她已经到了教室门口，往里面瞧了眼，然后点头："嗯。"

陈祁说："刚才我看他那脸色，你同桌好像，不太待见我啊。"

两人就站在教室门口说话，没防着也没避着谁。许劲知坐在位置上看着那人，有点无语地"嗤"了声。

做人要点脸吧。

我就长这样儿谁稀罕给你脸色看。

许劲知听不了这话想出去跟陈祁说，门口的孟妍抱着卷子摇头："别多想，他应该不会。"

"他不是那样的人。"孟妍拍了下手里的卷子，"先不聊了，我得赶紧发下去。"

陈祁点头："行，刚才不小心撞到你同桌了，帮我跟他说声对不起。"

许劲知打算迈出去的步子停下，看着她进班开始每一排挨着发卷子。孟妍最后留下两张带回座位，把其中一张给他："晚上的作业。"

他不知道在想什么，没接。孟妍顺势就放他桌上："陈祁是不是撞到你了，他让我帮他带一句道歉。"

许劲知含糊"嗯"了声，他没那么小心眼儿在乎道不道歉，就是单纯看陈祁不爽。

他从书里抽出一张纸来，仿佛就是随手写的，语气漫不经心："上节课黑板上的公式。"

孟妍看着这张纸上的内容，嘴角忍不住翘起："谢谢。"

她都睡着了，没想到他会帮她记下这些东西。

孟妍桌子上有摞书，她拿出手机翻着日历，旁人角度看着她这个姿势就显得神神秘秘。

她是想挑个节日什么的，好名正言顺地送许劲知一个礼物，但接下来整个三月就一个三八妇女节，怎么说也跟许劲知扯不上关系。

杨启超拿了几张纸进班，随机拎个人出来："班长，把外面的都叫回来，刚才开会我说几个事儿啊。"

秦远动作麻利站起来去教室门口，朝着闹哄哄的走廊喊了一嗓子："五班的，都回教室。"

等看着下面差不多坐满了，杨启超放下印着"优秀教师"的保温杯，翻了翻手里的几页纸："马上上课了，没回来的不等了，同桌帮忙听着点儿回来相互转告。

"咱们市一模的时间定在三月七号和八号，也就是下周过完马上又该考试了，成绩出来也会有全市的排名汇总，到时候咱们跟一中的差距，自己比对比对。

"除了这个，学校让画一个冲刺高考这类的板报。"

杨启超伸手示意了下："老样子，还是交给孟妍办吧，学校这些任务随便画一画应付过去就行了，学习要紧。"说罢又笑着补了句，"出去可别说这话是我说的啊。

"还有开会讲安全问题的，多大孩子了还是得说，水电、上学放学路段上的车，上周隔壁班翻墙逃课出去那同学被车撞了一下，没大事，但这六月就高考了，别给我整这些幺蛾子。"杨启超扶下眼镜，赶着时间简单说完，习惯性把那几张纸卷在手里拿着，"希望大家一模加油，祝大家考个好成绩。"

杨启超卡点卡得很准，话音刚落，铃声响起，他和在门口等着的语文老师相互打个招呼，拎上保温杯出去，进行交接。

毕竟都是从小读到大的母语，语文这门课就算是学渣也差不到哪儿去，孟妍认真听了两堂课，偶尔开开小差偷偷看看许同学。

自从调了座位之后，他就没再戴过眼镜，脸部轮廓清晰硬朗，是少年人独有的瘦削。

怕被人发现，她不敢盯着看太久，悄悄把视线移回自己本子上，动了动手中的笔，在上面写了几遍他的名字。

许劲知。

她的字配上这个名字,莫名很有味道。

到了晚饭时间,孟妍不打算去,想趁着这会儿工夫赶紧把板报这回事给起个头,能做一点是一点。

中午她选择了睡午觉,那这东西只能趁着课间或者晚上做。

宋诗瑶晃着一张饭卡照常过来:"走啊,吃饭。"

"我不去了吧,想快点把板报弄完,晚上还得留下加个班。"孟妍有点不好意思道,"上次晚上就是我一个人,还怪恐怖的。"

她看恐怖片从来都不害怕,也不怕鬼,但有时候真剩自己一个人的时候,那些关于校园的灵异故事又通通都冒出来了。

许劲知应该是听见她们刚才的对话了,不经意撂下一句:"去吃饭吧,晚上我陪你。"

孟妍扭头,只看到他的下颌和轻微凸起的喉结,耳边是秦远在死命催:"老许,老许。"

许劲知低头跟她对视一眼,许是秦远催得紧,他也没顾上说别的,长腿一迈从她身旁走过去。

许劲知出去吃饭的时候还随便找了一家理发店剪剪头发,这头发长了,低头有点遮眼,再长就该像四十五度仰望天空的非主流了。

里面理发店老板给他修短了些,整体和原来没太变。

秦远和许劲知站在理发店门口,路过不少二中的小姑娘都往这儿看。秦远有自知之明,知道这眼神都是看谁的:"说实话,我有点羡慕。"

许劲知在看手机,根本不知道他说的什么,没太在意地应了声:"嗯?"

秦远神神道道地叹了口气:"哎,我怎么没有长这么一张脸。"

秦远其实长得不赖,但跟许劲知站在一起,多少是逊色了些。

他看着跟前来来往往的姑娘,再看眼许劲知,"寡王"一心低着头看手机,两耳不闻窗外事。

秦远往他手机屏幕上扫了一眼,依稀看到的是些带图的东西,什么"简易板报大全"。

孟妍最后还是去吃了饭,回来拿半湿的抹布把后面黑板擦干净,去水房洗抹布的路上忙里偷闲看手机,看到了许劲知几分钟前发的消息。

树:【这些简单。】

下面是四张简单的黑板报图片。

孟妍看着手机里的图,又想起他走的时候说,晚上我陪你。

她收起手机,也不着急去水房了,这个板报,她忽然也不那么急着弄完。

晚自习前,许劲知回到教室,孟妍第一眼就发现他的头发短了,应该是刚去剪的。

他头发看上去蓬松柔软,让她想伸手摸一摸,但这个动作又十分像是在……摸狗。

当然她这些小想法某人全然不知,他坐下问:"晚上吃饭了吗?"

"吃了。"孟妍说。

许劲知捏着手机在手里荡,随口道:"我发的图你看了没,晚上我陪你,随便应付应付得了。"

尽管因为这句话已经转了一脑袋的旖旎,孟妍还是尽量表现得淡定:"看了,就照着那个做。"

可能是今天杨启超通知了一模时间的原因,晚自习大家的学习状态明显都很在线,四下安静,只能听见笔尖在纸上划过以及书页摩擦的声音。

许劲知还拿着那本厚厚的题在做,孟妍之前见到过封面,写的是附中什么什么,应该是他原来高中的题。

她跟学霸做同桌,多少能沾点许同学的"仙气"。

孟妍趁着晚自习做今天留的作业,题不怎么会,但她做得认真,甚至都没察觉到许同学偏过头,手支着下巴看了她好一会儿。

晚上放学打了下课铃,孟妍撸着袖子打算大干一场,教室里各种收拾东西的声音很杂。她隔一会儿往座位上看一眼,直到班里同学都走完了,许劲知也还坐在那儿,他真的没走。

许劲知对画画这方面没有半点艺术细胞,除了会画火柴人,别的一概不会,论写字,他也没孟妍写得好看,除了安静地坐着,帮不上别的忙。

孟妍从小到大画板报经验丰富,也不需要他帮忙。在这空荡荡的教学楼里,他能在这儿坐着写作业,她就什么都不怕了。

孟妍在黑板上写了四个书法体的大字:高考必胜。

周围按照许劲知发的图片稍微整顿装饰一下,再写点字就完事了。

中途,许劲知过来扔了片糖纸,顺便给了她一颗糖,和上次的一样,一块巧克力。

许劲知看着黑板上的字,笔锋凌厉,十分大气,他嘴里咬着糖,语调有些懒散:"字写得可以啊。"

孟妍回头冲他笑了下:"专门报班练的。"

她踩在凳子上,比他高出一截。

许劲知虚靠着桌子,又重复了遍:"是不错。"

孟妍拿着粉笔写了半天字,手脏,没去剥这块巧克力,顺手装进了口袋里。

许劲知在后面看了会儿,她被盯着像是字都不会写了,胳膊连带着手腕都变得僵硬,一个字要重复写好多遍才能看得过去。

他看出来了,也没多说,默不作声地回前面座位上去。

孟妍听见脚步声,知道他应该是往前走了。

手中粉笔在黑板上发出"嘟嘟"的声响,偶尔还能听见身后翻书的声音。

等最后一个句号写完,她问了声:"怎么样,还行吗?"

没听见回应,她回头才发现许劲知趴在桌子上,像是经不住困睡着了。

孟妍放轻脚步走过去,他的手自然地搭在颈后,底下垫着的卷子都已经做完。

教室窗户开着,他头发被风吹动,边缘被灯照着染上浅淡的金色。

某个在心里涌现无数次的想法又冒了出来,她微弯下腰小声说:"喂,许劲知,我可不可以摸一下你的头发?"

趴着的少年没有吭声。

孟妍又试探着问:"喂,睡着了吗?"

教室后面是写着"高考必胜"的板报,班里同学没带走的书都放在桌子上,恰逢一阵风吹进来,书页被风吹得轻微翻动,"沙沙"作响。

她故意把声音放到很低,藏在风里:"那我可摸了,就一下。"

孟妍伸出手,在他墨黑色的发间摸了一把。

许劲知的头发摸上去和看上去是同样的柔软。

在孟妍犹豫把手收回来还是趁机再摸一把的时候,少年缓缓睁开了眼睛。

孟妍有些尴尬地收手,许劲知也坐起来活动下脖颈,似笑非笑地睨她一眼:"我当你鬼鬼祟祟干什么呢。"

其实他刚才是真睡着了,听见她那句"怎么样,好看吗"才醒的,只不过他没有动。

孟妍站在他跟前,手垂在身侧捏着裤缝,声音越说越小:"就是这个动作有点像,摸狗。"所以没好意思跟他当面说。

八成是会被否决。

许劲知笑了声:"知道你还摸。"

他嘴上这么说,但刚才明明醒着也没拒绝。

她站那儿没话说了,像是他说了句重话凶她一样。

许劲知清了清嗓子,半开玩笑地转移话题:"有点饿了,吃个夜宵?"

孟妍点头，又看见自己写字那只手上蹭的粉笔灰："我先收拾好东西，再去洗个手。"

她开口时在想他刚才那句话，语气有点闷闷的。

孟妍低头整理着书，将晚习没做完剩下的半份卷子塞书包里。她平时动作也很慢，但这会儿许劲知看着，有点说不出来的感觉。

他把自己桌上的书利索往抽屉里一扔，顺势站了起来。

"没凶你。"他伸手揉了把她的头顶，语气懒散带笑，"公平起见，也得给我摸一下，要'狗'一起'狗'。"

孟妍这次排板报没用太久时间，洗完手出去的时候，许劲知已经关了教室门，单手拎着她的书包站在教室门口等。

楼里还有那么一排教室亮着灯，是学校开放给高三住校生写作业用的。

他胳膊搭着围栏，楼道灯下的身影高高瘦瘦，有那么一瞬给人一种错觉，像是童话故事里的王子。

孟妍微湿的手攥了下衣角，迈开脚步走过去。

校园寂静，除了他俩的脚步听不到人说话。

孟妍走在前头，身后的人忽然停下说："慢点，扶我一下。"

"哦。"她差点忘了许同学还瘸着呢。

他把手腕架在她的肩头："借我撑一下。"

许劲知没那么娇弱，这会儿也根本用不着人扶，但就是想找点借口，逗一下她。

可能就是手欠。

孟妍就由着他这么搭着，他说"撑一下"也很有分寸。许劲知垂下的手指微微屈着，虚握成拳，除了隔着袖口的手腕，他没有任何地方触碰到她。

这若有似无的，她甚至感觉不到许劲知在借力。孟妍往下走了一段路，侧头看他："你这么轻的吗？"

弯月之下，只见她那"柔弱不能自理"的许同桌点了点头："嗯。"

学校外面有几家小店还在营业，许劲知也不挑，问她吃什么。她就近指了一家馄饨店，他点头说："行。"

店里除了老板，还有两个六七岁的小孩在跑来跑去，跑在前面那个手里举着一个会发光的奥特曼，后面那个追着跟他要。

小孩子半天抢不到，嘴里嘟嘟囔囔地告状："妈，你看他。"

两人你追我赶往门口冲过来，孟妍下意识就往前迈了一步，护崽般挡在许劲知的身前。

许劲知微怔一瞬,看着她一米六多的个头挡在自己身前,随即扬起一抹笑。

他这个同桌,有点傻,还有点可爱。

在里面支着手机追剧的老板娘从小窗口探出头来,冲那两个孩子喊:"别吵吵,都给我去睡觉。"

说完,她看见店里来了人,立马换了一种语气问:"同学,要什么?"

"两碗馄饨。"孟妍看着老板娘,"一碗要葱,一碗不要。"

许劲知在旁边找了个位置坐下,随口说:"不吃葱?"

真巧,他也不吃。

孟妍摇摇头:"我吃的。上次在馄饨店见你把葱都挑出来了,想着你不吃。"

许劲知胳膊肘搭在桌边,听见这话抬眸看她。他不吃葱,但大多数时候懒得说,碗里要是有他就挑出去。

面积不大的馄饨店,耳边充斥着"奥特曼变身"的稚嫩嗓音,光影绰绰,竟生出来那么一点,本不该有的温馨。

许劲知"嗯"了声,微低下头,又偏过去,深夜不仅容易自我抑郁,还容易自作多情。

晚上没生意,老板娘往锅里下了两碗馄饨很快就煮好端上桌。

老板娘人一走,店里两个孩子又冲了过来,继续为争夺奥特曼展开激烈追逐,其中手捧奥特曼的胜利者不小心碰到了桌角,折叠桌一晃,许劲知碗里的汤汤水水都漾出来一点。

许劲知也不在意,随手抽了张纸擦下桌子。

不知道是谁触发了奥特曼的开关,响起了类似于老年机手机铃声的音乐,听着越发吵嚷。

孟妍看着他。许劲知碗边溅出来的汤水仿佛都写满了"南村群童欺我老无力"。

许劲知把"老无力"的证据擦掉,抬头就看见她在笑,这种笑好像具有某种无法抗拒的感染力,让他也想跟着笑:"别傻乐,吃完快回家,不然那半份卷子得写到明天早上。"

这话还真让他说中了,孟妍回家时,孟重阳还在下面等着。尽管她提前说了今天画板报,但孟重阳还是坚持等,说她不到家,他不放心。

孟妍一边上楼一边扭头说:"爸,去睡吧。板报我已经弄完了,明天就是准点到家。"

她上二楼回房间，对面许劲知那儿也已经亮了灯。

孟妍从书包里抽出那张没写完的卷子，一道题都看不完，心神就全乱了。

脑子里是许劲知跟她说，没凶你。

是许劲知把手腕搭在她的肩头。

完了。

孟妍摇头，企图让自己清醒，觉得这样不够还专门去洗了把脸。

她手撑在洗脸池边，镜子里的少女额角碎发微湿贴在脸侧，她盯着镜子看了一小会儿，不得不承认一个已经发生的事实。

一个……不能言说的秘密。

洗手间镜子干净透亮，上面被人沾水写了字，少女指尖细白如葱，勾勾画画，只落得一个名字。

许劲知。

她回书桌前拉上窗帘，淡绿色的窗帘垂下，遮挡得严严实实。她的目光落在书上，不去看对面那个勾心的妖怪，屏息凝神用最快的速度把剩下的题做完。

孟妍搁下笔，想起他给的那块巧克力，她从口袋里拿出来，不紧不慢地剥开，这回的糖纸上写着一行红色的字：

爱，值得拥有，便值得去等待。

第二天，孟妍去上早自习，许劲知来得稍迟一些，基本上就是踩点进的教室。

许劲知手里拿了瓶水，到了位置往桌上一丢。

孟妍扭头看他，假装不经意地开口："你买那巧克力，糖纸里面有字你知道吗？"

"不知道。"他没当回事，随口问，"写的什么？"

她视线移回到桌上，假模假样整了两下书，没说实话："我也忘了。"

许劲知平常丢三落四，没把自己丢了就算不错了，吃巧克力就只是单纯吃巧克力，根本没工夫注意那纸上是不是还有字。或者注意到了，也根本不会细看，揉成一团就随手扔了。

杨启超两手背在身后进班巡视，手里掂着那个万年保温杯，里面不出意外还是泡的枸杞和菊花。

他走过的地方自然是书声琅琅，就算刚才还没有，现在也有了。

杨启超路过孟妍身边稍停了下,夸赞道:"板报办得不错,昨天几点走的?"

她记不太清,说了个大概:"十一点左右。"

杨启超又说了两遍不错,站到讲台看了看底下的学生,又转悠了几圈满意地出去了。

看着人前脚刚走,秦远后脚就拿着手机过来,界面上是购物网页,他手伸到许劲知桌上,划拉给他看:"这个球衣,我穿上它一定能 carry(带飞)全场。"

秦远说:"哪个好看?"

许劲知草草扫过一眼:"我喜欢这个白的。"

孟妍就坐在旁边,秦远声音那么大,想听不见都难。

听到他们说球衣,她视线往那边瞄了一下。上面白色那件就是她之前在网上看的款,想挑个节日买来送给许劲知的。

秦远又把几张图滑了一遍给他看:"白的我有一件,不是这个牌子,换个色儿。"

许劲知随手指了下,说:"黄的。"

秦远就是典型的技术烂怨装备,球衣能集齐红橙黄绿青蓝紫,堪称球场移动魔仙堡。

从这儿得到一个答案,秦远结束选择困难症,心满意足地揣上手机离开了。

孟妍把书立起来,稍微把身子挪过去一点,小声试探:"男生都喜欢球衣吗?"

他只以为她好奇,随口应着:"还行。"

她在心里最后挣扎一番,自以为天衣无缝地问他:"那如果不过节,送人礼物会不会很奇怪?"

不是她不想趁着赶趟,是接下来很长时间里,除了妇女节就再没别的节日,再迟一点就得是清明节了。

实在是挑不到一个合适的日子。

如果第一个问题可以解释为好奇,两个连一起,多少就变得可疑了。

他脑子里出现她家的画架、照片,以及陈祁那张脸。

许劲知手中的笔在桌子上点了点,舌尖轻抵了下腮,语调莫名有点冷:"很奇怪。"

他这一句话,把她所有的小想法都给打没了。

孟妍低低"哦"了一声,坐正身子开始翻书。

书翻了没两页,她不死心地又看了一遍日历,那就只能等毕业的时候吧,当作毕业礼物。

在不算节日的日子里,毕业礼物这个理由,算是勉强说得过去。

…………

最近这几天,杨启超给孟妍找了一本题,里面用笔圈了一些适合她做的部分,题型比较基础,放在卷面上也好拿分。

她这周没事就拿着做,也不贪心,想着能进步一点是一点,一模能比上回多考个五六分七八分的,也算这段时间有进步。

晚间光线骤暗,陷入漆黑,随便是教室里各种声音蓬勃而出,一阵闹腾。

晚自习停电这种事,难得遇到一次,就算刚刚上一秒还在认真做题,现在也起了闲心想起哄回家了。

班里有男生喊着说:"班长,要不提前放学吧,今天回家睡个早觉。"

秦远也不敢松这个口,想了想站起来说:"先别走,我去办公室问一下。"

教室里干什么的都有,赶着这会儿停电凑热闹。

孟妍也想趁机说小话,但这会儿许劲知不在,他之前在外地读书,临近高考有些资料需要他去办公室填,自习前就被老师叫走了。

她咬着笔看了会儿门口,起身出去,教室里黑漆漆的也没人注意到她。

孟妍站在走廊往外面一看,不只是教学楼,包括学校食堂、超市,甚至校内两排路灯全都没亮。

静谧的月光铺洒在过道上,她抬头就看见一道瘦长的轮廓从前头走来。

少年肩膀宽阔,身高腿长,脸部的线条被月光描摹得逐渐清晰。

半明半暗中,他懒散地朝她一点头:"走,放学了。"

后面,秦远快步跟过来,先跨进教室宣布消息:"放学放学!杨哥说能走了!"

各班差不多都在这会儿收到提前放学的消息,整栋楼里都充满着躁动和欢呼。

许劲知见她没动,又问了声:"不走?"

孟妍认真地点点头:"走。"

不过是提前一个多小时放学,这股高兴劲儿就像是高考完彻底解放了似的。

她刚勉强借着点手机的光收拾两本题进书包里,许劲知就已经好整以暇在旁边等她了。

他看着她翻这个找那个动作慢吞吞的也不着急,甚至打开了手机的手电筒帮她照着。

走过的同学往这儿看一眼看一眼的,本来没什么也觉得有什么了。

尤其是秦远经过还在旁边意味深长地"哦"了一声。

拖腔带调的。

如果这个时候教室忽然来电,那孟妍红起来的脸一定无所遁形。

孟妍手上速度不自觉加快,也不管拿的对不对,随便塞上两样就背起书包说:"我好了,咱们走吧。"

黑暗中不知道谁的书包碰了他胳膊,连带着许劲知拿手机的角度一偏,光从桌子往上移,倏地照在她脸上。

许劲知愣了下,沉默一瞬后收了手机,清了下嗓子:"嗯,走吧。"

孟妍不确定他看到什么了没,他表现得一如往常,丝毫看不出异样。

她摸了下自己的脸,不烫,但她心里有数,肯定是泛红的。

孟妍出了校门,借口去对面便利店买酸奶,还特意挑了瓶冰的,玻璃罐装的酸奶。

这个天喝冰的人少,店老板见孟妍拿的时候还提醒了下:"那里面是冰的。"

她回头说:"嗯,想要瓶冰的。"

她握着酸奶瓶,往自己脸上贴了贴,过去结账时看见收银台上有卖那种恶魔角的发光发箍,她心血来潮也挑了一个。

她拿着一瓶酸奶一个恶魔角出去。许劲知往她手里瞄了眼,故意说:"就买一瓶?"

孟妍知道他是开玩笑的,也配合地伸手把另一样东西递给他:"这个给你。"

她摁了开关,手上的恶魔角发着红光。

"太傻了,不要。"许少爷看着那会发光的东西,一脸成熟冷酷的样子,随后又十分自然地拿走她手上的东西,撂下两个字说,"走了。"

孟妍忽然来了兴致,小跑几步跟上他:"我帮你戴上吧。"

许劲知一边嫌弃这玩意儿傻,一边把东西给了她。

孟妍十分自然地把酸奶瓶往他手里一塞,拿着发箍稍微踮脚:"低下来点,我够不到。"

许劲知微弓着身,把头低下。孟妍刚才整个人都在状况外,现在拿着恶魔角,他一低头两人之间的距离就更近了。

沾了停电的光,周围都是二中提前放学的学生,一句女生之间的悄悄话隐隐约约传进她耳朵里:"这是高三年级的学长学姐吧。"

孟妍伸手的动作一顿,忽然缓过神来,他的脸近在咫尺,让她呼吸都漏掉一拍。

孟妍,你在干什么!

她匆忙别开眼,把手里的东西给他胡乱一戴,眼睛都没敢往他身上看,就非常敷衍地给出一句评价:"好看。"

"你一个女生能温柔点吗,耳朵差点被你戳掉了。"许劲知直起身摸了下耳朵,顺便单手调整了一下这"傻玩意儿"的位置。

他瞧了眼手里的酸奶瓶,递给她:"这什么天儿你喝冰的。"

孟妍接过来,开始睁眼胡诌:"我比较热,中医上说我这种应该是……体热。"

许劲知不了解中医不中医的,应了一声,也没质疑。

他刚还嫌这嫌那,戴上之后就像是完全忘了这回事,一路顶着两个发光的恶魔角。路过的人时不时还看他两眼。

孟妍走着走着就故意慢了他半步,拿出手机蓄谋已久地拍了一张。

她不敢仔细调角度,拍得有点糊,背景是商场外面的广告牌,点缀着一圈彩色霓虹灯,少年肩上挎着书包,规规矩矩穿着校服,画面里却是快要溢出屏幕的散漫。

孟妍快速看了一眼拍下的图,关了屏幕塞回口袋里。

马上市一模,孟妍和宋诗瑶腻在一起玩的次数都少了,偶尔趁着晚上饭点儿出去买杯奶茶,就是她们在一起为数不多的时间。

宋诗瑶平时不折腾那羊毛卷,用她的话说就是每天起得比鸡早哪顾得上,随便梳个马尾就来了。

孟妍喝了口奶茶,往校门口走:"你想考哪儿的大学,咱们一起去北京吧。"

"我也想去北京,想考清华。"宋诗瑶笑了下,"不知道能不能考上,试试呗。"

孟妍把吸管往下戳了戳:"清华我这辈子没戏,就是想去看看大城市,比如北京。"

她们这小地方属于北方,南方的城市孟妍压根儿没考虑过,主要是觉得气候不一样,怕不习惯。

宋诗瑶忽然用胳膊肘碰了一下她,示意她抬头:"哎,那不是陈祁吗?"

她顺着往左看，陈祁正跟一个女生说话，她看到的时候两人已经说完，各自挥手告别。

孟妍收回视线，摇了摇头："不知道，好像是吧。"

宋诗瑶摸了一下口袋，脚步瞬间停下，她两边都找了一遍才说："完了完了，出大事了，钥匙落奶茶店了，我回去拿，你先走。"说完就风风火火地又出了校门。

校门口，陈祁抱了一摞书过来，孟妍凑过去看了眼："这是什么书？"

他掀开最上面那本给她看："你们班也有，统一订的。"

虽然老师说了少打球，但秦远这帮人还是把老师的话当耳边风，在学校唯一的活动就是下午课间打打球，解闷儿。

许劲知坐在台阶上，吹吹风。他这个位置高，能看到不远处的校门口，结果有意无意地目睹了全过程。

从陈祁和一个校外女生说话，直到现在，说实话，他没看懂，就是看得一肚子火。

他手撑在身后，瞧见两人"凑"在一起不知道看什么，忽然不轻不重地笑了一声。

秦远在旁边拿着球有一下没一下地拍着等人齐，听见声儿回头去看，见许劲知盯着校门口，脸上神情冷淡，没有半点笑意。

忽然就觉得挺瘆人的。

秦远跟着朝校门口看了眼，立马懂了一半："一会儿打球陈祁也来，不知道谁叫的。"

许劲知视线没往回收，就那么看着，随口说："也加我一个。"

秦远不知道他这是唱哪出，低头看了眼，不确定地问："脚好了？"

许劲知稍微活动下，语气淡淡："差不多。"

他这两天走路看着已经很正常了，秦远也没再问。

等陈祁过来把书放在球场边，这伙人就算是齐了，旁边三三两两坐着的都跟着站起来，简单分了组开始发球。

孟妍本来是打算回教室的，路过操场看见五班那群里人许劲知也在，她想了想，还是没走，就近找了个台阶坐。

她不懂篮球，但是看着看着，总觉得许劲知在针对陈祁。

球在哪儿他不管，投不投得进他也不管，他满场就盯着陈祁看了。

但凡是落在陈祁手上的球，他必拦。

许劲知左手控球，突然加速过人转身，一个利落的起跳，球在空中划出一道弧，不偏不倚落在筐内。

身后是傍晚余晖，天边卷着一片绚烂的火烧云，许劲知似是觉得热，校服没有像平时那样拉到最顶头，任由它敞着，里面是一件黑色的卫衣。

衣摆随着动作荡起，光辉落了满身。

孟妍好像偷拍上瘾，鬼使神差拿出手机，这回隔得远，不怕他发现，还有时间去仔细调个角度和画面构图。

画面里，许劲知是一个跑起来的动态，认真较劲，潇洒肆意。

球场上，秦远运着球从许劲知身边过，压低声说了句："有点明显了啊。"

许劲知勾了勾唇，满不在意："怕他？"

课间球场上的追逐，是属于少年人的朝气。

场地双方都很卖力，运球投球一气呵成，陈祁被人无意撞到，出于惯性手肘连带着磕碰到许劲知。

打球不小心碰到再正常不过，但这一下莫名就像是火上浇油。

球滚在脚边也没人管，气氛忽然变得有点不对劲。

许劲知喘了口气，眼睛扫向周围。这群人几乎都是五班的，在这儿跟陈祁说话显得他仗势欺人。

他走到陈祁跟前，没什么表情地冲陈祁一点头："来，跟我来一下。"

许劲知和陈祁站在办公室，听着各自班的老师训话。

许劲知只不过是拽了陈祁一下，正好被人看见，传到老师那儿不知道怎么就成两人打起来了。

杨启超站在办公桌前，手背在身后，语重心长地叹了口气："同学间打个球，友谊第一，怎么还能因为这点儿小事争起来了。"

"你这上回才请了假，不想好了是吧？"杨启超说，"不禁止你们打球是想着你们压力大课余还能放松一下，结果给我整这一出。"

许劲知站着听，也不解释。

陈祁在旁边听着同样的"教育"，微低着头默不吭声，他知道许劲知不是因为打球跟他过不去。

陈祁当时跟着许劲知从球场退出去，刚拐进教学楼，忽然就被一把拽着领子摁在墙上，听他不冷不热地丢下一句："离她远点。"

陈祁也愣住了。

结局就是，两个人在办公室听了长达四十五分钟的思想课。杨启超说得口干舌燥，连喝了几口枸杞菊花茶，才清清嗓子说："都走吧，回去上自习。"

　　孟妍在教室对着那本题,时不时惦记着他怎么还不回来。

　　她目睹了篮球场发生的那一幕,两人走了之后等她跟过去,进了楼道就已经看不见人了。

　　结果一回教室就听说,许劲知和陈祁打架被叫去了办公室。

　　自习课安静,教室门口传来清晰的脚步声,她抬头去看,许劲知长腿一迈,走了进来,他外表看起来完好无损,脸上也没有挂彩。

　　他回来在位置上坐下,孟妍凑过去小声问:"你们怎么了?"

　　他随手从桌子上捞了份卷子出来,语气很淡:"没怎么。"

　　看他这会儿不愿意说,上着自习她也不好再问。

　　第一节自习马上下课,她在手机上看到陈祁发来的消息。

　　陈祁:【你同桌,好像误会了。】

　　陈祁:【他好像误以为,我渣男行为故意和不同的女生不清不楚。】

　　两句话,再加上下午发生的事,几乎下意识地就能把这两件事联系到一起。

　　他是误以为陈祁对她目的不纯,所以才生气的吗?

　　孟妍悄悄侧头看许劲知,他低头做着题,丝毫没察觉到。

　　她想解释一下这件事,但看许劲知一脸透着脾气的"生人勿近",她忽然也不知道该怎么起这个头。

　　没几分钟打了下课铃,许劲知翻了两下手机就往桌上一趴,丝毫没有跟人交流的欲望,就连秦远想问,过来看了一眼觉得问不出个所以然又回去了。

　　于是两人就这么沉默着,直到第二节自习结束。

　　她收拾好东西,放学时候趁乱,往许劲知跟前挪了半步:"陈祁跟我不是你想的那样。"

　　许劲知嘴角微扬,略带着对某人的不屑:"他跟你告状了?"

　　她摇摇头:"不是。"

　　孟妍说完就觉得这话有歧义,给人感觉是她在偏袒陈祁。

　　许劲知单手拎上书包往肩上一拎,下颌收紧,线条凌厉,看着心情比晚自习时更不爽了。

　　她顾不上改口,接着把话说完:"陈祁长得像我哥哥,特别像,见过我哥哥的都说像,高一刚来的那段时间我天天去他们班门口蹲,别人还以为我喜欢他。"

　　这个说法许劲知倒是在秦远那儿听到过,流传的版本也非常统一。

一个姑娘入学就有了这种莫名其妙的传闻，直到现在高三了也没别的说法。他沉默了一瞬，抬眸看她："为什么不澄清一下？"

孟妍想了下，手抓着书包带子："我哥比我大两岁，在我初三那年，去世了，澄清就得到处跟人说他长得像我去世的哥哥，总觉得，不太好。"

所以除了陈祁和宋诗瑶，没别人知道。

她说这话时非常平静，声音也小，似是怕让人听见。

许劲知看她半低着头，口中一噎，半晌才说："对不起，不该问的。"

事情过去那么久，相比伤痛，她现在提起来是惋惜更多一点："你知道也没关系。我哥，就是之前我放在画架上那张素描，那天我整理画包时掉出来的，当时随手一放，我爸看见说让我收起来，就没继续摆在外面。"

听到这儿，好像一切都解释得通了。

那是她哥的画像，抽屉里也是她和她哥曾经的照片。

只能说两人确实，挺像的。

或许是话题变得沉重，从教室到校门口这段路他们谁都没有再说话。孟妍跟他并排走着，看看地上人影错落，高高低低。

在快到校门口的时候，他忽然说了一句："我没打他。"

孟妍点点头："我知道。"

没有理由，她就是信他。

陈祁买了瓶水正好从旁边经过，看见孟妍后非常自觉地退远了一步，以免误会加深。

校门口就这么大点地方，许劲知想看不见也难，他大大方方朝那边走了两步："不好意思啊，误会你了。"

他向来公私分明，一码归一码，虽然现在看陈祁依然各种不爽，但误会了人家还是得道歉。

陈祁尴尬地笑了笑："没事，没事。"

陈祁说完就跟同学先走了，不在这儿杵着讨人嫌。

孟妍一路上都憋着一个问题不敢问，直到回了家也没说出口。

孟妍心里有两道声音开始掐架，难不成他也……

不然他为什么会生气呢？

有了这种想法，她更是看任何东西都飘浮着暧昧。

那枚印章、哆啦A梦挂件，甚至连巧克力的糖纸看着都别有用心。

她从书架上抽出那本《安徒生童话》，里面的糖纸已经压得很平整了，虽然上面依然能看见皱皱巴巴的纹路，但不影响整体。

书上这一页正好是丑小鸭的故事，这种从小听到大的童话，孟妍还是忍不住咬着笔尾看了两行，她既不是丑小鸭，也不是白天鹅。

她就是普普通通的小城里，一只普普通通的鹅。

今天周五，等这个周末一过，下周上学就是市一模考试。

孟妍暂且合上童话书，管他什么鹅，能考上大学的鹅才是好鹅。

她从书包里拿出本题翻了两页，对面那隔着老远就能听见声儿："老许，我又来投奔你了。"

许劲知过去开了门，不咸不淡地睨他一眼："你不是有钥匙吗，自己进来不就得了。"

秦远进屋往沙发上一坐，笑得没皮没脸："这不是怕你在家裸奔嘛，没好意思直接进，给你提个醒。"

好巧不巧，他今天坐这位置和上回不小心撞见"美男出浴"是同一个位置。

许劲知没搭理，他就那么一次洗完澡没穿衣服被秦远看见，估计能被秦远从年初念到年尾。

秦远又是跟家里吵完架出来的，往沙发上一瘫开始装可怜："爹不疼娘不爱，真让人心寒啊。"

许劲知抬眸扫他一眼："在这儿内涵谁呢。"

秦远立马收了音，哦，他忘了，跟前这也是个"离家出走"的小白菜。

深夜在这芝麻胡同的破房子里，两棵"白菜"似乎应该相依为命，但目前的氛围显然不适合。

秦远晚自习没顾上，现在想起来又问："今天你跟陈祁怎么回事？"

他几乎是跟着两人过去的，一拐进楼里就看见许劲知拽着那哥们儿的领子，空气里都飘浮着火药味。

许劲知知道"陈祁像她哥哥"这个内幕了，这是她的秘密，他也不想张扬："没怎么，误会。"

秦远知道再问没意义，便道："得了，下回打球不带他了。"

在秦远进来之前许劲知在看电视，看的《百家讲坛》，里面正讲的景泰蓝手镯和它的制作工艺。

许劲知打开电视就是这个台，懒得换就这么放着。

秦远说球赛、游戏，最近又看上了哪双球鞋，在耳边喋喋不休。许劲知端着干果盘往他跟前放了放，示意他自己找点事，最好是能忙到没工夫说话。

"最近长口疮，这个上火，吃不了。"秦远指了指自己的嘴，吃不了瓜子但丝毫不影响动手，从旁边拿起一个看上去非常不应该出现在这儿的发箍，"这是什么，恶魔角？"

许劲知侧头扫了眼又看向电视，下意识地开口："别掰坏了。"

"你还买这东西？学霸的世界真是让人匪夷所思。"秦远说，"谁送的吧？"

秦远连续发问，这东西如果不是街上扫码送的，就是某个女生送的。

看他那句"别掰坏了"，应该属于后者。

许劲知还一句话没说，秦远就顺着话茬自己把谜给解了："是孟妍吧。"

许劲知掀起眼皮睇他一眼，之前怎么没发现他这么聪明。

秦远拿着那东西在手上晃，"啧啧"两声："有猫腻，绝对有猫腻。"

"没有。"他别开眼，继续嗑瓜子。

某人沉浸在自己"福尔摩斯·远"的推断里不可自拔："那她怎么不送我啊？"

许劲知轻叹了一声，抽了张纸擦擦手，一条胳膊架在沙发背上，偏头看他："我出去给你买成吗？"

就那种小商品批发商城，给他买一麻袋装回去。

花花绿绿什么颜色的恶魔角都有。

让牛魔王来了看着都害怕。

秦远看够了，才把那玩意儿放下："那算了，我成年人，不玩这个。"

第五章
想距离他近一点,再近一点

孟妍许下"今晚刷完三份卷子"的豪言壮志显然没能实现。

她刚写完一份半的时候就已经忍不住开小差,笔在纸上算着算着,就莫名画起了画。

没有起型,画成什么就算什么,少年清隽的眉眼在她笔下一点一点勾勒出来。

良久,她放下笔拉开点窗帘,对面这个时间还亮着灯。孟妍犹豫了一会儿,想知道他在干什么,拿出手机又不知道该怎么问。

在干吗?

睡了吗?

这些废话好像没有任何意义,卡在这个时间点,反倒显得她图谋不轨。

孟妍拿起手机拍了两道题,十分"虚假做作"地发去问:【这个题该怎么做?】

外加一个学渣专用表情包,网红猫咪举牌"大哥教教我"。

她学习要真有这个觉悟,也不至于考 349 分。

好在许某人并不知情,隔了几分钟认真回复过来。

他回复了一张照片,内容是他在随手抓来的某张草稿纸上写的详细过程。

孟妍点开看了一眼,同时默默点了保存。

醉翁之意不在"题",她非常自然地接着问:【还没睡?】

树:【还没。】

树:【秦远在这儿。】

孟妍不确定秦远在不在旁边看,自然也不敢说些有的没的。

· 096 ·

她就是想和许劲知聊聊天，没话找话说：【他怎么去你家了？】

树：【在家讨人嫌，被他爸妈赶出来了。】

树：【可以啊孟同学，这个点儿了还在做题。】

孟妍看着这行字仿佛都能想象出许劲知回消息的样子，他八成是姿势慵懒，带着点漫不经心，她细细在屏幕上打下一行字：【我就是临阵磨磨枪。】

她这点努力在大神眼里，肯定是微不足道的，都是从前贪玩落下的课，也没有那种随便翻翻书就能举一反三的天才头脑，成绩不好也在情理之中。

孟妍和他又扯了两句闲话，怕强行尬聊把场子冷下来，于是忍痛结束了这次短暂的聊天：【好，我去看看那两道题。】

树：【嗯。】

孟妍看着这个微信名又想起《情书》电影里的男主藤井树，怀揣着某种小心思试探问：【再问最后一个问题，你微信名为什么叫"树"？】

许劲知估计正闲着，回消息很快。

树：【不知道起什么名儿，看见门口有棵不知道品种的歪脖子树，随手打的。】

这理由朴实无华，透着溢出屏幕的随意，果然，很符合他的性格。

孟妍最后回：【行，这次真撤了。】

她关了手机，继续把剩下的半份卷子写完。

要知道一只普通的鹅，也是会努力的。

第二天早上，秦远去买了两份早餐回来，出去回来总共不到十分钟，回来时那表情是相当复杂。

许劲知起床习惯先喝杯水，早餐放在桌上半天也没人动。

秦远坐在沙发上浑身透着股不自在，连坐在对面的许劲知都感觉到了。

许劲知拿着杯子喝水，揶揄道："你出去买个早餐被打劫了？"

秦远神情复杂，每个字都透着不确定："你妈……是又给你生了个弟弟？"

弟弟？

许劲知差点一口水呛出来，他哪儿来的弟弟。

他看秦远一脸苦大仇深，像是经过几分钟的"激情"脑补，已经置身于一场水深火热的豪门斗争中。

许劲知表情有些疑惑："谁跟你说我有弟弟？"

秦远说:"我刚才进来,楼下大门口,一个四五岁的小孩,我问他话,他就指着这个门,说'哥,哥'。"

"是谁家孩子走丢了吧。"许劲知放下杯子出去看了眼,从楼上能看见外面大门口确实有个孩子,穿得挺体面,不像流浪儿,估计就是跟父母一不小心走丢了。

身后秦远跟着出来,他瞧了眼门口那小不点的身影:"下去看看。"

许劲知在门口蹲下身,看着那小孩:"走丢了?"

那孩子小嘴一咧,直接"哇"的一声哭出来了。

他不凶吧。

怎么问一句就哭了?

光看这性格也不能是他弟弟,他小时候可犟得很,谁哭他都不会哭。

男儿不流泪,这种思想好像是他打娘胎里带出来的,从前打针大夫说这孩子不会哭,杨真还以为有什么问题专门带他去看过。

许劲知收了思绪,这小孩哭得他心烦意乱。

他站起身看向秦远,抬了抬下巴:"有糖吗?哄哄。"

秦远摸了浑身上下的口袋,掏出一颗超市不找零几毛几分替换的糖,他不会哄孩子,把这颗糖塞给了许劲知。

许劲知也不会哄,干巴巴地递给跟前那小孩:"给。"

他听着那孩子抽抽搭搭地说了一段,但压根儿没听懂。

许劲知觉得棘手,微蹙着眉又仔细听了一遍,这回懂了,人家妈妈告诉他不能吃陌生人给的糖。

还行,这孩子不傻。

他没摊上过这事,都遇见了再关上门回屋好像说不过去。他不紧不慢地撕开糖纸,自己把糖吃了:"报警。"

于是,孟妍陪老爸买完菜回来就看到这样一番诡异的景象。

许劲知叉着腿坐在大门口的台阶上,手撑在身后,秦远在门的另一边,像两座门神,一脸生无可恋地盯着中间某个哭得嗓子都哑了的小孩。

孟重阳热心,提着兜菜就过去了:"这怎么回事?"

小孩哭得撕心裂肺,许劲知和秦远脸上写满了"真不是我欺负的"。

孟重阳了解了来龙去脉,跟着一起等到警察来把人接走,才放心地拿上菜回家做饭。

孟妍没急着回家,站在门口问:"你们就一直在这儿等着?"

许劲知语气是一如既往的懒散:"都看见了不能不管,孩子他爸妈估计正满世界找呢。"

秦远调侃他："你之前不是扶老太太过马路还反被讹了三千五。"

许劲知闲闲掠他一眼，这又不是什么光荣事迹就别宣扬了成吗？

当时杨真说，下次见了该扶你继续扶，她要是讹你，你找我。

但那之后，他也再没遇上那种难缠的老太太，如果遇上了，扶不扶，还真说不准，八成看心情。

许劲知有点烦闷地皱了下眉，他最近好像老是想起他老妈，杨真。

上午阳光正好，孟妍忽然觉得照在地上的，全都是少年侠义人士"正道的光"。

因为昨天的乌龙事件，孟妍在脑子里构想出"双向箭头"的可能性忽然有点站不住脚。

他也许只是正义提醒，只有她，心思不纯。

秦远故意问他："下次遇见别人的事儿还管吗？"

许劲知倚着门，整个人站得很松散："我很忙的，也不是什么闲事都管。"

孟重阳给孟妍发了条消息，说中午叫同学去他们家吃饭。

孟妍把话传达给跟前二位，许劲知想说不麻烦了，秦远就直接拍了下他的肩："好，走啊。"

许劲知偏过头，看到秦远一脸自信，眼神里写满了"去，听我的，听我的不会错"。

孟妍和他们两个男生一起往家走着，忽然冒出来一个想法。

许劲知平时愿意分享给秦远的事情，什么时候，也能分享给她听。

她想距离他近一点，更近一点。

三个人走在狭窄小道，两边住户的窗台支出来的杆子上挂着男男女女的衣服。

许劲知对芝麻胡同这一片儿也算是熟门熟路了，尤其是孟妍她家，他刚来还不认识就上门蹭饭蹭暖气，手机还是充满了电带走的。

颇有一种我吃不了还要兜着走的做派。

不得不说离家一趟，脸皮是厚了不少。

秦远摸了下兜，又拿了样东西出来，手往他跟前一伸："怎么还有颗糖。"

许劲知接过来，动作是同样自然地递给了她。

"我又不是小孩。"她嘴上这么说，还是把糖从他手里拿走了。

许劲知偏头笑了声:"不是小孩不能吃糖?我爷爷多大岁数牙都快掉没了还成天想吃糖。"

说完,他忽然有点想叹气。

许劲知啊许劲知,你怎么了许劲知。

以杨女士为开头,某个关于家的念想蹦出来,就如同雨后春笋,越演越烈。

孟妍路过水果摊时,卖水果的老伯叫住她,从收钱的小抽屉里拿了份信封模样的东西递出来:"孟妍是吧?有你的信。"

这年头写信的真不多,全芝麻胡同估计也就她一个,有个几回那老伯就记住这个名字了。

孟妍上前接过来,当着秦远和许劲知的面,她没有马上拆开看,随手往口袋里塞,塞不下有一半露在外面,半掉不掉地回了家。

秦远就是个来蹭饭的,等到中午吃完饭有人叫他先走了,许劲知和孟妍上了楼,她等不到他走就迫不及待把信拆开看。

母女之间的信没有那些条条框框的格式,内容也是想到什么就写什么,杂乱得很。

信上说:

> 阿妍,我在这边挺好的,不要惦记妈,再过几个月就回去了,这回妈不走了。房东家的孩子养了一只猫,不知道什么品种,挺漂亮的,小时候你老缠着让养,光你爸都跟我提过好几回,我不让,现在妈也挺喜欢猫的,很亲人,你要是还喜欢,回去就养一只。
>
> 你爸那二手数码店生意还好吗?估计还是和原来差不多,赚得不多,养我们阿妍还是够的,平时要用钱的地方你大胆说,咱们家吃穿用的开销绰绰有余。
>
> 妈住的地方靠海,你小时候也不爱旅游,去的地方少,等毕了业跟你爸一起来,我带你们逛。

最后,末尾留了一个姓氏"白"。

孟妍看完这封信,日子仿佛又多了一个盼头,不只是高考结束万事大吉,还是他们一家人团聚的日子。

许劲知在旁边,眼睛很自觉没往信上瞟,她如果愿意说就说,不愿意,他也没有窥探别人隐私的想法。

孟妍看着信，眼神有点复杂，像是陷入某个让人纠结的问题理不出头绪。

他看了她半晌，才出了一点声音："怎么了？"

孟妍垂眸看了一眼手里的信纸，又抬起头，不觉得这有什么，但她一般没在别人面前说这些："有点负能量，你还想听吗？"

他倚着桌子站在那儿，窗外的光落在肩头："你说。"

孟妍折了一下信纸："这是我妈妈给我的回信。三年前，我哥去世，我妈深受打击，精神出了问题，这个家里每一处都有我哥曾经生活的痕迹，最后她挑了个晴天离开，去了南方一个四季如春的城市，是去治病的。一年前就已经治好了，但她一直没有回来，像是越拖越不敢回来了。

"除夕那天我问我妈妈什么时候回家，其实我不确定她回来好还是不好，会不会触景生情导致病又复发，但我想她了。"孟妍顿了下，看着他说，"我是不是，有点自私？"

她只是想妈妈了，类似刻在基因里的本能。

但如果她回来又变回原来那个郁郁寡欢糟糕的状态，孟妍宁愿不要这个团圆，只希望她在南方能看见海的城市，活得高兴就好。

她认认真真地说完这大段话，眼睛像是被水浸润过似的，一瞬不瞬地看着他。

她看见许劲知点了下头，听见他干净清冽的嗓音说："可以自私一点，有人站在你这边。"

开学一模，考场都是按照上次的成绩安排的。当然，她这种吊车尾的选手，自然安排在吊车尾的考场。

她和许劲知的考场，可谓是全楼最远的距离。

考试的时间总是过得很快，两天感觉还没做什么就考完了，第二天考试结束回班上自习。

许劲知到得早，坐在位置上有一下没一下地看手机。

旁边学委在对答案："物理最后那题答案是多少，我的是'36.5'，你多少？"

另一人说："37。"

学委不死心地过来问许劲知："大神，你多少？"

刚才完整的对话许劲知多少都听见了，他抬了下头："36.5。"

得到和大神一样的答案，学委郑重点了点头，心满意足地离开了。

剩下答案为"37"的同学独自凌乱。

孟妍在旁边默默听着,她根本连那道题的第一小问都写不出来,更别说"36.5"还是"37"。

对她来说,有点超纲了。

孟妍考完一切随缘,对答案什么的,随他去吧。

不知道是她想多了还是什么原因,她总觉得许劲知今天很不在状态,第一节自习刚开始不到五分钟,他拿着笔在题本上随便画了两笔,就趴下睡了。

孟妍起初写两道题,扭头看一眼,再写两道,再看一眼。

直到他肩膀均匀起伏,应该是睡着了,她才敢把自己桌上的书挪了挪。

从她这个角度能看到他清晰的侧脸,埋在臂弯里,被宽大的校服遮去一半。

许劲知在学校很少睡,和班里那群名列前茅的好学生一样,不管晚上几点睡,白天总能打起一百二十分的精神。

孟妍这么看着看着,也慢慢地找了个跟他一样的姿势趴着,盯着他看。

他的睫毛不算长倒是挺密,额前碎发散开一点,能看见眉尾的淡色小痣,鼻梁英挺,薄唇轻抿。

这一排位置靠后,晚自习大家各干各的也没人注意到她。

直到被她盯了半天的许同学蹙了下眉,她赶忙坐好拿了支笔在手上,一副做贼心虚的样子。

许劲知睡醒抓了把头发,脸上有一道校服压出来的红印。孟妍故作淡定地往他这边看一眼,要不怎么说长得好看是优势呢,就刚睡醒脸上带一道红印都不显得傻。

"最近复习很累吗?"孟妍往他那儿凑了凑,小声说,"要不你再接着睡吧,等老师来了我叫你。"

许劲知侧身坐着,胳膊支在桌上,手撑着脑袋,声音疏懒,透着刚睡醒的沙哑:"没有,偶尔不想学,开个小差。"

其实不是,说出来怕被人笑话。

当初是他谁也不听非要离家出走的,卖表卖电脑也非要留在这儿,结果这两天莫名有点想家。

这不是自己跟自己矛盾吗?

这段时间没人管,随心所欲潇洒自在。

物极必反,过于自由之后,就又开始怀念从前的生活了。

但他很清楚自己现在并不想回家,这地方有很多东西在吸引着他。

除了自在还有些别的,他暂且还弄不清楚的。

对他有着非常强的吸引力。

许劲知还是这个撑着头的姿势，随口问她："考得怎么样？"

孟妍说："应该比上次高。"

能高多少不确定，反正一定比上次高。

她这些天的努力不是白费的，如果每次考试都增加个七八分、八九分。到高考那天她说不定就能迈进四百分大关了。

"不会就问我。"他指尖在她桌上卷子点了点，"我乐意教。"

他说得坦坦荡荡，孟妍实在忍不住想问："你之前一直这么热心吗？"

听到"热心"这个词，许劲知一时还不习惯把这个词跟自己联系到一起。

他唇边漾开一抹浅淡弧度："是听秦远说我扶老太太被讹三千五觉得我管闲事是吧，没那么离谱，我不是见人就扶，也不是谁我都管。"

他不是对谁都这样。

孟妍手里还握着笔，无意识地一动，笔尖在卷子上划出一道痕迹。

她随即反应过来收了笔，拿了个本子放下来，把那一道痕迹遮住。

孟妍再扭头看的时候许劲知脸上压出的红印已经消退了。她看的动作太明显，他问了句："看什么？"

她指了下他的脸："你睡觉压出来的印子，没了。"

许劲知倒是不在乎这些，根本没在意。

课代表从外面进来，直接把头天考的数学卷子都给带回来了，分了一摞给前排的同学帮忙发。

等答题卡发到许劲知的时候，那人明显愣了一下，然后用一种"不会吧这可能吗"仰望大佬的眼神把答题卡放在他桌上。

数学147分，比上次还多1分。

孟妍看了一眼自己的，65分。

和学霸做同桌还有一点，那就是心理素质得过硬。

她把自己那份叠了一下，随手压在书里，然后默默瞻仰许同学的答卷。

看着看着，她就冒出一个疑问："许劲知，你之前在哪儿上学？"

许劲知说："上海。"

孟妍忽然想到信里的内容，虽然明知道不是一个地方，还是想问："那地方有海吧？我都没见过。"

她从小就宅，哪儿都不乐意去。

他胳膊压着147分的答题卡，依然是那副很好说话的懒散样子："以后想去的话，我带你玩。"

孟妍表面"嗯"了一声，心里早就点头如捣蒜。

嗯嗯嗯嗯嗯嗯嗯，一言为定。

你说好的，不能反悔。

秦远趁乱过来凑热闹，往桌子上瞄了一眼，手搭在许劲知的肩上："不愧是你，一如既往。"

宋诗瑶身为二中老牌学霸，自然是要过来看一眼的，看到上面明晃晃一个"147"，嗯……打扰了。

秦远忽然勤学好问起来，指了下卷子："这题你给我讲讲，怎么能得出这个数。"

许劲知桌上东西少，几乎睡了一节自习草稿纸都没一张。

孟妍本子多，随手抽了一个给他。

许劲知接过来拿在手里，指节干净修长，翻过书页，孟妍看到其中某片涂鸦忽然怔住，完了完了完了。

上回在上面画了许劲知。

许劲知翻本子的动作并没有停，略过那页涂鸦找出一页空白的，拿笔在上面给秦远讲题。

孟妍在旁边心跳如擂鼓，也猜不准他到底看见了没。

他没吭声，应该就是没看见吧。

孟妍盼星星盼月亮盼着他讲完这道题，好在秦远没停留太久就过去跟学委说话了。

她悄悄伸手，想把那本"定时炸弹"拿回来。

孟妍手刚触碰到本子，本子就被一只手抽了去，许劲知翻开那页涂鸦，看了两眼。

他刚才就看到了，只不过当着秦远的面没有细看，草草翻了过去。

她手扶着桌子，越是这个时候越不能乱，人要稳，戏要足。

她小脑瓜在这种时刻也总是出奇地灵光，佯装无所谓地说："怎么样，像不像？"

许劲知认真地看了下，给出个评价："挺像。"

他看完也没说什么，把本子又还给了她。

宋诗瑶刚走了又回来，这回是来找她的："孟妍，学校外面开了一家炸鸡店，晚上我想去吃，一起去吗？"

孟妍点点头："去。"

深夜炸鸡，听着就很油腻且不健康的东西，但是快乐。

听见吃的,秦远回头凑个脑袋过来,积极踊跃:"我也想去,一起呗。"

"老许,一起一起。"许劲知在旁边看手机,被他直接给报了名,"他也去。"

那家韩式炸鸡起了个非常不韩式的名字,叫"老王炸鸡"。

店里装修一般,但开在学校附近的店也不需要太好的装修,随便装一下不管卖什么都不缺人买。

秦远过去看着点了一些,等东西放在盘子里端上来,出锅的炸鸡裹着酱,上面零星撒着点碎芝麻,看着很有食欲。

但是——

她侧头看了眼许劲知,他拿了一杯冰可乐,指腹摩挲掉杯身上的小水珠,在他面前吃炸鸡这种东西,是不是不太文雅。

孟妍伸手只拿了盒薯条,就吃这个吧,这个文雅。

秦远见他不动,大大咧咧地喊他:"老许,你怎么不吃啊?"

许劲知转了下可乐的吸管,随口说:"不喜欢。"

许大少爷一向比较龟毛,秦远早习惯了,也不管他,转头问孟妍:"你也不喜欢?"

孟妍吃着一截薯条,心说喜欢,喜欢得不得了。

但我想保持一下形象。

她笑了下,随口胡扯一个由头:"晚饭吃得多,吃不下了。"

"得,就咱俩。"秦远把那两盘东西往宋诗瑶跟前一递,"这周市排名能出来吧,回家我爸妈又要开始说,你看看人家许劲知,人家吧啦吧啦如何如何。"

宋诗瑶跟他笑着闹了两句,又低头吃自己的。

孟妍看见前面有个自助打印照片的机器,她擦擦手过去,从手机里挑出那两张偷拍许劲知的照片。

一张恶魔角,一张是在篮球场。

为了一会儿拿过去不那么明显,她又挑了几张别的一起打印。

打印完,她把许劲知那两张单独放进口袋,其余的拿在手上。

宋诗瑶咬了口炸鸡,微仰着头看她:"孟妍,印了什么?"

她把手里的照片递给她看,都是些风景,还有那么两张,自拍。

许劲知的视线落在她的照片上,照片里的姑娘比着剪刀手,对着镜头傻乐。

他一笑,松了咬着的吸管。

· 105 ·

孟重阳在大门外搬了把椅子,踩在凳子上拿个白炽灯往上拧。

胡同里的人都喜欢在墙边柱子上挂个灯,她们家门口的灯坏了有两个星期了,一直没顾得上换。

灯挂的位置高,孟重阳踩着凳子也有点不好够。

她和许劲知往家走着,隔着老远就看见老爸在鼓捣那个灯。

孟妍上去说:"爸,要不换个再高点的凳子吧?"

孟重阳伸长胳膊,努力往上:"这个就是最高的,再不行就得拿梯子,爸懒得去仓库翻。"

胡同里各家的光点亮方格小窗,许劲知肩上挎着书包在旁边站着,主动说:"叔叔,我来吧。"

毕竟在这儿吃了几顿饭,帮忙装个灯也是应该的。

孟重阳扭头往这儿瞧了一眼,举着的胳膊依然没放下来,像是在打量他够不够得到。

"那你来。"孟重阳不服老不行,放下胳膊慢慢从凳子上下来,"现在男孩就是长得高,都是大个儿。"

语句戛然而止,忽然就没了声音。

孟重阳本来也有一个儿子的,差不多也是许劲知这么高。

孟妍在旁边听着,知道老爸是又想起哥哥了。

当年老妈情绪崩溃一走了之,同样是亲儿子,老爸又何尝好过。

只不过家里还有她,一个还没上高中的小女儿,孟重阳身为家里唯一剩下的男人,他必须快速收拾好情绪担起这个家。

现在他看着许劲知踩在凳子上,拿着灯往上拧,少年利落挺拔的身形让人晃神。

好像回到了当初一家四口的日子。

家里座机电话一阵响,孟重阳摸了摸衣角,仓促别开眼,侧头跟她说:"阿妍,你帮同学扶好凳子,可别摔下来,我去接个电话。"说完又急急忙忙进去了。

底下的路确实不太平,甚至算是个斜坡。

孟妍过去两手扶着凳子,看他半天没下来,昂起头,忽然对他有点质疑:"你会拧吗?"

大少爷也需要亲自动手拧灯泡吗?

许劲知低头就对上她一双清澈的眼,故意说:"扶好,我要是摔了,你可得负责。"

他没回应她上一句话,这灯泡不好拧,又拧了两下才接上。

许劲知没直接下来,站在上面问道:"这灯怎么开,你开了试试亮不亮。"

孟妍去摁了开关,他头顶处的灯罩瞬间照出一束光亮,像一支细细的笔,给他身形都描上一圈金边。

许劲知拍拍手跳下来:"还成,那我就先回家了。"

她站在灯下,轻微点点头:"明天见。"

孟妍上楼把打印好的照片摆在桌上,照片是篮球场上一群少年的动态抓拍。

她看着照片里潇洒肆意的少年,背景映衬着一片火烧云。

孟妍手指在照片上点了点,拿笔在背面写了两行字:

致 许同学

少年热烈如风,肩负万丈光芒。

孟妍写完又看了一会儿,把这张照片放在书桌上最显眼的位置。

这里面球场上好多人,好像借着人多就可以光明正大地摆在这儿,谁也不会发现她的秘密。

孟妍把其余照片一并收拾进抽屉里,草草看了眼发现似乎少了一张。

少了一张她的"中二"自拍。

照片上女生扎着马尾,皮筋上有一个小狗图样的装饰物。

许劲知站在门口摸钥匙开门,结果从兜里摸出一张照片。

从老王炸鸡店走的时候,她照片掉出来一张,但人已经走出去好几步。

他顺手捡起来想着一会儿还给她,结果往兜里一放,完全就忘了这回事。

许劲知又拿钥匙开门进去,房子空空荡荡、冷冷清清,他只住二楼那一间,其余都是空着的。

他放下书包,去冰箱里拿了瓶水灌了几口,冰水入喉,他不知道自己是清醒还是不清醒,只知道手里这照片。

他忽然不想还了。

他捡到了,就算他的。

学生时代的考试周,除了头两天考完试对分数还有那么点期待,等成绩下来就是无休无止地讲卷子讲卷子讲卷子。

市一模整体的成绩出来，许劲知这个名字又在老师办公室轰动了一波。

他的成绩和武尧一中某个学生并列全市第一，702分。

算是那张市排名大表里唯一一个带着二中名号挤在前面的。

孟妍看见那张表的时候还是忍不住在心里小小感叹一声，可以啊许同学。

她自己考了360分，怎么说，也是有进步吧。

虽然缓慢，总不是一无所获。

秦远还是徘徊在五百八九，难以突破六百这个高分段。

除了许劲知，宋诗瑶的成绩在二中依然无人能及。

五班关于分数的焦虑一直存在，但孟妍能看到大家都在慢慢地努力，慢慢地变好。

"其实上回测验我还有点不服，觉得他就是运气好。"宋诗瑶剥着橘子皮，掰了一瓣橘子塞给她，"现在服了，许劲知，是有点本领在身上的。"

宋诗瑶这股谁也不服的劲儿从小就有，在二中当了两年半的第一忽然被人截了，对于这忽然冒出来的许劲知，当然有那么一点点的不服气。

直到看见一模大榜，成绩就是说服力。

她总不能再拿"运气论"自己骗自己。

孟妍坐在篮球场边的台阶上看场上的男生打篮球，里面别说许劲知，连个五班的人都没有。

她就是坐这儿解解闷儿，关注点根本不在篮球场。

孟妍吃了这瓣橘子，不酸，是甜的："他其实，也很努力的。"

她平时在家坐在书桌前，往左一看，就能看见窗对面那户亮着灯。

她除了熬大夜那几天留意了一下许劲知在一点半到两点关灯，最近她睡得早，她睡的时候对面也都是亮着的。

比她厉害的人还比她更努力。

宋诗瑶吃着橘子，轻叹了一声："也是，哪个考高分的不努力，我听一中同学说，和许劲知并列第一那个人，人家到现在都不用智能手机，觉得没意思，不想玩。"

宋诗瑶又塞了橘子过来，孟妍默默地吃。

手机确实没什么好玩的，但是吧，只要一开始看书，那手机就莫名好玩。

什么也不干，就翻翻手机桌面，那也要翻。

孟妍看见教学楼里出来几个人，秦远、学委，走在前面的那个是许劲知。

他嘴里像是吃着糖，叼着那一截小棒，侧身跟秦远说着话。

孟妍走神，宋诗瑶又在耳边说什么她没听清，只看见许劲知和秦远说完话，扭头时注意到她了。

两人隔着来来往往的人群对视上，许劲知又偏头说了句什么，就撇下他们，自己朝着这边走来了。

孟妍看着那抹身影，再回神许劲知就到了跟前。他走得不紧不慢，颀长身姿挡住了她眼前部分光亮："英语老师刚找你。"

她想着时间也差不多："我一会儿就上去了。"

许劲知也不知道自己到底想说什么，没话找话，就是想和她说上两句。

明明同桌从早坐到晚，他也头一回发现自己这么想说话，不仅手欠，话还多。

他懒散站着，两手揣兜，嘴里叼着那根棍儿，笑的时候轻微一点头："我还没说完，她叫你数卷子，我帮你数好发了。"

他从不屑于说这些，但这会儿听着像是在专程跑来邀功的，字里行间写满了幼稚的情绪：来，夸我两句。

"大恩不言谢。"孟妍回头拿了个橘子，郑重地塞他手里，"这个就送给许同学了。"

在学校外面买的丑橘，拿在手上挺大一个，但塞他手里好像看着又没那么大了。

他拿在手上抛了下，又接住，回头看了眼站在那儿巴巴等着的那两人，才跟她说："走了。"

等人走了，宋诗瑶手里的橘子也吃完了，人往孟妍跟前一凑，手里拿着橘子皮挽上她的胳膊："你们聊过吗？"

孟妍看着他背影："聊什么？"

宋诗瑶就是皇上不急太监急，她在旁边看着比谁都着急："你说呢。"

孟妍摇摇头，看着他进了超市才把视线收回来："哪敢，我这是一出不见天日的独角戏，还得是黑白默片。"

她一个人的喜欢可进可退，如同蜗牛触角，又像雨后生根。

晚上，孟妍从书上找了道不会的题，看他正闲着，就拿笔轻轻戳了下他的胳膊："许劲知，这题我不会。"

许劲知本来也没什么事，拿手机玩着一个非常无聊的游戏，一个黑球跳来跳去，还老是死。

他放下手机，一只脚踩在桌子下面的横杠上，侧过身看她："哪个？"

"这个。"她拿笔指了指。

她做的题都很基础,班里老师也知道她是什么情况,作业里面有些难题默认她可以不用写,就挑简单的写写就成了。

这种程度的对许劲知来说根本都用不着想,拿笔就能出结果。

他通俗易懂地给她讲完,孟妍拿回笔的同时,顺口就问了一句:"之前在你的学校,也有女生问你题吗?"

这话题不就顺利引入了嘛。

孟妍,你可真聪明。

许劲知想了一下说:"有吧,很少。"

原来的学校他在清北班,班里随便单拎出来一个都很强,他的社交圈子也基本都是男生,和女生说话不多。

孟妍手搭在桌上,手指有一下没一下地点着桌子:"你之前有过,喜欢的女生吗?"

他抬了下眼皮,沉默了一瞬说:"没有。"

孟妍觉得这人可能从小高冷到大,在这方面不开窍,暗示也暗不出个什么来。

她把书放好,"哦"了一声,坐正身子继续看题。

外面一阵疾风卷进来,吹得卷子"哗哗"响,没压住的能直接被吹跑。

靠窗的同学赶紧关窗,她听见有人说:"好像下雨了。"

随之就是班里此起彼伏的抱怨声。

"大晚上下雨,我待会儿怎么回家?"

"感谢我爸,让我每天都背着一把伞。"

"那借我蹭一下伞。"

"叫句'远哥'我听听。"

"这话就叛逆了啊。"

每天两节晚自习好像格外漫长,周围安静,无人说话,伴随着室外淅淅沥沥的雨声,如此氛围好像就是给睡觉营造的。

孟妍慢吞吞地挪了下书,然后挑了个惯用的姿势,先睡一会儿。

实际并没有过多久,她就悄悄把头转到许劲知这边,还没来得及看,眼前视线倏地一暗,是教室又停电了。

楼层瞬间哗然,隔壁班班主任敲了下讲台,据说年轻时候是女高音,说话声音非常具有穿透力:"放什么学放学,今天就是点上蜡烛也得到点再走。"

接着就听见那声音走近，似是站在他们班门口问："张主任，这怎么回事啊？"

这种场景如果放在电影里，总是要发生点什么的。

谍战片里的秘密交易，爱情片里的暧昧行为，无数片段从孟妍脑子里过，她也只敢稍微伸一下手，霸占一下他桌子。

孟妍手伸过去，往下一落，没碰到桌子，反倒是摸到了一处带着温度、带着男孩力量的骨节。

底下人手指微屈，明显往回收了一下。

她脑子里像电视剧的弹幕疯狂刷过：孟妍，撒手！撒手！快撒手！

大约过了三五秒，她慢慢把手缩了回来，依然是趴着的姿势，只不过又把头转向了靠墙的这头。

反正漆黑看不见，就当她睡着了做梦吧，不然她不知道怎么解释。

停电全程不到五分钟，教室就来电了。杨启超来班里看一下，许劲知清了清嗓子，伸手在孟妍的桌上敲两下："杨哥来了。"

孟妍听见了，但没动，就像是永远叫不醒一个装睡的人。

在他第二次敲的时候，她才起身，一副"我刚刚还在睡"的样子。

杨启超已经走上讲台，整了两下讲台上的粉笔头，往盒里一扔："附近维修，电压不稳，别想着放学，都该干什么干什么。"

孟妍低头看着书，如图，在平面直角坐标系中……我摸了一下他的手！

她按捺不住转头去看许劲知，他神色一如往常，相比较她，淡定得多。

也是，不小心碰一下而已。

她又不是故意的。

许劲知看了眼讲台，低头时视线落在拿笔的手上，停顿几秒后又看向她。

她低着脑袋不知道发什么呆，扎马尾的皮筋上有一个小狗图样的装饰。

孟妍再一扭头，正好跟他对上。

许劲知就这么看着，不闪也不躲："雨估计停不了，放学怎么走。"

她从抽屉里拿出一把折叠伞，上面印着卡通图案："我有伞，可能不太大。"

她口中说的"不太大"，等真到放学撑开的瞬间才发现，这伞两个人打是有点勉强了。

细雨斜飞，能有把伞就已经很不错了，孟妍撑着伞，考虑到他的个子还刻意把手举高一点。

许劲知下着台阶，很自然地接过去，低声说："看路。"

她拽着书包带子，跟着人群往下，还没走到校门口就发现头顶的伞在往她这儿偏，他左边整个肩膀都是湿的。

她微抬起头看他："这伞……"

他没在意道："我淋点雨又没事。"

孟妍不知道该怎么说，像"哎呀你打吧你打吧""不了不了还是你来"这种推来推去的客套话她最不擅长，只趁着雨声，悄悄地、悄悄地，往他跟前挪一点再挪一点。

这样伞就可以给他也遮住。

直到她一转头，发现自己再侧个身就能直接去他怀里了。

他肩膀宽阔，劲瘦挺拔，是少年人十七八岁生长时期独有的身形，不显得过分单薄。

他握着伞柄，灯下能看清虎口处那道白色的疤，袖口落下一点，露出一截清瘦的手腕。

许劲知这脑子一根筋，看她挪一点挪一点的，刚她一转头，荡起的发尾若有似无扫过他脖颈间，低头才发现她跟自己贴得很近。

他嘴角轻扬，透着股懒劲儿，心说这姑娘怎么还往人怀里钻。

他始终保持着适当的距离，规矩不逾越。

从芝麻胡同进去先到的是她家，那天许劲知拧上的灯泡还亮着，在门口照出一圈暖黄色的光晕。

她踩着光走到屋檐下，脚边水洼被雨水打出层层涟漪："伞你拿走吧，还有一截路呢。"

许劲知没拒绝："明天还你。"

他这伞打不打其实已经无所谓，雨斜着飞，怎么打伞衣服都会湿。

许劲知拿着一把花伞回家，进门把穿在身上的湿衣服换掉，顺便洗了个澡才出来。

他在一个算不上书桌的书桌前坐下，头发没擦干，还有点滴水。

窗外雨声渐大，传来两下敲门声，这个点儿敲门的只会是秦远，许劲知不紧不慢地过去开："你又被赶……"

话说一半，站在门口的是他的老妈，杨真。

杨真穿得整齐，头发干净蓬松，一点儿水都没沾上。

杨真站在门口，语气平静："妈回来有点事，顺便看看你。"

关于上回在巷口走掉的杨女士，他始终存着点歉意，往屋里退了退，好让她先进来。

杨真看他头发湿着，担心地一皱眉："淋雨回来的？别感冒了。"

许劲知随手拿起那块毛巾擦了两下:"没有,刚洗完澡。"
　　他自顾自往里走了几步,半天没听见身后人的脚步声,扭头一看,再顺着杨真视线瞧过去,最后落在门口那把卡通图案的花伞上。

第六章
朋友就朋友吧

那把伞的图案一看就不会是许劲知买的,上面还有大面积的粉色。杨真转身过来,问他:"谁的伞?"

花伞立在门内,地上洇出一小片的水渍,他放下手,毛巾顺势搭在椅背上:"同学的伞。"

"男的女的?"杨真问。

许劲知盯着那把伞,顿了一瞬说:"男的。"

倒不至于遮遮掩掩在怕什么,只是为了避免一些不必要的麻烦。

杨真显然不信,朝门口指了下:"男生会买这种伞?"

许劲知手扶在旁边椅背上,站没个站相,卫衣开衫随意敞在两边,那种许久不见的无力感又来了。

"要不你去问问他?"他开口时语气透着些不耐烦,"每次我说了,你又不信,不信下回就别问我了成吗?"

杨真似是对他的话闻所未闻,关上门接着往下说:"现在是关键时候,别跟女生走得太近,这样对你,对她都好。"

头顶的灯照下来,映衬着他皮肤又白了一个度。他微抬下眼,神情寡淡:"如果我一定要走近呢。"

杨真身材瘦弱,站在那儿显得形单影只。

从前许劲知不会顶撞她的,她说什么就是什么,偶尔几次她要闹,许劲知最后也都依了她。

可是现在她忽然没了把握,眼前的儿子好像突然变得反叛,不再被她掌控了。

许劲知没再跟她继续下去,拿起地上的书包,转身进屋,一边走一边还能听见身后的人喋喋不休:"劲知,你偏要跟我唱反调吗?什么年龄就该做什么事,现在高考当前,妈不想让你的努力白费……"

他没听完,关门的力道没控制住,稍微有些冲。

许劲知把书包往桌上一扔,从抽屉里翻出耳机塞上,最好是什么都听不见。

孟妍回家发现家里异常安静,孟重阳背着身子,坐在楼下屋里看电视。

平常她回来,老爸都会出来跟她说句话,但今天没有。

她过去敲了下窗户:"爸。"

孟重阳转过身子,胳膊被吊在胸前,脸上还有些擦伤,表情尴尬又窘迫地冲她笑了下。

孟妍看着一怔,随即掀开门帘进屋去,上上下下地打量他:"爸,你这是怎么了?"

"从市场回来雨正大着,雨天路滑,摔了一跤。"孟重阳这胳膊藏也藏不住,索性说了,"就是个扭伤,没骨折,那大夫非让我戴上这个。"

孟妍看着孟重阳,有些担心:"下雨天走路着什么急呀,那这几天还是尽量别动了,才能好得快些。"

孟重阳右手被吊着,挥着另一只手催她走:"我知道我知道,爸好着呢,你上楼做作业吧,该干什么干什么去。"

他一向要强,摔得脸上挂彩,在闺女面前还觉得丢面子。

孟妍知道他不想让自己看,没待多久嘱咐了几句就被催着上楼了。

窗外雨声很大,打在玻璃上是一道一道的细丝。

孟妍把今天卷子上的错题改正,睡觉前习惯性往对面瞧了一眼。隔着层层雨幕,通过室内光线她看见一个女人从许劲知那儿出来,拿起门外窗台上的伞,顶着风雨撑开。

好像,是他妈妈。

孟妍之前见过两次,他和他妈妈的每次碰面都是不欢而散。

他和他妈妈之间究竟为什么会这样,她也从来没听他提起过。

她对许劲知从前的生活一无所知,现在想在手机上给他发条消息,都不知道该从何说起。

许劲知写完觉得饿了,放下笔走出房间想去冰箱里拿样东西吃。外面的灯还亮着,他四处看了眼,杨女士不知道什么时候已经走了。

茶几上摆了两盘菜和一碗汤。

他尝都不用尝,看一眼就知道是杨女士做的。

许劲知盯着那几样东西看,他也想不明白老妈为什么要这样。

是不爱他吗?好像也不是。

那她为什么不能听听他说的话,哪怕偶尔听听也行。

他走过去在沙发上坐下,手搭在膝盖上,看了半晌才伸手摸了下瓷碗,是热的。

许劲知拿起筷子吃了两口,还是熟悉的味道,吃了这么多年想忘倒是也难。

各种细碎声响总会在夜间无形放大,雨声打在瓦上听着格外清晰。

他一手拿着手机翻了翻,看见几分钟前孟妍发的一条朋友圈。

图片是一扇窗户,玻璃上的雨水如同树叶的脉络,交错而落。

配文:【雨下得更大了。】

许劲知随手点了个赞,脑子里倏然想起他和杨女士说,如果我一定要走近呢。

他天生就不是个乖顺的性格,只不过大多数时候懒得去争什么,多一事不如少一事,逐渐收起锋芒,学会了装乖。

可能他这叛逆期来得急,忽然就不想装了,想说什么就说什么,想做什么就做什么。

整个人都透着股烂泥扶不上墙的散漫,让杨女士怎么看怎么不顺眼。

孟妍洗漱完看到朋友圈多了个小红点,是许劲知点的赞。

她躺下缩在被子里,给他发了条消息:【在玩手机?】

也就几秒,便收到了他的回复。

树:【在吃东西,顺便看看。】

孟妍确实有点困,就不拉着他边吃东西边陪自己聊天了:【那我先睡了,明天见。】

他正想回复,上面连着弹出几条消息。

老妈:【晚上早点睡,别老是看手机。】

老妈:【我做了点吃的,都是你喜欢的,想吃吃一点,如果凉了就不要吃了。】

老妈:【说过多少次,以后洗完头发记得当时就吹干,不然容易头疼。】

老妈:【我今天说的话你仔细想想,当妈的不会害你。】

老妈:【小时候家里条件不好,妈任劳任怨养你成人,从不求你以后报答什么,只要你听话就好了。】

听话,听话,听话。

只要你听话。

他看着手机屏幕，沉沉呼出一口气，手一松，勺子滑进碗里，溅起一点汤水落在桌面。

孟妍昨晚没等到他回复就睡着了，早上起来一看，对话框最后一条还是自己发的那句。

这话好像让人不好回，她也没在意。

许劲知一模成绩并列市第一，学神的称号算是彻底坐实了。关于一个优等生，在高三这节骨眼儿专门从好学校往差了转，这其中说法开始有了各种版本。

她还没进班，在校道里碰见了宋诗瑶。

"新口味，你尝尝，就电视上天天打广告那个。"宋诗瑶拿了两瓶酸奶，分给她一瓶，"许劲知为什么转学你知道吗？最近听了好几种说法。"

"不知道，但听来那些说法我觉得都太离谱，不像真的，也就没问。"孟妍看了眼手里这瓶酸奶，蓝莓味。

那些传言里说什么的都有，说他家破产了，被人追债，不得不逃到这小破城市上学。

还有说他是为爱痴狂，父母棒打鸳鸯，他就报复性出逃跟家里人反抗。

比这更离谱的还有说他要跟人争家产的，只是在这儿暂且过度一下避避风头。

不管是哪个，她都觉得挺假的。

她也没好意思拿这么离谱的说法去向他证实。

"但许劲知转学，好像确实是因为一个女生。"宋诗瑶拿吸管戳开酸奶，神神秘秘道，"我听隔壁班体委说，他有个朋友和许劲知之前在一个学校，说他们清北班随便挑出一个都是人物，班里有个女生对许劲知有好感吧，传得沸沸扬扬的，他私下拒绝过，但后来没多久那个女生就收拾东西转学了，许劲知那次期末直接缺考，再没去过学校。"

如果这是真的，再然后，应该就是他离家出走，接着转学的事情了。

孟妍没听过这个版本，咬着吸管，说不上来在想什么。

这个版本真假且不说，起码比前几个听起来像那么回事。

他来到武尧，真的是因为那个女生吗？

吸管戳到底，孟妍喝完最后一口，把空瓶随手扔进了铁皮垃圾桶，撞在里面"咚"的一声。

这蓝莓味的酸奶，真的有点酸。

孟妍到教室的时候，许劲知已经在了，他拿着粉笔，弯腰在黑板上右下角那一栏写今日值日生。

许劲知，孟妍。

值日表直接是按照座位表排的，他俩轮到一起一点也不意外。

孟妍放下书包过去擦黑板，最顶头的她够不着，许劲知接过去擦了。

他拿了两块布去水房，讲台上总共就两块布，意思是她可以歇着了。

孟妍走下讲台，站了几秒，接着跟去了走廊顶头的水房。

许劲知开了水龙头，布放在水池里，他站在旁边等。

见她过来，他往旁边让了让，水声落在池里"哗哗"响，她低头说了句："我来洗手。"

这个季节水房的水很凉，凉到让人把手伸过去就想缩回来，她却细细洗着手上的粉笔灰，动作很慢："最近班里在传你的八卦。"

许劲知还没听说："说我什么？"

她随口挑了一个："说你来这儿是家道中落，为了躲债。"

她洗手洗得认真，显得这句话也格外认真。

"当真了？"许劲知轻笑一声，没当回事，把袖口往上翻了两节，"操什么闲心，没破产，不躲债。"

她抬起头，耳边还是不小的水声："那真实原因，是为什么？"

这倒不是秘密，许劲知随口说："也没什么原因，跟我妈闹矛盾，谁也不让谁，我赌气就走了。"

以前有矛盾都是他让步，这回突然不想让了，就成了这种僵持局面。

孟妍洗掉手上最后一点粉笔灰，声音越来越小，快能和水声融在一起："我听说，还因为一个女生。"

许劲知沉默了一瞬，点了点头："是有这么回事，她对我有意思，我私下拒绝了，但她没放弃，不知道我妈又去找她说了什么，她接着就转学这事多少跟我妈也有点关系，本来谁也没错，这么一来，反倒成我错了。"

就像我不杀伯仁，伯仁因我而死。

离家出走，这是他第一次明面上的反叛。

前面过来一个别班女生，是来洗手的。

左边窗户开着，昨天下雨落进来的水在地上聚成一片。

他看着水池里那块布应该湿得差不多，过来微弯下身去拿。

铃声响起，旁边女生匆匆关上水龙头，急急忙忙转身就往教室跑，踩到地上的水脚下一滑，孟妍被撞到毫无防备，跟着跟跄一步。

他微弯着身的姿势来不及换，下意识去扶，手不小心碰到她腰间又往回收了点，扶住她胳膊。

刚下过一场雨,升上来的温度又降下去不少,丝丝凉风从窗口吹进来,他衣服上若有似无的浅淡香味蹿入她鼻息。

她抬眼,看到的是他偏过去的侧脸,下颌收紧,线条流畅,以及,像是红了的耳根。

旁边撞到孟妍的女生连连道歉:"对不起,对不起,同学。"

许劲知松了手,她站稳往后退了半步:"没、没事。"

这段称得上"暧昧"的小插曲让她一整节早自习都心神不宁,眼睛更是盯着书,一眼都没敢往旁边瞅。

耳边充斥着文言文的背书声,许劲知胳膊撑在桌沿,伸手摸了下耳朵,耳根那地方明显温度高。

他目不斜视地看着古诗词,半天找不出个因果来,最终把这"灵异"现象归结于,脸皮儿薄。

好不容易熬到下课,二中食堂的饭菜经常被人吐槽又贵又难吃,都说只要二中不倒,附近开饭馆的全能发财。

孟妍和宋诗瑶去外面一家早餐店吃饭,早上饭点儿人多桌子少,宋诗瑶站在门口等位置,店里秦远先看见她,隔着老远就朝她喊:"宋清华,这儿!"

这声音一出,把旁边炸油条的老板都吓了一跳,手拿着长筷一哆嗦,油条又掉回锅里。

宋诗瑶当即拉着孟妍就往里走,从旁边搬了两个塑料凳子,一人一个。

许劲知在秦远旁边,腿屈着支在桌腿外,不大的方桌,孟妍跟他面对面坐着。

他来得早些,点的东西已经上了,手里不紧不慢地剥着鸡蛋。

秦远这人话多得不行,吃着吃着就忽然看着盘子里的两个茶叶蛋,开始多愁善感:"你看,这鸡蛋都是一对儿的,我的爱在哪儿啊?"说着,就棒打"鸡蛋",拿起其中一个往桌上一磕,磕出裂缝开始剥。

秦远看了眼鸡蛋,又看了眼孟妍,最后视线又意味深长地落在许劲知那儿:"老许,你还不努力。"

他这人说话没边儿,什么话都敢说。

孟妍早就习惯了,自然没当真。

许劲知侧头扫他一眼:"闭嘴吧,少说两句又死不了。"

店老板端了两碗豆浆和两碟小菜,油条也紧跟着送上来。

秦远还在叨叨着:"我也想有个青梅竹马,这不是条件不允许嘛,小时候不开窍，根本不乐意跟女孩玩。"

"这失散的青梅还能回来，就是老天给的缘分。"秦远咽下嘴里那口东西，话题一转，"你说是不是，宋清华。"

宋诗瑶点头，笑得意味深长："谁说不是呢，小青梅。"

早上的暧昧一瞬还没翻篇儿，孟妍越吃头越低，她和许劲知其实算不上青梅竹马，就小时候房前房后的在一起玩过，他一走好多年，他们之间根本没有任何联系。

许劲知看她把头都快低碗里了，抬手拍了下秦远："行了啊，越说越来劲。"

从吃完早饭回教室，孟妍一路上时不时就在想，如果当初许劲知没有走，他们这些年一直在一起的话，现在的情况会不会不一样。

可惜，没如果。

进班时，班里人正在发一个什么手册，红色封面，里面是理综公式类的东西，孟妍翻了翻，觉得没什么用。

这东西给许劲知，他压根儿用不着，这东西给她，她看着公式也不知道怎么往里套。

今天他们自从水房回来到现在没正面说过一句话。

许劲知拿起自己桌上那本递过来，或许是因为早上的事，他稍稍别开视线，不自在地咳了声："帮我写个名儿，你的字好看。"

他主动开了口，她也暂且忽略那一瞬间的暧昧。

孟妍接过来翻开第一页，顺手捞起桌上一支没了盖子的笔，拿到一半又放下，去文具袋那一堆花花绿绿的笔里挑个最漂亮的出来。

黑色水笔在首页写下"许劲知"三个字，大气舒展，很好看。

她刚把本子还回去，杨启超就趁着空进来了。

第一节数学课，杨启超赶着课前这两三分钟说句题外话："现在不是偷摸谈朋友的时候，影响心情，状态不好是学不进去的。"

杨启超说："等你们上了大学离开家，老师家长都管不住你们，想怎么谈怎么谈，不差这三两天，又不是高考完就世界末日了，你们往后的日子还长着呢。"

听到这句"你们往后的日子还长着呢"，她下意识去看许劲知，不偏不倚，正跟他看过来的视线对上。

讲台上是杨启超激情澎湃斗志昂扬的语调："都是十七八岁，你们身上有无限可能。"

我们身上，有无限可能。

孟妍垂在身侧的手握了握，微垂下眼，又抬头看向前面。

无限可能无限在哪里呢，她回过神，看见草稿纸上自己写了一遍又一遍的"许劲知"。

他，就是无限可能。

孟重阳胳膊受伤，做不了饭，中午是孟妍回家时帮他带一份，早晚他就着家里现成的东西吃一些。

尽管她说了多少遍可以错开饭点儿，提前点外卖，送得会比较快。孟重阳总是一脸不信任地摇摇头，说那外卖里头全是地沟油，吃了要得病。

周五回家，孟妍路过一家卖点心的铺子，想着之前老爸喜欢这家，就多买了点。

孟重阳吊着胳膊看电视，手边放着杯茶，瞧了眼她买回来的东西，忍不住唠叨两句："买这么多干什么，这东西都是现做现吃最好吃，放久了就不酥了。"

她进屋脱了校服，从盒里拿了一块吃："买都买了，总不能给人还回去。"

孟重阳指了指房子那头："拿上去给你同学送几盒吧，住这么近都是邻居。"

孟妍正咬下来一块，渣子掉了一身。

她抽出张纸，若无其事地拍了拍："我吃完再去。"

秦远最近彻底闲着没事做，无聊就去芝麻胡同骚扰许劲知，学校说是这两天不让打球了，因为高三三班有个人因为打球和高一年级起了冲突，还有两个多月高考，年级主任直接禁止了高三年级打球。

秦远来他这儿的频率逐天增加，就差打包行李过来跟他同住了。

许劲知敞着腿坐在沙发上，姿势慵懒，微弯着身剥橘子。那天孟妍给了他一个丑橘，他吃着挺甜的，后来路过水果摊去买了一大堆。

结果一个比一个酸。

吃着这个酸就总觉得下一个一定甜，结果这几天一直吃到最后一个，也没吃出一个甜的。

他修长的手剥着橘子皮，让人看着很有观赏性。

秦远在旁边跷着腿，比在自己家还自在，说："要不我搬过来跟你一起住吧。"

许劲知头都没抬,不咸不淡撂下两个字:"随便。"

他掰下一瓣橘子咬进嘴里,果然,还是酸的。

许劲知看着那堆橘子皮叹了口气,把橘子往秦远手里一放:"给你,最后一个。"

秦远还想着怎么跟家里说搬来这儿的事,拿手里就开始吃。橘子的汁水在嘴里咬开,他思路瞬间被打断,转而朝许劲知比了个大拇指:"能买着这么酸的橘子,也是难为你了。"

他十八年就没吃过这么酸的橘子。

秦远说完,再次看见放在电视旁边的恶魔角,加上近期观察,又往嘴里塞了一瓣酸橘子:"我觉得你不对劲,啧,不对劲。"

"你是不是喜欢人家,可别喜欢还不自知,错过了你可后悔去吧。"秦远把脚从椅子上放下来踩在地上,一本正经地看着许劲知。

孟妍端着几盒中式糕点站在门口,准备敲门的手停在半空。

半晌,她听见许劲知的声音说:"她,很不一样。"

秦远问:"哪儿不一样?"

"可能之前没怎么跟女生交过朋友,她挺特别的,跟谁都不一样。"许劲知说。

尽管这话跟任何暧昧字眼都搭不上关系,孟妍站在门口,捧着糕点,心里默默重复着这句,许劲知觉得她,特别。

这一点就让她挺开心的。

就算他们只是朋友,那她也是他的朋友里面,最特别的那一个吧。

她抬手敲敲门:"许劲知,我来给你送东西。"

房门在里面被人拉开,发出"吱呀"的声音。

许劲知站在门内,穿了件宽松的卫衣,头发蓬松还有点乱,室内的光投射出来,铺洒在她脚边。

"这个买多了,给你送一些,现在吃最好吃,放久了就不酥了。"孟妍把手里几盒东西往前一递,屋里秦远还在,她留下也尴尬,"东西给你,我就先回去了。"

许劲知接过那几盒糕点,大晚上的,他也没留她在这儿。他轻点下头:"嗯,谢了。"

孟妍送了一趟东西回家,走在胡同里的脚步都是雀跃的。

朋友就朋友吧。

朋友反倒可以大大方方、坦坦荡荡。

当朋友可以没负担,可以更长久。

孟妍算着这笔账,好像横竖都是朋友更"划算"些,然而她睡前得出这番理论,刚过两天就又被她推翻了。

孟妍上课到一半,觉得头发松了想扎个头发,皮筋松下来拿在手里,结果刚撑一下,断了。

断得让人猝不及防。

她一手抓着头发,一手拿着断开的皮筋,在学校不扎头发八成会被叫去门口教育一番。

孟妍单手在抽屉里翻找,看能不能摸出一根头绳来。她没有往书包里放这些东西的习惯,这会儿也就是碰碰运气。

许劲知看她一手抓着头发,一只手在抽屉里鼓捣半天,老师还在讲台上讲课。趁着老师转身的工夫,他往这边倾了下身,压低嗓音道:"找什么?"

她瞧了眼桌上,声音小得像悄悄话:"皮筋,断了。"

许劲知不知道在想什么,沉默了一小会儿,然后手伸书包里摸了两下,再拿上来,摊开掌心,递到她跟前。

他手指微蜷,手里是一根黑色头绳,上面有一个小狗图样的装饰物。

哪有男孩子会备着这种橡皮筋啊喂!

总不能是……

孟妍看着他手里那条皮筋,经过自己那么一脑补简直是心跳加速。

讲台上老师转过身,朝某处丢去半截粉笔头:"认真听啊。"

孟妍迅速从他手心把东西拿走,三两下把头发扎好。

从皮筋断掉到重新扎起头发,全程也就三四分钟,她那种忽上忽下小鹿乱撞的心情却是一直延续到下课。

答案好像一戳就破,她又临时退缩,遮遮掩掩。

硬币抛起结局已定,她就是不死心想往手里再多捂一会儿,好像晚一点揭晓,就能多一分胜算。

武尧又稀稀落落连着下了几天雨,距离二模的时间也没剩下几天。

孟妍翻着杨启超给她单独发的题,红色打钩的部分都是对她来说能提分的。

老师对她这么上心,她说什么也不能辜负老师的一片心意。

孟妍坐在自己的小桌前写题,时不时往左看一眼,看着对面亮着灯,在隔着一个露天阳台的对面,许同学也在默默努力。

好像这夜，也不那么难熬。

孟重阳这阵子都没上班，胳膊上戴的那个吊在脖子上的已经卸了，但还是说拿东西吃力。孟妍让他别着急，等养好了再去。

这回孟重阳倒是难得听了她的，没急着去开店，每天坐在家里浇浇花、养养鱼，再把鱼缸底下那个小乌龟揪出来晒会儿太阳。

种在院子里的葡萄架也出了芽，以肉眼可见的速度逐渐开上小花。

每年夏天，孟重阳都照顾这葡萄照顾得紧，浇水施肥还是专门请人来教的，拿着本《种葡萄手册》毫不含糊。

学校高三年级赶着二模，红色的横幅拉满校园，写满斗志昂扬的誓言。五班所有人都想考个好成绩，高考这场没有硝烟的战争已经开始预热。

美术校考陆续出了成绩，孟妍也拿到了几个名次靠前的合格证，宏图大志她没有，她就想着二模能不能再多个十分。

上次许劲知给她那根头绳，她一直戴着，每天早上对着镜子扎好头发，还要十分做作地把那个卡通小狗的位置摆正。

偏一点都不行。

晚自习，许劲知摘了眼镜，偶尔开个小差玩手机，他也不玩王者吃鸡那些游戏，每次看他玩，就是一个小黑球跳来跳去。

她逮着机会跟他说句小话："等我家葡萄熟了，我请你吃葡萄。"

闻言，他偏头过来："你家还有葡萄？"

孟妍点点头，给他描述得更仔细些："就种在院子里的，和二楼连接到阳台那一整片，都是。"

她这么一提，许劲知隐约有个印象。他没见过葡萄长在树上是什么样的，之前去她家见到的时候只有交错的枝，他还以为是爬墙虎那一类的绿植，没在意。

他放下手机，手里拿了支笔，转一下停一下："葡萄长成得八月吧。"

他不喜欢吃葡萄，其实就是懒。任何带籽儿的东西他都不喜欢，像石榴这东西简直就是在他雷点上反复横跳。

孟妍想说是，还没张口，就像是想到了什么，她眼睛又黑又亮，一瞬不瞬地盯着他看："高考完，你就要走了吗？"

"不走。"他手上的笔停了下，"我走去哪儿？估计会回上海一趟，再回来。"

他也很久没见过他爷爷了，一个掉没了牙还惦记着吃糖的老头儿。

虽然这么说有点那什么，但他跟爷爷最亲。

爷爷整天"大孙子大孙子"叫他，走了见不着人就在那儿说"我的宝贝孙子呢"。

大城市纸醉金迷，灯红酒绿，但除了个别人，他没什么可留恋的。

不走，他之前也说过类似的，我不会走。

孟妍大方发出邀请："那请你来我家吃葡萄。"

他看着她头绳上的小狗，晃了一下神，才点头说："好。"

去你家，吃葡萄。

市二模那天是个阴天，孟妍出门时抬头看，感觉这天就不是个好兆头。

在校门口遇到许劲知，这回她没有说加油，这点油还是留着给自己加吧。

孟妍和他闲聊了几句话一起进楼，考场依然是第一考场和第十二考场。

为期两天的考试，她考得是一门比一门心凉，有一种明明努力过但还是得不到回报的无力感。

她可能就是那种不被老天眷顾的笨小孩，卷子也跟着刷了一套又一套，杨启超的题她也踏踏实实做，一到考试，该不会还是不会。

她熬的夜好像都努力到别人脑子里去了。

第二天考完试回班上自习，孟妍不用等出卷子都知道自己考成什么样子，有点郁闷地趴在桌子上，拿笔在纸上乱涂乱画。

许劲知刚从外面回来，校服袖子挽在手肘，拉链敞着，里面是件黑色的T恤，坐下就看见她怏怏的，像霜打的茄子。

一向不为考试操劳的"孟心大"忽然这样，他心里像是被谁牵动一下，说不上来。

许劲知侧身坐着，脚踩着桌下横杠，想了想还是问："怎么了？"

孟妍把头转过来看了许劲知一眼，又扭回去，手里拿着笔郁闷地往纸上敲了敲："没怎么，考得稀烂。"

一个三百分的选手和他这种大神说考得稀烂，这话好像自带一种幽默性。

"算了，不想了。"孟妍撂下笔，坐正身子，一本正经地问了他一个问题，"许劲知，你这些天教我，有没有觉得我挺笨的。"

他看着她，同样是没开玩笑地说："不笨。"

孟妍就是想不通，为什么努力得不到回报呢，分数这种东西不是最容易得到回报的吗？她只是想多考几分，又不是想复活阿基米德。

怎么就那么难呢？

成绩陆续传到班里，市排名的大榜也接着公布。

许劲知依然是市第一,这回不是并列,比市第二多了5分。

宋诗瑶也比一模考得高,673分。

五班同学的成绩总体上升,多多少少都有进步,只有孟妍,307分,最擅长的英语都没有及格,按照上一年的分数算,她这是掉到了艺术本科线以下。

连个本科都上不了。

孟妍看着班里所有人都在前进,只有她不进反退,分数岌岌可危,说不着急是假的。

她挽着宋诗瑶的胳膊,叹了口气:"诗瑶,我想考个好成绩怎么就那么难呢。"

"可能是这回发挥失常吧,你上次一模不是还360嘛,怎么会掉这么多。"宋诗瑶想了想,试探说,"要不,你最近先不要想许劲知,把精力全都放在学习上试试看,就最后一个月了,许劲知是不是你的不一定,但成绩提上来大学录取通知书一定是你的。"

孟妍低着头想,她也想不出为什么,做题她真的很努力了啊,难道真的是因为她这种菜鸡选手一心不能二用。

分数和许劲知,必须只能选一个吗?

她点点头,低低应了一声。

排名一出,孟妍课下被杨启超叫去办公室说她成绩的事,问是不是家里发生了什么事,怎么能一下子掉这么多分。

她站在那儿,摇摇头说没有。

就是发挥失误了。

回到家,孟重阳又问:"二模考得怎么样?"

她接水的动作一顿,水都险些洒出来,稳了稳情绪才说:"307分。"

有零有整,这个分数近几天绕着她打转,但最不愿意的,还是让老爸知道。

孟重阳听到这个成绩也沉默了好一会儿,看了看桌上的茶杯,又看了看她,开口时语气平和,不轻不重:"去年,艺术本科线是三百二十多吧。"

她手里捧着半杯水,温度传递至掌心:"嗯。"

孟重阳文化水平不高,书上的内容他也辅导不了,只能凭借家长的一贯思维去猜:"谈恋爱了?"

这话问得她心虚,孟妍看着孟重阳,这些天他都没去开店,没有收入,虽然没有明说,但家里吃的穿的花销明显少了,是在悄悄地减少开支。

她忽然觉得有点无地自容,声音也小:"没谈。"

孟重阳停顿一瞬，又问："平时上学放学，也没有人欺负你吧，有的话你告诉爸，爸去收拾他。"

孟重阳越是为她开脱，她就越是觉得羞愧，水杯一直拿在手里也没喝一口："没有，爸。就是没考好，三模不会这样了。"

孟重阳没给她压力，依然和平常说话那样半开玩笑说："没有就好，你上去做作业吧，如果实在考不上，复读一年也行，底下市场老王他家孩子就是复读了一年，比头一年考得好很多。"

不管孟重阳说什么，她都是点头，然后拿着这杯水和书包上楼。书桌前头是一摞之前学美术的书，那张她拍到许劲知在篮球场的照片靠在《伯里曼人体结构》这本书上。

好像所有人都在告诉她，现在的任务和目标都只能是学习。

她也不是许劲知，她的精力就那么一点点，她不能均衡照顾到所有想要的。

鱼和熊掌，他可以兼得。

但她必须取舍。

第二天去了学校，孟妍知耻而后勇熬夜复习的结果就是早自习打瞌睡，许劲知眼看着她肩膀往下塌一点，再塌一点，最后直接把书一合，胳膊一弯，脑袋埋进去睡觉。

他不知道具体原因，但他这没心没肺的同桌最近好像心事重重，原来"就算天塌下来依然能傻乐的人"，这会儿可能是真遇到了麻烦事。

外面有老师往这儿走，他屈起手指，指节敲了敲她的桌子："起来了。"

被人识破，她也不装了，把头抬起来，看着他问："许劲知，我们是什么关系啊？"

她的眼睛很亮，里面藏着一点私心的情绪，似期待，又不像，看得人心里发痒。

他略微别开眼，嗓音干涩："朋友。"

朋友。

她眸光微垂，心里那一点小小的期待落了空，朋友，就朋友吧。

她就暂且和他保持朋友的界限，不妄图逾越。听老师的，把心思放在学习上，再不努力，连大学她都上不了，更别说和他去同一个城市。

孟妍抬头，短暂几秒做了最后的决定，伸手戳了戳前桌的后背："体委，我们换个位置吧。"

体委又高又壮，钢铁直男一个，跟大神坐同桌，这种求之不得的好事，竟然还有人不愿意?

体委转过来,侧身问:"为什么?"

孟妍随口胡扯一个理由,一板一眼,说得认真:"你太高,我看不到黑板。"

体委也没怀疑,连连点头:"哦,那行那行。"

两个人前后桌,桌子一拖一拉不到一分钟就换完了。

许劲知在旁边看着这全过程,仔细回想自己刚才是不是说错了什么。

他总共只说了两个字,朋友。

要错也只能是这儿错。

搬桌子动静挺大,班里不少人往这儿看。

下了自习,许劲知正想过去问问,结果看见人家姑娘根本头都没回,挽着宋诗瑶往前门走了,只留给他一个扎着马尾的后脑勺。

秦远看着这阵势,胳膊搭上他的肩:"你们吵架了?"

"没有。"许劲知闲闲靠着后桌,自己也觉得纳闷儿,"我好像说错话了,又好像没说错。"

吃饭时间,秦远简单了解了前因后果,像他这种局外人一眼就能发现问题所在。

"绝对是你说错话了。"秦远将校服拎在手上,站在旁边,"就这样,不做点什么?"

许劲知坐在台阶上,胳膊肘支着膝盖,手里有一下没一下地折着根狗尾巴草,也没否认,只是说:"她在努力,我不能耽误她,再怎么说,等高考完。"

如果他已经影响到她了,那他现在更不能说些似是而非、让人心猿意马的话,她想暂时保持距离,那就一切按照她的决定来。

从前说不清谁靠近谁更多一点,现在她忽然挪到前面,位置不坐在一起,平时连说话机会都少了很多。

他上课总是习惯性地一侧头,原来那个戴小狗头绳的姑娘不在了,成了一个五大三粗的体委。

每次这样看错人,才会猛地想起来她位置搬去了右前方。

在他第 N 次习惯性往右看的时候,体格壮壮的体委挠了下头,目光迎了过来,不解道:"大神,有、有事吗?你好像总往这儿看?"

许劲知别开视线,佯装淡定地转两下手中的笔:"没有,随便看看。"

孟妍没有过这种经历,也不知道怎么跟许劲知保持一个不远不近的距离,她把握不住中规中矩的界限,反而把两个人从"近"推到另一个"远"

的极端,她把桌子搬到前面一排,不论上课下课,只要她不扭头,就不会看到许劲知。

偶尔说两句话,也都是一个问,一个答。

答完就谁也不会再找话题续上,他们聊天不再是畅所欲言,总是三两句之后就以尴尬收场。

孟妍很庆幸许劲知没问她为什么换座位,她怕自己忍不住开口,越说越错,越描越黑。

孟妍和许劲知都住在芝麻胡同,放学难免会碰到一起,她不说话,他似乎体谅她维持距离维持得辛苦,总是自觉地往后退一步。

他不远不近地跟着,她能清晰地听到他的脚步声。

起初几次她没觉得奇怪,毕竟进芝麻胡同就这一条路,他总不能飞檐走壁,但一连两周,他每回都这样跟她一路。

她低头攥着书包带,假装不知道他在后面,他也默不吭声,就那么压着速度一直走。

直到一个周五晚上,雨下得淅淅沥沥。

孟妍出教学楼撑开伞走,许劲知没带伞,他抬头瞧了眼,雨丝在灯下看着格外明显,脚步一迈,就那么跟着走进雨中。

伞沿遮挡视线,她走出校门口,忍不住回头去看。

他校服拉链拉到顶头,肩上松松垮垮背着书包,头发微湿,夜色细雨中少年清瘦轮廓更显几分落拓不羁。

她举着伞往他身边走了几步,帮他遮雨,沉默了一瞬才开口说:"这些天,我不是想甩开你,跟你划清界限。"

孟妍手握着伞柄,脑海中简单组织了一段话:"许劲知,我不如你聪明,我的精力也不足够同时分给很多件事,这么说不知道你能不能听懂,其实挺复杂的,我现在也想不明白,就先不想了,但高考完假期很闲,我可以慢慢想,到时候我还会和之前一样。"

许劲知点了下头,声音清冽好听:"嗯,听你的。"

他表面淡定地应着,思绪却像斜飞的雨,乱糟糟的。

许劲知接过孟妍的伞,帮她撑着,这伞比上回的大些,遮两个人刚好。

路上也没人说话,雨水打在伞面,夹杂着路边汽车鸣笛声声入耳。

一直拥有的东西会被人混淆在习惯里,当它忽然不见了,或者是预感到马上就会不见,那些隐晦的,后知后觉的,还不被发觉的想法就变得强烈。

许劲知到家坐在书桌前，台灯笼下的光晕里，他手拿着那张照片，看向照片上比剪刀手的女生，他真的对她一点感觉都没有吗？

好像不是吧。

也不止一点。

手机响了一下，跳出来那个很没眼看的微信名。

远远啊：【兄弟，能不能帮我搬一下东西。】

远远啊：【我这是彻底被赶出来了，带行李的那种。】

远远啊：【你得收留我，我在你家大门口。】

远远啊：【求收留！】

许劲知把照片放抽屉里，起身出去看看这人又是闹哪出。

下去走到大门口，他看见秦远收了伞，脚边放着书和箱子。

没他当时好几大箱那么夸张，但也不少。

许劲知靠墙站着，双手环胸，扫了眼地上这排东西："被驱逐了？"

秦远扶额，叹了口气："我都怀疑我是不是亲生的，这回我又要离家出走，我妈直接把我东西扔出来了，让我拿上滚。"

孟妍刚到家，忽然想起来忘了买本子，放下书包就打上伞又出去了，赶在胡同口的便利店关门前，十分幸运地买到两个本子。

她拿着东西出去，目光看着对面路边站着一个女人。

红色的伞面下露出半张脸，身上精致的穿着让她认出，那是许劲知的妈妈。

这个时间点芝麻胡同没什么人，隔着两三米的距离，她清楚地听到了他妈妈在跟别人打电话。

女人站在路边，一手握着伞柄，声音穿透雨幕：

"许臣，我为了这个家付出得还不够多吗？咱们离婚，儿子必须归我。

"我什么都不要，我只要儿子。

"以后你愿意去哪儿就去哪儿，爱跟谁在一起就跟谁在一起，我受够了。

"别跟我说这些，都是借口。

"以后许劲知跟我，你别想再见到他。"

电话结束，女人在原地站了一小会儿，看了眼前面亮灯的住户，像是在犹豫什么，没往前，而是转身走了。

孟妍脑子里还回旋着那句"咱们离婚"，许劲知知道他父母要离婚了吗？

她好像一不小心，听到了不该听到的事。

这种别人的家事，怎么着也不该从她嘴里说出来，这会儿听见了也只当作没听见，撑着伞低头回家。

孟重阳闲了这么多天，在家捧着本书学了招炖汤，鸡汤排骨汤十全大补汤，恨不得全都给她供应上。

她一回去就看见孟重阳猫着腰在厨房，灶上是那个专门煲汤的小锅。

一目了然，这又是给她煲的。

孟妍没急着上楼，过去看了看："爸，不用天天这么麻烦，不知道的还以为你女儿考清华呢。"

就算她天天这么补，除了长膘也补不出个状元来。

孟重阳拿汤勺在里面搅了搅，再合上盖子："闲着也是闲着。你到我这么大你就懂了，这人忙惯了闲不住，你要让我往那儿坐着看一天电视，我保准是头晕眼花，不如活动活动，还有点劲头。"

孟妍是不太明白，她能坐一天都不带动的，不知道竟然还有人闲不住。

孟重阳看着时间，没敢走开，生怕时间长了短了坏了味道："刚才你读美院的那个表姐来电话了，说这些天出艺考成绩，问问你考得怎么样。她跟我说，我也听不懂，让等你回来给她回个电话。"

"那我先上楼去回个电话。"孟妍看了眼孟重阳，又拿着本子跑上楼。

她和表姐小时候要好，当初学画画也是觉得像表姐那样拿着调色盘很酷，很有艺术范儿。结果真去学了才知道，艺术范儿是假的，灰头土脸蹭满身颜料才是真的。

今天作业不急着写，孟妍拿起手机给表姐回电话。

电话一接通，表姐赵星云的声音就传了出来："阿妍，校考怎么样？"

跟同辈人聊天，总是让人放松，想说什么就说什么。孟妍拨弄着桌上的小盆栽，若有似无叹了口气："考得还行，就是文化课很悬，不知道高考能不能考上。"

赵星云问："有考美院吗？"

"没有，我都考的综合类院校。"孟妍其实有点后悔没去考美院，那是大部分美术生都想去的地方，虽然不见得考得上，试试也不吃亏，"当时画室的老师说了，但那天和我想考的一个学校时间冲突了，就没去。"

"那阿妍，你想去哪儿上大学？"

她想了想，大言不惭说了两个字："首都。"

最好的学校就在那儿，许劲知一定会去的，所以，她也想去。哪怕不在一个学校，跟他感受同样的温度，看同一片天空也是好的。

"不要辣，两份打包。"赵星云在电话那头跟人说完话，没有笑话她的意思，鼓励说，"那要加油呀。"

孟妍和表姐聊了十几分钟，听她说在国美的大学生活，充实有趣，身边都是同样优秀的同学。

羡慕，也憧憬。

挂了电话，孟妍下去小厨房，汤已经煲好了，孟重阳正往碗里盛着。

孟重阳盛好递给她："正好，来喝一碗。"

"爸，这么吃我真的会胖的。"她一边说，一边夹了块排骨吃。

孟重阳也给自己盛一碗，尝尝咸淡："没几天了，月底三模一结束，马上就要上考场了，爸别的不会，总想着能给你做点什么，想来想去，也就做做饭了。"

如果当年哥哥没有出意外，现在应该也是个大学生。

孟重阳是把来不及给哥哥的爱，都加倍地，付出在了她的身上。

她咽下嘴里的东西，犹豫了好半天才问："爸，那如果我真考不上，你会不会对我很失望？"

孟重阳动作一顿，汤勺长柄搭在锅边，扭头看她："不会，哪有人会对自己儿女失望，爸连大学校门都没进去过，不也活了半辈子，到时候你上学，也带爸进去看看。"

孟妍坐在旁边，碗放在桌子上，拿着勺子埋头喝汤。

第二天上早自习，孟妍刚到教室，往他座位上扫了一眼，许劲知人没在。

自习上到一半，杨启超进班里找他，他还是没在。

孟妍回头看了眼体委旁边空荡荡的位置。许劲知向来不迟到，这让她很容易就和昨天晚上的事情联想到一起，是他父母要离婚这件事，他知道了吗？

芝麻胡同里，秦远破门而入，头发乱得像鸡窝："七点半了，快醒醒。"

许劲知还睡着，被子遮去小半张脸，听着这声儿不耐烦地蹙了下眉，从枕边去摸手机。

上午，七点三十分。

六点三十分的时候，他定的闹钟响了，还是困，关了想再睡会儿。

结果就十分诡异地直接到了一小时后。

他通常起床时间都很规律，但偶尔也有那么个别例外。秦远在旁边像个循环的喇叭，看他十分坦然淡定半天不动，在"快快快快快"里面夹了一句长的:"快起啊哥,七点半了。"

许劲知总算是配合地起身,不紧不慢地去拿衣服,到最后拿上校服出门,整个人都还是懒洋洋的。

他身上穿了件宽松的黑色半袖,夏季校服他没有,进校门得把秋季校服给套身上,不然就要站门口听教育,还得痛改前非,声情并茂地念"今天我以母校为荣,明天母校以我为荣"。

屋外电线杆子上蹲了两只麻雀,叽叽喳喳的。

他抬手看了下腕表,七点四十五分,侧头对身后人说:"不着急,找个地方吃早餐,吃完再去。"

反正赶不上了,干脆就不赶了。

秦远懂许劲知是什么意思。许劲知和普通传统意义上的学霸还不太一样,他总是在"向上"和"摆烂"之间反复横跳,但是出于某种从小养成的习惯或是压力,他大部分时间还是趋于"向上"那一堆里。

这人要是真的开始躺平,没人比得过许劲知。

他躺平起来完全就是烂泥扶不上墙,像一团泥巴甩在哪儿他就黏在哪儿,在哪里跌倒他就原地躺下。

这种属性的人能成为清华或北大的苗子,完全是被他老妈生生磨出来的。不知道这是幸还是不幸。

秦远在离许劲知半米远的地方走着,暗暗回想"他的前半生"。

许劲知走出去好远不见人跟上来,回头催秦远:"走快点。"

去不去学校不要紧,目前要紧的是,他饿了。

秦远快步跟上,提议说:"去吃米线吧。"

"随便,吃上就行。"许劲知来武尧这半年,原来那金贵的少爷肠胃已经随主人逐渐进化,大多数时候什么也不挑,好坏都能吃。

秦远说:"你爸妈知道你现在这么入乡随俗吗?要求已经降低到吃上就行。"

许劲知往前走着,闻言抬了下眼皮:"我爸妈,也有阵子没见了。"

别家的花开出了院子,冒出几枝藤蔓,许劲知伸手拨了一下,引得枝叶轻颤,惊飞了蝴蝶。

第七章
这朵蔷薇，他想摘下来

等下了自习，孟妍和宋诗瑶随着大流往下，路上碰见许劲知和秦远逆着人群往里走。

以前见了面怎么也会说句话，现在她不知道怎么，反而把头低下了。

"早。"许劲知朝她们点了下头，肩上挎着书包，手揣在兜里，无所事事。

孟妍也跟着回应说："早。"

这段时间好像回到了他们在胡同里刚遇到的时候，客客气气，她说话还总是低着头。

孟妍两边碎发掉下来一些，被风轻微吹动，蓬松柔软，一双眼睛生得明艳动人。

清晨阳光正好，他看着这双眼睛，倏然失神，脑子里忽然冒出来一个想法。

这朵蔷薇，他想摘下来。

只是这一晃神，人就从他跟前走了。

秦远用胳膊撞了下他："走啊。"

"嗯。"许劲知收回视线，点了点头。

宋诗瑶看孟妍别别扭扭的，说让她把心思放在学习上，没想到她和许劲知，像是一下子进入了冷战。

等出了校门口，宋诗瑶才问："你和他说什么了？"

孟妍手腕上套了一根小狗头绳，她拿下来在手里玩："昨天我跟他说了，我说我现在不能兼顾太多，等高考结束，我们还和从前一样。"

宋诗瑶："他怎么说？"

想到昨晚,她声音有些闷闷的:"他说好,听我的。"

昨天孟妍说了那些话,他好像听进去了,又好像没有。

每天放学,他还是跟在她身后两三米远的地方,不远不近。

许劲知是她看一眼就想要靠近的人,她暂且找不出两全的办法,只能用逃避,将脚步止于朋友的界限。

他明明什么也没有做错,孟妍也不想跟他说重话,赶他走,每天就睁一只眼闭一只眼假装看不见。直到三模结束,她再也忍不住,在胡同口忽然停下,回头说:"许劲知,你这样每天跟着我,很容易让人误会的。"

她好不容易下定的那点决心,就快坚持不住了。

他看着她的眼睛,里面像是掺着光,嗓音微哑,明明没个正行,却听出了几分难掩的认真:"没误会,我就是那个意思。"

孟妍一噎,心说你知道什么呀。

她错开视线,装听不懂:"什么这个意思那个意思的。"

孟妍不再跟他说话,转身回家。

许劲知看着她背影,那个喜欢小狗头绳的姑娘走起路来马尾一荡一荡,露出一截白皙的脖颈。

今年的蔷薇开早了,懂得欣赏的人来晚了。

他来晚了。

事实证明,座位没有白换,孟妍三模的成绩确实上来了,385分,算是她挺满意的一个分数。

她擅长的英语也正常发挥,给总分提了不少。

跟三模排名一起到来的还有孟妍的生日,六月三日。

之前老爸总是说,奶奶给他起名字起得草率,因为是重阳节生的就叫孟重阳,当时老爸开玩笑说要这个孩子六一出生,就叫孟六一,说完被奶奶一口回绝了,说女孩子起名怎么能这么随便。

孟妍好像在那个时候就慢吞吞的,六一那天没动静,硬是等到六月三日才出生,于是一家人翻着字典,仔仔细细,找出这么个名字来。

六月三日,也是他们在校的最后一天,下午上完最后一节课,高三年级的楼层里一片喧哗,试卷、资料,被人从楼层扔下去成翻飞的纸片。

拉满横幅的校园里,"哗哗"碎页中夹杂着声声呐喊。

宋诗瑶倒没有参与那场疯狂的"撕书喊楼"活动,收拾好东西过来叫她:"你生日怎么过?"

孟妍其实也没什么心情过生日,想了下说:"今年生日就算了吧。"

高考一天没结束,她就一天惦记着,过也过不踏实。

许劲知正单手拎着书包,看着秦远翻试卷准备去外面凑热闹。从小在杨女士的家里,他的抗压能力大到不行,一个高考,根本用不着宣泄。

他听见宋诗瑶和孟妍的对话,眼神微怔一瞬,今天是她的生日。

底下年级主任拿着喇叭开始喊:"干什么干什么?我看哪个少根筋的把准考证扔出来了?"

楼道间陷入短暂的安静,班门口随即传来一声:"准考证是我的!"

这一声惹得众人狂笑。底下拿喇叭的主任又气又想笑,最后还是维持住体面,说了声:"最后都打扫干净再走!"

秦远赶着热闹出去叫唤了两句什么,回来一脸激昂地握着许劲知的手:"老许,借点仙气。"

三模考试,许劲知还是市第一,如果正常发挥,他就是今年武尧的状元。

她喜欢的人这么优秀,她也不能太差才对。

孟妍回家听到的第一句话,就是孟重阳一脸认真地说:"阿妍,放心考,这回保准能考上。"

孟重阳又端了一碗十全大补汤过来,边走边说:"我上午跟后面那个表铺的老张去庙里求菩萨了,他给子女求平安,我拜完平安,又给你求了高考。"

其实大多数时候就是求个心安。

孟妍接过小碗,手捏着勺柄在碗底打圈,三模她考得还行,如果高考能保持住,起码上学不愁。

汤有点烫,她只能小口喝。

孟重阳又出去了一趟,回来时身后还带着许劲知。孟重阳侧着身,掀开门帘让他往里进:"坐吧坐吧,我给你也盛一碗。"

许劲知去了趟胡同口的便利店,出来正巧遇见孟重阳,接着就被叫来了这儿,他本来也正想来的,苦于找不到一个合理的由头。

许劲知刚往里迈一步,孟妍放下勺子,抬头看他:"十全大补汤,我爸的秘方,喝了能考状元的。"

这理由,好像让人没法拒绝。

说话间,孟重阳已经转身去了厨房,许劲知刚进来的时候还特意往上看了一眼葡萄架,绿色的叶子已经相当茂盛,还冒出一些微卷的藤蔓。

夏天天黑得晚,外面将暗未暗,院子里的灯已经全亮起来,许劲知穿了一件黑色的T恤,宽松运动裤两边带着白杠。

他坐下,微弓着身,低头时棘突明显,隔着棉质衣料隐约显出肩胛的轮廓。

这个年纪的男生好动,好像怎么吃都不会胖。

但她这段时间每天被老爸投喂"状元汤",昨天上秤就已经胖了三斤。

这些天她和许劲知说话少,甚至都没仔细看过他。

现在面对面坐着,孟妍视线忍不住往他身上去,他头发好像又长了些,扫下来几缕略微遮眼。

许劲知抬手,放了一样东西在桌上,是一个黑色的盒子,上面有个烫金的 logo(商标)。

"高考加油。"他抬眸,目光跟她对上,嗓音疏懒带笑,"生日快乐。"

孟妍拿勺子的动作一滞,从许劲知口中听到这句生日快乐,他那拿人的嗓音引得她心里那头小鹿又出来撞了一阵。

她放下小碗,打开盒子,绒布上是一支金属笔身的黑色签字笔,黑金的配色,款式很简单。

她瞧着就是一支挺低调的签字笔,压根儿没想过它还是有牌子的。

孟妍这段时间躲着他,没几天就要高考,那个没想明白的问题,马上就又要放在眼前了。

孟重阳去一趟厨房一直就没回来,屋里风扇转动发出噪音,和外面树上乱叫的蝉遥相呼应,孟妍大概是被他这双对谁都含情的眼睛给迷惑了。

她手拿着钢笔盒,说不清出于哪种心态,把曾经问过的问题,又问了一遍:"等高考完,我们还是朋友吗?"

上次他说,是朋友。

她手指微拢,握着钢笔盒的动作不自觉有些用力。空气安静几秒,她听见他音调沉沉,掷地有声:"可以不是。"

高考很快到来,孟妍拿着透明的文具袋,里面塞着满满的笔。差生文具多,这一点在她身上体现得非常鲜明。

孟妍和许劲知同分在一个考点,考场和他也在同一个楼层。

高考这两天有家长研究出各种大吉穿法,什么第一天穿红,第二天穿黄,许劲知一件黑T恤从头穿到尾,根本没参与任何关于高考的"玄学"。

当然除了那碗,孟重阳给端的十全大补状元汤。

卷子在学子手中一页页翻过,她答题的时候发现许劲知给她的那支笔,笔身末尾刻着小小的字。

XU。

许劲知的许。

墨水在答题卡上写下一串串舒展的字体，给这些年学生时代交上一份满意的答卷。

有了许同学的"神来之笔"，或许是心理暗示，她答题都觉得特顺手。

第二天下午考完，孟妍收拾东西动作慢，磨磨蹭蹭地往外走。楼道熙熙攘攘的人群中，许劲知站在窗台边，身高腿长，手里拿着个透明文具袋，百无聊赖地盯着上面的一盆多肉。

之前他们说好的，高考结束，她还会和之前一样。

孟妍没故意避开他，走到他身前站定，这么多天关系一直不冷不热，忽然一下子不知道怎么开口。

他转过身，别的没说，就还和从前那般熟络："走吧。"

出考场的学生很多，她和许劲知不得不挨着走，距离拉进，他身上好闻的香气蹿进鼻息。

是一种很干净的味道。

考场外面好多家长等着接孩子，不管考得怎么样，考完就算是了结了一桩心事。

随着人潮走出考点，左拐是一家便利店，他瞧了眼店门口挤在一起买雪糕的人，微抬下眼皮，侧头看她一眼："等我一下。"

孟妍也没问，她没有要买的东西，点头说："好。"

她看着许劲知往前走，进去不到半分钟就出来了，手里多了一样东西，手机。

孟妍反应了一下，哦，这地方原来还能存手机，她听话地将手机放在家没带，根本不知道还能这么操作。

许劲知开了机，群里秦远那伙人已经都拿上手机开始发消息了。

一眼扫过去就一个"远远啊"的话最多。

远远啊：【晚上去"嗨"吗各位？成年局，未成年的可不要来。】

远远啊：【别让杨哥知道还以为我带坏未成年。】

远远啊：【提前体验一下成年人的生活，857，够人我就开始订座儿了啊。】

远远啊：【怎么没人回我，都还没拿到手机吗？】

许劲知正想关了，"远远啊"又弹出一条和他的私聊。

远远啊：【来不来？】

他看到这条消息的时候人已经走到了她跟前，他顺手一递，把群消息页面给她看："晚上，去吗？"

屏幕底下正巧是宋诗瑶刚发的信息。

宋清华：【举手，这里有一个。】

孟妍略略扫过一眼，认真地点头："去，我已经成年了。"语气里还透着那么一股小骄傲的劲儿。六月三日刚满十八岁，好像就迫不及待想要使用一下成年人的特权。

越是从前不敢碰的，现在就跃跃欲试，想去看看。

许劲知收回手机，指尖在屏幕上飞快点了两下，回复过去。

她攥着文具袋，抬手看了眼时间："我得回去一趟，手机放在家，晚上我和宋诗瑶一起去。"

许劲知和她一起回的芝麻胡同，路上有一句没一句。他刻意没讨论任何关于考试关于答案的话题，但看她状态还行，应该考得还可以。

刚走进胡同，就听见一群大爷大妈凑在一起说："咱们这儿最近好像遭贼，专砸人车玻璃偷东西。"

"车里能放什么值钱的，这些小偷也是丧天良。"

"专挑着晚上偷摸干这种缺德事，咱们胡同没监控，要是谁真被偷了，都逮不着。"

"我刚才从前面过来，看见有辆车玻璃是碎的，是不是就是被这伙人给砸了。"

孟妍听着这些对话，暗暗去看了一眼许劲知。这地方治安一般，小偷小摸不算新鲜事，从小就知道不少，住这儿的人早麻木了。

许劲知也没表现出任何惊讶，一副"事不关己，听听就算"的样子。

直到两人在路口分别，他往自己家走，家门口停了辆车，车牌号还没来得及细看，就瞧见站在车旁边的人，是杨女士。

许劲知往前走了两步，看见驾驶座和两侧后座的玻璃全被砸了，车窗沿冒出几片带尖的玻璃。

他几乎是下意识就想到在胡同口听到大妈的谈话，朝杨女士的车懒懒抬了抬下巴："这玻璃是怎么了？"

"先上车吧，送去修，路上说。"杨真瞧着那碎玻璃，满眼烦心，皱了下眉，"手机给我用一下。"

许劲知考完也没什么事，想着车被砸成这样，东西可能被偷了，把手机给了她，没多问就上车了。

杨真开车上路，刚还说路上说，等车开起来却一言不发。

外面的风从窗户吹进来，光是他瞧着，就已经路过了不下三个汽车维修店。眼看着越走越远，他有点担心再远些晚上到点儿回不来，杨女士金口难开,他耗不住,先开了口:"路边不都是修车点吗?"

杨真握着方向盘,导航距离目的地还有一段距离:"我是从邻市来的,跟我去邻市,机票已经帮你买好了,考也考完了,该回家了。"

他看着车窗外逐渐陌生的景物,哼笑一声,透着轻嘲。

又是问一句都没有,直接买票让他回去。

许劲知语气稍沉,有些不耐烦:"在前面停一下,我要下车。"

杨真目不斜视地盯着前方,没有任何停下的意思。

许劲知不想跟她又吵起来,找了个婉转的借口:"我晕车。"

杨真不了解谁也不会不了解他,怎么说也是养了十八年的儿子,没客气地拆穿道:"你什么时候还晕车了。"

耳边除了风声再无其他,车内安静了几秒,他嗓音沉沉,话语单薄也凌厉:"一定要这样吗?"

"跟我回去有什么不好?车停了一晚上就被砸成这样,那胡同里能有什么好人。"杨真忍不住提高了音调,裹挟着风一起钻进他耳朵。

耐心即将耗尽,他说了最后一遍:"我要下去。"

得到的回应是一句冷冰冰的:"不可能。"

杨真和他一个比一个倔,只要他不肯服软,他们之间的关系永远都会是这样。

许劲知看着外面,半下午的阳光照得人眼晕。

风不断地涌进来,他倒觉得自己从没有这么清醒过。

孟妍回家刚拿到手机,迎接她的除了老爸,还有一碗……

状元汤。

孟妍这段时间都喝习惯了,老爸往这儿递,她就习惯性地伸手接。

她把小碗放在桌上,一边拿勺子喝一边看手机。

手机上有宋诗瑶的消息。

宋清华:【我要先卷个羊毛卷,要不要来我家,我帮你也卷一个。】

她用单手回消息:【我驾驭不来那种卷,我弄上得是步惊云。】

宋清华:【真不来?过了这村可就没这店了啊。】

宋清华:【好不容易解放了,你好歹打扮打扮。】

孟重阳看女儿心情不错,这才敢问:"考得还行?"

孟妍的视线从手机上抬起,点点头说:"还行,难度感觉和三模差不多。"

她一直忙着看手机,孟重阳在旁边整了整东西:"要和同学去玩?晚上回不回家吃饭?"

"应该不在家吃,和宋诗瑶他们去玩。"孟妍说着话,手上回了宋诗瑶的最后一条。

孟妍:【等我换身衣服去你家找你,羊毛卷就不要了,我婉拒。】

她这程度忙得像是分分钟处理一个亿的项目。

女儿边吃东西边看手机,要是放在平时孟重阳肯定要唠叨,但是这会儿刚考完,他看见了也没说什么,由她高兴。

孟妍喝完这小碗汤,上楼换衣服。她总觉得应该穿得"辣妹"一点,但翻箱倒柜,也没找出一件辣妹款的衣服。最后,她随便找了条白色的连衣裙,穿上对着镜子照,怎么看怎么差点意思。

在没有其他选择的情况下,只能说服自己,就这样吧。

她背上斜挎包把手机往里一丢,钥匙和钱都往里塞。

果然考完一身轻,下楼的步子欢快到像是跳在钢琴键上。

孟重阳人没出来,隔窗看见她在屋里喊:"有钱没,带上钱。"

她回头说:"爸,我带够了。"

从大门出去,天色比刚回来那会儿已经暗下去一些,前后的房子都亮了灯,点缀在这微风阵阵的傍晚时分。

电线打圈挂在暴露的墙体上。

一个高高瘦瘦的少年站在墙边,肩膀宽阔挺直,仿佛没有任何能将他的傲气压垮。

许劲知头发被风吹得有些乱,漆色的眉眼低垂,似是听见声音,缓缓抬起眼皮朝这边看。

杨女士不放他走,如果在以前他定是一声不吭依了她,不高兴,不愿意,这些他都不会表现出来。

如今他偏不如她意,争执中撞到车窗的碎玻璃上,划伤了手。

孟妍看许劲知朝这边走,垂在身侧的左手上好像有伤,有血滴下来。

邻居家的蔷薇开出院外,铺了满墙。

他一步一步,不急不躁,像是做好了某种决定般缓慢而又坚定。

此时时节正好,在微风和花香里,暮色勾勒出少年身形硬朗的轮廓,光线半明半暗,他墨色的眸子看着她,嗓音微哑:"可以不当朋友吗?"

孟妍一怔,还没反应过来,就又听见他说:"我们试试,好不好?"

如果用一个词来形容孟妍此刻的感觉,那一定是,美梦成真。

大概是内心雀跃难以用言语形容，表面看上去反而淡定得很，她睫毛轻颤，点了点头："好。"

停顿一瞬后，她又说了一遍："好。"

话音刚落，车轮滚过地面，后面一辆黑色的轿车缓缓停下。这年代见一辆汽车也不算稀奇，但那辆车很显眼，侧面窗户全是碎的。

就很"拉风"。

杨真的车刚才开在半路不上不下，只能往前又开了好长一段路才能掉头。这会儿下车看见许劲知，她甩上车门往这儿走，又急又气："你的手成这样还不去医院处理一下在这儿干什么？"

孟妍视线顺势往下落在许劲知的手上，血迹触目惊心，大约知道伤在手掌，但看不太清。

许劲知侧了下身，抬眼看向杨女士，语气无所谓到像伤压根儿不在他身上："手机在你那儿我拿什么去，刚才司机把我送这儿八成是看我太惨都没跟我要钱。"

杨真看他这吊儿郎当的样子，没好气地把手机还给他："现在去。"

旁边杨女士的车车窗全碎，他手上的伤还在出血，看着就是一整个事故现场，放着不管也说不过去。

孟妍盯着他的手看，他察觉到她的视线，不着痕迹地把手往身后放了放："你这是要去哪儿？"

他妈妈站在这儿，孟妍关心的话也不好多说，只简单一句："我去宋诗瑶那儿。"

他轻点下头："行，完事儿我找你。"

许劲知去医院做了些处理，左手是被玻璃划的，胳膊上还有几道蹭出的血痕。

医院的护士给他清理伤口，杨女士站在跟前等，这小护士应该是新来的，下手有些重。

压到他伤处，他手指微缩，蹙了下眉。

杨真在旁边忍不住说："轻一点呀。"

许劲知侧头看她一眼，不冷不热。杨真视线跟他对上，秀眉皱起，叹了声说："算了，我去外面等。"

杨真出了诊室，护士满眼抱歉，手里拿着东西都不知道该怎么办了。

"不好意思，我轻一点。"护士看着他的手，玻璃划的那一道不深，但是挺长，视线又落向他胳膊，"你这怎么弄的？"

"摔的。"他微微别开眼，没好意思说实话。

十几分钟后，许劲知完事儿出去，抬起手瞧了眼，纱布从虎口缠过手掌，一直到手腕固定住，这护士手艺不精，结也是打得够丑的。

刚才在里面手机一直响也没顾上看，他这会儿用没伤的那只手拿着手机，给别人回消息，还抽空跟站在门口的杨女士说了句话："别管我了，我还有事。"

"随便你。"杨真被他这一出搞怕了，此刻除了顺着他，也没别的办法，"刚才医生说的，注意事项自己都记着，换药按时来。"

他应得心不在焉："嗯。"

因为惦记着事，孟妍到宋诗瑶家的时候看着有点魂不守舍，宋诗瑶头发卷到一半，从镜子里看见她进来，见她这副模样还以为是下午的考试考砸了，犹豫半天才试探说："想什么呢？"

孟妍回想着芝麻胡同那一幕，还有点不敢相信，抬起头说："许劲知，好像跟我表白了。"

宋诗瑶那点小心翼翼瞬间消散，随之换上一副吃瓜专用表情："这么快吗？这下午刚考完，他也是够急。"

宋诗瑶拨了两下头发，往跟前凑："他怎么说的？"

每一个字，孟妍都记得清楚，但说出来依然觉得不切实际："他说'能不当朋友吗'，让我跟他试试。"

宋诗瑶接着问："你答应了？"

孟妍看着她："嗯。"

"你俩可真行。"宋诗瑶过去重新拿起卷发棒，抓起一缕往上卷，"我马上弄完，先出去吃个饭，晚上去857。"

吃饭的地方是秦远挑的，是一家新开的火锅店。

晚上六点半，秦远一个人蹲在火锅店门口翻手机，默默唾弃这些人吃饭不积极，指定有问题。

他轰炸似的给许劲知发了一堆表情包，外加三十秒语音方阵，没收到回复，倒是先听见前头一道熟悉的声音，说话时透着股懒："来了。"

秦远抬头去瞧，怎么说，确实有问题，他指了下："手怎么弄的？"

要是说玻璃划的就还得解释前因后果，许劲知懒得说那么多，简单概括："摔的。"

秦远一脸不信，"啧啧"两声："你这得是从楼上摔下来的吧？"

许劲知看他一眼，也不搭腔。

秦远没进去，像吉祥物一样蹲在门口，又闲聊了几句，抬头就看见前面两个熟面孔,关掉手机站起来。

隔得还有些距离,秦远看着那头说:"来了。"

许劲知也往那边看,看见那抹白裙嘴角轻扬,语气透着点少年人的炫耀还是什么:"左边那个,我女朋友。"

忽然这么一句不亚于平地起惊雷,秦远反应都慢了一拍,后知后觉地骂了一句:"你可真速度。"

看着两个人走近,秦远忽然又想到一茬。

之前许劲知嘴里的"考完再说"不是一句敷衍,就是简单字面意思,考完,再说。

只怪他太迟钝,当时根本没有领悟到这一层。

孟妍和宋诗瑶走到跟前,在确定这一层微妙的关系后,她感觉自己和许劲知忽然又近了一点,近这一点可以拉近这些天他们所有的疏离。

秦远自觉站到宋诗瑶这边,给这对"新人"营造一点有限的空间。

孟妍没谈过恋爱,对恋爱的理解也仅限于之前看的古早霸总小说里那句经典台词:女人,你这是在玩火。

以及在被人塞钱的时候一定要有骨气地说:谁稀罕你的臭钱。

她看着许劲知,企图把他和书里的霸总结合起来,可惜带入不成功,他身上和霸总明显区分开来的东西,姑且被称之为"少年感"。

四人进店坐在一桌,经典鸳鸯锅,全程孟妍吃得很小心,万一掉一筷子就是白裙子的灾难。

但凡穿白衣服出门就总要吃些汤汤水水的,让人想不通这是个什么规律。

这家店很好吃,出去时,孟妍还刻意看了一眼招牌,在心里默默加入"下次还能来"的红榜名单。

武尧地方小,像样的酒吧仅有一家,进去就是震耳欲聋的音乐和诱人堕落的灯光,空中喷洒纸片,说话一半靠喊,一半靠猜。

秦远其实也没来过,但依然表现出一种常客样子,脖子上挂条链子,侧身靠着吧台问:"你们要哪种?"

今天高考完,这里面破天荒来了些一看就是学生面孔的,不管怎么打扮,刚出校园的那种干净都不会被轻易掩盖。

路过的服务生拿了本酒水单上来,秦远顺手往前递,孟妍在那本单子上指了一个:"要这个。"

没什么理由,就是酒的名字越长越洋气,颜色越花越好看。

宋诗瑶补了句:"我要一样的。"

秦远抬头，问许劲知要什么。

许劲知一脸坦然，撂下三个字："我不要。"

秦远也没劝，在上面一堆名字里随便选了一个，回头对服务生说："他不要，我要这个。"

孟妍手搭在吧台上，随口问许劲知："你为什么不要？"

里面太吵，许劲知没听清，低下头凑近些问："什么？"

他倏然凑近，孟妍脑子空白一瞬，忽然想不起刚刚想说什么了："没什么，闲得无聊，叫你一下。"

班里来了不少人，都是想过来凑这个热闹，许劲知也不喝酒，全程坐在那儿喝杯"养生"饮料。

晚上散场回家已经很晚，街上人都没剩下多少。

芝麻胡同里零星几户还亮着灯，走在无人小巷想着白天大妈们口中砸车窗的小偷，许劲知走在身边，只要听着两个人相互交叠的脚步声，她就不怕。

静谧月光下只有开出院墙的蔷薇和偶尔几声狗吠。

可能是酒精作祟，她大脑有些晕乎乎的，今天发生的一切都太过于梦幻太不切实际了。

像一场酒吧彩灯下缤纷的美梦，让她担心明天醒来就一切归零。

"白天我想问你的，但是你妈妈在我没好意思问。"她微垂下眼，"你这伤是怎么弄的，很疼吧。"

许劲知想了想，还是避重就轻说了实话："车窗玻璃划的，就是看着吓人，其实不深。"

有好多的问题她都没有来得及问，比如他妈妈的车怎么玻璃都碎了，是不是被小偷砸的，为什么他和他的母亲总是剑拔弩张。

可能就是问题太多不知道从哪儿开始问，理不出头绪，她就想着算了，不问了。

孟妍抬头看他，一脸郑重道："你低下来一点。"

许劲知配合地微低下头，以为她要说什么悄悄话。

她主动牵起他缠着纱布的手，一点一点与他十指相扣，感受着指尖温度。她缓缓踮起脚，这个距离很近，让她比微醺又多了那么一点醉意。她固执地说："不行，我够不到，你得再低一点。"

她一双眼睛漆黑明亮，月色下有着莹莹的光，他脑子里就一句话，听她的，都听她的。

许劲知弓下肩，比刚才更低一点，同时她微仰起脑袋，一吻，落在他的额头。

她柔软的头发蹭在他的颈窝。许劲知喉结上下滑动一下,那个吻稍纵即逝,一触即离。

他皮肤白,在路灯下看着耳根处有些红,刚才还没有的。

她像是发现了什么秘密般忽然一乐,大着胆子直接点破:"许劲知,你也会脸红啊。"

他想都没想就来一句:"看错了,不可能。"

像是承认就输了似的。

他穿得简单,黑衣黑裤,身形挺拔俊逸,孟妍穿着白裙站在他旁边,本来就是随便穿的,这么一看还挺登对。

踩着地上的碎石子发出轻微声响,孟妍和他在路口分别,各自回家。

秦远买完夜宵回来,进门灯光大亮,看着许劲知坐在沙发上,手里破天荒拿了个镜子。

如果他没看错那镜子背面是两只鸳鸯,中间连了一个"囍"字。

得是他爸妈那个年代留下的东西。

秦远把两份生煎放在茶几上,还去冰箱里拿了两瓶冰汽水,顺手合上冰箱门:"大晚上欣赏自己盛世容颜?"

"没有。"许劲知清了清嗓子,把镜子扔回抽屉里。

他就是看看自己脸红了没。

这个阶段男孩儿饭量大,容易饿,秦远买的这些看看挺有食欲,还附赠两盒蘸料。

许劲知拿了双筷子,夹上一个尝尝。秦远走过来把汽水放下,瓶身上已经起了一层细细的水珠。

秦远说:"刚考完成绩还没下来,如果她成绩去不了北京怎么办。"

成绩还没出,但所有人都已经默认今年清华录取名单里一定会有许劲知的名字。

也不止秦远会这样想,潜在的规则仿佛就是弱者要追随强者而去。

许劲知听着有点别扭,随口反驳一句:"去不了就去不了呗,谁规定她必须跟着我了。"

她喜欢去哪儿就去哪儿,中国那么大,她就挑她喜欢的地方去。

秦远吃了口生煎,本来想接着问那不就成异地了,异地靠谱吗?

天南海北见不着面,能撑过四年的概率真没多少。

但想了想又算了,现在人谈个恋爱谁想那么长远的事,搞不好根本到不了那一步就各自散场,各找各妈了。

这天晚上可能是因为喝了点酒，孟妍睡得很早，也睡得很沉，好像还做了一个美梦。

梦的最后，她牵着他的手，吻在了他的额头。

画面定格，梦境结束，她迷迷糊糊地睁眼，关于昨天的记忆通通翻涌而出。

许劲知，你还会脸红啊。

她抱着被子往里缩了缩，情绪被一种名为羞耻的概念席卷。

她昨天都干了些什么。

她是主动吻上并且调戏了许劲知吗？

自己究竟都说了些什么胡话，这话放平时她是绝不可能说出来的。

她慢吞吞摸到床头的手机，想给他发条消息又不知道说什么。

说我昨天是撒酒疯的你都忘了吧。

夏天天气热，她晚上习惯开一点窗，这会儿抱着手机钻在被窝里，倏然听到外面有人说话，沉沉懒懒的低音炮，人像是还没睡醒，透着点儿不耐烦："消息够快啊。"

"对，谈恋爱了，随你怎么说。"

"你不让干什么我就偏要干，你要不说我还想不起来。"

秦远还在睡觉，为了不扰人，许劲知坐在阳台那把红椅上，没骨头似的靠着椅背，微往后仰，塞着耳机和杨真通电话。他和孟妍在一起总共不到二十四小时，杨真一早就打电话过来，问他是不是谈恋爱了。

这速度快到让他怀疑现在还在他屋里睡觉的那位是杨真派来的卧底。

杨女士被他气到挂了电话，许劲知看了眼通话结束的屏幕，关了手机往兜里一塞，回屋去了。

他路过秦远睡觉的房间，还过去开门看了一眼。秦远睡得四仰八叉，一条薄被团成一团被踢在脚底下。

刚才脑子里"这货可能是卧底"的想法瞬间打消，选谁当卧底都不可能选他。

应该是杨真昨天在芝麻胡同看见孟妍了，再加上之前那把花伞，胡乱猜的。

孟妍一觉醒来无意听到许劲知那几句不清不楚的电话，脑子比刚才更乱了。

刚才在想怎么弥补昨天的酒后失言，好挽回一下自己在他心里的形象。

现在忽然又掉入另外一个疑惑，有点犯愁。

昨天许劲知手上受伤还流着血，忽然不管不顾说想跟她试试，是喜欢她还是……

为了和他妈妈对着干一时冲动说出来的。

又或者两者都有。

孟妍看看手机，她打的字还没发出去，对方就先发了条。

树：【起了吗？】

她把刚才那一段前言不搭后语的话删掉，回复说：【刚醒。】

树：【一起去吃个早饭吗？】

孟妍输入"好，等等我"。

但她没发出去，随即就删掉，忽然跟自己较劲怄起了气：【我爸做好了，先不去了。】

树：【好。】

孟妍吃完早饭有点郁闷，约了宋诗瑶逛街，并且跟她讲了从昨天到现在，自己和许劲知的所有对话以及经过。

孟妍从霸总小说里学习到的恋爱经验显然派不上用场，因为她看的那些都是从成年人的夜生活开始的，她和许劲知这才儿跟哪儿。

"这么说的话，不管他对你是喜欢还是冲动，你们姑且算是'先婚后爱'？"宋诗瑶拿着杯奶茶，慢慢转了两下吸管，"就是先在一起，然后日久生情。"

超市各种促销的声音掺和在一起，吵吵嚷嚷让人根本听不清是卖什么的。孟妍盯着地面："可能算吧。"

她贪心得很，原来每天暗戳戳喜欢许劲知的时候，想什么时候能和他在一起。

现在喜从天降和他在一起了，她又想让许劲知对她的感觉不仅仅是"挺特别的"，而是喜欢。

和她喜欢许劲知一样喜欢。

孟妍和宋诗瑶走走路、逛逛街，早上忽如其来的情绪也好了很多。

中午回家刚走到胡同口，孟妍就看见在便利店门口无所事事的许劲知，他手里拿了张广告卡片，站在树荫下，颇有一副守株待兔的样子。

等她走近，他不轻不重地问："这么快就后悔了？"

孟妍没反应过来，有些愣："什么？"

许劲知不知道怎么说，这事儿怎么说都矫情，但他还是忍不住，手揣兜里，懒懒散散地站着："我发消息你都不回我。"

他说完欲盖弥彰般清了清嗓子，轻偏开头，许劲知，你听听，像不像那怨妇。

"我发消息你都不回我""你去哪儿了""跟谁在一起""对方是男的女的""回来还爱我吗"……

头顶"冷暴力"嫌疑的孟妍表情微怔，连忙从包里翻手机。

她打开一看，上面有"树"发来的七八条消息，分别是上午不同时间段，从第一句"在干什么"，到最后一句"回我一下"，这期间应该是经历了相当复杂的心路历程。

她还没适应他们已经"在一起"了这件事，压根儿没想过许劲知还会给她发消息。虽然她和宋诗瑶上午的谈话几乎三句不离许劲知，但手机扔在包里一上午没拿出来过，无意间把正主晾在了一边。

孟妍草草看完上面那七八条，尽管听起来很假，她还是说："我没看手机。"

许劲知直来直去，绕不了弯："昨天答应跟我在一起，后悔吗？"

她摇摇头："不后悔。"

"行。"许劲知一点头，没当多大不了的事儿，"下午打台球，去吗？"

"之前去过一次，看别人打的，我学了一点，没学会。"考完没事做，整天除了玩就是睡，但她这个是真不会，怕去了出洋相。

许劲知语气随意："我也不怎么会，凑个热闹。"

孟妍想了想："那我也去。"

也凑个热闹。

中午饭点儿，老爸在家等着她吃饭，她也不能在外面一直久留，跟许劲知往回走的时候又看见那片开得茂盛的蔷薇。

她忽然想到前两天在热搜上看到什么"爱他，就送他花。男孩子也喜欢花，只不过他大部分时候不好意思承认"。

不知真假，孟妍停下脚步说："我送你朵花吧。"

许劲知侧头看她，孟妍抬手，把手里那朵粉色的蔷薇别在他耳后。

古有黛玉葬花，现有劲知簪花。

中午的风都是燥热的，阳光下这花别在少年耳朵上，莫名很配。

不过下一秒，就被某人嫌弃摘掉，笑了下说："太娘了。"

孟妍也跟着傻笑。她和许劲知在一起总是很开心，随便说什么都会觉得高兴，尽管此时吹在脸上的风都是热的，她也觉得浪漫。

朦朦胧胧中，忽然又感觉在乎那么多干什么，先好好在一起吧。

下午到了地方，孟妍才知道那不能算是个单纯的台球厅，再往前还有玩桌游、麻将那类的东西。

许劲知戴了个黑色的鸭舌帽,同色系的衣裤上带着简单绣标,宽肩阔背,暴露在外的小臂流畅紧实,左手上的纱布给他添了几分不羁和野性。

他拿了根杆子支在地上,虚靠着台球桌,低头玩手机。

秦远在旁边摆弄那些球,还突发奇想像弹弹珠那样弹了一下,下一秒就龇着牙收回了手。

宋诗瑶和她一起来的,看见这一幕笑得毫不掩饰:"秦远,不作死就不会死。"

许劲知听见说话抬起头来,孟妍也是一身黑,她看了眼自己的装扮,满意点头,我今天走的是"冷酷杀手"风。

"来了。"杀手一号直起身,往这边走了两步,"我教你。"

孟妍朝许劲知走过去,杀手二号,就位。

许劲知左手压在台球桌面,右手拿着杆子俯下身,摆了一个非常标准又帅气的姿势。

旁边除了秦远、宋诗瑶,还有几个闲着没事的都往这边看。

"噔"的一声,一杆子打出去,偏得离谱。

那颗白球在原地小范围晃悠了一阵,然后缓缓往后滚了一截。

旁边看热闹的又纷纷转回去各说各的,表情写满了"这技术不看也罢"。

许劲知收了杆子,略显尴尬地轻咳一声:"手伤,影响发挥。"

不知道真的因为手伤还是别的原因,他这一放下就真没再碰。他们这四个人都不怎么会,于是在短暂协商后从台球区转移到了桌游区,跟另一桌组队玩狼人杀。

当念到"村民请睁眼"的时候,孟妍慢半拍地睁眼,旁边另一个"许村民"正支着下巴,侧头看她,唇边带着抹笑,透着蔫儿坏,似是笑她慢了半拍。

在周遭安静的环境里,没人注意到他们这一瞬间的对视,好像成了谍战片里的秘密交易,让人心跳"怦怦"。

等几轮游戏结束,秦远提议说去吃烧烤。

旁边没多远就是一家口碑不错的烧烤店,外面支着白色的桌子和粉色塑料椅,趁着傍晚微风,烧烤配啤酒十分惬意。他们去得晚,外面只剩下一桌空位,还是上一桌刚走收拾出来的。

旁边是两桌合成的一桌,一堆看上去像不良少年的人坐在一起喝酒聊天,路边还停着几辆鬼火摩托。

菜单转着一圈传完点菜,秦远拿了瓶啤酒,用起子一开,里面气体发出"呲"的一声。

秦远单手握着酒瓶，忽然多愁善感起来："等上了学就不能天天见了，珍惜吧朋友们。"

宋诗瑶玩手机的动作停下，抬头看他："你想去哪儿上大学？"

"首都吧，大城市。"秦远拿胳膊肘撞了下许劲知，"和我们老许一起。"

"我也是。"宋诗瑶说。

话题自然就落到了尚未发言的孟妍身上。

她考完稍微跟别人对了下答案，对自己还挺有信心。面对三个人递过来的眼神，她点了点头说："首都。"

目标达成一致，秦远拿啤酒瓶虚晃了一圈，跟他们都碰了杯："那就祝我们得偿所愿，都能上北京的大学。"

听见他的豪言壮志，旁边那桌里有个人发出一声不屑的笑，带着嘲弄。

秦远侧头去看，对面乌泱泱一群，根本看不出是哪个。

他转回身，也没搭理。

烧烤摊上菜还算快的，陆续上来一些。

秦远话多，能一边吃一边说，说个不停，宋诗瑶时不时笑着捧他两句。孟妍在旁边看着，心里默默在想，这两人要是都去北京上大学，迟早得是一对儿。

旁边那桌有人忽然拍了下桌子，扯着嗓子骂了句孟妍听不懂的方言。

周围几桌都往那边儿看，眼看着像是要打起来。

秦远好心，声音压低了说："要不我去，劝劝？"

许劲知喝了口水，事不关己道："别管。"

话音刚落，对面那两人直接扭打起来，不知道从哪儿飞出来一个盘子砸在孟妍跟前，碰撞到桌上的东西"丁零当啷"一阵响。

许劲知抬眼，轻微顿了一瞬，随即放下筷子起身，眼神已有几分不耐烦。

秦远扯了一下他："哎，干吗？"

老板娘匆忙从里面跑出来，拿着手机站在前面喊："干什么呀，再打我报警了！"

"报警"这两个字还是很有威慑力的，跟前的人赶忙上去拉架，奋力将扭打的二人分开，他们也就着台阶往下，顺势相互撂一眼，付钱走人。

而孟妍这桌显然也吃不成了，于是草草结束，各自回家。

秦远和许劲知住一起，按道理跟他们同路，但半路接了个电话说回家吃饭，不想当这个电灯泡选择换条路走。

孟妍和许劲知沿着路边走，天色渐晚，气温舒适正好，旁边经过一对小情侣手牵着手。她悄悄看了眼他，他走得板板正正，看着丝毫没这个意思。

那，要她主动牵吗？

许劲知看着前面腻腻歪歪如胶似漆的情侣，犹豫着自己是不是应该，也牵个手？

他微垂下眼，像是在解题的最后一步，她都吻过我了，牵个手应该也没什么吧。

他垂在身侧的手轻抬了下，孟妍转身，指了下超市："去趟超市吧，我爸让我给他带瓶酱油。"

"嗯，好。"许劲知点头，不着痕迹地把手顺势揣回裤兜里。

超市最近好像都在促销，前面卖卫生纸那块区域根本就过不去人。

孟妍看着货架上卖巧克力和糖的那一层，空了一格。

那一格是卖一个她喜欢的奶糖，包装全都写的泰文，她看不懂，只是偶然买了一次发现好吃，就一直记着了。

之前这货架上堆满，她经常路过也不见得会买，但是这会儿看见没有了，想吃它的欲望就非常强烈。

"这个糖没有了，上次我只买了两条，应该多买点的。"孟妍看着货架，有些许不舍地挪开眼。

许劲知扫了眼货架标签上贴的名字，没说什么。

孟妍往前走着，想到烧烤摊的事回头问他："你刚才在烧烤摊站起来，是要过去跟人理论吗？"

虽然他不爱闹事，但他这手和胳膊上开始结痂的伤痕，看着还真像是个成天打架的地痞混子。

"怕我去跟他打架？"他声音低低的，懒散带着笑，"能张嘴解决的事就不动手，我可不想进去蹲局子。"

许劲知半开玩笑地说着，有电话打了进来，他摸出手机一看，是杨真。

他顺手接了，不咸不淡："喂。"

杨真在那头说了两段，许劲知举着手机微皱了下眉："什么，我听不清。"

周围带扩音器的促销声音实在太大，他指了下手机，示意去接个电话。

孟妍点点头，看着他走。

许劲知走到顶头消防通道门口，那地方人少。电话那头的人似乎是感觉到周围安静了，停顿一瞬后开口道："本来那天就想跟你说的，被你气忘了,如果我和你爸离婚,你跟我还是跟你爸。"

许劲知没吭声,任谁忽然听这么一句,都有点反应不过来。

杨真的话还在继续:"你爸跟别的女人不清不楚,反正我和他是没法再过下去。

"他那样的人会把你教坏,你最好还是跟着我,这几天自己想想吧。"

旁边有推车经过,许劲知往墙边靠了下,听着她说,要是再往上一代,他姥爷是个风流才子,四处拈花惹草。

杨真从小就没怎么见过父亲,对这方面尤其敏感。

之前也因为杨真看见许臣给公司一个二十出头的女实习生送了件东西,回去吵了好几天说要离婚。结果弄清楚才知道那东西是公司统一发的福利,人人都有,那天许臣正好下楼,旁人让他顺手捎上了。

根本就没有私情这一说。

如果杨真和许臣两人过不下去,离就离了,他这么大人了能自己照顾自己,不需要他们相互之间委曲求全。

话到最后,他也只是点头说:"好。"

他离家出走在先,现在还没回去,家就先散了。

许劲知打完电话返回刚才的地方,孟妍推了个购物车,里面放着满满的零食和角落里一瓶孤零零的酱油,阵线分明。

孟妍看见他过来,又拿了包零食往车里放,随口问道:"怎么去了这么久?"

许劲知并不擅长跟别人聊自己的事,他犹豫下说:"如果,我是说如果,你爸妈要离婚了,你跟谁。"

这一问,也把她给问住了。

孟妍几乎是下意识就想到之前在芝麻胡同便利店门口,听到杨真的那通电话。

他现在知道了是吗?

她半天接不上话,不知道是该安慰还是什么。

"随便问问,没事。"他随即拿了样东西丢车里,没事人一样,"走吧,去那边看看。"

从他接完那通电话开始,整个人情绪就不是很高。

结账完回到芝麻胡同,孟妍没有明着问,而是换了种说法:"许劲知,有什么话,你都可以和我说。"

将明未明,他似是听懂了,眼神看向她,"嗯"了一声。

许劲知到家往沙发上一坐，身子后仰，胳膊搭在沙发背上，目光扫过四周。

秦远不在，忽然的安静让人不适应，如果说杨真和许臣离婚，他伤心难过倒也算不上，就是心里觉得有点别扭。

他想了一会儿拿出手机，从里面翻出许臣的手机号拨过去。

"喂。"许臣很快就接了，还拿开手机特意看了两眼，又凑近耳边，"怎么想起给你爸我打电话了？"

许劲知开门见山："听我妈说，你们要离婚了？"

他问得直接，电话那头陷入了长久的沉默。许臣最后叹了一声，反问他："你妈怎么跟你说的？"

杨真电话里一通控诉，那些话要从他口中转述出来总有些不好意思。许劲知拣了重点，清了下嗓子，带着些求证意味："说你，跟别的女人不清不楚。"

___第八章___
许劲知，我要跟你一辈子的

外面下雨了，窗户大开着，潮湿的冷空气直往屋里钻。

画面变得昏暗，像过去的老电影。

许臣拿了个扳手拧着那破窗上的螺丝，扭头跟人说："我们劲知就是厉害，这奖状都能拿来糊墙了吧。"

奖状得主许劲知站在门边，稚嫩的个头也就到门把手那儿。

杨真擦了手，戴上围裙："这才幼儿园，学校那奖状人手一张，有什么好炫耀的。"

"我不管，我儿子就是最棒的。"许臣看了眼桌上的奖状，乐得不行。

水槽里洗菜的声音"哗哗"响，杨真看着买来的菜，忍不住抱怨："最近这豆角涨价，都快赶上肉价了，每年到这时候，菜又贵又不好。"

许臣说："那就干脆买肉呗，肉炒炒不比那豆角吃着香？"

"用你说，我这都买了些，贵也不能不买，孩子小，长身体呢。"杨真一边动作娴熟地择菜，一边和许臣搭话，"那些补钙的营养品你都看着他吃了没，你不催他就不吃，不跟着吃不起效果，钱花了也是白花。"

"吃了吃了。"这点小事许臣每天被催着去监督，听多了有点不耐烦，"胡同里小孩都叫咱孩子小胖，这都营养过剩了。"

被称为"小胖"的许劲知浑然不觉，坐在旁边沙发上啃着苹果，两条腿挨不到地，随意晃荡。

杨真回头看了一眼说："小孩胖一点怎么了，长大就不胖了。"

许臣修好了窗，拍拍手从凳子上下来，把工具放回箱子里，屋里虽破，但也热闹。

杨真喋喋不休，许臣开玩笑地插了句嘴："自家儿子自己护着，老母鸡护崽子。"

"说谁老母鸡呢。"杨真拿了半截芹菜，佯装要打。

许臣放下东西，笑着投降："我是老公鸡，咱们劲知是小崽子。"

....

外面一道惊雷闪电，屋内白光一闪，又恢复沉寂。

许劲知缓缓睁眼，不知道是几点，屋里也没开灯。

他打完那通电话，觉得烦闷，没回房间就在沙发上睡着了。

从前在这屋子里的记忆翻涌浮现，他才想起来自己曾经也有过一个算得上幸福的家。

窗户坏了许臣会拿上工具动手修，杨真还会为了几块钱豆角斤斤计较。

后来生活好起来了，却不知道哪个环节出了问题，这个家逐渐在变，包括他在内，变得没有一个人是快乐的。

曾经三口之家的结局，是他今天打电话问许臣："爸，我妈说的都是真的吗？"

许臣在电话里的回答是："嗯，爸受不了你妈。"

外面雨下了很久，他这么躺着其实挺冷的，刚才那个梦好像抽走了他所有的力气，让他就这么冻着也不想起身去关。

外面有人敲了敲门："老许，老许。"

许劲知没应，那门没关，一推就开。

秦远进门顺手开了灯，猛地看见沙发上躺着个人，吓得往后一跳。

光线骤亮，许劲知微蹙起眉抬手挡光。

秦远这才反应过来："屋里没开灯，叫了也没人应，我还以为没人呢。"

"刚才睡着了。"许劲知开口的声音哑得不行，"你下午不是回家了吗？"

秦远进门换鞋，趿拉着拖鞋往里走："我家要办个什么东西，得要我的身份证。我说身份证应该在这儿，我妈非不信，让我找到告诉她，明天拿上再去。"

"哦。"许劲知懒懒地应了一句，起身去倒了杯水，喝了几口才觉得好些。

秦远坐了会儿，觉得凉飕飕的，左右一看，起身往窗户那边走："下这么大雨你也不关窗，在屋里睡觉不冷吗？"

许劲知简单地说："我睡的时候还没下雨。"

许劲知喝完手里这杯又倒了一杯，过去开了电视，随便挑了个台坐下，看什么不重要，他就是想听点声音。

他拿着手机划拉两下，秦远在旁边看电视，看了半个小时，全程没人说话。

秦远侧头看他，觉得跟前这人浑身都透着股"低迷"，虽然之前睡觉被吵醒，他看着也是这个状态，但从进门到现在，这持续时间也太长了点。

秦远拿遥控把电视声音调小，试探地问了句："你怎么了？"

许劲知的视线从手机上抬起，心说自己有这么明显吗？

他不知道从哪儿起这个头，手搭在腿上，看着地板，毫无逻辑地冒出一句："我妈说男人没一个好东西。"

这里面一杆子打死一票人，包括他和听到这句话的秦远。

秦远听着这话也有点蒙，许劲知闷笑了一声，抬起头说："没什么，我爸妈要离婚，离就离呗。"

看许臣和杨真也是真过到头了，在一起多待一天都是煎熬。

他们离婚后，他不想跟着老爸，不管出于什么理由，许臣那样的做法他接受不了。

但是老妈，她和他又始终存在沟通障碍，根本说不了话。

秦远知道许劲知和他爸妈关系一直不怎么样，维系不下去也是迟早的事。

秦远顿了顿，说："那以后呢？"

雨点打在玻璃上"砰砰"响，许劲知懒懒掀了下眼皮，看向那台老电视："以后的事谁知道，再说吧。"

孟妍没告诉老爸自己谈恋爱了，虽然许劲知不至于丑女婿见岳父藏着掖着，但她没想好怎么说。

孟重阳这个人又很热情，知道许劲知一个人住，总觉得这孩子爸妈不在身边，天天吃外卖特"可怜"，只要在外面看见他就叫来家里吃饭。

长短就是多双筷子的事儿。

许劲知在这儿又是一顿吃饱喝足，跟她上楼坐着了。

大概猜到他会来，孟妍提前搬了把椅子上来，不是之前那个怎么坐怎么憋屈的小木凳。

他胳膊搭在椅子扶手上，随意敞着腿坐着，忽然问："你爸知道吗？"

指的是他们谈恋爱这件事。

孟妍握着水杯，摇了摇头："他不知道。"

许劲知没再接着这个话茬问，他进来到现在盯着那空画架看了老半天，忽然突发奇想："上回看那张画画得不错，哪天也给我画一张。"

话题跳转太快,她后知后觉:"嗯?"

他下巴朝前面的画架抬了抬:"给我画一张,不愿意?"

"没有。"她靠着桌子,喝了口水,"今天就行。"

这厢答应下,于是一个奇怪的画面出现了。

等把水喝完,孟妍把常用的那些铅笔、切出尖儿的橡皮、纸巾等等都备好,拿了张素描纸在画架上固定好。许劲知坐在前面的椅子上,好整以暇地看着她。

就这么看着许劲知一点一点匀,她怎么都醉翁之意不在画。

许劲知见她半天没动静,虽然他对艺术没有太大的追求和理解,但稍微想了一下,一般这种绘画艺术里面……

包括裸模。

以前还去看过几次展,那种西方欧美油画,画人体都非常漂亮。

他没在别人面前脱过衣服,尤其是这种面对面的"坦诚相见",在他思考要不要为艺术献身之前,语气试探地问了句:"我要开始脱衣服吗?"

孟妍准备抬手的动作一顿,愣愣"啊"了一声:"是、是不穿衣服的那种吗?"

她这反应一瞧,就知道她没有那个意思。许劲知故意问她,拖腔带调:"你喜欢哪种?"

孟妍脑子里一下子出现"衣服消失术",连忙别开眼:"还是穿衣服的吧。"

开始画之前,孟妍好心提醒他:"你最好还是挑个舒服的姿势坐,不然坐两个多小时很累的。"

许劲知一点头,随口应着:"嗯。"

他表面答应着,心里却想不就是坐两个小时嘛,能有多累。

事实证明,坐两个小时和一动不动坐两个小时不是一个概念,尤其是午后还有点犯困,坐完这两个小时等她画好,许劲知手搭在后颈稍微活动一下。

孟妍画好最后一点细节,把笔放下:"累吧。"

他无所谓道:"还好。"

她站起身,把画架转过去给他看看。

许劲知盯着那幅画看了几秒,手法他看不懂,却也懂得好赖,瞧得出来是有功底在的:"从什么时候学的画?"

孟妍一下子也记不清了,说了个大概:"从小就学的。"

从少儿美术班一路往上,成绩不行,靠这点特长走天下。

许劲知的视线从画架移开，落在她脸上，看了几秒说："你脸上那是什么，过来我看下。"

孟妍没多想，这跟前也没镜子，三两步去到许劲知身前。

他抬起手，手指微屈，用指节蹭了一下她的脸："这是什么。"

孟妍想伸手去摸，但刚画完画的手比脸更脏，脸上估计也是刚才不小心蹭上的。

她意识到这一点，迈出半步想往边上走，先洗个手再说。

许劲知忽然伸手拉住她手腕，本想问她去干什么，不小心没收住力气，拉得她一个趔趄。

孟妍毫无防备被这么一拽，另一只手本能地扶住他的肩，差点栽他身上。

许劲知微仰着头，她则是一个半俯身的姿势跟他对视。

被他握着的手腕都在发热，不知道是自己热，还是他的热。

许劲知手还拉着她，呼吸交缠，他想着是不是该放人先走。

孟妍睫毛轻颤，散下来的碎发荡在脸侧，能看见他胸膛伴随呼吸的起伏。

空气中飘浮着午后的旖旎，距离都这么近了，不亲上去是不是有点说不过去。

韩剧八集定律在她脑海闪过，于是一个名叫"胆大妄为"的行动产生了。

她低头，落在他唇边，一个轻啄。

少年男女的吻是青涩的，带着些许的试探，在无人的午后，所有的倦怠和懒意一扫而空，他手还握着她的手腕，另一只手搭在椅子扶手上，动作都像是僵硬住了，血液开始躁动，身体却也不敢逾越。

孟妍好奇心还挺重的，知道一点就想知道下一点。

比如，男生的唇原来也是软的。

芝麻胡同里时不时传来几声狗吠，好像还有谁家孩子惹祸被打得哭爹喊娘。

直到孟妍抽身退开，他几缕碎发遮在眉睫，眼睛看着她，黑色的瞳仁干干净净，不掺杂任何其余。

许劲知自始至终吸引她的一点，就是眼睛里这份纯粹和干净，以及藏在骨子里的一种倔劲儿。

他的锋芒和棱角好像永远不会被世俗磨平，他永远是他，一个十八岁，前途坦荡充满希望的少年。

可能刚刚经历了一个算得上缠绵的吻，现在面对面看着，她多少有点不好意思，主动站直起身说："我，去洗个手。"

许劲知表面淡定地点了点头："嗯。"

他胳膊支在扶手上，撑着头。等人走了，他才伸手，指尖摸了下自己的唇。

那里还带着残留的余温。

高考结束一连好几天，秦远每天挑下午不太热的时候去打球，许劲知这手打不了，要么在屋里坐着，要么去球场看看热闹。

别的许劲知都可能含糊，但他从小到大惜命又养生，始终坚信身体是自己的，偶尔十分抱歉地不小心糟蹋到，事后也会老老实实去医院。

这次来医院给手上的伤换药，分到的护士和上回不是同一个，可能是这个护士手艺好，也可能是伤愈合了些，全程不怎么疼，最后缠上纱布的那个结也系得很规整。

他这么大人了又不需要人看着，秦远非要跟着来，说总觉得一个人去医院，听起来就挺惨的。

许劲知从诊室出去，朝旁边打游戏打得入迷的秦某人睇了眼："完事儿了。"

"就好了？"秦远游戏只打了半局，趁着冷却那十几秒工夫抬头看他一眼，"刚才进去那小孩不是鬼哭狼嚎的吗，我都没听见你叫唤。"

"有病。"许劲知笑骂一句，"他才几岁我多大，不过我像他那么大的时候也不哭。"

这话听起来还挺骄傲，幼时的许劲知仿佛就把"铁骨铮铮英雄汉"这几个字印在了脑子里，从小就很爷们儿。但凡从他嘴里说出那个"疼"字，十有八九是带点装的成分。

比如用来请假的时候，这招就很好使。

秦远游戏没打完，许劲知不急着走，在旁边坐着等。

秦远屏幕上那小人儿又死了，他把手机一放，忽然问了句："你的书卖了没？"

许劲知漫不经心地回他："没有，还在桌上堆着。"

"那东西还要吗？不要的话给我，我拿去给我妹，这可是学霸笔记。"秦远盯着手机屏幕，一复活就往外冲，出了泉水没几步就又死了，把手机往旁边一撂下，彻底躺平，"算了不玩了，没意思。"

许劲知坐在医院走廊的椅子上,看着前头人来人往,埋头走路的样子匆匆忙忙,半晌才收回视线说:"回去我找找。"

孟妍签收了一份快递,盒子里三层外三层包装得很完美,这里面是她想送给许劲知的球衣。

这件球衣她老早就在计划了,货源稀缺,预售好久才发货,期间经历了市二模三模以及她莫名其妙躲着许劲知的那段时间,这会儿到了不早不晚,时辰刚刚好。

身为他的女朋友,一件球衣,送就送了,不需要挑节日也能送得正大光明。

她拆了最外面一层快递盒,直接拿着去找许劲知。

许劲知家楼下大门一般不关,她进去顺着就上了楼,他屋里很乱,地上横着几个大纸箱,连落脚的地方都没有。

老电视里播着电影频道,播的《千与千寻》。

他手里拿着一摞书,正弯腰往箱子里放,听见声音回头,很自然地冲她一笑:"先坐吧,我再整一下。"

孟妍从两个大箱子之间侧身过去,找了个不碍事的角落坐着,顺势把手里的盒子放在旁边。

距离她最近的纸箱里有个卡通封面的本子,稚嫩的笔迹写着"三年级许劲知"。

"这么早的你还留着。"她盯着那本子,出于礼貌先试探问,"我能不能看看?"

"看呗。"他无所谓道,"我也忘了那里面写的什么。"

得到允许,孟妍拿起来放在腿上,随手翻开一页。

周五 天气晴
我最喜欢的是哆啦A梦,因为它有一个神奇的口袋,想要什么就有什么,如果我也有那样一个口袋,我想掏出多一点玩的时间,那样就不用每天都被早早叫回家。

周日 天气晴
今天爸妈教训了我一顿,其实我也不知道是为什么,当时我想说,能不能等我吃完再教训我,但是我看着妈妈怒火冲天,还是没敢。

孟妍看着日记本上一笔一画努力写端正的字，内容也非常童真和稚嫩，她看了两段，忍不住抬头看他："你小时候好可爱啊，许劲知。"

喜欢哆啦A梦，被爸妈教训，这些琐碎的小事都被他写进了日记里。

许劲知早忘了这些，这会儿偏过头瞧了眼，写的那些幼稚东西自己看着都想笑。他非常"冷酷"要面子地伸手把本子夺过来，扔箱子里，淡淡地说："别看了，毁我形象。"

"再看两页。"孟妍看上了瘾，觉得那里面的，和跟前这个许劲知不太一样。

日记里是从前芝麻胡同里的那个小胖。

许劲知看她眼睛里都带着雀跃，不忍拒绝，但那东西又十分有损他的高冷气质。

对上她略带期待的眼睛，他最终把本子又从箱子里拎起来，折中妥协："再看一页。"

孟妍接过本子，随手一翻。

星期三 天气雪

今天是我的生日，爸妈都不在家，妈妈说晚上回家会给我带一个蛋糕，我等了很久，但是妈妈忙忘了，那我悄悄许个愿，许愿明年爸妈可以陪我过生日。

这一页只有这么一篇，短短几行，看得孟妍心底一酸。

尤其是她想到上次他生日，她捧着打火机让他许愿，许劲知当时说他不喜欢许愿，说愿望是许给自己听的，也只有自己才能实现。

此刻手里拿着他小时候的日记，这好像说明，他并不是天生就不喜欢许愿。

这东西一往细了想，总让人伤感。

许劲知在旁边跟她速度相同地看完了这几行字，伸手拿走日记本，轻咳了声。

从前小学老师让每天都写日记，一周收一次还要写批语。

不然他也不知道他居然还会写这么矫情到不行的东西。

气氛相比刚才明显有点沉下去，许劲知看了眼她手边的盒子，岔开话题："拿的什么？"

他不想揪着快十年前的日记多说什么，孟妍也不再提。

"送你的礼物。"她抱起盒子，故作神秘不给他看，"你猜猜是什么。"

这盒子挺大,她根本遮不住,况且从进门到现在放了好半天。

他看见盒子上露出那部分标识,猜了个大半:"球衣。"

孟妍把盒子递过去:"送你的。"

这算是她第一次正儿八经地送许劲知礼物,一件目前对他来说,并不实用的东西。

许劲知拆开盒子看了眼,白色带黄边的球服,上面的数字是"8",盒子里还有张 NBA 球星的卡片。

一段似曾相识的对话出现在他脑子里。

——"男生都喜欢球衣吗?"

——"那如果不过节,送人礼物会不会很奇怪?"

他当时听见这话那股不爽的劲儿,现在想想也真是有点想笑,许劲知,你居然连自己的醋都吃。

孟妍全然不知他此时的心理活动,低头看了眼手机。

班群里,体委发了通知。

五班体委:【明天拍完毕业照都先别走啊,杨哥请吃饭,兄弟们,都来不来?】

远远啊:【这能不来?来!】

宋清华:【来!】

底下跟着一群人起哄"加一加一"。

最后几乎全班人都去了,算是五班毕业后,第一次正式的聚会。

大家也就趁着成绩还没出,赶紧潇洒几天,等出了成绩有人欢喜有人忧,很可能就凑不齐了。

电视里动漫音乐欢快,画面中是一个隧道口,路边茂密植物上绕着两只蝴蝶。

她看着屏幕,随口说:"我知道一个地方和这个很像,你要不要去看看?"

他闲着也是闲着,应了声:"去。"

从芝麻胡同出去往南走,越走越远,明显地方偏。

许劲知步调散漫,黑色的衣裤,衬托着线条硬朗清晰,眼看着周围人越来越少,他半开玩笑地睨她一眼:"你该不会要把我拐去卖了吧?"

她坚持往前走,跟他说:"再走一截就到了。"

往前又走了一两百米,大片植物前是一片废弃的火车轨道,锈迹斑斑的铁轨穿过隧道,荒废的这么些年周围生长起茂密植物和不知名的大朵红花。

很像电影《千与千寻》里面的隧道场景。

许劲知踩在轨道上,瞧着周边确实像那种秘密的无人之境,两手插兜无所事事,偏头看她一眼:"你怎么发现的这地方?"

她沉默了一瞬说:"小时候我哥带我来的。"

有些话题自带沉重感,就算她不说,旁边的人也能感觉到。

孟妍走了一截走累了,就在铁轨上坐下。许劲知陪她坐,随意屈起一条腿,手腕搭在膝盖上,有一下没一下把玩着一根狗尾巴草,忽然问:"你妈一走了之不回家,你怨她吗?"

"怨过,但想想又怨不起来,她也是没办法。"她看着他的眼睛,是说自己,也指向他,"大人的事我们决定不了,能做好的只有自己,可能现在没有的,以后就都有了,没什么大不了的。"

她说这话时一字一句,说得认真,让听的人都跟着带起情绪。许劲知从口袋里摸出一条奶糖,全是看不懂的泰文:"是。那天没有的,现在也有了。"

他的手骨节分明,修长好看,手里放着一条奶糖,是上次逛超市货架上空了的那个糖。

孟妍微怔一瞬,看他像变魔术似的,从口袋里又拿出一条在手上,两个一起递到她跟前:"给,都是你的。"

这个糖放在超市进口零食那一块区域里,但价钱不贵,可能有了进口这个分类让人觉得它身价不一般,又全是看不懂的字,一般没人买,属于冷门滞销款,当然,要找起来也挺费劲的。

孟妍把糖从他手里拿走,视线跟他对上:"你是专门去买了吗?"

"吃个糖还吃不到,你就差把'很想吃'这三个字写脸上了。"许劲知侧头看她。这姑娘生活很简单,看到想吃的糖走不动路,他倒也愿意费点工夫去满足,"反正被我买到了,出来没多带,我买了一大盒,回去给你拿上。"

"这个是原味,之前还有草莓味的,我只买到过一回,之后就没再上过新的。"这一条拆开,里面有七颗糖,孟妍拆了一颗给他,沉默一瞬后又连忙说,"我的意思不是让你去找草莓味的啊,这个挺好的。"

有人把她一点点未满足的心愿放在心里,这种感觉真的很棒。

许劲知接过来,三两下拆了外面那层糖纸,放进嘴里。

浓郁的奶香绽放,味道确实还不错。

周围的风带着傍晚轻微的凉意,让人觉得很舒服,她那些毛绒的碎发被风吹着，扎头发的还是那根小狗头绳。

许劲知忽然在想，他具体是什么时候开始对她有不一样的感觉的，可能是刚回来那天晚上天寒地冻地坐在阳台，她叫他去她家里充电；也可能是在芝麻胡同的巷口，她说小胖，有人站在你这边。

他淡笑了一声，手撑在身后，微微往后仰："小时候你对我什么印象？"

孟妍斟酌了几秒，回答得也很无情："除了胖，没了。"

如果非要再加一个形容词的话，那就是一个"长相可爱"的小胖子。

回去的时候，许劲知果真把一大盒糖都让她带上。孟妍拿着糖回家，半路被孟重阳撞见。

孟重阳手里提着一兜菜，上头冒出几根大葱："你这是打劫超市去了？糖不能多吃，吃多了不好。"

她拿着盒子，像藏了宝贝似的："知道了爸，不多吃。"

孟重阳掂了掂手里的袋子，笑着问她："晚上想吃什么，鸡还是排骨，爸买了两样。"

"排骨。"她想了下，补充说，"要红烧的。"

"吃可忘不了你。"孟重阳掏钥匙开门，随口唠叨一句，"校服我扔洗衣机里帮你洗了，晾起来了，你上去看看干了没。"

她大方地拿出两条糖往孟重阳手里塞："谢谢爸。"

第二天毕业生返校拍照，二中毕业照，统一穿春季校服白衬衫，许劲知没有，身上还是那件黑T恤，让人怀疑他是不是家里一柜子黑衣服。

许劲知喜欢穿黑的也没别的理由，是以前杨真给他买衣服喜欢买黑的，后来穿习惯了忽然换别的色儿，还感觉自己像只花蝴蝶。

他对这些也不在意，什么都能将就穿，拍照要求，不得不临时从别的班借来一件穿。

还没排到五班，班里人都在旁边聊着天等，同学里除了宋诗瑶和秦远，没人知道她和许劲知在一起了。

孟妍手里拿了瓶水，一步一挪，最后站在许劲知跟前。看着他穿上那件白衬衫，正低头屈起胳膊系袖扣。

还在上学的高一高二年级的学生路过时往这边看，视线在他身上停留几秒才走开，孟妍心里莫名升腾起一种自豪感，像是自家孩子很出息的那种感觉。

她走过去，肩膀跟他撞了一下又站好："许劲知，你站这儿就挺勾引人的你知道吗？"

许劲知手指系着扣子,不紧不慢,闻言懒散笑了声:"那我可太冤枉。"

高中三年这么快就过去了,孟妍怎么也没想到从前芝麻胡同里那个小胖还会回来,而且还和她出现在同一张毕业照上。

事在人为,她忽然想到说:"咱们一会儿,站近点。"

半上午阳光明媚,照在他头发上看着整个人都很柔和,许劲知看着她一点头:"成。"

照相的时候摄影师让男生往最后一排走,孟妍"处心积虑"想跟他站在一起,但摄影师不准,严词拒绝,要求男两排女两排,不允许混着站。

孟妍不仅没和他挨到,中间甚至还隔了一排。

她听话地在安排的位置站好,有些沮丧地摇头,摄影师,你不浪漫。

不浪漫的结果就是她最终得到了一张距离许劲知十万八千里的毕业照。

许劲知这人很上相,不管怎么照都好看,照片上有的人连眼睛都没睁开,他却始终人模狗样到不可亵渎。

持帅行凶,说的就是他这种人。

拍完照,许劲知把衬衫脱了给秦远,他总共来二中不到半年,认识的人不多,衣服是秦远帮他借的。

秦远当时随手抓了个外班熟人,但那人衣服的尺寸给许劲知穿小了,于是又不知道传了多少人终于借了件大的。

秦远和许劲知从楼里出去找"失主",外面台阶上坐了几个外班人,看不见脸,只有一排黑压压的后脑勺。

有个没穿校服的黑衣服坐在那儿,跟人调侃,句句透露着不屑:"许劲知啊,都说他可能是今年省状元,人家是大城市来的,从小教育资源就不一样,不然你以为就二中还可能出状元?"

许劲知忽然被点到名,迈出去那一步又退了回来。出于那点觉得好玩的劣性,他闲闲地抱着胳膊虚倚着墙,神情松散,想听对方能说些什么。

旁边人顺话搭腔:"宋诗瑶如果发挥好,那今年咱学校能有两个上清华或北大,够他们五班杨启超吹好几年了。"

那黑衣服的男生说:"我感觉宋诗瑶这成绩真材实料,毕竟二中能出这个成绩,很难得。那个姓许的吧,就是命好,要是我爸妈让我上那附中,我不也闭眼考个清华上上。"

孟妍跟着人过来,此刻站在许劲知身后,她听见外班那人说话,真的很想过去说,那你倒是闭眼上啊。

但她身为五班学霸堆里唯一一个艺术生关系户,五十步笑百步,谁笑话谁。

孟妍开不了这个口，站在许劲知的背后，有点幼稚地伸手捂住他的耳朵："别听。"

从前她不知道，单凭高三这后半年，她在房间扭头就能看到许劲知那儿几点关灯。

别人看不见他的付出，就以为人人读个附中就能随随便便考第一。

许劲知下意识地抬手，覆上她的，把她的手拿下来，被她这两个字逗得不行。他根本懒得去跟那些人争辩，也压根儿不会往心里去，说他命好就命好——我许劲知还真就闭着眼睛上清华，就问你气不气。

秦远知道许劲知什么德行，但孟妍不知道，还在这儿暗戳戳给自家男朋友撑腰。

这把狗粮真是撒得猝不及防。

秦远狗粮吃了个半饱，轻咳了一声故意出点声音："这件校服谁的，刚借给五班的。"

前面黑衣服的男生回头，他刚才只管脱了往外借，根本没问是借给五班哪个人的。

他现在这么一回头，就许劲知没穿白衬衫，一目了然，衣服是借给许劲知了，自己刚刚吐槽了半天，大概率还被正主听到了。

黑衣服的男生表情有点尴尬，站起身从秦远手里拿走："我的。"

许劲知也不在意，一码归一码，还懒洋洋地说了声："谢了啊。"

那黑衣服的男生更是无地自容，拿着校服往身上一套，胡乱"嗯"了一声就走了。

孟妍看着那人的背影，又看看许劲知："你一点都不介意？"

许劲知完全没当回事儿，手还牵着她的，淡笑着说："我很闲吗？"

五班的人除了学习，课余时间也爱玩，一听说今天有个聚会，从下午到晚上那行程是排得满满当当。杨启超从办公室拿了一摞毕业证过来发，一人一个红本本，领上就能走。

本来下午在酒吧的这一项，硬是在杨启超这种古董派的建议之下改成了KTV。说老师带学生一起去酒吧，听起来很不像话。

秦远看着更改完的行程，迟疑后点头，嗯……KTV就KTV吧，反正在哪儿都是凑热闹。

到了KTV，里面彩灯流转，桌上饮料和酒水都有，秦远积极踊跃，上去就是一个十五分钟的《情歌王》。

他唱得嗓子都干了，下来后连着喝了两杯水。

他将杯子往桌上一搁，动作豪迈，随即开始起哄让许劲知上去唱歌。

杨启超在边上也说:"来一首来一首。"

孟妍的目光也投过去,满眼写着"许同学加油"。

老师都开了口,这局面好像他不唱一个收不了场,许劲知也不推托,大大方方地过去坐在高脚凳上,一条腿微屈,踩着下面的横杠,另一条长腿支地,伸手拿走话筒。

他在满是情歌的歌单里点了一首民谣,是一首十多年前的老歌。

音乐响起,他唱歌的声音和说话时还不太一样,沉沉的调子,很配这首民谣。

颇有几分古时候仕途不顺郁郁不得志又寄情于文的闲散诗人的感觉。

她不知道的是,他姥爷当真是个风流才子,他这一手多少带点家传。

在歌词的最后一句,他目光看过来,不偏不倚地跟她对上。昏暗灯光下,少年棱角分明,下颌清晰,稍稍抬起了眉眼,从孟妍的视角来看,那一眼算得上深情。

唱完一首,不长不短两三分钟,下来被不少人说"大神唱歌也这么好听",孟妍和他坐的位置不挨着,她侧着头,看他拿起杯子笑着跟人打趣,彩灯照过,玻璃杯里有半杯啤酒,上头还漂着冰块。

她这偷看并没有维持太久就被人发现了,许劲知手里的杯子没放下,偏头往这边看。

周围没人发现,她跟他对视上一眼,在暧昧的情愫出现之前又匆匆别开。

手机响动一声,她拿出来看。

树:【怎么了?】

她连忙回复一句:【没、没怎么。】

晚上活动结束,孟妍去了趟洗手间,从走廊拐角出来时正看见许劲知和秦远站在前面。

秦远守在垃圾桶边,抬眸看他一眼,想了想又看一眼,才下定决心般开口问:"这两天我回家住就忘了问,你上回说你爸妈离婚,那你……"

"我没事。"许劲知一脸无所谓的样子,靠着根柱子慢悠悠叠着张广告纸,"他们离个婚我还得哭三天还是怎么的,没什么大不了的。"

秦远连点了几下头,郑重地拍下他的肩:"那就行,那就行。"

孟妍站在拐角,静静地看着这一幕。许劲知父母要离婚的事情,是她不小心听到杨真的电话得知的。

许劲知把这件事告诉了秦远,却始终没跟她说。

她什么时候才能听到许劲知跟她发牢骚，说什么废话都行，她也想成为他心中的第一顺位。

晚上回家，孟妍翻着日历，六月二十四号这个日子被她画了圈，高考出分日。

她其实心里有点没底，美术校考她考到了一个师范大学的合格证，在北京，综合分算下来文化课要求不低，她也不知道能不能上。

孟妍剥了颗糖吃，想一出是一出，拿出手机给他发消息：【没几天就要出成绩了，咱们明天去庙里求菩萨吧。】

许劲知洗完澡出来刚拿上手机，看见就回了。

树：【考前不求现在求还有用吗？】

孟妍说：【考前我爸给我求了，我再去求一次，万一能多蒙对几个呢。】

树：【行，去哪个庙？】

孟妍看完这行字，下一秒就捧着手机从沙发上坐起来，跑出去问孟重阳，得到答案才给他回：【城南那个庙。我爸说灵，明天早上去吧。】

树：【好。】

这庙连个名字都不确定，说叫什么的都有。

秦远今天没回家，躺在沙发上无比自在，看许劲知洗完澡出来连头发都没擦干就拿着手机一通回消息，故意酸酸地拖长调子："这跟谁聊天呢这么着急。"

许劲知总算抽出空抬了下眼："你猜。"

秦远不说话了，这不纯属自己给自己找狗粮吃。他点了两下手机，话题转移："打游戏不？"

许劲知见孟妍没再回复，随口应了声："那来呗。"

他随口一句像是上了贼船，秦远迅速找到车队叫他上号，结果五排连输一晚上，秦远非要赢一把才放他走，这"一把"直到凌晨两点才艰难产出。

秦远举着手机，十分感动地叹了一声："终于赢了。"

第二天早上，孟妍在家吃完饭，出门许劲知就已经在外面等着了，黑色半袖松垮垮穿在身上，裤子带两道白边。他低着头站在那儿看手机，也不催她。

胡同口就有直达城南的公交车，他们一前一后上车，车上没多少人，孟妍跟他一起去后面坐。

公交车一路摇摇晃晃到了城南。

寺庙安静神圣，钟声悠扬。

建筑下面木桩陈旧冒着青苔，两边古树参天茂密，遮下一片阴凉。

孟妍找到大殿，看着慈眉善目的菩萨，跪在蒲团上虔诚许愿。

"菩萨，能不能保佑我和许劲知都考上大学？如果可以，我想和他一起去北京的大学。"

许劲知也拜了拜，但没用她那么久。

孟妍拜完走出大殿，他已经在殿外等着了。两人大早上走那么多级台阶上来，有点渴了，刚才半道上有支起来的小摊，想着去买瓶水喝。

往前走了没多远，几个二十出头的女生拿着红绸站在门口，眉眼带笑地互相打趣。从只言片语中，孟妍听到那好像是个求姻缘的地方。

"姻缘"这两个字在孟妍的脑子里一遍遍回旋，脚步也不自觉跟着放慢，既然来都来了，要不去抽一个？

她悄悄抬头看了眼许劲知，他望着前头，丝毫没注意到这边什么情况。

她不好意思拉着许劲知去求姻缘，也怕万一抽到不好的签。

她本性就是这样，就像一边害怕看恐怖片一边还偏想看，等播放到整部片子的高潮片段又全程捂眼睛。

孟妍期待着抽出一支好签，那样是不是就可以在冥冥之中证明，她和许劲知登对，也绝配，她成为许劲知的第一顺位也是迟早的事。

再往前就是台阶，孟妍想了一下，停下脚步说："许劲知，你先去好不好，我想抽个签。"

她故意含糊，没说什么签。

许劲知点头应了声："行。那等我一下，我去买。"

他面容清冷隽秀，转身瞧了眼前头，光线刺目，让人微垂下眼。

寺庙台阶很多，他刚走到半截，往上走的一对夫妻带个孩子，那孩子抽抽噎噎哭个不停。

女人着急喊了孩子一句："闭嘴，庙里不能哭哭啼啼的。"

那小孩被这么一凶，眼泪瞬间收不住，反而"哇"的一声哭得更厉害了，每一声都像是赌气故意喊出来的，回荡在周围嘹亮刺耳。

许劲知昨晚本来就没睡好，这会儿听着这撕心裂肺的哭声，太阳穴那块都跟着突突跳。

许劲知低下头继续走了几步，身后忽然有人小跑着追下来，语气仿佛知道了什么不得了的事。

"姻缘上上签，喂，许劲知，我要跟你一辈子的。"

少年人听到这种话总是心下触动，眉间矜傲染上几分暖意，见她来到跟前，嘴角一弯，伸出手说："什么，给我看看。"

"不给,只能我自己看。"孟妍瞬间把手移开,生怕他抢了似的,"这签上说,咱俩可要一辈子的。"

旁边那孩子哭得要死要活,许劲知木讷死板,说不出肉麻的情话,他只笑了声偏开头:"嗯。"

这一声很浅,被风带走,无人听见。

孟妍看他嘴角微扬,绕到正面去瞧:"你笑什么,你是不是不信?"

他随即敛了笑意,正经得不行:"没有,谁笑了。"

那一支木签她攥得很紧,回去的路上许劲知几次想看,她都牢牢拿着,不给他看。

他也没硬抢,反而还有点困,最后临下车还有两站的时候没撑住睡着了。

孟妍看着车快到站,不得不伸手叫他:"到站了,你昨天很晚睡吗?"

许劲知醒来看了眼周围,抓了下头发,说话都透着股懒:"昨天晚上秦远赢一把赢一把的,只顾得打游戏了。"

下车往前就是胡同口,两人沿着走一段就该各回各家了。孟妍想着让他早点回家补觉,在路口分别主动说:"那,我就回家了。"

他低低应了句:"嗯。"

许劲知站着没走,看着孟妍的背影渐行渐远,直到人推开那扇深红色的大门。

他今天在大殿跪在蒲团上,侧头瞧了眼身边双手合十虔诚许愿的姑娘,他不求金榜题名未来富贵荣华,许下的心愿也很简单。

只有一句。

愿她平安。

孟妍回家往床上一躺,手里拿着那支签。

简简单单的一支木签,她却看了一遍又一遍。

怎么就是个下下签呢。

她看着上头的签文:

衰木逢春少,动身无所托,百事不亨。

百事不亨,听着就够糟糕的。

她越看越想叹气,最后起身把这支签放抽屉里关上,眼不见为净。

一支签而已,这也不能说明什么,不见得靠谱。

佛祖那么忙，说不定弄错了呢。

她自认存了那么点私心。

今天她骗许劲知说这是上上签，是想让他也认为这是段天赐的良缘。

孟重阳雨天摔那一下，胳膊的伤应该早就好利索了，却也一直没开店，每天变着花样做饭都快成大厨了。

中午，孟妍被叫下楼吃饭，电视机里播的法制栏目，里面有个大爷被骗了十万块钱。

她不感兴趣，手里端着碗米饭，夹了一筷子青椒肉丝："爸，你说城南那庙，也不见得灵吧。"

孟重阳给自己舀了勺汤，头也不抬就说："灵的，都说灵得很，我才专门去那儿求的。"

孟妍低头吃了口饭，心里默默念叨，不灵不灵不灵，我说不灵就不灵。

孟重阳看电视看得认真，忽然问她："这些骗钱的，如果报警的话，现在这社会能抓着人吗？"

"一般应该都能抓着。"她吃完最后两口，把碗放桌上。

孟重阳看她吃完了，拿筷子指了指说："锅里还有，再吃点。"

"吃饱了爸。"孟妍拿起手机，现在时间是中午一点多，也不知道他睡醒了没。

她随手打了句：【吃饭没？】

等了会儿没回，那应该就是还睡着。

许劲知回来一觉睡到下午四点，房间窗帘都是拉着的，刚醒还以为天黑了。他伸手在旁边摸两下手机，没摸到，一时也想不起来睡觉前放哪儿了。

这觉就是越睡越不够，没有到头的，他过了会儿才起身从房间出去。秦远在外面看电视，音量开得不大，他在里面都听不到。

许劲知刚睡醒的特征就是健忘，什么都找不着。他对着沙发上的人说："我手机你看见没？"

"桌上。"秦远朝前面睇了眼。

许劲知顺着往那儿看，过去拿上手机给她回了句消息，不出意外，半天没人应。

可能是又要下雨，屋里有点闷，许劲知出门去了阳台。那把破旧掉漆的红椅一直放在那儿，他上去坐着，透过前面那扇窗户，正正好好能看见她。

孟妍在屋里拿着喷壶挨着给窗台上几盆绿植浇水，身前左右两扇窗户大开着,抬头就能毫无遮挡看清窗外的人。

　　这场景好像和冬天夜里的见面有得一拼,他胳膊屈着搭在两边扶手上,指节自然垂下,微仰起头,故意发出点声音叫她:"喂。"

第九章
衰木逢春少，动身无所托，百事不亨

孟妍莫名听见这么一声，抬头就看见许劲知在外面，还是那把掉漆红椅，明明任谁坐都寒碜的椅子，他坐上去却硬是不显得落魄。

她停下手里浇花的动作，隔着距离跟他对话："睡醒了？"

他点了点下巴："刚醒。"

孟妍站这个位置和冬天看见他时候一样，也不知道当时怎么就一时心软把他和卖火柴的那位联系起来了。

想到他隐形富二代的这个身份，她开玩笑说："苟富贵，勿相忘，以后要是飞黄腾达了，可别忘了我。"

许劲知被她逗笑，还飞黄腾达，看他这破屋子破椅子差点都忍不住想去捡纸壳。

"苟富贵，勿相忘。"他指尖在椅子扶手上点了点，"去吃饭吗？"

他就早上出门前吃了两口，回来睡到现在，确实是饿。

"去。"孟妍还不饿，但是想跟他一起，"我还有两盆没浇，再等我三五分钟。"

这三五分钟不长，许劲知回去拿了趟手机，再出来身后就多了个电灯泡，秦远。

秦远本来捧着手机在研究要不要去整个造型，好歹也换个新面貌进大学，认真捯饬捯饬自己，指不定哪个姑娘就看上他了。

他爱情的火苗还没升起，听许劲知说要去吃饭，马上就撂了手机要跟上。

不管什么热闹秦远都要凑，街上喝多打架的他都要扭着头多看两眼。

他们仨去了一家烤肉店，装修很有风格，里面服务生像是刚从隔壁火锅店培训出来，姿势要酷，点个火都花里胡哨跟杂耍似的。

半下午这个时间，店里就他们一桌，直到门口一阵吵嚷，一群人说说笑笑地进来。

孟妍从那群人里一眼就看到了陈祁，不管多少回，那张脸她看一次，就愣一次。

许劲知捕捉到这个瞬间，也扭头去看，连带着秦远也跟着看。

进来那群人里有不少五班的，好像是刚打完球从附近体育馆过来。许劲知和陈祁之前"打架"乌龙闹得尽人皆知，这里面还偏偏有那没眼力见儿的，嚷着拼一起坐个大桌。

任八面玲珑的秦远还没想好一个说辞，那边的人已经叫服务员换大桌了。

坐一起热闹是热闹，就是有点尴尬。

这一圈十八岁左右的少年人散发着旺盛的荷尔蒙，就孟妍一个女生。

陈祁也因为之前的事刻意跟她保持适当距离，除了进门点头打了个招呼，没跟她说别的闲话，坐的位置也是隔了好几个人。

他们人多，又点了这家的特色果酒，没问要不要，直接按人头报的数。她也算在其中跟着分到一瓶，没喝过，就当尝个新鲜。

吃得差不多，许劲知看她也不怎么动筷子，一直拿着那瓶果酒喝，身子稍往后仰靠着沙发背，拿出手机给她发消息。

树：【咱们要不先走？】

他放下手机，抬眸时无意跟陈祁对上，也就一眼，两人自觉别开。尽管许劲知道陈祁和孟妍是怎么回事，但人第一印象总是比较重要，他现在看陈祁还是怎么看怎么不爽。

孟妍坐着也说不上话，回复说：【行，咱们先走。】

许劲知看了眼消息，手机往兜里一揣，率先起身。一桌人齐刷刷往这儿看，他淡淡地说："我们就先走了。"

孟妍也跟着站起来，这场面似乎不用多说。

五班这些还不知道他们在一起的，现在瞧着局势才反应过来，拖着调子、故意发出一些意味深长的起哄声。

孟妍低着头走过，走远了隐约听着身后有人问："他俩在一起了？"

"这也太玄幻了，坐同桌坐出感情来了吧？"

"秦远，咱班许状元看上哪儿了，清华、北大还是出国啊？"

许劲知付了钱才走的，然后被外面的雨幕拦下，两人站在烤肉店门口面面相觑。

想着要不要再返回去坐着等雨停。

门内的服务员也跟他俩对视上,那眼神里写满了"要么进来要么走开别站门口堵着门"。

孟妍和他又不约而同相互看了一眼,决定移步旁边的水果店。

水果店里就一个老大爷带着孙女看摊儿,桌上是那个小女孩粉色的书包和文具盒。

他们进去不买点好像说不过去,买东西是假,避雨是真,无形之中脚步放得很慢,像是要把每一颗水果都给上上下下仔仔细细看个遍。

"没伞吧?"后面一直坐着的大爷忽然出了声,站起来从墙角拿了把东西出来,"拿着用吧,等雨停了还回来就行,我这水果摊一直开着。"

许劲知看了眼外面的雨,一时半会儿也停不了,接下说:"谢谢。"

他撑开伞就看见孟妍在门口跟跄了一下。

"刚才我在那儿就发现你一直拿着那瓶酒,真那么好喝?"许劲知过去,看她将将站稳,把伞往她手里一塞,往下走了一个台阶,侧头看她,"上来,我背你,喝醉了在这地上摔一跤可不好看。"

孟妍刚刚就是地滑没站稳,他在店里应该是一口没喝,但凡喝上一口,都能尝出那酒度数不高,简直和瓶饮料差不多。

她没醉,看着他宽阔的肩背,忽然有点走神:"不用。"

他抬了下眼皮,不紧不慢道:"真不用?过了这村儿没这店了。"

成吧,她就姑且假装自己醉了吧。

她试探着伸手圈上他的脖子,像只树袋熊往上一跳。他的手绕过她的腿弯,轻松地将她背起来。

孟妍就记得小时候老爸这么背过她,现在这个人变成了许劲知,她贴着他的后背,庆幸还好有雨声盖着,要不然她都害怕他能听见她"怦怦"的心跳声。

她偏了下头跟他说:"哎,我重不重?重也不怨我,都是这几个月喝大补汤喝的,我本来没这么重的。"

她这么一偏头,说话时呼出的热气喷洒在他耳郭。他脚步僵硬了一瞬才迈开,懒洋洋地笑了声:"你这才哪儿到哪儿。"

旁边商场门口大屏幕上滚动播放着明天新上映的电影宣传,是一部青春电影,最近在网上传得很火。她在后面计划着说:"咱们明天去看电影吧,就看广告上那个。"

"行。"他应了声。

小情侣应该一起做的事情之一,看电影,即将达成。

武尧这两年也不知道怎么了,每年到这会儿雨就下个没完。断断续续得下一个多月,用老爸的话说这就是刚开始,且得下呢。

孟妍伏在许劲知的肩上,也不敢乱动。他身上的体温透过衣料传递到她身上,还若隐若现能闻到他身上的淡香,说不清楚具体是什么味。

她忽然问:"许劲知,你平时用什么洗衣服的?"

"随便买的洗衣液,以前我家就用那个牌子。"他不太注意这些,看着眼熟就买,长短洗个衣服洗干净就行。

孟妍握着伞柄帮他遮着雨,赶上二中下课吃晚饭的时间,路上人多,时不时有学生往这儿看。

尽管在伞下,被人看上几眼也觉得挺难为情,她伸手戳了戳他的肩:"我还是下来走吧,怪不好意思的。"

许劲知放她下来,接过伞,抽空拿手机看了眼那位"远远啊"发来的消息。

黑色伞面下,衬得他肤色很白,棱角轮廓越发清晰分明。

他简单回了几句,侧头看她:"明天电影订什么时候的?我明天先去一趟秦远家,然后直接去电影院。"

"下午场吧,看完正好还能吃个饭。"孟妍说完才反应过来——

这算不算她和许劲知的第一次正式约会?

约会。

当晚,孟妍的手机里就多出几条搜索记录。

——第一次正式约会应该做些什么?

——夏天约会该穿什么样的衣服?

——如何给对方留下一个印象深刻的体验?

她"噼里啪啦"打字搜完这一串,网友的回答她感觉看懂了,又没完全看懂。

看了半天没研究出个结果来,孟妍将手机一扔,不看了。

第二天下午,孟妍早早就开始准备,对着镜子换衣服,不知道的还以为她要去米兰时装周走秀。

许劲知拿了自己的一些书和笔记,去秦远那儿顺便给他捎带上。秦远没啥事,非叫许劲知去打麻将,说三缺一凑不齐人。

人菜瘾又大,什么都爱玩。

许劲知摸着麻将打发时间，时不时看一眼手机。

看手机这个动作光秦远就看见他好几回，秦远手里码着麻将调侃说："某人，能不能专心点？"

许劲知懒散靠着椅背，朝桌上抬了抬下巴："看看你的筹码吧，我都不好意思再赢了。"

筹码朴实无华，就是跟前一人一堆瓜子。

许劲知这边明显堆到像小山似的都放不下，秦远那边就剩下可怜巴巴的几颗坚强镇守岗位。

秦远不服："你是不是出老千？"

"这是你家麻将桌，要出也只有你会出。"许劲知摸到最后一个码齐，不得不说今天牌运爆表，往前一推，"和了。"

秦远看了眼桌上那排麻将，"啧"了一声，独自凌乱。

"到点了。"许劲知站起身，颇有种胜者无双退隐山林的感觉，语气莫名有点欠，"你们玩，我先走了。"

秦远也不问许劲知去干什么，能让他一下午看八百遍手机的，除了孟妍还能有谁。

许劲知出去就后悔了，他抬头瞧了眼淅淅沥沥的雨，应该拿把伞再下来的，这么多年没回来，也不知道武尧这雨怎么能天天下。

他没浪费时间上去问秦远借伞，往外走几步打车，先去了再说。

从他随手打到辆车坐上去开始，今天的所有好运就算是用完了。

司机看着他是淋雨过来的。雨下得不大，他头发微湿，司机转着方向盘，闲侃了一句："不打个伞？"

雨水打在车窗汇聚在一起，他随口说："忘了。"

这条路走走停停，堵得要命。

按照约定的时间还早，他想问问她出门没，没出门最好换条路走，打字刚打了一半，杨真的电话就跳了出来……

孟妍接到许劲知电话听见的第一句，是汽车喇叭声中一句沉沉的低音："你出门了吗？"

她站在商场门口，看着淅淅沥沥的雨，在他看不见的地方摇了摇头："没有，正准备出门。"

许劲知有些为难，毕竟放人鸽子不是什么高尚做派："今天就先不去了，我得回一趟上海。"

孟妍握着手机的动作都紧了些："这么急，是出什么事了吗？"

他沉默了一瞬说:"我也不太清楚。"

刚才杨真电话里跟他说爷爷摔倒了,高血压,让他回去一趟,那边医院乱糟糟的,其余他也没听清。

有人抱着小孩往台阶上走,孟妍往旁边让,她拿着手机,点点头说:"行,你快去吧。"

晚上十点四十五分。

病床上的老人被护士招呼着坐起来,往身后垫了个枕头,坐舒服了往这边看一眼:"舍得回来了?"

许劲知坐在椅子上,手里剥着个橘子,慢条斯理:"被你吓回来的。"

眼前病床上这么大岁数一老头儿,不好好在家待着颐养天年,平时闲着没事非要拎个袋子去超市抢什么打折鸡蛋,时不时还在小区里捡捡纸壳,小区里别人都叫他"许老汉"。

这回是去抢打折卫生纸,摔了一跤,一着急高血压就上来了,把超市的人都吓得够呛。

许劲知把手里的东西递上去:"吃个橘子。"

"我不吃这东西。"许老汉瞥见他伸过来的手,没拿,忍不住唠叨,"看你爸妈也不知道一天天忙什么呢,明明你小时候看着身上还有点肉,怎么还能越养越瘦了。"

许劲知不太懂爷爷这辈人对胖瘦的理解,孙子辈儿非得个个都圆滚滚的才算有福气。

许老汉不要,许劲知掰了自己吃,身子懒洋洋地往后靠着:"别操这闲心,还能饿着我不成,饭也没白吃,这不都长个儿了嘛,比我爸高。"

想到许臣,也不知道他们离婚的事情爷爷知不知道,具体现在是离了没有他也一直懒得问,爱离不离。

他正想着,许臣就从外面走进来,手里提了两个饭盒,一份给了爷爷,一份放他跟前:"都吃饭吧,不早了,吃完早点休息。"

许劲知不想跟许臣搭腔,但没跟饭过不去,拿起来掀开盖子看了一眼,不是外面买的,是杨真做的。

他越来越看不懂这两人在搞什么。

饭盒里两样菜还有一个汤,全是熟悉的味道。不知道是不是许臣一直在这儿站着的原因,这碗饭许劲知越吃越心烦,最终不耐烦地皱着眉把饭盒放下:"吃饱了。"

他放碗收手,许老汉眼尖,看见他手心那道疤,拿筷子指了下:"怎么弄的?"

纱布已经拆了,许劲知就忘了这茬,看着还挺明显的一道。他站起来把手插兜里:"不小心被玻璃划的,都好了。"

许老汉嘟嘟囔囔骂了他几句,最后来一句回扣主题:"以后注意点,别糟蹋身体。"

许劲知侧了侧身,拔了正在充电的手机,拖腔带调没个正行:"知道了,谨听教诲。"

许劲知的视线从许臣身上掠过,没停留,径直往外走。

他刚出病房没几步,许臣就跟了出来,随手带好门叫他:"你去哪儿?"

"我去睡大街。"许劲知懒散撂下这么一句,脚步也没停下。

医院走廊的灯从顶上照下来,他穿一身黑,宽松的T恤套在身上,两手插兜,清瘦挺拔的背影莫名有股韧劲儿。

他走到顶头,抬手摁了医院电梯。许臣没跟上来,放他走了。

许劲知出去站在医院门口看了会儿。快半年没回来,在芝麻胡同住惯了忽然又看见这灯红酒绿的大城市,还有那么点不习惯。

他像个流浪汉似的在医院附近转了几圈,也没真去睡大街,不知道最后出于什么心态,回了趟家。

房门上安装着指纹锁,他一摁就开了。

开门那一瞬间里面的光照出来,一点声音都没有,安静得很。

许劲知进去时,杨真正坐在沙发上,拿着手机不知道在看什么。

这个场景好像似曾相识,他当时离家出走那天,是附中期末考试,那段时间杨真跟他闹得不愉快,他身体里的逆反占了上风,出门直接就没去学校,拿着电脑去了图书馆。

中午算着点儿回家,却没算到学校电话会打到家里来,问怎么没去学校,是不是路上出什么事了。

一进门,杨真就开始咄咄逼人地问他为什么不去考试。一直积压的情绪爆发,许劲知也是头一次明面上的反叛,三句不合摔门走了,买票去了武尧。

直到今天才回来。

杨真在客厅抬头,见到他什么话也没说,目光往他左手上看。

她这样毫不吝啬的关心让许劲知不知道怎么应对,他不自觉把手往身后放,眼神跟她交错一瞬,上了楼。

许劲知虽然已经预感过了,但真进门还是怔了下,他房间除了床上睡觉的东西都还在,别的已经全搬空。

都去他武尧那屋里了。

约会没约成,孟妍多少还是有点失落的,但更多的还是担心,不知道他到了没有,也不知道他那边到底出了什么事急急忙忙回上海。

她躺进被窝里,拿着手机想着要不要问一下,在她打字之前,对话框里先跳了一条出来。

树:【今天对不起啊,等我回去补上。】

一句话,仿佛就能把她这几个小时所有的辗转情绪一扫而空。

他至少,应该是到了。

孟妍睡前看到这条消息,接着回了句:【你那里出什么事了?】

树:【没什么,都解决了,我应该还会在这儿待三五天。】

她看到那句"没什么",心里有点说不出的无力感。

他明明就是有事,只是不能告诉她,或者不想告诉她。

许劲知在对话框里输入"是我爷爷他",输入到一半他又全删掉。

他不知道从什么时候起,就不爱跟人说这些。

关于自己家里这点破事儿,别人也没那闲情听。

孟妍看着屏幕,暗暗叹了口气:【解决了就好。很晚了,早点睡吧。】

说完,她又自认为很有骨气地发了一句:【正好我也要睡了。】

树:【好,晚安。】

今晚有雨,孟妍一觉睡得很沉,但凡是雨天,她睡眠质量就特别好,连梦都没有。

许劲知不在的这两天,孟妍早上醒来拉开窗帘,还是习惯性往对面看一眼。

每次看完才反应过来他现在不在那里,她拿出手机翻了下昨晚的聊天记录,几下就翻完了。不知道他现在忙不忙,她试探着发了一个万能熊猫头的表情包过去,然后洗漱、吃饭,闲着无聊还连追了几集最近大热的偶像剧。

快中午的时候,她才收到他的消息。

树:【上午在陪我爷爷下象棋,现在在路上,准备去吃饭。】

孟妍看着消息,脑子里忍不住幻想了一下他生活了那么多年的上海,那里她不了解,也拼凑不出多少。她打了行字出去:【上海的路是不是走着得是步步生钱的感觉,我还没去过。】

树:【那先看看。】

消息弹出,许劲知直接打了个视频过来,孟妍趴在床上点了接通。

画面里，他正走在外滩附近，身后西式的建筑非常抢眼。

他拿着手机，点开是什么样就还是什么样，也就他这张脸经得住这种俯视的死亡角度，在摄像头里还不显得胖。

孟妍在电视上见过外滩，现在白天看着还好，晚上的外滩才诠释了什么叫真正的纸醉金迷。

许劲知一边往前走，忽然想起来随口一提："我之前的电脑还在吗？那里面有些照片我忘了删，是以前学校在这边做活动的照片，晚上的外滩才好看。"

"应该还在，等会儿吃饭我问问我爸。"孟妍拨弄着手边玩偶，小熊的衣服都快被她扒掉了，"如果在的话照片我能看看吗？"

风吹乱他额前的碎发，他勾唇懒散一笑："看呗，我可没什么不能看的。"

上回他也这么说，结果看完那三年级的日记，尴尬的是他。

许劲知说完还仔细回想了一下，那电脑里，真没什么不能看的东西吧。

应该没有。

孟妍看着他身后的背景不停在变，手拽着小熊衣服跟他有一搭没一搭地聊着天，直到孟重阳在院子里喊："阿妍，下来吃饭了。"

她这才跟他说先不聊了得去吃饭，视频电话也匆匆挂断。

趁着吃饭的空当，她找机会问了句："爸，之前许劲知那电脑还在吗？在的话给我用一下。"

她想看看他以前的照片，关于许劲知的点滴她都想抓住。

电视机里播放着一个普法栏目，这段时间孟重阳老爱看这个。

"还在，这么长时间没开店，一直在店里放着。"孟重阳给碗里的面搅和了一筷子辣椒酱，拌两下说，"我下午正打算去收拾收拾开店，回来给你拿上。"

"谢谢爸。"孟妍看了眼电视。里面有一个类似于寺庙的镜头，她手里杯子的水放太满，不小心漾出来几滴打在手背，很烫。

不知怎的就想起那支签。

衰木逢春少，动身无所托，百事不亨。

孟妍下午没事，翻了翻以前买的书画集，没有字，全是图片，都是当代中国画家的成名作，收录在一起看着还挺赏心悦目的。

她小时候还真想过以后要不要当画家，可是越长大越知道那遥不可及，尤其是在这种小城市务实为主的家庭里，追求至高无上的艺术容易吃不上饭。

她草草翻完一本，泡了壶茶装保温杯里拎上去市场找老爸，上回她就是这么去的，还在二手数码店里碰到一个进门束手束脚的落魄少爷——许劲知。

孟妍刚进市场，就看见里面停了两辆警车，顶上红蓝的灯闪得让人心慌。

后面几个穿制服的人走出来，带着几个闹事的往这边走，她目光随意扫过，视线落在孟重阳身上那一刻，连手里的保温杯都险些没拿稳。

她大脑空白一瞬，像是脚下生了根，好半天才往前走了几步，出声叫他："爸。"

孟重阳听见声音往这边看，也有点急，张嘴就撵她走："你回去，爸又没犯法，一会儿就回家了，犯法的是他们。"

孟重阳为人老实本分，她不知道这是跟什么人掺和到一起了，看着警车着急也害怕，一时说不出别的话，声音都跟着有点颤："爸。"

她没能往前，被警察拦下。孟重阳在那头说："回去，听话。"

后面表铺的张叔过来拉她："你爸没犯事儿，就是店又被人砸了，去说清楚就回来了。"

她看着孟重阳被带上车，后知后觉地回头看着张叔，什么叫"又被人砸了"？

张叔叹了口气，告诉她说两三个月前有个雨天，孟重阳正开着店，忽然门口来了一伙人，拿着棍棒家伙就开始砸，孟重阳上去拦反被人推了一把，摔倒在地伤了胳膊。

孟妍在回家路上一直都想着这番话，所以孟重阳之前说雨天路滑摔了一跤都是骗她的，是店被人砸了，这么久一直不开店大概率也是在躲着这群人。

她不清楚发生了什么，只能回家坐着等，等老爸那边处理完了回来告诉她。

天色一点一点暗下来，像泼天的墨，黑压压的。

孟妍找了根头绳把头发扎起来，心里有点烦，未知的忐忑不上不下，磨人得很。

她就想找人说说话，翻着手机犹豫了一小会儿，这个电话最后还是打给了许劲知。

那头很快接通，他嗓音疏懒带笑，没个正经："喂，想我了？"

他声音很好听,尤其带笑的时候,好像世间充满希望,万事都能用一句"没什么大不了的"概括。

孟妍握着手机,要张嘴的时候又欲言又止:"许劲知,我下午去二手市场找我爸……"

话说一半,电话那边有人在喊:"九床家属在吗?九床家属?"

他拿着电话转身,应了一句:"在,我是。"

"上回还不是你,你是他什么人……"

孟妍听不太清他们说话的内容,大概说了有一分钟,许劲知才清了清嗓子,跟她这边重新捡起话茬:"我爸吃饭去了,就找到我这儿了。你接着说,刚才想说什么。"

"没什么,我也忘了。"她隔窗看着对面没有亮灯的房子。这么些年它一直就这样黑着,直到许劲知忽然回来,它才似回光返照般亮了半年,现在只不过是和从前一样,如华丽的剧场落下帷幕。

她微垂下眼,指尖在窗台上轻敲着:"明天就出成绩了吧。"

许劲知说:"可能晚上就出,但是系统容易崩,我明天查完成绩,应该下午就回去了。"

"也是,明天查,反正分数也跑不了。"孟妍明明刚刚还有一肚子话要说的,现在看着对面黑压压的房子,电话连接着千里之外的距离,说话也说不到一个重点上。

听见楼下院子里关大门的声音,她借口道:"我爸回来了,那先挂了,明天见。"

"好,明天见。"

电话结束,她匆匆忙忙跑下楼,看见孟重阳手里还拎着个超市袋子,表面看着无事发生,就像是刚下班回来那样。

孟妍上前忍不住问:"爸,今天是怎么回事?"

孟重阳不太想跟闺女说这种事,模模糊糊打马虎眼。

孟妍追着他问:"爸,你告诉我。"

"是你舅舅,骗我。"孟重阳放下东西,抬起眼说,"两年前你舅舅找我,说用我的名义去帮他借钱,让我只管借,他负责还,还摁手印立了字据,拍着胸脯说他一定还。我半个文盲哪知道那是借的高利贷,帮他借了不少,钱我一分没拿,全打在他卡上了,之前还偶尔有联系,现在也联系不上了。"

孟重阳的店上次被砸,摔了一跤倒也没大事,想着那就是一群泼皮混混,躲两天就过去了。

她舅舅读过书,有文化,之前还在省会高中当老师,孟重阳也没想到就这么一个人会突然转了性,老师的工作早就辞了,拿那些钱也不知道干什么去了。

"虽然现在已经报警了,先把你舅舅找着,但那些人保不齐还会来。"孟重阳坐在凳子上,脊背像是也被这件事压弯了,视线瞧了眼屋里,叹了口气说,"就这两天,搬吧,去你妈那边,我也走。"

孟重阳人到中年,越活越胆小,是真的怕了。儿子没了,现在就这一个闺女,他更是恨不得捧手心里护着,要是在自己的看护下出了什么乱子,他都不知道怎么跟她妈交代。

孟妍在旁边听着,手里捧着一杯温水,直到它一点一点凉下去。

她感觉得到事情有多糟糕,孟重阳老实巴交一个人,结果摊上这种事,惹一身麻烦。她顿了顿说:"就这两天吗?"

"嗯。"孟重阳点了点头,"你准备收拾收拾,你妈找好住的地方,就过去。"

孟妍应了一声,没有再说。

两个人这么隔着桌子坐了会儿,孟重阳伸手点了点桌上的超市袋子说:"电脑。"

孟妍担心成绩,晚上睡也睡不好,但招生网的系统一直崩,根本进不去,翻来覆去直到凌晨才沉沉睡着。

等早上醒来,她就看见群里五班那堆学霸已经在讨论分数了,说今年分数虚高,普遍都比平时考得好。孟妍退出群,又去查成绩的网址试了下,还是点不进去。

许劲知那台电脑放在桌上,昨天随手放的,伸手就够得到。

她拿过来登录网页,输入身份证号和密码,进行这一系列动作时多少还是有点紧张的。

直到页面跳出来,总分 395 分,算是还行。

但在普遍分高的情况下,到时候分数线自然也会水涨船高。

孟妍又回班群里看了一眼消息,最后一条是杨启超刚发出来的,内容是恭喜许劲知,712 分,市第一,省第二。

底下一群撒花祝贺的斗图表情包。

视线落回电脑屏幕上,孟妍点着鼠标关闭网页,发现桌面上有个叫"外滩活动照片"的文件夹,应该就是许劲知电话里说的那个,提前有征求到意见,这会儿顺手就点了进去。

她漫无目地翻阅着文件夹里的照片,图片上许劲知穿着蓝马甲,脖子上挂一个志愿者的牌子,身后是上海外滩的夜景。在那群出类拔萃到遥不可及的人堆里,她喜欢的少年依旧光彩夺目,熠熠生辉,仿佛生来就该站在那个位置,让人移不开眼。

最多两个月后,他就会在所有人的期待中以高分进清华,她却走艺术读个双非师范都不见得念得上。

随之而来的,是带着一股酸涩的距离感。

就这两天,搬吧,去你妈那儿。

想到孟重阳被砸了两次的店,以及在市场外看到那群闹事的人,烦心的事情都赶到了一起,让人忽然就没了勇气。

许劲知,我好像,等不到你喜欢我了。

手机响动,是许劲知发来的消息。

树:【考得怎么样?】

许劲知刚从病房出来,手里还拿了个橘子,丑橘,挺甜的。

虽然比她上次给的还差点意思,但这玩意儿谁买都甜,就他买的不甜。

孟妍回复:【还行吧,395分。刚才看到杨哥在群里发了,恭喜许状元。】

虽然他的生活从来都是人声鼎沸鲜花遍地,不缺她这一句恭喜,但她还是想亲自说。

树:【一会儿我准备走。下午就到武尧了,估计得四五点吧。】

武尧没有机场,他只能坐飞机到邻市再转两个多小时的车。

满打满算也就五天不到,他却莫名很想见到她。

孟妍跟他又聊了几句,才磨磨蹭蹭起床洗漱下楼吃饭。

楼下一进去,门里就是两个行李箱。

一个合着,一个开着。

孟重阳正拿了几件衣服往里放:"你妈来电话了,房子找好了,晚上就走,抓紧收拾好东西。"

她还有点没反应过来,愣了愣说:"这么快吗?"

"早走早心安,我睡觉都不踏实,生怕出事。"孟重阳一边说一边打包行李。他昨晚做了一整晚的梦,全都是三年前儿子去世那天的场景。

说他胆小怕事也好,他是万万不敢在这种时候马虎。

"胡同口买的油条豆浆,你凑合吃一点。"孟重阳抽空指了下桌上的早餐,"一会儿我去买菜做饭,你上楼把你的东西收拾好。"

她过去坐下,拿勺子往豆浆里掺了半勺糖,淡淡地说:"嗯。"

许劲知的飞机延误,拖拖拉拉到下午才起飞,再转车到武尧就晚上七点多了。

孟妍从家里出去看到他的时候，他站在门口，上头那盏破灯亮着，笼下淡淡的光。许劲知罕见地没穿黑衣，是件蓝色的T恤，胸前一小串字母绣标，简单好看。

她记得他上午就出门了，路上也不知道有没有顾上好好吃饭，这会儿见了面问他："你饿不饿？"

他往这边走了几步，点点头说："有点。"

这附近也没什么好吃的地方，就随意进了一家馄饨店。

是之前她遇到过许劲知的地方。

点馄饨的时候，孟妍跟老板插了句嘴："一碗要葱，一碗不要。"

老板正往锅里下着东西，热气腾腾往外冒："好嘞，你们坐着等会儿。"

孟妍家里的东西其实还没收拾好，就那么放着便出来了。

他们面对面坐着，周围进进出出很多人，还有正放学的小孩经过，吵吵闹闹的。

许劲知似是发现她情绪不高，看着她问了句："怎么了，想什么呢？"

老板这回动作很快，像是无形之中一切都摁了加速键，赶着话音落下，端了两碗馄饨上来，一碗带葱，一碗不带。

孟妍拿起勺子，碰在碗底打转，看着跟前这碗馄饨，不紧不慢："就是想着你以后去了北京，一定会前程似锦。"

许劲知显然没听出这话里离别的前奏，淡笑着说："你不是也去北京吗？到时候开学一起去。"

她埋头吃饭，默不吭声。

外面有人进来推销什么POS机，老板忙得根本没工夫跟推销员说话，驴头不对马嘴说了几句，那人摇了摇头就走了。

她吃完最后一口馄饨，又抬头看他，问的话天马行空无厘头："许劲知，你们学霸平时累不累，有时候我得不到的东西，努努力如果还不得到，就想放弃了。"

"如果注定得不到，又觉得太累的话。"他勺子搭在碗沿碰出一声清脆的响，少年微哑的嗓音说，"就放弃吧，我其实也是这样。"

好像人人都会这么想，注定得不到的，就放弃吧。

她卧室的物件还摊在地上，不能在外面耽搁太多时间，从馄饨店出去往回走，路程短到总共也没聊上几句。

眼看着快走到家门口，她垂在身侧的手攥了下衣角，偏头看他："我明天就要走了，估计不回来了。"

他脚步一顿，开口时语气认真："要走吗？去哪儿？"

相比他的正经,她却笑了:"秘密。"
一见她笑,好似事态并不严重,他猜不准,刚那句话还是让他隐隐觉得不安:"秘密,那悄悄告诉我。"
孟妍踮起脚凑近他耳边,仿佛真有什么秘密一样,压低声音说了句只有他们两个人能听见的悄悄话:"许劲知,我骗你的。"
这是谎话,也是告别,话一出口,她眼睛里就起了水雾,只不过这周围光线太暗,看不出来。
孟重阳打电话催她回家,最后一次见面也到此为止。
听他说完再见,孟妍转身走向深红色的铁大门,她知道许劲知站在那儿还没走,却也固执地不肯回头。
深红色的大门一开一闭,她进去等了几秒,又专门走出去看。
路灯下少年的背影高高瘦瘦,越走越远。
他的好何止千千万万,可她贪心得想要更多。
是她得不到还难过,小气吧啦。
灯下那个耀眼的许同学,从明天起,我就不等你了,希望在以后的日子里,你依旧顺风顺水,身后草长莺飞。

孟妍回家收拾东西看见抽屉里那支木签,现在来看签上写的还真应验了,不得不承认,城南的庙是挺灵的。
当真百事不亨。
晚上下了一场雨,雨声掩盖掉芝麻胡同里所有的细碎声响,连旁边最爱打孩子那家都没听见声儿。
后半夜雨声逐渐变小,直到清晨才稀稀落落地停了。

许劲知也是第二天醒来才发现,孟妍不见了。
人去楼空。
不久后,他收到一个快递,寄件人:孟妍。
他三两下把快递盒拆了扔到一边,里面只有一支木签。
是她在庙里求的那支。

　　衰木逢春少,动身无所托,百事不亨。

下下签。
这些天发生的事情在他脑海中一幕幕浮现,从她抽到这支签说"我要跟你一辈子"开始，再到之前她不明不白地留下一句"许劲知，我骗你的"为结束。

他看着这支签，反复看了好几遍，微垂下眼，呢喃说："可我信了。"

孟妍的手机收到了一些恐吓短信和骚扰电话，孟重阳下车就拿走她的手机往兜里装，絮絮叨叨："别看了，这段时间都不要看，过两天我去给你办一张新卡。"

孟妍看着那部手机，也没说什么。

这样也好。

....

自从孟妍走后，许劲知发现站在二楼顶头靠近角落那个地方，能看见她家院子里攀在阳台上的葡萄架。

雨一场一场下，他每天都去看，看着那片青绿色的葡萄逐渐饱满，成熟，无人采摘，再到一天天干瘪，烂掉。

想到之前那个扎小狗头绳的姑娘笑盈盈地跟他说，许劲知，等我家葡萄长熟了，我请你来我家，吃葡萄。

只怪今年葡萄熟得太晚，误了事。

他手搭在身前红色的围栏上，像是站久了，浑身被疲惫蓆卷，软绵绵的，没力气。他看那片葡萄看得眼睛泛酸，微弯下身，额头抵在手背上，沉沉呼了口气，眼眶却是一点一点红了。

孟妍在那本《安徒生童话》最后一页写下：

确有一个瞬间是童话的开始，但我的爱恋终究偃旗息鼓，没能善终。

第十章
山水一程，各自安好

窗外高楼林立，车水马龙。

大城市繁华圈内的夜景，怎么看都透着一股奢靡。

孟妍坐在落地窗后，旁边画架上的舞女在蔷薇花下亭亭玉立，袅娜生姿。

她三个月前来到这座城市，在这边认识的朋友帮她租的房子，地方挺大，一个人住还有点不习惯，于是，免费招来个"室友"。

手机蓦地亮了一下，在木质地板上投下一道冰蓝的光，她拿起来看。

瑶瑶啊：【我到了，几楼来着。】

孟妍回复起身：【二十一楼，给我带蛋糕了没。】

当年武尧二中果真出了两个清华生，一个是宋诗瑶，另一个是许劲知。

宋诗瑶几乎踩线进的清华，选不到好专业，然后又努力跨专业读研，弥补了当年填报志愿的遗憾。

这微信名字也看得出，不负众望，宋诗瑶和那个"远远啊"在一起了。

这么多年，在武尧那些同学朋友里面，孟妍也就和宋诗瑶还有联系。

孟妍怕宋诗瑶找错地方，专门出门等着，前面电梯数字一下一下往上跳，终于在二十一楼"叮"的一声打开。

宋诗瑶戴了个细边眼镜，一头羊毛卷，一手拎着蛋糕，一手拖着箱子往外走，看见她站在门口后长舒一口气："可算是到了，累死我了。"

孟妍上前帮她拿了两样行李，笑着往屋里走："进来吧，我点的奶茶你再不喝就凉了。"

宋诗瑶进门把东西放了，蛋糕顺手拎到桌上，坐下拿起细管，戳开奶茶，吸了两口，十分动容地感叹一声："活过来了。"

190

孟妍在旁边拆蛋糕盒,她不过生日,就是今天忽然很想吃。

她坐下慢慢切,给宋诗瑶分上一份:"明天有个画展,要不要跟我一起去?"

"个人展吗?这么牛。"宋诗瑶喝奶茶的动作都慢了半拍,侧头看她。

孟妍当年确实非常幸运地考上了那所师范大学,但她没有去读,而是受到一个南方画家的影响,忽然想复习一年,考美院。

第二年,她考入美院。国美四年又接着读研,她从来都不算是那群人里太顶尖的那个,但运气够好,今年刚毕业,前阵子凭借一组系列插画小火了一把,本来她定的名字是《蔷薇少女》,画完又觉得差点意思,改成了《山水一程》。

画面里穿芭蕾舞裙的少女在蔷薇花后半遮半掩,羞怯回眸,只敢偷偷看他一眼。

暗恋,她算是挺懂的。

孟妍摇摇头:"不是个人展,近几年青年艺术家,好多人的画放在一起展。"

"我也要去看,我这个刚失业的人除了闲没别的。"宋诗瑶叉了一块蛋糕,放下奶茶杯子,愤愤不平,"想起来我就生气,公司那猥琐上司,他都五十多了,还摸我的手!"

孟妍穿了件薄毛衫,浅灰色的,衬得整个人都很温柔,说的话却一点不软:"辞职是对的,我这儿让你一直住,别看那老男人脸色。"

她现在好歹也算个不知名画家,管自家姐妹日常吃住绰绰有余。

宋诗瑶怎么着也是个顶尖学府出来的人才,不至于找不到一份工作。

"现在还早,下午秦远说他也在这附近呢,约我晚上见一面。"宋诗瑶又念了半天那个猥琐上司,吃完盘子里最后一口蛋糕,看了眼时间,斟酌一下说,"好像还有个别高中同班的,你去不去?"

她说得已经很委婉了,秦远关系好的"个别"高中同学,那里面大概率有许劲知。

孟妍吃着蛋糕,表情和刚才没多大区别:"我不想出门,就不去了。"

亲眼见证那段青涩时光的宋诗瑶,对于孟妍和许劲知的故事总感到惋惜。

宋诗瑶沉默了下说:"那我去了啊。"

秦远最近挺闲的,准备好好体验一下生活,钱赚得不多,全都用来享受了。完美诠释了什么叫"人就活一次",生怕攒下花不了。

今天来的人里都算高中里面混得还可以的,当年班上那个高高壮壮的体委,现在居然教书当老师了。梁柏彦理了个寸头,看着有点像混混,但人乐呵呵的,过来张嘴就是问八卦,手里还非常应景地抓了把瓜子,一边嗑一边说:"哎,那许状元呢?你不是跟他熟吗,现在干什么呢,结婚了没?"

"人家忙着呢,搞高科技,新能源。我来上海这么久,叫了他起码有五回,今天第六次,人也不见得来。"秦远靠在吧台,手里拿着一杯酒,真为自己那不开窍的榆木兄发愁,"还结婚,我看他寡得连女的都不喜欢了,他平常看我两眼都看得我直心慌。"

梁柏彦在旁边笑了笑,说:"他那会儿不是跟咱们班那个艺术生在一起了吗?"

这也不怪他记得清楚,主要那两人组合到一起就很不一般,一个是五班唯一一个艺术独苗苗,另一个是空降二中的状元,想记不得也难。

"没多久就分了。"秦远叹了一声,颇为感慨,"多少年了,他总共的恋爱时长也就那么一段时间。"

梁柏彦嗑着瓜子,侧头跟服务员点了一杯酒,转过来接着说:"分了再找一个呗,这么久了,谁还记得谁。"

是啊,这时代快得前脚踩后脚的,分了谁还记得谁。

秦远最开始也这么觉得,分手后许劲知也没怎么样,看着该吃吃该睡睡,大学里面也是年年全优,始终没停下前进的步伐,好像没人能影响其分毫。

但有次去喝酒,在他进去之前许劲知就喝了不少。当时他刚和宋诗瑶在一起,浑身散发着恋爱的酸臭味,他随口说要不要给劲知介绍个电影学院的妹子,说了一堆,许劲知都不搭腔。直到他说了句:"都忘了吧,反正都过去了。"

这话像是戳到了什么不能碰的点,许劲知偏头看他,固执又坦然地说了一句话——

"我不忘。"

....

秦远"啧"了一声,看着梁柏彦:"难说。"

前面彩灯下进来一个人,这地方光线太暗,秦远抬手示意了一下:"这儿。"

宋诗瑶在进来之前摘了那细边眼镜,她不近视,就是买来装一下文艺。

"一个人?"秦远看着人走近,还往她身后左右都看了看,"你刚才不是说跟别人一起来吗？早知道我去接你了，别人还以为我这男朋友当得多不称职。"

梁柏彦见他女朋友来了，便不在这儿站着添堵，打完招呼主动找旁人八卦去了。

宋诗瑶看着他，轻叹了声："是孟妍，她都跟我下楼了，走出小区又忽然说不想来了，要去超市买东西。"

秦远听见这个名字，明显怔了一瞬："她也在这儿？"

宋诗瑶点头："她今年刚毕业，来这儿没多久，我就是搬去和她一起住的。"

"和她住不和我住。"秦远顺话搭腔。

宋诗瑶笑着睨他一眼："你想得美。"

秦远回头帮她点了杯度数低的，手机响了一下，那位爷隔了半天总算是回他消息了，冷淡的两个字：【没空。】

没空就没空吧，他下回就有新的说辞了，不怕请不动这尊佛。

许劲知这段时间跟几个同事合作，赶着筹备一个氢气新能源的项目，前几次说忙吧，倒也不至于忙到去玩一趟的工夫都没有，就是懒得去。但最近是真的忙，忙到回完消息接着办事，晚上直接就在公司睡的。

同事里头有几个比他年龄小一两岁，不得不说年纪轻就是好，精力旺盛，这样凑合睡一下第二天依然精神抖擞。

"今天有个青年艺术家的画展，我有邀请函，要不要一起去？"大智手里拿了两张邀请函，卡片倒是做得很精致，很有艺术家的范儿。

许劲知刚睡醒，头都没抬一下，有些疲惫地捏了捏眉心，懒懒地往椅背上靠："不去，你看我像那搞艺术的人吗？"

他浑身上下没有一点艺术细胞。

大智看了眼自己身上的格子衫，笑了声说："我也不艺术，我女朋友给的，说让我多熏陶一下，艺术艺术。"

相比他那红蓝格子衫，许劲知平时的穿着还是相对"艺术"一点的。

桌上放着一盆不知道叫什么的绿植，许劲知盯着看了半晌，忽然改变主意："行，那去呗，我也看看艺术。"

大智先下楼去停车场把车开出来，最近降温，许劲知出去还往外加了件黑色的冲锋衣，带一点领子，一低头就能遮住小半的下巴。

他抱着胳膊靠在柱子上等，头发被风吹着，眉眼深邃，下颌清晰，岁月都对他手软，没留下多少痕迹。

站在风口等了好半天,许劲知抬手看了眼表,开个车十分钟开不上来,这人开车速度要是再慢一点他都能睡着了。

"哥,这边!"大智在隔着好几米的地方降下车窗,探出头来喊他,"我绕错了,从那边上来了。"

这水平着实让人不敢恭维,过去还是许劲知开的车,大智刚考到证,估计和马路杀手差不多。

今天正常工作日,路上车不多,开导航去那什么艺术家画展的地方,总共也就十多分钟。

车子在路边找到一个位置,刚靠边熄火,旁边就停了一辆出租车,挡着开不了车门。

孟妍从出租车上下来,路边车多,忙往旁边让了几步:"诗瑶,咱们中午去刚才那家饭店吃饭吧,我看着门口发传单的小哥挺帅的,又高又白。"

这声音是久违的熟悉,身体里的记忆都被逐渐唤醒,许劲知开车门的手一顿,抬头去看。

宋诗瑶跟着下车,挽上孟妍的胳膊:"是那家烤鱼吧,营销很火的。"

许劲知看着她们两个走远,没急着下车,而是偏了下头,看向后视镜,认认真真瞧了几秒:"大智,我最近,是不是变老了?"

这段时间只顾得熬夜赶进度,没怎么好好睡,再加上这两天胡子也没刮,瞧着有点邋里邋遢。

他这样的"理工男"在大智眼里已经算是顶级神颜了,虽然让人当即想骂他两句"凡尔赛",但最近确实,看着憔悴。

"要不你戴个口罩吧,明星出机场都这样。"大智从车后那大兜零食里翻出来一包口罩,"反正最近流感,你戴上也不太奇怪。"

许劲知盯着那东西看了两眼,伸手接过来。

于是下车那一瞬就很有画面感,疑似某不愿意透露姓名的男明星和他的冤种小助理。

大智拿着邀请函在前面带路,差点就把这个小助理的身份给坐实了。

这个展厅有上下两层,弯弯绕绕的墙上全都挂着画,一进去就是扑面而来的艺术感。

这里面人来人往,根本找不见孟妍的身影,许劲知一边顺着往里走,一边走马观花心不在焉地瞄两眼画。

无意瞟见一组画下面的释义说明。

那里面写：山水一程，各自安好，以纪念我一厢情愿的单恋。

作者：孟妍。

许劲知的视线停留在末尾的名字上，怔了几秒没能回神，目光上移，才算仔细地打量了下这几幅画。

画面主要是蔷薇和一个穿芭蕾舞裙的少女，少女动态很多，在蔷薇遮挡下含羞怯怯，将明未明。

"都说这人火得名不符实，这种画能入选青年艺术家展，全靠她这画名和释义写得好，要是不叫这个，换一个名儿，可能就没这效果了。"大智在旁边凑了个脑袋过来。

许劲知眼睛还盯在画上，知道是他，头都没扭一下："你不是不懂艺术吗？"

大智点头："我不懂，但我看网上说的。"

许劲知转过头来，不咸不淡地说了句："少看那种营销号。"

来的还有一些摄影师和媒体记着，不论是来干什么的，看着都比他俩懂画。

许劲知刚想出去，几个记者拥进来跟他擦肩而过，拿着话筒开问："请问您就是《山水一程》的作者吗？是哪段恋爱让您有了这种触动呢？"

他脚步一停，转身往后面看。

孟妍面对记者，大方不怯场："嗯，其实就只有一段，十几岁的时候，很短，匆匆忙忙就结束了。"

记者问："如果按照您在释义里面写的，您对于年少时没有结果的单恋遗憾吗？"

许劲知见她轻轻摇头，说得云淡风轻："努力过，不遗憾。"

仿佛时间只要足够长，就什么遗憾都不遗憾了。

就像她写的那样，山水一程，各自安好。

"我好像看见他了。"

孟妍坐在烤鱼店，手里拆着餐具，忽然冒出这么一句。

宋诗瑶倒水的动作一顿，扭头往前后看："谁？"

"不在这儿，是许劲知。"孟妍承认，她没自己想的那么潇洒，"刚才在展厅，我看见一个人，那人眉眼跟他很像，但戴着口罩又隔得远，我也不确定。"

毕竟八年了，他可能变了模样，她也可能，记得不清晰了。

宋诗瑶压根儿没觉得会有这种巧合，接着往杯里倒水："江浙沪这边男人眉眼长得都不错,地铁上帅哥一抓一大把,尤其你说那男的还戴口罩,摘了口罩指不定什么德行呢。"

她想了想:"也是。"

远远一眼,根本看不清是谁。

许劲知车开到那家烤鱼店门口,车窗降下来,胳膊肘搭在窗沿上,下巴朝店门口点了下:"是他帅还是我帅?"

许劲知平时随便得跟什么一样,今天又接二连三地问这种问题,让大智都忍不住感叹,外貌焦虑,都已经普及到这种程度了吗?

如果是,也就是今天早上才忽然出现的。

"你帅。"大智朝那边看了眼,给出这个中肯的评价,门口站着的小哥明显就是大学生出来打零工的。

对比完,大智还愣愣地补了句:"但是他……年轻。"

许劲知又朝那边看了一眼,点了下头:"行,换一家。"

于是往前一家小龙虾店,站门口的是个连人都看不出来的玩偶。

这一阶段的工作刚结束,他们小组同事都会得到几天休息时间,大智受到艺术的"熏陶",忽然想去商场买几身衣服,改造一下自己,去之前还非得拉上许劲知,许劲知兴致缺缺,说不去了。

大智知道这几天人人都累,也不强求,站在旁边收拾收拾东西:"那我走了,要不你回家补补觉,这两天流感高发期,别再中招了。"

每年秋冬季,总有那么一段时间会有流感。

"嗯。"许劲知想了下要不要回家睡觉,随口问,"大智,你知道这附近哪儿有租房的吗?要有地暖。"

他现在住的地方是随便找的,还没到正儿八经的冬天,睡觉就已经觉得冷了。

空调也是坏的,地方还远。

大智收拾好东西,把包往桌上靠着一放:"不知道,这附近租房价钱不低吧。"

许劲知站起身,也准备走:"价格好说。"

大智后知后觉地看他一眼,差点忘了这位是个富二代,不去花天酒地却偏要来这儿体验生活跟他们过这种苦日子。忙起来顾不上吃饭就随便吃两口泡面对付过去,睡觉也是将就睡一下,有时候他们不愿意干的事想浑水摸鱼偷个懒,第二天起来发现他都一个人全干了。

也不知道他图什么。

大智内心戏丰富，最后点了点头："那我问问，如果有房子，我帮你留意。"

"谢了。"许劲知看他精神抖擞，一点不困。

要不怎么说，年轻好啊。

许劲知这觉最终也是没补成，睡觉前拿着手机，上网搜了一下《山水一程》，关于作者的信息和那两句释义说明就全出来了。

孟妍，美院硕士，后面还有一些在校期间获得的奖项。

他看着手机上那行释义，一厢情愿的单恋。

一厢情愿……

盯久了，他都快不认识这四个字了。

有些话现在说没意义，就算是马后炮也放得太迟了。

许劲知约了秦远，说把昨天那顿酒补上，秦远约了他六次都约不出来，今天倒是稀客，接到他电话正好在附近，没几分钟就来了。

"可算是想起我了？"秦远像八辈子没见过他似的，"你昨天不来可是错过了重大消息，想不想听？"

许劲知靠着椅背，懒懒抬起眼皮睇秦远一眼，那一眼里写满了"你看我想不想听"。

许劲知和上午出门时不一样，洗完澡换了衣服，人看着干净清爽。

秦远卖关子没卖成功，自己没他忍得住："孟妍，她也在这边，都待了三个月了。"

一句话说完，许劲知没什么表情地拿起桌上的酒杯，不紧不慢荡了两下，冰凉的液体滑过杯壁，嗓音淡淡："我上午看见她了，青年艺术家。"

这回震惊的是秦远了，这两人的进度似乎比他想象得要快。

"就见上了？"秦远一听这话，简直都坐不住了，只恨自己为什么不在现场，"说话了吗？说了什么？"

"她都没看见我。"许劲知勾了下唇，笑得懒散，"说什么，她明明过得很好，现在要是去找她，就叫打扰了。"

当年孟妍走得干脆，连宋诗瑶都不知道她在哪儿，直到学校大榜上出的录取结果显示她在师大，这也是他知道的最后一点关于她的消息。

开学去了首都，师大的校园只有他自己知道走了多少遍，可还是，找不到她。

上午在画展遇到媒体采访，她是青年艺术家里一个新人，也是站在媒体和闪光灯前令人瞩目的主角。

她说，山水一程，各自安好。

她说，努力过，不遗憾。

坦荡释怀的她，耿耿于怀、拿得起放不下的是他。

他总是慢她一步。

秦远在旁边听着，这现实发生的"be（悲剧）"青春，怎么听都让人难受。

许劲知没再说这件事，喝了口酒，另外起了个话题："你还住原来那个小区吗？我想换个近点的住。"

说起这个，秦远一脸生无可恋，大吐苦水能吐三天三夜："刚搬了。房东那七岁的小女儿不喜欢我，就因为这个，我被好言劝走了，现在住得离你们公司远，比你那儿还远。"

蓝紫色的灯光扫过他的头发，许劲知笑了声："头一回听说还有这种理由。"

"谁说不是，我就是最冤的那个，我朋友圈前两天见谁发的，说要出国了，急着把房子租出去，就这附近，那大落地窗，图片看着挺不错的。"秦远说，"就是楼层不低，一层两户的那种小区。"

"叮！"

电梯在二十一楼打开，孟妍和宋诗瑶拎着几大包零食，刚从超市采购回来。

进门放下东西，孟妍随手摁开了空调，暖风。

宋诗瑶抬头看了眼，随口说："这两年流行地暖，你这儿铺了没？上回我去同学那儿，地暖热得简直坐不住。"

"这儿没铺，我觉得不冷。在南方读好几年书，适应了。"孟妍从袋子里拿出几样零食，抱着往沙发那儿走。

刚走到一半，放在进门柜子上的手机响了。

孟妍把吃的往茶几上一堆再过去拿上手机，对方已经挂了。

总共就打了五秒，是个陌生号。

画展主办方有她的联系方式，许劲知没出面，是让大智要来的。

许劲知把电话挂了，对着屏幕出了会儿神，侧头跟代驾说把车窗降下来吹吹风，他可能真是喝多了。

孟妍看了眼手机，没管。

只有五秒，可能是别人不小心打错了吧。

电视一打开就播的新闻，说最近秋冬流感如何如何，让大家勤通风勤洗手，加强抵抗力。

宋诗瑶嫌头发太碍事，简单扎了个丸子头，拿起桌上一包零食开始拆："这回流感好像挺厉害的，我辞职前公司跟我关系好的那个同事就病了，足足两个星期才好。"

"我平时不怎么出门，顶多去小区超市买买东西，倒还好。"孟妍拿上手机坐回来。她现在算是个自由插画师，平时就网上接一些稿，一般只接商稿，理由简单粗暴，商稿出价高。

谁能跟钱过不去。

画画算是她工作的一部分，然后就做做饭、浇浇花，挺清闲的。

孟妍往沙发上一靠，想一出是一出："我还想养只猫。"

她小时候就挺想养的，高中毕业匆匆离开芝麻胡同，去了南方，又紧接着复读、升学，没顾得上养。

宋诗瑶往她嘴里塞了片薯片："那明天我陪你去猫舍挑一只，想养哪种，布偶吗？"

"不知道，明天去了看看，选一只梦中情猫。"孟妍嘴上说着，手里已经在搜周边范围的猫舍了，搜到一半，倏然想起什么似的，退出界面开始翻微信，"我得先问问房东，她这儿让不让养宠物。"

房东是个四五十岁的女人，除了交房那天见过一次，其余都是在微信上联系。

她发了几句过去问，房东也很快回说，可以养。

得到允许，第二天孟妍就和宋诗瑶一起去了猫舍。猫舍里面的小方格里养着各种品种猫，可能每天见的人多了，她们靠近，猫主子们也不害怕，在里面该怎么躺怎么躺，都不爱搭理人。

唯独一只银渐层对比之下活泼好动，看着个头还小，一只爪子从玻璃上的圆洞探出来胡乱扒拉，很可爱。

孟妍拿逗猫棒逗它玩了一会儿，最后把它带回了家，猫窝猫爬架那些东西顺势在店里买了全套，可能这就是眼缘。

是只猫儿子，取名"建国"。

这猫刚来新家，一点都不怯，跑来跑去闹腾得很。

宋诗瑶出去面试新工作，这两天忙得不着家，孟妍倒是得空在厨房做蛋挞，关着门没让"建国"进来捣乱，她拿手机看着视频，把牛奶、白糖、炼乳按比例调好。

"加入面粉、蛋黄……"

她一边看一遍念，生怕自己忘了。

孟妍倒回去又看了一遍，确认没错，手里拿着搅拌器搅拌均匀，头发披散在肩上，带着微卷的弧度，看着很居家。

收拾好这一切，把碗里搅拌好的东西倒入解冻好的蛋挞皮，然后放进烤箱，设置200℃，25分钟。

等待完成。

她收拾了厨房垃圾先出去放门口，待会儿下楼的时候顺手拎上扔了。

孟妍回屋，抖着逗猫棒召唤"建国"，挨着沙发底下的犄角旮旯走一圈："建国，建国。"

猫如果不出声，一种可能是惹了祸，另一种可能是正在惹祸。

孟妍挨着每个屋找，愣是没找到。

她站在客厅四处看，刚才扔垃圾的时候它还在这地上跑来着。

孟妍思绪一顿，它该不会就趁开门那几秒钟里跑出去了吧。

她赶紧放下逗猫棒开门出去，门一打开，就听见前面有人说："哪儿来的猫啊？谁家把猫扔出来了？"

这声音还有那么点熟悉。

她抬头。

不远处的电梯门开着，许劲知站在电梯口，穿着件黑色的冲锋衣，手里抱着猫，"建国"扒在他的肩上，还在往上爬。

旁边秦远抱了个纸箱子，就是刚才说话的人。

一层两户，随着她开门而出，他们三个人面面相觑。

秦远最先反应过来，迅速把手里纸箱往地上一放，立马退回电梯里，摁了关闭："老许，我走了，我走了拜拜。"

孟妍看着电梯门缓缓关上，许劲知弯下身，把猫放箱子里，抱起箱子一起往这边走。

走廊灯光明亮，照在他清隽的面容上，暖调的光描摹着他高挺的鼻梁和深邃的眉眼，半明半暗，凌厉清晰。

等人走近，孟妍看见他脖子上有两道血痕，很新，应该是被猫抓的。

猫舍老板刚跟她科普过，被猫抓了可能得什么传染病，不能马虎，不承想没抓到她，倒是把他给抓伤了。

许劲知抱着箱子，猫窝在里面，两爪扒在边缘。他看着她，沉默不语，像是许久未见，眼下要仔仔细细看过一遍才罢休。

孟妍经不住他这么看，伸手把猫抱过来："我的猫。"

前任见面，没有客套寒暄，生疏和尴尬多少是有的。

他像是刚搬到这儿，箱子里是书和一些杂七杂八的东西。

许劲知点了下头，就要走了。

孟妍没忍住出了声，指了指他的脖子："哎，出血了。"

纸箱靠着茶几放在地上，没错，她把人叫进来了。

不掺杂往日旧情，她的猫惹了祸，她本该负责。

抓一下倒是不要紧，主要动物身上可能带传染病，那天猫舍老板说的话还挺吓人的。

他颈间抓痕出了点血，拿棉签擦一下就没了。

这个位置他自己看不到，孟妍让他坐在沙发上，自己拿碘酒给他消一下毒。

她弯下身，头发从耳后松下来，遮去小半边脸，视线落在他颈间那两道印子上。许劲知肤色白，突兀来这么两道，看着尤为明显。

孟妍浅浅咬了下唇，这张脸就在眼前，她做不到在媒体前表现的那样淡定。

她手里拿着棉签，也是胡乱一涂，心说自己刚才倒不如当个没良心的，他没发现就任由他去。

孟妍三两下弄完准备起身，目光跟许劲知对上那一刻，发现许劲知微侧着头，眼睛一瞬不瞬地盯着她看，空气中飘浮着说不清的暧昧。

孟妍别开视线，若无其事地转身把东西归置好，没看着他，说："猫打过疫苗，但也不百分百安全，你最好还是去打疫苗。"

许劲知淡淡应了声："嗯。"

又大约安静了十几秒，孟妍把棉签碘酒都收拾进医药箱，回头见他还没走，表情略带着疑惑。

还是说，她应该陪他去打疫苗？

因为两人关系尴尬，她刚刚就说让他自己去。

左边落地窗前放着一个画架，上面是《山水一程》系列里面没被她选进去的一张稿。

许劲知的视线从画上落回来，声线低沉沙哑："我想约稿。"

他对画不感兴趣，也不懂艺术。

说这话纯粹就是信口胡说。

秉持着对甲方一贯的尊重，她还是习惯性问了句："想约哪种？"

许劲知根本都不知道画分多少种，非常门外汉地问了句："你擅长画什么。"

"画人体。"孟妍不看他，低头给自己倒了一杯水，故意说，"不穿衣服的那种。"

这么说的话，他应该立马就不想约了。

怎料，他点了下头说："好。"

孟妍刚喝一口水，水温不烫，却听见他这一个"好"，差点咬到舌头。

她随口乱说的。

"建国"在地上跑来跑去，孟妍看着它毛茸茸一团，心里想的却是：看你干的好事，抓谁不行你非抓他。

"我住隔壁。"许劲知沉默了半天，没头没尾地说了这么一句。

下一句好像应该是"有事的话可以找我"，但他断句就断在这儿了，没接着说。

"我也来这边没多久。"孟妍放下杯子，抬头瞧他，"先去打了疫苗吧，要不我陪你去。"

她说"陪你"其实就是句客套话，字里行间还有那么点赶客的意思。

许劲知倒也没真叫她陪着去打疫苗，说不用麻烦，就抱上箱子自己走了。

一梯两户，他左，她右。

两个门也就隔了几米距离。

许劲知进门放了箱子，门口就是一个落地镜，他对着镜子看了一会儿，脖子上那两道抓痕碘酒涂得是肉眼可见的潦草。

想到刚才她靠近时的模样，许劲知微勾了勾唇，她还是没变，心情都写在脸上了。

孟妍在沙发上坐着，"建国"好像还不知道自己干了什么，懒洋洋地趴在她腿上，抱着尾巴自娱自乐。

直到烤箱"叮"的一声，她才回神，慢半拍地起身去厨房，把两排蛋挞拿出来。

她拿了一个尝，味道还行，头一次做算是成功。

孟妍又连着吃了几个，像是想把心头那点泛起的情绪压下去。前后磨蹭了十分钟，她擦完手再回到客厅，才看见茶几角下掉了一张照片状的东西，反扣在地上。

应该是从他纸箱子里掉出来的，也可能是刚刚没顾得上管"建国"，被它捣乱刨出来的。

她随手捡起来往桌上一丢，等他什么时候想起来过来要的时候她再还。

照片边缘已经有了泛黄褪色的痕迹，但整面很干净，似是被人保存得很好，画面中的女生穿着武尧二中的校服，十七八岁，扎着马尾，绑头发的还是那根熟悉的小狗头绳。

她对着镜头，比了一个傻傻的剪刀手。

是她的照片。

孟妍盯着看了一会儿，这个纸背面有自助打印机的水印。

也是这个细节让她隐约想起来，好像是高中有一次打印照片，丢了一张。

丢的不是什么重要的，她压根儿没在意。

没想到居然在他那儿。

一细想就让人心痒痒的，不清不楚的，最让人难受。

他拿她照片是什么意思？

不能多想，又忍不住想要多想。

外面的天一点一点黑下来，孟妍下去逛超市，顺便扔了门口那包垃圾。

她逛了两圈没什么好买的，最后买了两个猫罐头。

许劲知穿着一身黑，站在那儿差点都要隐在夜色里。

这些年她对许劲知的了解都停留在从宋诗瑶那儿听到的只言片语。他现在生活过得怎么样，她一无所知。

她现在的履历拿出来还算漂亮，国美硕士。

可是老天偏心啊，她从来都不是那个聪明的。大概是从小学画的缘故，她在同龄人里算是画得好的，老师、同学、家长一路夸到大，就在武尧那种小城市的画室，她算得上数一数二。

人都一样，夸奖的话听多了容易飘飘然。

直到第二年去到一个顶尖的画室，她才清楚地认识自己跟同学的差距，她也是第一次听老师说："孟妍，你不算很有天赋的学生，但只要肯下苦功跟着我学，今年国美、央美、清华，可以试试。"

落差之下，她真狠下心拼命地学，相信量变促成质变，去追赶那些有天赋的学生。

或许是因为某种执念，也可能是运气够好，她考到了那一年清华美院设计专业全国第一名，在国美的校考反而发挥不太好，全国第十九。

清华和国美，她选了国美。

他在北，她在南，像两条永不相交的平行线。

前任相见，虽然当初没有撕破脸皮，但现在一时半会儿也找不到合适的话题，他一双眼睛沉沉看着她，欲言又止。她也一样，最终低下头咬了下嘴唇，什么也没有说。

孟妍走了有四五十米才想起来那张照片，刚才该问的，一看见他就给忘了。

"她躲着我。"许劲知这两天出现在酒吧的次数明显增多。他不爱喝酒，也不爱来这地方，但秦远几乎一天二十四小时泡在这儿，一抓一个准儿，他靠着椅背，前头的灯红酒绿热闹喧嚣好像跟他全无关系。

秦远看着前头光影绰绰，倒没觉得稀奇："可能有点尴尬，或者不好意思，没有话题。"

从她复读那一年起，两个人就彻底断了联系，当初十八九岁的男女，现在都已经二十多岁，在各自领域有一番成就，他终究是错过了太多。

那一年在不同的地方，同样的时间，她在画室熬夜跟人拼成绩，他失眠也是那时候忽然有的，整宿整宿睡不着，甚至吃安眠药。

他心里忽然有点难受，她复读那一年一定吃了不少苦。

尤其是看着身边同学全上大学了，说没压力是假的。

可是这些过去种种，他最近才刚知道，像吃了个不甜的丑橘，酸得不行。

许劲知已经很久没犯过的失眠症，在遇见她的这个晚上，失眠了。

宋诗瑶回来得晚，今天找工作也不是很满意，要么是地方远，要么是工资不够高。

她回来的时候孟妍已经睡了，直到第二天早上孟妍起床看见沙发上的包，才知道她在家。

孟妍简单收拾了一下准备下楼吃早饭，她醒得算是挺早的，收拾完才刚刚七点半。

因为这片小区里有不少学生，底下早餐的铺子也开得特别早，这个时间正是人多的时候。

她开门出去，左边那户门口站着一个人。

许劲知站在那儿，虚倚着门，手里夹着根烟。

他穿了件长款风衣，高瘦挺拔的身形更衬得他像韩剧里的男主。

不知道他在那儿站了多久，开口是一句简单的："早。"

两人见面总是带点尴尬的，孟妍看了他一眼就别开眼睛，客气地回了句："嗯，早。"

她往电梯的方向走，许劲知也迈开长腿跟了过来。两人一前一后进了电梯，她以为他是去上班的，没多问就摁了个"1"。

电梯里就他们两个，空荡荡的。许劲知清了清嗓子，说话声还是很哑：

"我的照片是不是掉你那儿了？"

孟妍侧头看他，大早上在门口等着，就为了问这个？

她下意识地说："那是我的照片。"

许劲知没再说话，听这意思八成是要不回来了。虽然他不那么情愿，但这也算是物归原主。

电梯下降到一层，孟妍率先走了出去，直接往早餐店走，许劲知跟在身后不远不近，似是同路。

她走得不快，他在后面明显是压着速度。

这场景像极了高考前那段时间，他也每天这样坚持不懈地跟着她。

从前的记忆翻涌起来，一下就关不住闸，孟妍早上出门戴了个鸭舌帽，半低着头帽檐遮住小半张脸，没让那点不合时宜的情绪显露出来。

她进早餐店点了豆浆油条，找了个空桌子坐下，许劲知也毫不见外地坐在了对面。

门口进来两个穿着校服的学生，女生跟老板说："老板，两碗馄饨，一碗要葱，一碗不要。"

男生手欠地拎了一下女生的书包带子，笑着问道："你怎么知道我不吃葱？"

孟妍听着这番对话，低头安静地刷着手机。

许劲知点的东西先上来，桌子就这么大，她想看不见也难，一碗馄饨上漂着层绿油油的葱花。

他通常都不说，碗里要是真有葱，他就挑出去。

孟妍喝着豆浆，全程看他不紧不慢地拿筷子把葱挑出去，公事公办地问了句："疫苗打了吗？"

"打了。"他应了声，"我要的画得多久？"

昨天随口乱说的人体画，他还当了真。

这种时候好像谁露怯谁就输了，孟妍用勺子搅了搅碗底未化开的糖，摆出一脸镇定无所谓的样子，却没敢看他："我有空，随你。"

许劲知这一整周都休息，顺口说："那就今天。"

他们这顿饭没吃太久，本来打算给宋诗瑶带一份的，结果回去的时候宋诗瑶已经走了，又开始新的一天面试。

以前在美院学习的时候画人体不是什么稀罕事，但是模特换了，忽然就不那么对劲。

孟妍不停地自我洗脑，以前大学时期她画这种画总放不开，眼睛都不敢看模特，经常整个上午都低着头磨洋工。旁边的同学看出她的局促，小声给她做心理建设，说当模特就是个石膏像，比如大卫，掷铁饼者，这样就心安理得了。

自然也不会有什么不好意思的情绪。

许劲知在客厅站着，见她从屋子里拿出一条黑色的长裤，材质类似雪纺，很宽松，款式很有设计感，往他跟前一递，说："穿这个。"

许劲知视线落在上头，这长度明显就是一条男人的裤子。

他再抬头看她，眼神多少有点复杂。

孟妍见他没接，补充道："新的，吊牌我刚剪。"

至于她买条男人的裤子干什么，纯粹就是脑子一热。

但不得不说，当时买的时候，看着橱窗里的模特展示，她脑子里确实一闪而过许劲知穿上会是什么样子。

一条长裤，这算是她给自己口出狂言找个台阶下。

许劲知点了点头，没说什么，接过进去换好。

这是重逢后他第一次明显地意识到，她好像变了，有些话放从前她绝不会像现在这样直白地说出来，总是含羞带怯，像巷子里的蔷薇。

她现在自信又大胆，可能时间够长，人都会变。

孟妍这儿有一个类似"贵妃榻"的家具，据说这木头是真的黄花梨木，不便宜，她在上面铺了一层薄毯，薄毯上绣着大片民族风的图样。

她拿着画架摆在这前头，放了个不远不近的距离。

等她调试好这一切，许劲知仍然在房间里待着，迟迟没有动静。

他忽然不明白自己这是在干什么，事情好像逐渐在往奇怪的方向发展。

过了好一会儿，就算是七八十岁手脚不利索的也该换好了。孟妍过去敲了敲门，想了想说："你要是害羞的话就算了，穿上衣服出来，我给你画个卡通的。"

里面的人没说话，像是在给自己做心理建设，大约安静了五秒，门锁转动，他拉着门把手打开。

许劲知站在门边，光着上身，肩膀宽阔，锁骨很深，标准的六块腹肌，没入下端的人鱼线清晰干净，以及一道明显的，花体英文文身。

她第一次见。

因为是花体不好辨认，她下意识地就盯着多看了两眼，想认出那一行字是什么。

许劲知轻咳了声，不自在地别开眼："可以开始了吗？"

被他一提醒，孟妍还是没看清那行内容，却也不好意思再瞧了。

多年未见，夹杂在重逢后的陌生里，还有那么点不自觉的耳热。

她视线转向前面的贵妃榻,随手一指:"你坐上面,随便摆个姿势,要是坐得太端正画出来不好看。"

语调一板一眼,那叫一个"铁面无私"。

许劲知过去坐上,习惯性地屈起一条腿,手腕往膝盖上一搭,很随意的姿势。

他头发微乱,未经打理,半侧身的姿势显出身上流畅的线条和肌理,看得出平时多少是练过。

窗帘没拉严实,露出一束光倾泻进来,不偏不倚地斜斜照在他身上,从左肩指向右腹部。

这个男人确实生得好,孟妍整个上学期间就没遇到过这种颜值的男模。

她这两天都没仔细瞧过许劲知,现在正对着看,不得不瞧。

不知道是不是他昨天没休息好,看着有些倦意,稍一低头,在这种半明半暗的光影下,莫名就生出一种孤独颓败的破碎感。

许劲知全程正视的比较多,但画面上孟妍偏偏选择了他颔首那一瞬,自带一种故事性。

这张画画完最后收尾阶段,孟妍给身为甲方的他看了下画:"我下午小修一下细节,再送去店里装裱,画框我就看着挑了,两样价钱到时候一起算。"

许劲知从榻上起身,瞧了眼纸上的画。

画面上的他是半低头的。

看得出来手法熟练,有青年艺术家的风范。

不管成熟不成熟,她好奇心上来就是管不住自己,现在人在跟前站着,她眼睛又盯着他人鱼线处的文身看。

"心之所愿,无事不成。"许劲知见她好奇得紧,便开口告诉她了。

Nothing is impossible to a willing heart.

孟妍怔了一瞬,一时没反应过来。

"文身。"他简单说,"前几年文的,有点非主流,也一直没洗。"

街上扫码店里办卡的这种活儿他都答应,更别说陪朋友去文身店,文身师为了业绩随便说几句,他这种耳根软的就自掏腰包了。

她那点小心思被发现,表面淡定"哦"了一声:"要是没什么修改意见的话你就可以去换衣服了。"

后面还省去了半句:换完就可以走了。

赶人当真是毫不留情。

许劲知换好衣服出来。

猫在地上跑，孟妍扎起头发，给它猫碗里放了把猫粮。

他听见她喊："'建国'，吃饭了。"

这猫名字起得倒是随意。

"建国"刚到这儿不久，对哪儿都不太熟悉，看什么都新奇，叫吃饭不答应，在那儿玩沙发垫子垂下来的流苏。

他刚一过去，猫也不爱搭理他，之前在电梯口捡到它的时候还热情似火，今天就对他爱搭不理了。

许劲知回家补觉，睡醒就到了半下午，手机一打开各种信息推送，不知道是不是他最近搜艺术圈的东西搜得有点频繁。

最上面一条推送是：私生活混乱的艺术家们。

明显带点标题党那意思，他甚至都懒得点进去，一键清空。

他平时的作息还算健康，一失眠就变得日夜颠倒，睡到现在起晚上肯定睡不着，晚上不睡明天又继续补觉……

掉入一个循环怪圈。

许劲知起来走了两圈，这屋里真的一点能吃的都没有，冰箱里比那饥荒年代的米缸还干净，小偷进来都想丢下两馒头再走。

他下楼去吃个饭，刚出去没多远，前头路边停下一辆黑色宾利。

车门打开，一男一女从车上下来。

那抹熟悉的身影纤瘦高挑。这么看，她好像比以前高了点。后面的男人扎着小辫儿，明显比她更像他们圈子里的人。

两人有说有笑，交谈甚欢。

他们只是把车停在这儿，并没往小区里走，看那走向也是去美食街吃饭的。

同样的方向，他没故意跟踪的意思也顺路跟在后面了。

孟妍和那个扎小辫儿的并排走着，距离不远不近。

像情侣，又不像。倒像是男女确定关系之前相互试探暧昧的阶段。

孟妍拿着手机，正给宋诗瑶发消息准备溜号，旁边这人是她表姐给介绍的……相亲对象。

从下午出来到现在，她又不好冷场子，只得全程挂着微笑，笑得脸都要僵了。

说实话，没兴趣。

而且通过一下午的对话，她感觉到这个人对她也没兴趣，只不过不好拒绝她太明显，始终保持着那份绅士风度，坚持要走完一遍看电影吃饭的流程。估摸着晚上回家就会发来一句"不好意思,孟小姐,我觉得经过一天的相处,我们还是不太合适"。

为了让各自都提前解放,她找了个谁都不尴尬的办法,悄悄给宋诗瑶发了条微信,借助场外应援:【给我打个电话,说家里出事了,江湖救急。】

孟妍不着痕迹地把手机揣进兜里,侧头应着相亲对象的话:"啊,是,我其实跟他还是不能比的,他在国外进修过好几年,我入选艺术展多少占点运气。"

宋诗瑶救场给力,电话适时打了过来。

孟妍脚步停下,点了接听:"喂?"

宋诗瑶入戏很深,声音焦急:"孟妍,快回家一趟,'建国'摔倒了!"

猝不及防听见"建国"这两个字她差点笑场,她看了眼身旁扎小辫的男人,才强装淡定地说:"行,我就在附近,马上回来。"

孟妍挂了电话,说得情真意切,颇有点难为情:"那个,'建国'摔倒了,我得回去一趟,今天就到这儿吧。"

对方点了点头,说要送她。孟妍赶忙摆摆手说不用了,让他先去吃饭,她自己回去就行。

许劲知在旁边没多远的地方听见这话,忍不住低下头闷笑了声。

"建国",摔倒了?

她这借口真是欺负人家不知道"建国"是只猫。

等相亲对象走了,孟妍转身就看见许劲知站在那儿,她没事人一样往前走,好像丝毫没为自己刚刚的说辞感到不好意思。

他唇边偏偏还带着未尽的笑意,应该是听到她骗人了,用她此刻的视角来看,那就是一副"我都懂但我不揭穿你"的高高在上。

莫名地让人不爽。

孟妍走过他身边,他也依然没有要走的意思。这几天三番五次地遇见,任谁都觉得奇怪,她秀眉微蹙,侧头看他:"你跟踪我?"

"不是。"他目光看着她,语调疏懒,"我来吃饭。"从小区出来就是这边的美食街。

孟妍看了他几秒,他好像永远都是这个坦然自若的样子,说的话别人也一点看不出来真假。

她匆匆"哦"了一声,往前走了。

事实证明,那个相亲对象也是急着各回各家,她刚进电梯还没上楼,表姐就发了消息过来。

蘑菇表姐：【怎么说，不喜欢？】

蘑菇表姐：【没事，不合适算了，他看不上咱，咱还看不上他呢，等个下回给你介绍个更好的。】

听这意思，那个扎小辫儿的相亲对象应该是已经向表姐这个中间"媒人"委婉地表示拒绝了。

不过正合她意。

孟妍找了个头顶锅盖的小表情发过去：【表姐，我不急着找。】

"你居然还不急着找。"秦远吃了口烤串，坐在大排档苦口婆心地劝许劲知，"不要在一棵树上吊死，好吗？"

秦远说话声音本来就大，烧烤摊这地方人多，旁边桌已经有几个往这边看，满脸写着"我看看是谁又坠入爱河无法自拔了"的吃瓜群众好奇心，最终视线落在许劲知的身上，又惋惜地摇了摇头。

那样子仿佛在说，唉，帅哥，总是情种。

"小点声。"许劲知靠着椅背，不咸不淡地睨秦远一眼。

秦远也就是一时口嗨，在树上吊死不吊死的，劝也劝不住，最开始那两年还让他忘了吧，许劲知回答就是两个字，不忘。

执念这个东西真的害人，得不到的就一直魂牵梦萦。

"现在人家思想都比较开放，越艺术的越开放，倒是你。"秦远说到一半，也不忍心再说下去了。

倒是你还放不下，都八年了，就算守寡也该结束了吧。

桌上烧烤、啤酒，挺惬意的搭配，万千思绪都能淹没在吵嚷声中。

许劲知看着啤酒上那层浅浅气泡，走了会儿神，他不是喜欢孟妍高中阶段那个样子，他是喜欢她。

包括她的从前、现在、以后，各个阶段。

许劲知神情松散，说得云淡风轻："为什么要放下呢？"

日子要一天天往前他阻止不了，但放下，他从没想过。

秦远吃串的动作都顿了一拍，蹭了满嘴油，又匆忙拿纸去擦。

"别说我了。"许劲知不紧不慢地拿着啤酒杯，是直冒水珠的冰啤，透着凉意的液体落进胃里，一阵发涩，"等宋诗瑶什么时候走了，你就懂了。"

"那不行。"秦远立马把纸往桌上一扔，"别胡说。"

他和宋诗瑶从在一起到现在，小吵架有过几次，没闹过分手，也没想过宋诗瑶如果有一天走了，他会怎么样。

晚上街头人来人往，孟妍出门去了趟药店。她整天待在家倒是安全，宋诗瑶忙着找工作，每天在城内到处跑，直接就是往人堆里扎，她闲着也是闲着，去帮宋诗瑶备一些预防流感的口服液。

店里库存不多了，就最后六盒，她全要了，可能附近来买这东西的人少，收银员见她一次买六盒，还跟她多唠了两句。

孟妍结完账正准备走，迎面遇上许劲知，一进一出，她眼神只跟他相交上一瞬就错开，礼貌点了下头便走了。

店员显然没注意那短到微不可察的对视，问他："您好，想买什么？"

许劲知有片刻的失神，半晌才应："她买的什么药？"

店员："是预防流感的，六盒她全买了，你想买的话得等补货。"

许劲知的视线落在货架上，淡声说："不用了，要一盒百乐眠。"

药店买不到安眠药，这种辅助睡眠的也能凑合用。

就一盒，他没要袋子，随手揣衣服口袋里就得了。回去的路上，他接了个电话，电话那头许臣说："明天你爷爷过寿，记得回来。"

他嗓音淡淡："好。"

一通电话结束，十二秒。

当年杨真和许臣最终还是离了，儿子跟了杨真。可能是那阵子儿子接二连三的反叛让杨真想通了，之后也没那么不依不饶地束缚他。只不过两人的关系一直不冷不热，亲近不起来。

许老汉年纪大了，舍不得他这个孙子，大学期间，他只要放假回来就会去看看老头。

第二年，许臣再娶，然后又生了孩子。他这身份夹在中间挺尴尬的，回去的次数也越来越少。

明天爷爷七十大寿，他要是不回去，那倔脾气的老头该不高兴了。

第二天，许劲知见到许老汉时，老头拿了个红色的布包，在小区口排队量血压，测完能领两个鸡蛋。

这么多年，老头还是对鸡蛋情有独钟。

许劲知走到跟前，许老汉看见他，眼睛眯起笑了两声："来了？正好，你也排上队，测个血压就能领两个鸡蛋。"

许劲知看了眼前头红棚子上挂的牌子，两手插兜无所事事："那牌子写着四十五岁以上，我排队测了人家也不给我。"

"那就陪我站着等等，等我测完血压跟你一起回去。"许老汉还为损失掉的两个鸡蛋惋惜了一阵，又问，"最近上班忙不忙？"

许劲知在队伍外面站着，微领首跟老头说话："不忙，这几天休假。"

排在许老汉后面的卷头发大妈眼睛盯在许劲知身上，上上下下打量了一番，出声问："哎，小伙子，你有没有对象？"

许劲知还没吭声，许老汉就已经扭回头，皱着眉跟那大妈唠叨："让他惦记着找一个他也不找，说忙得饭都吃不上哪儿顾得搞对象。"

"现在年轻人都这样，怎么劝都听不进去的。"卷头发大妈一边说，一边点开手机翻相册，"小伙子，我女儿很不错的。医学博士，人也漂亮，我给你看看她照片。"

这红线牵得让人猝不及防，许劲知忙说："不用了，阿姨，我暂且不考虑。"

卷头发大妈停了动作，坚持把最后一句说完："这样啊，那等什么时候考虑了你告诉你爷爷，我们都在一个小区，经常能见。"

许劲知也客套地点头："好，一定。"

又排了三五分钟，许老汉测了血压，心满意足地领上鸡蛋放红布包里，跟他回家。

一进门，许臣的小儿子在屋里跑，拿了个玩具铲车到处推，孩子他妈过来打了招呼。许劲知应了声，但多说一句都显得尴尬。

许老汉端了壶茶跟他去书房坐着，关上门躲清静："听你爸说你现在是搞什么高科技的，大科学家。"

"算不上。"许劲知坐在旁边木椅上，屋里热，松了领口那颗扣子，袖子也往上翻了两折，"就是一打工的。"

外面一阵跑来跑去的声音，还有玩具撞在门上的琐碎声。

许老汉下巴朝门口抬了抬："怎么也比他强，他被惯得不像话，给报的钢琴书法各种特长班，不学就算了，还私下欺负同学，朝老师吐口水，没规矩。"许老汉顿了顿，又说，"你小时候是太规矩。"

许老汉说这话的时候，眼里都透着对大孙子的心疼，心疼他从小懂事，不让任何人操心。

许劲知靠着椅背，笑了声说："小时候规矩，长大了反而没规矩了。"

这叫什么，物极必反。

许老汉给自己倒了杯茶："我听说武尧芝麻胡同那一片要拆迁了，你这两天休息的话回去看看，把有用的都收拾回来。"

"好。"他随口应下。那地方其实也没有能用的东西，剩下些锅碗瓢盆不值钱的，总共加起来都没机票贵。

可能是想到了什么人，他忽然想回去看看。

第十一章

他喜欢蔷薇，自始至终

"上车就走上车就走，差一位差一位。"司机大叔叼着根烟，微眯起眼睛寻找落单人群随机拉客，"武尧武尧，差一位，武尧。到哪里美女，武尧，走不走？"

另一个喊："新区高铁站市区阳光城，走吗美女，上车吗？"

孟妍站在邻市机场门口，背着一个不大的斜挎包。这么些年了，武尧还是没有机场，只能飞到邻市再转车去武尧。

刚才在里头还觉得有些闷，现在出来站在这儿刚喘了口气，耳边就全是各路司机带着武尧方言的吆喝声。

虽然提前做了心理建设，但迎面这个温差还是让人忍不住缩下脖子。

站了没半分钟，有个大叔向她走过来，边走边快速甩出一串方言和普通话各参半的吆喝："宋山南武尧东，美女到哪里？"

对上男人"真挚"的眼神，她想了一下说："武尧。"

话音刚落，她手里的行李箱就被大叔拿了去，对方熟络道："走吧妹子，车在前面，保准晚上十一点之前给你送到。"

孟妍上车前还特意留了个心眼儿，在心里记了一下车牌号。

武E·T3580。

车前副驾驶上有人，她伸手去开车后排的门，拉了一下，没开。

司机大叔正把她行李拿去后备厢，利索放好后"砰"的一声合上，绕过来帮她拽了两下车门，还是没开。

孟妍和他相视一眼。

大叔表情有些尴尬，笑了下说："门这两天时好时坏，明天就修。"

语罢，大叔敲了两下车玻璃，朝里面喊："开下门。"

晚上八九点钟，路灯已经全亮了，隔着车窗，她模糊地看着车后排的大妈挪过来开了门。

车门打开，大叔催促道："上车上车，半个小时就能上高速。"

车程两个多小时，孟妍回到了住了十多年的芝麻胡同。

因为要拆迁，这里不少人已经搬走了，从前热闹的胡同变得冷冷清清，就连巷子里的流浪狗都自带一种忧郁。

当年走得匆忙，好多东西没带走，进院子看着顶上孟重阳当传家宝贝养的葡萄架，也早就枯死了。

到处是死气沉沉的。

她上二楼回到自己的房间，开窗通风。转身的那一瞬，她脚步忽然顿住，刚刚对面那户，好像是亮着灯的。

孟妍又回头看，确实是亮着的，周边好几户都没人在，就正对着亮这么一个，格外显眼。

许劲知，他也回来了？

这个场景很容易让人回想起高三后半年，一个来自大城市满身光环的少年住进了对面，她当时也是站在这个位置，无数次地往对面看，看他那边几点熄灯。

他言语上任何的风吹草动，都足以让她在内心上演一番矫情兮兮的苦情戏。

当年她站在这儿浇花，看见他时，说："苟富贵，勿相忘，许劲知，你要是飞黄腾达了可别忘了我。"

他重复了一遍说，苟富贵，勿相忘。

现在听着挺天真的誓言。

也就十七八岁那个年纪说得出口。

她视线扫过外面窗台，原来摆在上面的那几个努力救活的小盆栽全都不见踪影，可能被大风吹掉砸下去了，现在天黑看不清，也无人知晓。

就算没被吹掉，这么些年没人浇估计也像那葡萄架一样寿终正寝。

孟重阳掐着点儿给她打电话，问她到了没，让她简单收拾收拾先睡一觉，明天把有用的东西拿上，没用的叫人清理出去或者就扔到那儿。

她单手拿着手机，点头答应着，看着眼前不大的房间，却越瞧越后悔回来了。

那枚刻着吉祥如意的寿山石章还躺在桌子上，孟妍上去打开抽屉，把章往抽屉里放。

那里面，更是一抽屉的回忆。

哆啦A梦的挂件、巧克力的糖纸、偷拍的许劲知的照片。

篮球场那张照片背后，有一行稍许褪色的黑色笔迹：

少年热烈如风，肩负万丈光芒。

是她学生时代心心念念的男孩。

现在看着这些尘封已久的东西，她眼底有些泛酸，早知道还会想起来，就不回来了。

孟妍没磨蹭太久，收拾一番后，洗漱，关灯睡觉。

她睡得不沉，半夜醒了一次，隐约听见外面一阵男人咳嗽的声音。

独居的女性，人烟稀少的平房，大晚上忽然听见这么两声还挺吓人的。

孟妍抓过手机看了眼时间，凌晨两点半。

那阵咳嗽声很快停了，她蹑手蹑脚地下床。

孟妍走到窗边，伸手轻轻拉开一道缝隙。外面阳台上的人是侧着坐的，微弓着身，一只手夹着烟，另一只手点着屏幕，似是在玩手机游戏。

椅子还是那把掉漆红椅，只不过红漆掉得更厉害了，游戏像是进入到了什么重要关卡，他把烟咬在嘴里叼着，两只手都放在屏幕上操作。

手机屏幕的光照在他脸上，勾勒出男人的眉眼。

他根本不知道这儿有人，自顾自玩得认真。

买的那盒百乐眠忘了带，许劲知对自己这睡不着觉的毛病是一点办法也没有。

大学时失眠，不好意思打扰室友，半夜时分他就一个人在阳台坐着打游戏。

时间长了，他就养成这种习惯，一睡不着，就去阳台玩手机。

直到困了。

孟妍站在淡绿色的窗帘后，不知道他大晚上是玩什么游戏这么入迷。

她想叫他一声，犹豫了一下还是没叫。

那一把游戏很快打完，许劲知没开新的一局，把那根烟抽完，手机搁在腿上，屏幕是游戏结束的最后一个画面。

他淡淡呼出口烟雾，轻微一仰头，像是在看星星，看了两眼就没了耐心，掐灭了烟，重新开了一把游戏。

孟妍这从小被《安徒生童话》荼毒的脑子，再一次想到了卖火柴的小女孩。

倒霉啊，是从心疼男人开始的。

这话真是一点没错。

孟妍最终也没问他为什么大晚上不睡觉在这儿打游戏，他也始终盯着屏幕，连头都没侧一下。

游戏打到四点多，许劲知才睡，早上八点多醒的，醒的时候感觉身体和脑子都昏昏沉沉。

这段时间工作忙吃不好睡不好，好不容易休个假还天天失眠。他体质算好的，印象里已经有三四年没生过病了，一时都忘了自己这少爷体质本就不太抗冻，北方十一月的冬天已经大降温，他没办法接受那带着霉味儿的被子盖在自己身上，将就睡了几个小时，这会儿有点感冒。

许劲知拿手背在额头上搭了下，应该不烧，普通感冒吃不吃药都能好，撑一撑就过去了。

许劲知平时就不怎么在乎形象，这时候更是没心思打理自己，随手拎了件厚外套便出门吃早饭。昨天来的时候，整条胡同只有他和一只骨瘦如柴的大黑狗，没人看他。

打火机昨晚放阳台没拿回去，现在路过看见，他顺手过去拿上。

孟妍在自己房间草草收拾了东西准备走，她找了一个原本装电饭锅的纸箱，把从前和许劲知相关的小物件都放进去。

她思来想去，没舍得扔，也怕扔了哪天又后悔，所以先打包带走，过段时间想清楚了再扔也不迟。

外面的阳台上倏然传来脚步声，还伴随着几声病态的咳嗽。

孟妍在屋里听着，心下一紧，他是不是病了？

她手里抱着的箱子还没封口，又狠下心肠地想，他病他的，是他要大晚上坐在阳台打游戏的，与她何干。

她只需要找一卷胶带把箱子封好带走，其余的，不关她的事。

只可惜没找到胶带，听见他在阳台那边又咳了两声，她忍了几秒，还是伸手拉开了窗帘。

许劲知穿了件黑色的外套，一圈毛领子看着很厚实，本来都转过去准备走了，听见身后的动静才下意识地回头看。

他看见方格窗户里淡绿色的窗帘拉开，她站在后面。

四目相对，孟妍叫了他一声："喂。"

于是，他顺理成章就到了她这边，在将体温计含进嘴里的那一瞬，许劲知忽然希望自己，要不发个烧？

只可惜他这身体还没那么废，体温计测出来36.5℃，一点不烧。

孟妍拿下来看了眼，一本正经道："哦，那没事，扛一扛就好了。"

她的玛丽苏圣母心泛滥也就到此为止，他不是童话里卖火柴的小女孩，他是要什么有什么的许劲知。

孟妍抱起桌上的箱子说："我要走了。"

他视线看向她手里的东西："这是……"

孟妍刚才去找体温计，箱子没封口，不确定他看到没，这些陈年物件容易让人误会。她瞥了眼纸箱，故意说："没用的东西，拿去扔。"

她站在原地，抱着纸箱又看了许劲知一眼，眼神里仿佛写满了"还不走吗"。

许劲知不是那没眼力的，慢悠悠地站了起来，看着孟妍关窗出门，拔掉临时电卡，直到楼下深红色的大门落了锁。他站在门外看着她抱着箱子走远，没有再跟。

按理说，别人的东西未经允许，他不该看的。

当时许劲知站在木桌前，余光扫过箱子里那些杂七杂八的零碎之物，其中有一张他的照片。

一边从小养成的道德理念告诉他不能随便看，一边不知道什么神秘力量驱使着他伸手，他鬼使神差地把那张照片拿起来。

地点是二中篮球场，他在照片里是一个运球的动态，周围这些人一圈看过去，陈祁也在，他总共就跟这人打过一次球，想记不得也难。

他潦草看过一眼，把照片重新放回箱子里之前随手翻到了背面。

后面有一行褪色的黑色笔迹：

少年热烈如风，肩负万丈光芒。

孟妍当天就回了上海，那整箱子东西到家放在卧室桌子底下，没再打开过。

许劲知没走，在芝麻胡同住了几天。这一片人少得凄凉，他在二楼走到顶头的那个位置，能看见她家院子里的葡萄架已经枯了，是完全救不活的状态。

不过幸好，有活下来的一部分。她原本放在窗台外面的那几盆小绿植，留下也是枯死的命运，他当年瞧见，就都带走了，现在养得还不错。

不过，人忙惯了不能闲下来，忽然一闲，感觉整个人都很颓，一点精神头都找不到，不如早点回去上班。

这天，孟妍换了运动服出门晨跑，她也不经常跑，一周大概跑个三次。

她刚进电梯，左边那户门就开了，许劲知戴了个鸭舌帽走出来，一贯的黑衣黑裤，全身上下挑不出靓丽的颜色。

他似是还没好利索，时不时地偏头咳两声。

她从武尧走的那天跟他说扛一扛就好了，是故意那么说的，看样子他还真是一口药都没吃，就生扛。

他抬脚迈进电梯，不紧不慢地打了声招呼："早。"

有人开了话茬，孟妍也随口提了句："你的画裱好了，连画带框，一共三千。"

现在她就是一个普普通通的插画师，平时也没人找她画这种……人体。等将来她真的成名，她的画可就不是这个价了。

他随手摁了电梯关门键，清了清嗓子说："支付宝还是什么？"

"支付宝。"孟妍看着逐层下降的电梯，拿出手机点开了收款码。

只有两人的电梯里，一交一付，赶在电梯开门前完成了这个交易。

实话实说，她在这个男人面前表现出来的淡定，多少是装出来的，年少的喜欢，哪那么容易忘。

出了单元楼，孟妍把手机收起来，嘴里那句"再见"转了几圈，出口的瞬间换成了另外一句："我先走了。"

今天晚上，许劲知他们团队的能源项目通过，为了犒劳他们这些人前段时间的努力，组长请客办了场庆功宴。

平时这种场合，许劲知都是不参与的，但今天他倒是准点到了。

大智出门前特意打扮了一番，还去理发店给头发吹了个造型，眼镜一摘戴上隐形，看着还真帅气不少。

大智进来看见许劲知坐在角落，还以为自己看错了，多看了两眼才确定真的是许劲知，便伸手打招呼："哥，来了。"

"嗯，闲着也是闲着。"许劲知说话间大智已经到了跟前。

许劲知平时比较低调，团队这些人里没几个知道他是富二代，只觉得他工作挺拼的。

大智平时很少收拾得这么精致，忍不住跟他炫耀："哥，看我这衣服，女朋友买的，怎么样？"

许劲知偏头看了眼，唇边闲闲噙着抹笑："比你买的好。"

女朋友给买的衣服,穿上都自带一种小情侣腻腻歪歪的幸福感。

他脑子里忽然就想起曾几何时,有个姑娘送了他一件NBA的球衣。

白色的,数字是"8"。

她都没见过他穿上那件球衣是什么样儿就走了。

夜间酒场中,思绪像是滚落的毛线团,忽然有人揪住一端毛线头,然后便一发不可收拾。

在她箱子里看见的那张照片时不时就出现在他脑子里,她到底从什么时候就喜欢他的。

他读书那会儿还真就榆木脑袋。

一向喝酒有度的许劲知,今晚难得放纵,不小心喝多了酒。

但他这人将"人模人样"这四个字贯彻到位,就算醉酒也不会失态,步子走得很稳。

散场之后,许劲知没急着打车,站在酒吧门口翻着手机通讯录,找出上次只拨了五秒的那串号码,抱着试试看的心态,又拨了一遍。

孟妍在家正忙着,没顾上看就随手点了接听,也没说话。

就这么安静了四五秒,那头的声音低低沉沉透着哑意,通过听筒传过来。

"孟妍。"

熟悉的声音让孟妍怔了几秒,匆忙挂了电话。

但某人好像很执着,又打了一次。

许劲知坐在酒吧旁边的台阶上,左手拿着手机,听着里面的"嘟嘟"声。他另一只手里拿了个打火机摁一下松一下,百无聊赖,看着打火机上蹿出的火苗有一瞬的失神。

他十八岁的生日愿望还没有许,现在后悔了,还能不能补一个?

孟妍盯着屏幕上那串数字看了很久,还是接了。

她沉默着不说话。

许劲知隔了几秒才反应过来这电话通了,愿望灵验,怎奈想说的话太多,到嘴边只剩下一声她的名字:"孟妍。"

她没应,他又叫了声她的名字:"孟妍。"

孟妍举着电话贴近耳朵,沉沉呼出口气:"不说我挂了。"

许劲知微低下头,自嘲般勾了勾嘴角,鼻腔里哼笑了声:"你到底什么是骗我的。"

他像是喝酒喝得神经质了,八年前陈芝麻烂谷子的事儿还捡出来说。

就因为她消失的前一天晚上凑近他耳边说了句悄悄话,她说许劲知,

· 219 ·

我骗你的。

没头没尾，却让他念念不能忘。

许劲知隔着手机的一句话，让两人的记忆都回到离别的那个晚上。

时间过去这么久，她其实也记不清了，就记得自己和他吃了碗馄饨，一碗要葱，一碗不要，回去的路上跟他说要走了，不回来了，又怕离别的场面太伤感自己忍不住想哭，她哭起来很丑，不想让他记得，于是匆忙改口说，许劲知，我骗你的。

她记得她明明故作大方地进了那扇深红色的大门，又忍不住退出去看。那天少年立在灯下高瘦挺拔的背影，是她悄悄偷看他的，最后一眼。

孟妍握了握手机，努力稳下情绪："我忘了，不记得。"

许劲知刚想说话，又止不住一阵咳嗽。他分不清是酒劲儿还是执念，固执地要向她问个明白："孟妍，你什么是骗我的，哪句是骗我的，怎么就是骗我的，你说清楚。"

他声音不大，一句话说到最后，哑得快让人听不清。

孟妍垂在身侧的手攥了攥衣角，停顿了一小会儿，还是答非所问："前段时间画展上我看到的那个人，是你吧。"

虽然是个问句，但她说得笃定，就算他隔得远，戴口罩，她也不会看错。曾经在脑海中日日夜夜仔细描摹过的眉眼，她怎会认错。

他沉默了一瞬，应了声："是我。"

"咱们也算山水一程，各自安好。"孟妍握着手机的骨节泛白，才没叫声音露了馅，"你问我从前什么是骗你的，我也记不得了。"

她说完这几句话就急忙挂了电话，没给彼此任何回旋的余地，也怕自己一个没忍住，带出哭腔。

这一次，落荒而逃的依旧是她。

他坚持不懈打了第三次电话，孟妍点了关机，她不敢再接了。

孟妍没接许劲知的电话。

又过了半个小时，外面有人敲门。

她在门内显示器上瞧了眼，是许劲知。她不接电话，他就追到门口，她今天要是不开这个门，他就有种不罢休的架势。

他又何曾这样执着过。

孟妍想了想，还是把门开了。

站在门外的男人浑身酒气，身上难得显出几分落魄。此刻门忽然开了，他才抬起眼，墨色的眸子细细看着她，一瞬不移。

孟妍猜他醉了，帮他指了下："你走错了，那边才是你家。"

她不闪不躲，帮他指路。他也不知道自己到底在干什么，当真是疯了，他嘴里念着她说的话，忽然微垂下眼，淡笑了声："山水一程，各自安好。孟妍，你倒是当真潇洒。"

她手握着门把，看着他说："许劲知，你醉了。"

他点了点头："是，我醉了。"

许劲知在门口站了两三分钟，就往自己那边去了。

孟妍看他醉得厉害，脸色也很差，她的铁石心肠终究没撑过一晚上就失了效，忍不住让宋诗瑶托秦远来一趟，算她再心软一次。

秦远正巧在接宋诗瑶下班，刚接到人，两人一传话，就一起过来了。他之前就知道许劲知房门密码，都不需要问。

秦远进去没五分钟就出来了，路过这边来问了句："喝了酒能吃退烧药吗？"

宋诗瑶进门也没多久，忽然被这么一问，也不太确定："不能吧。"

孟妍刚从冰箱里拿了瓶酸奶，盖子打开，听着门口二人的对话。

事实证明，人心软无度。

她当时还不太清楚，这种感觉准确说叫心疼。

半个小时后，宋诗瑶拿着两样饭盒，叫秦远出来拿。

"什么？粥？"秦远开门见她站门口，瞎猜了两句。

这饭盒看着跟外卖盒子一样，就是没包装袋，也没贴条儿。

宋诗瑶叹了声说："孟妍做的。"

孟妍平时不忙，喜欢自己做一些东西，做多了不好保存，就买了很多这种一次性的饭盒。

秦远看了眼那头紧闭的门，他这个局外人看得清，比谁都急："你说这两人能不能痛痛快快说句话，看得我都憋闷死了。"

许劲知喝了酒不能吃药，但他看着跟没事儿人一样，除了偶尔咳嗽两声，真看不出这是又醉又病的。

秦远来都来了，就没回去，在这儿睡的，第二天一大早就往外走说去买退烧药。

"别麻烦了。"许劲知也是刚醒，敞着腿坐在沙发上，微弓着身，乱发遮眼，他看了眼秦远说，"我这烧都退了。"

秦远在门口鞋都穿上了，听见这话又折回来，半信半疑，还伸手探了一下，确实退了。

不得不说，平时多锻炼还是身体好。

许劲知往跟前看了看，记不得昨天手机放哪儿了："几点了？"

秦远刚看过表，答得很快："七点半。"

许劲知稍微醒了醒神就站起身，秦远看他这是要准备出去，随口问了句："去干什么？"

他还在四处找手机，随口道："上班。"

秦远一时语塞，卷王竟在我身边。知道劝不住，他也不说别的："昨天晚上那粥，我放冰箱里了，我帮你热一下，吃了再走。"

"我去外面买现成的不就得了。"许劲知总算从一个角落把手机拎起来，过去摁了下发现没电了。

秦远话到嘴边又不能说，只得十八般武艺全用上："我劝你最好还是吃了，不然你会后悔的。"

许劲知不再说，吃就吃呗，等微波炉热好了端出来，味道确实还不错。

秦远这些年没有早上吃饭的习惯，只偶尔吃吃，拿了瓶水在旁边看着他，忽然问："你跟我说句实话，是不是还惦记她？"

许劲知抬眸看他一眼，也不否认："是。"

秦远性子急，添油加醋给他制造紧迫感："那你倒是主动追啊，我听宋诗瑶说现在追她的人可是排着队的，说不准就被谁乘虚而入了。"

"你以为我不想。"许劲知拿勺子在碗里打圈，不紧不慢，"我每次见她，话说不到十句，她就明里暗里赶我走。"

秦远的视线落在这份粥上，有些话宋诗瑶交代过不让说，他也不好点得太明白："那也不能放弃，主动点。"

许劲知没有抬头，秦远又补了句："就凭我和宋诗瑶在一起五年没闹过分手，信我一回。"

虽然是句有力的证明，但许劲知听着莫名扎心。

秦远和宋诗瑶五年腻腻歪歪没分过手，人比人真是，比得让人直想叹气。

许劲知吃完粥，忽然又请了假，说生病了，去不了。

孟妍半上午出的门，出去买菜。许劲知站在电梯口，穿得整整齐齐，不知道是准备进电梯还是刚出来，或者是守株待兔。

一层两户，他早上下去买了感冒药，然后就在这儿等，宋诗瑶已经去上班了，还跟他打过招呼，现在听见声音，只能是她。

许劲知侧了侧身，视线朝这边看过来，等人走到电梯口，他开口说："对不起，昨天，喝多了。"

他喝酒不断片儿，昨天发生的事他现在全都记得，像个小孩欲求不满，幼稚得很，要是清醒时他也绝对问不出那些矫情到不行的话。

孟妍昨晚开门，酒气窜入鼻息想都不用想也知道他喝了多少。对于他电话里执着的问题，她此刻才给了答案："当时我说我要走了，又预感到离别太伤感，所以，才说骗你的。"

就这么简单。

许劲知神情微怔，电梯门在跟前"叮"的一声打开。

二人乘电梯下楼，她往旁边农贸市场走，许劲知两手插兜跟在后面，像个贴身保镖。

许劲知果真跟她进了市场，他像是有话想说，憋了一路又不知道怎么开口。看着她去买菜，他也都买一点，最后买了两兜子菜回去，没一样会做的。

他的厨艺仅限于泡面放个荷包蛋，散了和完整的概率五五开。

电视打开，是前段时间青年艺术家展的采访视频，许劲知手里掰了根芹菜，寻思这玩意儿能怎么吃。

听着电视机里各种采访，直到画面切换到《山水一程》，记者说这画本来叫《蔷薇少女》，后改名为《山水一程》。

他抬起头瞧了眼，孟妍在镜头前，落落大方："《山水一程》，此画以纪念我一厢情愿的单恋。"

许劲知盯着屏幕，空旷的屋子里只听见他低声说了句："是不是一厢情愿，我证明给你看。"

他喜欢蔷薇，自始至终。

孟妍收了许劲知三千块钱，那幅画裱好了却迟迟没能给他拿过去。

不当面送放门口就走的话，感觉像是在门口扔了个垃圾，怎么看都不像三千块钱。

她在家里拿出那幅画看了两眼，收钱办事，还是给他送过去吧。

孟妍穿着粉色的睡衣，帽子后面还有俩毛茸茸的兔耳，拎着画过去敲门，敲了半天，又等了会儿，人没在。

得，这可不是她不送上门的。

孟妍把画放他门口，靠门立着，还往上贴了张便利贴，潦草写了几个字：许劲知收。

主要是怕被小区里定期清理楼道的保洁给清出去。

她回去刚洗了半盒草莓，手机响了，匆忙擦掉手上的水过去接电话。

· 223 ·

孟重阳在电话那头有些着急:"阿妍,这个车跟别人蹭了怎么办?"

"爸,你人没事吧?你来这儿怎么也不跟我说,开的什么车跟人蹭了。"孟妍听着也皱起眉,往卧室走准备换衣服。

孟重阳说:"开的共享汽车,但蹭了人家的,人家这车看着可不便宜。"

"爸,你先跟他协商怎么办。"孟妍打开柜子随便抓了件衣服出来,"先不说了爸,地址发给我,我马上过去,我跟他说也行。"

孟重阳就是典型的女儿奴,这才离开几个月,大老远来了也不告诉她。

他在这儿租了个房子,七八十平方米,自己住绰绰有余,说安顿好了再把她妈妈也接过来,跟女儿看看大城市是什么样。

租的这房子地段不繁华,好在周围该有的都有,平常买菜做个饭也挺方便。

许劲知坐在沙发上,虽然屋里就他和孟重阳,但他怎么坐怎么拘谨。

"人老了在家闲不住,闺女在这儿,没事我就想着过这边来,离闺女近点。"孟重阳拿了盘橘子往外端,这么多年没见,蹭了车也是许劲知先认出来他,还叫了一声"孟叔",听人一声叔也不能白听,这就把人领家里来了,"不用坐这么拘束,怎么还跟高中那会儿一样。"

高三后半年,都还住在那芝麻胡同里,孟重阳为人热情,许劲知也没少去蹭饭,脸皮都厚了不少。

孟重阳从果盘里拿了个橘子给他:"这个甜的,早上刚买的。"

"谢谢孟叔。"许劲知客气地接过,再放下好像也不是,就拿在手里剥。

孟重阳接了个电话,那边是此起彼伏的喇叭声,孟妍说:"爸,你人在哪儿,我到你发给我地址上这个路口了,没见到人啊。"

"哎呀。"孟重阳年纪大了忘性也跟着大,这才一拍大腿,"就忘了跟你说了,解决了,你来都来了要不就再往前走走,爸在这儿租的房子,春光小区进来第一栋,十二楼,你上来一起吃顿饭。"

人没事,对方估计也是个好说话的主,赔偿归赔偿,没为难人就好。孟妍虽然白跑一趟,但也算松了口气:"好,爸。"

就这么一块地界,孟妍硬是弯弯绕绕走了好多冤枉路,找了半个小时才找到春光小区。

孟重阳给她开门的时候她人还没进屋,就听见里面一阵乒乒乓乓的声儿,像是谁在修什么东西。

孟重阳侧着身朝厨房的方向喊了句:"小许,要不我先做饭吧,你就留下吃,人多也热闹。"

她站在客厅，脚步倏然一顿。

小什么？

尽管这个可能性微乎其微，她还是循着声音往那边看去，许劲知在厨房微弯着腰，袖子挽到手肘。

如果她没看错的话，他是在修洗碗池的水管。

在她印象里一向金贵高不可攀的许少爷，这会儿在老孟租的旧房子里，弯下身，专心致志地修水管。

许劲知拿旁边的抹布擦了下台面，又开水龙头试了试说："修好了，不漏水了。"

孟重阳看着他，挠了挠头笑了两声说："真不好意思，我剐了你的车，给钱你不要，我说都到门口了，那上来给你做顿饭吧，结果你还帮我把水管修了。"

许劲知把手擦干净，表现得谦逊有礼："举手之劳，不麻烦。"

他坐在那儿，两个大男人干瞪眼也挺尴尬，孟重阳要动手修水管，他在旁边看着不如动手修了，也不费事。

孟重阳上午是买了菜的，这会儿戴着围裙洗菜去了。

不大的房子，孟妍进来一会儿也听明白了，孟重阳今天是蹭了许劲知的车。

看见这"其乐融融"的画面，不知道的还以为许劲知是他亲儿子。

当年他们之间那一场短暂的恋爱，短到都没来得及告诉孟重阳。

孟重阳也只当他是闺女的同学兼邻居。

今天许劲知是老爸叫回家的客人，她总没理由再把人赶出去。

这段时间许劲知确实反常，偶遇次数多到不像是单纯的偶然，孟妍这么大人了，不至于一点都察觉不到，就比如现在，她不信许劲知真是为了来蹭顿饭的。

许劲知坐在旁边，中间跟她隔了有两个靠枕的距离，尽管他人没什么大问题，但偶尔抵着唇咳两声就显得病恹恹的，尤其是昨晚还发过烧。

那此刻出现在这里，就更不应该了。

孟妍也拿了个橘子剥，犹豫再三，她偏头看他一眼："我可不可以理解为，你在追我？"

孟重阳在厨房洗菜，水声很大，听不见客厅二人的对话。

许劲知漆色的眸子看向她，声音闷闷的："嗯。"

她其实还想接着问一句，为什么？因为久别重逢，还是脑子一热心血来潮了。

孟妍想了下当年两个人为什么分开，矛盾吗？倒也没有，就是她走不近他，尽管当年人就牵在手里，却还是觉得中间隔着距离。

时间过去很久，她也不是当年那个什么话都往心里憋的小姑娘了，现在她完全可以大大方方地跟他讲，那好啊，许劲知，咱们谈吧，当年没谈到一场痛痛快快的恋爱，我不甘心。

但又觉得久别重逢的故事真的还能圆满吗？与其当了情侣又分手，最后双方撕破脸吵得面红耳赤，拿最锋利的话刺向对方最痛的软肋，不如就让它停留在十八岁那年未尽兴的遗憾里，静观岁月静好。

让他永远是照片里那个意气风发的少年。

怎么选都有得失。

想了会儿，她也没想明白，就只知道一点，怎么办，还是喜欢他。

吃饭的时候，孟重阳往桌上摆了好几个菜，其中有两盘上面撒了葱花。

孟妍跟许劲知对面坐着，看他筷子全程没往那两盘里夹一下。那两盘放得远，孟重阳以为他够不到，还把那两盘往前推了推，给他夹了两筷子："这个还不错，我这出去盘个店都能开饭馆儿。"

许劲知点头说着谢谢，把夹进碗里的都吃了。

可能就是从这天起，他在行动上发生了某种微妙的变化，蔓延至各个方面。

许劲知不再像之前那般随意，每天出门都是精心捯饬过的。

吃了两天药，感冒就彻底好了。那幅价值三千裱好的画，他本来随手放在客厅，但又过于显眼，导致他过来过去都能有意无意欣赏到自己的"半裸体"。

许劲知看不下去把它转过去朝墙，只看背面，世界和平。

最近工作不忙，大智还有心思买了一小盆多肉。因为见过许劲知养了一整个阳台的大小盆栽，心想这哥可能是个这方面的能人，这会儿端着过来问他这小东西怎么养能活久一点。

许劲知之前还真做过这方面的功课，甚至买了几本《论如何养好家中绿植》系列科普书。

多肉不算难养的，许劲知简单跟大智说了一下，大智怕自己忘了，贴了个条在花盆上，提醒自己间隔浇水。

大智放下东西，把笔还回来，视线上下看他一眼，觉得好像有什么地方变了，又好像没变。直到半上午去茶水间倒了杯水，回来视线再次落在许劲知身上。

这回忽然知道了，这哥，终于正视自己的颜值，开始打扮了。

许劲知的长相和身形都很出挑，平常不精心打理，就那么糙着，也是人堆里最显眼的那个。

这两天捯饬起来，就显得有点过分"妖艳"。

引得办公室女同事路过不路过都忍不住往这儿看两眼，出去吃饭更是一路上招蜂引蝶。

宋诗瑶也在这附近上班，中午和孟妍约个饭，还是上次那家烤鱼。门口那个兼职发传单的大学生不干了，店里点单上菜的服务生不论男女，颜值都起码能打上八分。

不得不说，老板在这方面拿捏得挺明白，好看的事物谁会不喜欢呢，平时买水果也会挑长得漂亮的那个买吧。

许劲知在路边停了车，大智说这儿有家味道不错的烤鱼，心心念念了一上午，到了才发现是上次路过没进去的那家。

当时门口还有个兼职的大学生，今天也没在。

之前没来过，许劲知进去才发现，店里服务生的颜值明显高于行业水准，再看看菜单上的价位，估计这菜品起码有一小半的钱是付给这份"赏心悦目"的。

点完了餐，旁边出来进去的女学生止不住侧目，大智终于忍不住说："哥，你这两天很不一般，忽然打扮起来我还有点不适应。"

许劲知的视线根本都没往旁边瞧过，倒了杯水，是苦荞茶。他拿起杯子，不紧不慢："年纪大了，不捯饬不行。"

还不是为了能让某人多看他两眼，至少不能让别的小年轻给比下去。

虽然俗，但确实管用。

孟妍一顿饭那眼睛盯在他身上就没移开过。

她从没见过这个男人这么"花枝招展"。

宋诗瑶坐孟妍对面吃着烤鱼，也发现她那眼神没挪过地儿，顺着往后瞧了眼："看什么……"

话说一半就卡住了，这个角度看过去，是许劲知和另一个朋友或者同事的坐在那儿，只能看到侧面，看不到正脸，但完全可以确定那就是许劲知。

而且这穿着，怎么说，越来越往那种"渣男"的方向发展了。

孟妍吃了口菜，拿筷子朝那边指了指："你不觉得他最近有点怪吗？"

事出反常必有妖，那天说要追她，莫非是广撒网、多捕捞，再挑几个乖的进鱼塘？

她脑子里思绪理不清，许劲知不是那样的人，可能她最近看那种娱乐八卦看多了，不自觉就跳出这么一个想法。

过了会儿又觉得有点扯，他都不需要打扮，就以前那样儿，只要他想，就不愁追不到妹子，何需这么大费周章。

孟妍吃饭慢，看着许劲知他们那桌吃完先走了。他吃饭真就是吃饭，专心得不行，偶尔跟旁边戴眼镜的同事说两句话，迅速解决完这一顿，全程没往别处看，自然也没发现她。

晚间，孟妍懒得做饭，下楼吃了现成的回来，正赶上下班高峰期，等电梯的人多，她视线从周围的七八个人里扫过，一眼就看见了许劲知。他身上穿了件非常有设计感的蓝白外套，松垮垮套在身上，宽松的休闲裤，一只手插在兜里，一只手拿着手机，微低着头。

头发长度适中，碎发略微遮着眉睫，眉尾有颗淡色的小痣，以前没发现，这么一瞧，许劲知还真是归于斯文败类那堆里。

原来是一脸"别靠近我"，现在穿成这样就变成了升级版"想好再来，我可渣得不行"。

许劲知在回别人消息，没看见她。孟妍站在最外围，等了会儿等得着急，想着跟他一会儿进电梯里面面相觑，不如再去超市买点东西，明天可以做些小吃甜点。

她这么想着，就匆匆退了出去。

超市里人很多，有大爷大妈下来遛弯儿的，也不买什么，就买两根葱，主要是走走路，逛一逛。

还有下班接了孩子回家赶着做饭的，来买买菜。

孟妍推着车不紧不慢地逛，在卖奶酪那一片货架前，她的推车跟人碰到了一起。

她手里还拿着包奶酪，抬头去看，对方高高壮壮，以前青涩的面孔也变得成熟，是体委。

对方叫了她一声："孟妍？"

恕她没良心，一时忘了体委叫什么名字，只得笑了声说："这么巧。"

梁柏彦也是乐呵呵的："我这正准备走呢。咱班主任，杨哥，跟几个学校老师来这边培训学习，叫了几个学生说晚上聚一聚，你来不来，我车在外面，正好把你捎上。"

孟妍隐约记得，昨天宋诗瑶跟她提过这么一句。她现在正好没什么事，就答应了："那结完账，我先回家放一下东西，我就住旁边，很快。"

她答应这么迅速，是压根儿没想过许劲知会去。

· 228 ·

结果，她跟体委一起进了包厢，第一眼看见的就是许劲知。

秦远平时穿着就挺花花公子的，现在坐他旁边，还是花得逊色一筹。

这里面总共也没多少人，他们那一届的学生在这边上班的除了许、宋、秦她经常见到的这三个，就只剩体委和另外一个男生。

再就是班主任，杨启超。

当年叫杨启超"杨哥"，现在看着两鬓头发都白了几根，听说后来几届的学生都叫他"老杨"了。

学生不论过多久都是学生，她见了面打招呼还是说："老师好。"

毕竟有老师在，他们聊的话题也不会太过火。孟妍挨着宋诗瑶坐，守着一盘瓜子，一边嗑一边听。

听说自他们这一届之后，二中好几年都没出过一个清华或北大，直到去年才有一个男生，去了北大，也是杨启超带的班。

杨启超还谈了谈自己的女儿，今年刚考上了市一中。孟妍一直觉得老师是个很神奇的职业，他们的子女十有八九都是学霸。

可能是基因传承。

最后还问了问他们现在各自的工作，都在干什么。这几个人有在国企的也有私企的，只有孟妍一个自由职业人。

还和从前在班里一样，数她特殊。

今天出门本来就不算早，聚会一个小时出头就结束了。散场的时候，她在大厅等宋诗瑶，杨启超从走廊拐出来碰见她，忽然神神秘秘指了指前头："你跟那个状元现在还有联系吗？"

许劲知和秦远站在几米开外，她侧头瞧了眼许劲知的背影，顿了一瞬，摇摇头说："没有。"

杨启超还挺可惜："真不联系了？当年我其实感觉出来你俩有苗头，也没过多干预。"

孟妍低下头笑了一声。就算当年杨启超阻止，也不会出现电视剧里棒打鸳鸯的戏码，许劲知那时候就知道自己想要什么，他清醒上进，前途坦荡，没有任何事情能影响他。

"孟妍"这个名字出现在他的青春里，不过是他浓墨重彩的十八岁其中一个算不上重要的分支。

不像她的十八岁，是一场患得患失的独角戏。

"毕竟二中几年来不了一个好苗子，我对他印象深，那会儿高三后半年刚开学第一次测验出了成绩，我在办公室排座位表，本来想让他和宋诗瑶坐一起，两个成绩好的在一起，肯定是遇强则强，但他来问我，第一能不能挑个座儿。"杨启超回忆说,"他说前后无所谓,坐后面看不清黑板可以戴眼镜,只要坐在你旁边。"

孟妍神情微怔,手攥了下背包带子,一时没反应过来。

原来那种班级第一和倒数第一坐同桌的偶像剧桥段,从不是机缘巧合地发生在她身上。

是人有意而为。

这话怎能不让人多想,所以他那时候,是有喜欢过她的对吗?

杨启超像是拿着上帝剧本,解读着从前青葱岁月里少男少女那点心照不宣的秘密。

一语点破,让听的人心里泛起层层涟漪。

只是这点涟漪非常持久。

她和宋诗瑶从大厅出去,外面路边停了两辆车,一辆是体委的,一辆是许劲知的。

梁柏彦不知道她和许劲知住对门,想着自己把人从超市接来了,怎么也得把人送回去,就半降了车窗在这儿等。

许劲知也开着窗,副驾驶坐着秦远,那句载她一程还没说出口,就看见她拉开梁柏彦的车门,坐了进去。

宋诗瑶站在原地,左右为难。

秦远侧头看了眼许劲知。许劲知胳膊搭着窗沿,眼睛盯着前面梁柏彦的车,下颌紧绷,明显是不爽。

秦远怕被这涌动的暗流波及,急忙拉上外套拉链,先走一步:"先下了,我就先下了。"

后半句"我去和我家瑶瑶约个会"也及时咽了下去,以免刺激到某人成了火上浇油。

秦远下车牵上宋诗瑶:"走走走,我又饿了,再陪我去吃点。"

宋诗瑶没弄清这是个什么局势,还扭头看了一眼才说:"都几点了,你不怕发福是吧?"

许劲知的车在梁柏彦后面,看着前面动了他才跟着动的。

老同学聚会,无非就是谈谈当年,聊聊现在,再相互说一下这几年都在干什么,上学,上班,考研,考编,说来说去也就这几样。许劲知也是今天才知道,孟妍早在五年前就和宋诗瑶联系上了。

他不算故意跟,路就那么宽,和梁柏彦的车始终不远不近,最终两人一前一后进了小区,又看着梁柏彦倒车走了。

现在不比晚高峰,要上楼等电梯的就他们俩,许劲知想不明白那个劲儿,跟她乘电梯上去,看着数字逐层往上,半晌才说:"当年,为什么走,早就联系上宋诗瑶,也不联系我。"

他嗓音淡淡的,没有埋怨的意思,像是未知的谜底给人留下的执念,就是简单地想问,就是想知道。

宋诗瑶在清华,他也在,但凡她有心,问宋诗瑶要一下他的联系方式,一点都不难。

但她没有,走了就真的杳无音信。一开始他问宋诗瑶,宋诗瑶是真的不知道她在哪儿,后来知道了,两人串通一气不告诉他。

她去读美院,就他像个傻子一样守着师大走了一圈又一圈,师大校园的宿舍、操场、食堂、报告厅,路线他摸得比自己学校还熟悉。

就想着哪天万一能偶遇。

只可惜,她人根本就不在,怎么可能遇见。

许劲知那拿人的嗓音问出这句话,低低沉沉的,莫名地透着点受伤和委屈。

孟妍没回答他的话,只是扭头看他,忽然说:"许劲知,你敢和我接吻吗?"

话没过脑子就说出来了是一种什么样的体验?

孟妍说完才慢半拍地反应过来,这句话里指名道姓都包含了一些什么。

孟妍不自觉攥了下衣角,安静几秒,心跳也随着气氛加快。这种久违的情绪像极了曾经在楼梯口故意放慢脚步,只敢悄悄偷看他的瞬间。

如今这个人活生生地站在这儿,扪心自问,她怎么也做不到"甘心"二字。

当年为什么走说与不说都没有意义,无非就是家里有事和他不喜欢她,但她从杨启超那里听到的,让她现在非常矛盾,也很拧巴。

像是被一股绵软的力撕扯着心脏,急于找到一个突破口作为宣泄。

许劲知沉默了一瞬,漆色的眼睛看着她。可能场景跳脱得太快,让他一时没接上话。

电梯上升到二十一层,电梯门"叮"了一声后缓缓打开。

孟妍跟他对视着,眼睛里是一种跟他势均力敌的气场,认真且执着。

她攥紧衣角,索性豁出去了,看着他说:"许劲知,胆小鬼。"

这话有理有据,当年他们在一起的那段时间,总共就接过两次吻,还都是她主动吻的他。

她不等他应答,转身往外走。

· 231 ·

身后，许劲知长腿迈出电梯，伸手拉住她的手腕。

那个吻是怎么开始的，她不记得了，只记得她被拉住手腕，肩膀被人抵住，后背就贴上瓷砖铺满的墙面。

许劲知的吻落下来，冒失也莽撞，在细细绵绵的啄吻声中含了下她的唇，他一只手撑在墙上，另一只手也没敢乱放，随意地垂在身侧。

她不善接吻，手环上他的脖子，耳边是他开始乱掉的呼吸声，感受到那股灼灼温软的热气，一紧张，总不自觉会咬到他。

他的吻落在她唇上，落在她唇边，又落在她额头，像是某种未完成的遗憾。

楼道窗户半开，外面的凉风窜进来，仿佛让人回到了从前开满蔷薇的芝麻胡同，四处回荡着油烟和狗吠。

在高考结束的那天夜晚，凉风阵阵，吹动她纯白的裙角，浅淡月光下，她牵着他的手，踮起脚，吻在了他的额头。

此刻，他的吻透着生涩，频频被咬也不吭声。等这个缠绵的吻结束，孟妍看见他嘴角破了一点，应该是被她咬的，她伸手蹭了一下，指尖落了抹红。

许劲知立在灯下，嗓音低沉沙哑，气息还有点紊乱："不能告诉我吗？"

他还在纠结刚才的问题。

"当时家里有事，我爸胆小，怕我被人寻仇报复，必须连夜走。"她沉默了一瞬，抬眸看他，"你问我为什么不联系你，当年我都没有感受到你的爱意，我又怎么好意思再回头纠纠缠缠的。"

那样最不酷了。

因为没有感受到被爱，她当了盛夏里的逃兵。

许劲知眼睛跟她对视着，他倒也没那么拿自己当回事儿，不是说分开了她就必须得回来找他，是她走得太干净了，他倒是想找，却怎么也找不到。

只能像一个穷途末路的赌徒，寄希望于她回来。

孟妍话说清楚了，指了下他的嘴角："刚才这个吻，别误会，你就当成是行为艺术。"

要不然她也不知道怎么解释。

是今天听到了杨启超说的那件事，她忽然想探探许劲知这六根清静的唐僧皮囊底下，到底藏了几分暧昧缱绻的男女之情，也是想试试他爱她究竟有几分。

当初她喜欢许劲知多少有点那个年龄段小女生的慕强心理，谁叫他在那个落后破败的小城里闪耀到熠熠生辉。

虽然她资质一般,但好在她足够努力,在自己的行业中也做到了出头的那一批。她现在不是当年那个胡同里黯淡无光的差生,她这些年也陆续见过很多和他一样优秀,或者比他更优秀的人,但那些人都没法令她心动。

她非常清醒地知道自己现在对许劲知的喜欢不是慕强,只因为他是许劲知,仅此而已。

许劲知破了嘴角,隔了两天还是能看出来,大智问他:"哎,哥,你这儿怎么破了?"

许劲知也没拿"上火"或者什么别的借口搪塞,靠着椅背不紧不慢地翻了两页资料等着下班,淡淡地说:"行为艺术。"

这四个字他还特意去百度百科查了下是什么意思,大概理解下来就是,接吻对象是他也行,换成别人也行,她就是忽然想接个吻。

拿他凑个数。

听起来挺"渣女"行为的。

孟妍正在家喂猫,一边喂一边絮絮叨叨"建国"掉毛,活像一吹就散的蒲公英。

喂完猫,她洗干净手,拿出之前收藏好的蛋糕视频,照着步骤一步步做。

等她把调好的东西倒入烤盘,放进烤箱,才开了电视去追剧,最近青春剧大热门,谁演谁火。

看着剧里穿着校服的男女主角,上课背着老师在下面传小字条。这种幼稚举动也就那个年纪干得出来,还以为老师在上面看不见。

剧里响起一阵下课铃,门铃也同时响了,她还以为听岔了。隔了几秒门铃再响,她才起身过去开。

许劲知站在门口,应该是刚下班。他稍抬起手,手里拿了两张烫金边的邀请函,看向她的眼神带着邀请和询问:"周末,一起去看个展。"

这个展的邀请函不好拿,她身为业内人士想托朋友要张这个还是挺容易的,但是许劲知拿到了,多少是费了点心思。

孟妍伸手接过,某人就从她身侧直接往里走:"这什么味儿,煳了吧。"

她站在原地仔细闻了一下,哪儿煳了,这明明是蛋糕的香味好吗!

他借着这句瞎话,非常顺理成章并且十分好意思地进了她家,"建国"也是个人来疯,好几天没见过生人,这会儿见了人就往上贴,"喵喵"叫着求抱。

他把猫从地上抱起来,"建国"非常小鸟依人地趴在他肩头,孟妍真的很想念一句,"建国",你可是只公猫。

想到上次,孟妍还往他脖子上看了两眼,已经看不到痕迹了。她好心提醒了句:"你最好别逗它,抓伤了我不负责。"

她就差把"我不负责"这几个字写脸上了,我提前告诉你了,我的猫抓伤你我不负责,我和你接吻我也不负责。

她忽然觉得自己才是那个"你想好再来哦,我可渣得不行"的人。

许劲知单手托着猫,以免它掉下去摔着,瘦长指节淹没在它的绒毛里,若隐若现。

电视里的青春片正播到男主趴在桌子上睡觉,女主心不在焉地转着支笔,最终还是伸手,使坏般摸了下他的头发。

她曾经也这么干过,记忆交错,从前那张脸跟抱着猫坐在沙发上的男人重叠。孟妍过去拿起遥控器,随便调成另外一个综艺。

烤箱"叮"的一声,她去厨房拿出来冷却,又用提前打发的奶油裱花。她用的刮刀,很像以前画画那种感觉,在上面堆出些肌理来,颜色和图案致敬莫奈的睡莲。

孟妍做得认真,等她出去时,许劲知还没走。他看着电视撸着猫,像在自己家一样,"建国"也真就乖巧地让他撸,还时不时发出些"呼噜呼噜"的声响。

蛋糕做好了,但不论是在厨房把它吃完还是端出去自己一个人吃都显得很奇怪,也很小气。最后,她多拿了个盘子,往他跟前一递:"吃吗?"

他也不客气,瞧着那像艺术品似的蛋糕,点了点头。

孟妍帮他切了一块。

这东西吃多了腻,尝尝新鲜就得了。

"建国"看见吃的,探着头往跟前凑,被他伸手无情地给挡开了。

她瞧了眼桌上的两张邀请函,又看了眼他:"你对这个也感兴趣?"

"嗯,感兴趣。"他应得还真像那么回事。

许劲知为了融入她的圈子,想跟她多一些共同话题,这两天还恶补了一下中外美术史,以及近现代画家和代表作。

孟妍觉得他不是真感兴趣,随口问了一句:"你看这蛋糕上面的图案像什么?"

他回答:"莫奈的睡莲。"

她没想到许劲知能答得这么快,莫非真的,这几年有所涉猎?

许劲知吃完这块蛋糕就回去了,走之前还说,明天见。

他走了一共不到三五分钟,她手机里就多了条好友申请,对方微信名为"树"。

这个 ID 熟悉到不用问也知道是谁,头像也还是那只白色的萨摩耶。

她放着没管,过了会儿宋诗瑶给她发消息,说晚上不回来了。孟妍回复说"好",再退出去才在那条好友申请里点了通过。

许劲知在家洗完澡,出来身上只穿了条黑色休闲长裤和带绣标的半袖,当初挑这地方就是看上它有地暖,温度够足,也穿不着别的。

他拿了块毛巾擦头发,捞起桌上的手机,点开一瞧,她通过了好友申请。

树:【明天几点出门?】

她扫了眼弹出来的消息,估摸着说了个时间:【十点。】

第二天,孟妍提前五分钟出门,许劲知已经站在门口等了。他虚倚着墙,手里拿着一个打火机玩,开开合合,无所事事。

他甚至还喷了香水,是种冷淡的男香,若有似无。

她记得从前他衣服上也总带一种洗衣液的香味,干净阳光,若隐若现。

孟妍今天化了个淡妆,不单纯是因为懒,也因为她这张脸天生不适合浓妆,网上很火的,放别人脸上好看的妆容放她脸上就不好看了。

她驾驭不住。

宋诗瑶倒是那种浓艳型美人,跟她正好相反。

许劲知这人很直,这种淡妆他根本看不出是化了妆,就是觉得哪儿有点不太一样,又说不上来。

看着他视线落下来,孟妍迎上他目光,表情略带着疑惑。

接收到这个眼神的许劲知清了清嗓子,一本正经地别开视线。

他的车在楼下停着,孟妍跟他下楼,坐上他的副驾,也是第一次,上他的车。

为了避免气氛尴尬,她坐上车就开始玩消消乐,今年已经断断续续玩了好久,都快被她打通关了。

车子在艺术馆外靠边停下,孟妍朝窗外看了一眼,地方到了。她低下头动手松了安全带。

她手搭上车门,准备下车。旁边的男人却没动一下,孟妍回头瞧他一眼,不偏不倚截住他视线:"你在看什么?"

"你很好看。"他漆黑的眸子看着她,笨拙也真诚,似是憋了一路的话现在才说。

"衣服、头发、配饰,任何,都很好看。"

第十二章
许劲知不是胆小鬼

孟妍不知道许劲知这是什么直男发言，倒也听出了几分真诚。

她没说什么，先下了车。

艺术馆里展出的是雕塑，还有一些非常有创意的设计作品，孟妍看得认真，许劲知像刘姥姥进大观园，视线潦草扫过一圈没看见一个感兴趣的，最后落在她身上，就没再移开。

出来进去人很多，直到有人叫了他一声："哎，哥，你也在。"

大智从前面人堆里挤出来，看见许劲知身边的姑娘，觉得眼熟却又想不起来："这是……"

许劲知沉默了一下，挑了个折中的说法："我对门。"

"我本来是被女朋友叫来的，她临时有事先走了。"大智难得见许劲知身边出现个女的，八卦起来话都多了不少，"你们一起来的？"

他应了声："嗯。"

孟妍看得出来许劲知对这些展物兴致缺缺，还不如几行干巴巴的公式令他感兴趣。她看了眼他和他的同事，礼貌说："你们聊，我去后面转转。"

等人走了，大智才凑近问："哥，最近穿衣服捯饬那么勤，是为了追妹子？"

许劲知瞧着她那抹纤瘦背影隐入人群，大方地承认："还没追到。"

大智不太懂这种没追到是指多难追，虽然这寸土寸金的地方最不缺有钱人，但许劲知的外貌、学历、人品、背景、工作能力样样都是出类拔萃的，就算他不是最有钱的那一个，综合竞争力也是他周围这圈人里最强的。

现在每天挖空心思打扮自己，衣服一天一套绝不重样，甚至午休在茶水间碰见他，还看见这哥手里捧了一本厚厚的《中外美术史》。

原来想不通,还以为他是兴趣广泛,现在见他眼睛都不往那些展物上瞧,很明显,醉翁之意不在酒。

既然这么难追,这姑娘估计也不简单。

"在学校那会儿有漂亮姑娘向你示好,你一脸清心寡欲不为所动,原来是没遇到喜欢的。"大智扶了下眼镜,对于他这师哥顽石开窍深感欣慰,"加油,哥,我看好你。"

女朋友不在,大智自己也不乐意留下看展,走的时候还往许劲知手里塞了两张东西:"两张电影票,今天晚上的场,我女朋友不在,我一个人去看也没意思,给你吧。"

许劲知拿着这两张票再看见孟妍的时候,她站在一张海报跟前,头发微卷,柔柔散在肩头,她抬手将散下来那几缕别至耳后,露出一枚小巧的耳钉。

海报上是鱼纹和水波,应该是保护海洋那一类的。

她旁边有个戴帽子的男人往上凑,企图搭讪。他刚刚在前面和大智说话,就看见这个戴帽子的到处搭讪漂亮姑娘,显然不是什么好东西。

许劲知在那男人开口之前就走了过去,他什么也没说,就挨着她站,比那人高出一小截,侧头似不经意看那人的那一眼里,写满了"希望你有点自知之明"。

孟妍只知道他和同事说完话过来了,并不知道那眼神里还藏着些暗流涌动。

她看了眼表,又看了看他:"刚刚我爸给我打电话了,叫我中午去他那儿吃饭。"

"我送你过去。"他应得非常理所当然。

旁边那跃跃欲试的人也听出来自己没戏,讪讪走开了。

许劲知开车送她到小区楼下,孟重阳早就在家做好了饭,等得着急开了窗户探着头往下看,巴巴望着人到哪儿了。

直到一辆黑色的车缓缓停下,孟妍先下的车,许劲知也跟着下来,她往上看了一眼,正跟孟重阳视线撞上。

孟重阳看见人,笑着招手:"上来吧赶快,别磨叽了。"

她又侧头看向许劲知,他双手插兜,完全没有要走的意思,甚至已经站到了单元门口,下巴朝门一点:"走啊。"

她抓着包带,歪着头看他几秒,有些不解。

许劲知,你变了,你当年可不是这样的。

孟重阳见两人进屋来,看过去那眼神来来回回,带着打探意味。

他虽然是个男人,粗心大意,但闺女的事情他向来操心得紧,这些年也没听说闺女看上谁家的小子,这开车送到楼下,怎么想都觉得不一般。

孟重阳想归想,没真当着面问,怎么也等人走了,他再悄悄问闺女两句。

孟重阳这几年也攒了些钱,生活宽裕不拮据,但从不下馆子,吃饭还是喜欢自己买自己做,说非得自己家做的吃着才放心。

孟重阳把稍凉了的菜又热了一下端出来,吃着饭忍不住打听:"你们下午打算去干什么?"

"没打算。"

"看电影。"

两人几乎是同时说的,第一句是孟妍,第二句是许劲知。

许劲知路上跟她提了一句,说大智给了他两张电影票,是个文艺片,问她要不要去,她当时答应说好,刚才给忘了。

孟妍对上二人探过来的眼神,点了下头说:"看电影,我刚刚忘了。"

"这虾好吃。"孟重阳没有再问,给她指了指桌上两盘菜,"这个豆腐也不错。"

吃饭间,孟重阳没少往许劲知身上打量,像是看未来女婿那样,仔仔细细,其中十次有八次看他,他都在看自己闺女。

这要是还说没什么,纯粹就是糊弄人的。

吃完饭,孟重阳把碗往洗碗槽里一摞,也不急着洗,回头朝外面说:"小许,你休息的话就去那屋吧,别客气,都是武尧的老邻居了,邻里一家亲。"

许劲知吃饭的时候也感觉到孟重阳有话想说,此话一出,显然孟重阳的话不是想和他说,也不能让他听见。

许劲知客气地说了声"麻烦了",起身去孟重阳指的那间屋。这种老房子隔音不怎么样,他自觉走到最远的那一端。

不该他听的东西,他还是不听为好。

孟妍也没看懂老爸这是唱哪出,孟重阳神神秘秘拉着她进厨房:"谈恋爱了?"

孟妍一时答不上来,怎么说,你闺女高考结束那年就谈了。

武尧高考状元,被我拉去谈恋爱了。

此刻面对老爸的好奇,她摇了摇头:"没有。"

"别忽悠你爸,没谈也快了,吃饭时他那眼睛总是看你。"孟重阳一副看破不说破的样子,又终究没忍住,还是说破了,"你要是一点不喜欢,能让他上我这儿来?"

她毕竟是孟重阳的女儿,这种事情,瞒不住,一猜一个准儿。

孟妍跟老爸聊了一会儿,帮忙把碗洗了,做完事坐回沙发上喝水。她本来有午睡的习惯,但从复读那一年开始,硬是把这个习惯改掉了。

她闲着无聊,手机上弹出一个氢气新能源之类的科普。她点进去扫了两眼,忽然想到了许劲知,之前听宋诗瑶提过,他好像也是做这个的。

孟妍顺手搜了一下许劲知。他又不是明星又不是什么的,她也没想到真能搜出东西来。

除了他的团队之前得过一些氢气能源研发这类的奖项,底下还有一个师大贴吧的热帖,有专门为他盖的楼。

标题为:【[求捞]这人谁啊,我有点心动,我在学校见过他好几次了,但没打听到他哪个系的。】

配图是一张高糊的照片。画面中,他走在师大的校道上,旁边骑车的学生来来往往,他稍侧着头,看往某个方向。

主楼发帖时间为七年前。

借着大智给的两张电影票,孟妍和许劲知去看了那部青春文艺片,电影里男主角性格很闷,女主也总是怯怯的,谁的爱意也没能尽情暴露在阳光下,只能在不断的错过中发现对方曾经与自己相爱的证据,很让人惋惜。

电影的末尾两个人重逢,身后是遍地金黄的银杏叶,他们相拥在一起热吻。

算是半开放结局。

她全心全意地看完整场电影,他倒不是,他对于当年盛夏没有看上的那场电影,始终觉得抱歉,也遗憾。

临时有事放了她鸽子,阴错阳差等他回到芝麻胡同的那天,就成了她和他的离别。

说要看的电影也终究没能补上。

两个小时的电影落幕,出去时间不算早,外面天已经黑透了。

孟妍依旧坐在他的副驾驶,回到小区,等他的车靠边停好。

她没有第一时间下车,而是叫了他一声:"许劲知。"

"嗯。"

他低头松了安全带,漫不经心应了声。他刚侧过头,孟妍身子倾过来,吻了一下他嘴角,又抽身退开:"接个吻。"

当年错过那场电影,她也遗憾。

她声音较软，顶着一张纯情无害的脸，偏偏说着一句简短又无畏的话。

可能是姗姗来迟的叛逆期，她故意想看他自乱阵脚，壮了胆子，单刀直入。

可惜装得不像，她清了清嗓子，别开眼，似伪装狐狸的兔子。

真假不论，他那刻在基因里一生要强的固执本性像是受到了挑战，没多想就拉下她的手，倾身回吻了过去。

车内光线昏暗，在暧昧交缠的末尾，她的吻带着啃咬，轻一下重一下，细细密密的，让他唇上一阵酥麻。

她想问，他去师大干什么，还不止一次。

他的手不小心落在她腰间，只一瞬就松开了。

他不是故意的。

这个吻结束得比上次要快。莫名其妙开始的一个吻，周围空气都飘浮着旖旎，此时结束，气氛忽然沉寂下来，谁也没开口说话。

许劲知降下车窗，让夜晚的冷风吹进来，最好吹得彼此都清醒些。

他眼神漫无目的地看向后视镜，看见自己下唇又破了一道细细的口子。秋冬季，他唇比较干，又从来不涂润唇膏，总觉得它和口红一个性质，不符合他"铁血硬汉"的气质。

所以平时就算不接吻，也容易破，他现在才看到，不清楚这是接吻前就有的，还是刚有的。

等风安静地吹了一会儿，他沉沉呼出一口气，淡声说："第二次了，孟妍。"

如果说上次在电梯口接吻是愣怔多一点，那么第二次就是迷惑更多一点。

她想表现得不以为意，声音却露了怯："才、才两次。"

她的话轻飘飘地落在车内，才两次。

许劲知胳膊支在窗沿，微偏着头盯着外面某处光亮，没看她，脑子里忽然就出现之前营销号上那篇文章：私生活混乱的艺术家们。

他有点后悔当时觉得它标题党不屑点进去看，这会儿才反应过来，应该点进去开开眼，随便跟人接吻估计也就是小试牛刀，想看看到底能"混乱"到什么地步，好让他配合下一步的时候有所准备。

孟妍见他半天不说话，又摸不透他的心思，从前摸不透，现在也摸不透，如果用一个比喻来形容，很多时候，他就像是被薄雾遮掩的月亮。

半晌，她出声问："你不喜欢吗？"

他还是刚才那个姿势,手撑着头,整个人有点郁闷,口舌上又不肯认输,低笑了声,俨然一副浑球样:"还行,下次轻点儿。"

孟妍目光看着他,一脸认真:"咬疼你了?"

许劲知算是见识了什么叫一山更比一山高,想逗那点口舌之快,他都得逗不来。

他侧了侧头,把车窗又升上去:"没有。"

搞了半天,孟妍直到回家也还是不知道他去师大干什么。

她洗漱完又翻出贴吧上七年前的热帖,那里面有个人说他叫许劲知,是清华的,不是本校的。

学生年代一个十八九岁的帅哥再加上学霸光环,自然走到哪儿都会引起热议。

于是底下纷纷猜测,说他可能有朋友在这个学校,所以经常来找,还有人说他出现在食堂的频率最高,疑惑是帅哥吃不惯自己学校的饭菜。

她一条条看,三百多楼的回复,她挨个看完,也没有一个准确的说法。

她想寻求一个答案,想,又不太想。周边那么多学校,他为什么偏偏去她考上但没去报到的那所师范。

她也有私心,她想让许劲知去找她,好像这样就可以证明他对她曾有爱意,让她年少时的付出都得到了回应。

但又不希望他真的去找过她,要是他真在那所师范里找了她那么久,她一走了之杳无音信的这八年,他岂不是太苦了。

第二天,许劲知回了趟家,杨真说好久没见过他了,想见他。

还是从前那个住址,当初杨真和许臣离婚,房子分给了杨真。

这个房子承载他幼时离开芝麻胡同后,全部的记忆。

杨真也早就不上班了,养了一只狗,闲着没事就出去遛遛狗,和认识的朋友搓搓麻将。

她年轻的时候控制欲太强,许臣又不着家,她只能把许劲知当成自己唯一的精神支柱,将他牢牢拴在身边。

事与愿违,她这么做的结果是把母子之间的关系越推越远,让两人越来越生疏。

如果她不主动叫许劲知回来,许劲知就像是忘了自己在这儿还有个家,平时不提也不问。

在他进门之前,杨真做了几样菜。

许劲知专门卡着中午饭点儿来,因为来早了也不知道说什么,有饭吃还能不显得那么尴尬。

正如他所想的那样,进门没几分钟,他就开始洗手吃饭。

餐桌上除了杨真的拿手菜,还有新学的。

"我听人说你那工作平时也太忙了吧,要不换个清闲点的。"杨真本来是想关心他,这话说出来像是又要逼他去做什么,停顿一瞬,及时改了口,"你喜欢干就接着干,注意身体,要是不想干了也能找个闲差。"

许劲知刚倒了杯水,喝了两口才说:"也不是一直那么忙。"

"那就行。"杨真过了有半分钟,又接着问,"找对象了吗?该看着找了。"

她倒不是怕自己儿子现在不找过几年找不到老婆,是这些年他压根儿都没跟哪个异性走近过,她怕他这方面压抑久了,出问题。

他实话实说:"在找了。"

许劲知吃完饭没立马走,待到半下午才走的。

从杨真这儿离开,在回去的路上他收到一笔来自艺术家三千块钱的转账。到了家门前,他家门把手上还挂着一个纸袋子,里面同样是支艺术家送的润唇膏。

许劲知站在门口拿着那支东西看了半天,没看明白什么意思。

这唇膏是嫌他影响到她的接吻体验了?那三千块钱又是什么,难不成是接吻费?

许劲知回头看了眼右边那户紧闭的门,没说什么,把这个纸袋拿进去了。

直到晚上,这笔转账他也没收。

孟妍和宋诗瑶在逛街,手里捧了一杯奶茶,加了麻薯,还挺甜的。

她转着吸管,有一下没一下:"诗瑶,许劲知,他有师大的朋友吗?"

冷不丁问这么一句,宋诗瑶也没反应过来:"不知道,好像没有吧。"

孟妍没继续问,又看上手边某个玩具:"这个玩具看着不错,买一个拿回去给'建国'玩。"

宋诗瑶后知后觉了一会儿,才意识到她可能是想问什么。

许劲知找过她,是真的。

宋诗瑶看着她在那儿挑玩具,也不知道这种过去好几年的事情该不该告诉她。

有的真相浮出水面会促成一段佳话,但是有的让人知道了,只会徒增惋惜。

晚上吃饭去了家川菜馆，等点完菜，宋诗瑶拆着碗筷，装作不经意地问："你和许劲知，最近有联系吗？"

她想了下说："算是有吧。"

宋诗瑶藏不住话，弯弯绕绕最是麻烦，拆完筷子搁在碗上："我就直说了啊，你们俩，有没有旧情复燃的可能。"

复燃谈不上，旧情从未熄灭。

她在青年艺术家展上远远看见一个穿黑衣服的男人站在她的画前，来往人群中他戴着口罩，只露出眉眼。

那一瞬间，她就已经不坚定了。

她没敢上前，甚至躲远没敢让他看见，如果许劲知没有忽然搬到她隔壁，猝不及防地跟她迎面遇上，在画展那模糊一眼之后，他们应该再无交集。

那到底是不是许劲知，她永远也无法得到证实。

更别说他现在步步走近，摆明了在追她。

她不坚定，以前不坚定，现在也不坚定，关于放弃他这件事，她从来都没能做到坚定。孟妍摇摇头说："我不知道。"

感情的事哪有"是"和"不是"两个答案就能说清楚的，宋诗瑶也没法感同身受，她和秦远一直都挺腻歪。

大学时，秦远不跟她一个学校，但成天往她这儿跑，说是感受一下各省高考状元的才华熏陶。秦远追她半年，两人在一起后从校园里腻歪到现在，偶尔闹矛盾，也会轮流给对方台阶下。

宋诗瑶轻叹了声，希望孟妍从前"百事不亨"的故事，能有个皆大欢喜的结局吧。

孟妍和宋诗瑶晚上到家，路上还买了两盒老字号的桃酥。孟妍放下东西拿出手机看了眼，想着这么久，那三千块钱的转账他应该是看见了，一直放着不收大概是许同志视金钱如粪土，不屑于收。

昨天，她才知道孟重阳剐蹭了他车那次最终他也没收钱，对比之下显得她收了许劲知三千的画钱，很不大气。她就想着把他约稿的画钱退给他，就当是她身为邻里街坊的热情赠送。

她试探着给他发了条消息：【三千是画钱，现在退回。】

许劲知坐在沙发上，电视里播着部十多年前的老片子，他单手勾环开了罐可乐，拿着往后一靠，姿势懒散。

周末、沙发、饮料。

放别人身上挺咸鱼的配置,放他身上就不让人这么觉得。

这部电影不是他感兴趣的题材,他捞起边上的手机,看见上头有条消息,他又瞧了眼电视机旁被他扣回去面壁思过的画,皱眉不解。

树:【怎么,要回收?】

孟妍看着这行字,一时没理解他的脑回路:【不是,把钱退你,那画当成是纯洁无上革命友谊的赠送。】

树:【东西不是这么送的,你要想送,换成别的。】

孟妍顿时不知道该怎么回了,想了想说:【那唇膏你喜欢吗?我觉得那个牌子清爽,也不黏腻,喜欢的话再多送你几支。】

许劲知正在喝可乐,看见这行字轻呛了声,就她想得出来。

唇膏,怎么会有男人喜欢这种东西。

可能是事先带入了自己的猜测,现在他看着"再多送你几支"这句话,越看越觉得她在委婉表达对接吻体验的不满。许劲知手点在屏幕上,最后别别扭扭地回了三个字:【不喜欢。】

周一早晨,许劲知穿好衣服准备出门,去楼下吃个饭然后上班。门口有个落地镜,他对着看了两眼,忽然想到什么,站在镜子前做了一番复杂的心理建设,拿出她送的那支润唇膏,涂了两下,带一点浅淡薄荷味,还可以。

忽然,有人摁了门铃,他把东西随手放抽屉里,像是在藏什么见不得人的物件。

许劲知过去开了门,孟妍站在门口,手里拿了七八支唇膏,自顾自地说:"昨天给你那个是经典薄荷的,这个还有其他味道,橘子味、草莓味、蓝莓味……"

她话说一半,抬头,视线就落在他唇上,上面还带着一点浅淡光泽:"我昨天送你那个,你用了是不是?"

他不自在地偏过头去:"没用。"

孟妍之前一直喜欢这个牌子的唇膏,估计他也是开门之前刚用过,但凡他乘个电梯到楼下,那点光泽就完全看不出来了。

看他这誓死不打算承认的样子,她忍不住笑:"谁说男人还不能涂个唇膏了,你在别扭什么。"

她乐得不行。

许劲知看她笑,忽然觉得有点头疼。这姑娘像是解锁了某种神奇密码,每天乐呵呵以调戏他为趣,调戏完了又两手一摊说概不负责。

"没别扭,正要去吃早饭。"他不着痕迹地把话题岔开,"一起?"

"等我一下。"她本来想回去把东西放了,往回走了两步,又转过身,摊开手给他展示那七八支不同味道的唇膏,"真不要?都是昨天新买的。"

许劲知视线一扫而过,不为所动:"拿走。"

孟妍放了东西,跟他乘电梯下楼。

她其实大早上去摁门铃没想着他能在家,如果人不在,她就像昨天一样,拿个纸袋给他挂门把手上。

电梯越往下走人越多,她和他之间的距离也跟着压缩,这个点进电梯的都是上班族和早起的学生,挨得近了,孟妍又一次闻到他身上那股时隐时现的冷淡檀香。

到了卖早餐的小店,她进店问了句:"你吃什么?"

许劲知视线在牌子上掠过一眼,随口说:"馄饨。"

"老板,两碗馄饨。"她看了眼许劲知,顿了一下才侧头跟老板说,"一碗要葱,一碗不要。"

从第一次见他把葱挑出来开始,她就记着了。

许劲知坐在桌对面,孟妍看着他这件衣服,深蓝色,接近于黑,两边袖子上带着白色串标,她不认识,应该是某原创设计师品牌。

她其实早就想问了,一直没好意思,视线从他衣服往上移,看着他说:"你平时上班,一直都穿这么精致的吗?"

"不是。"他抽了两张纸擦了擦桌上油污,不紧不慢地丢进垃圾桶,抬眸对上她视线,"为了让你多看我两眼才这样穿。"

他平时懒得打扮,有时候忙了甚至有点邋遢。

谁让她专门去看烤鱼店兼职的男大学生,身边又是开宾利扎小辫儿的文艺人,他不抓点紧怎么行。

许劲知最近忽然开始打直球,只要她敢问,他就一点弯都不带绕的,让她一时招架不过来。如果能用言语记录下来,这绝对是种比欲擒故纵更高级的新型策略,因为她预感到心底那道防线,马上就溃不成军了。

老板端了两碗馄饨过来,及时打破沉默:"辣椒和醋想加的话自己放,在前面。"

她从竹筒里拿了双筷子,点头说了声:"谢谢。"

刚刚是她要问的,他大大方方答了,毫不遮掩,这下倒换成她没话说了。

走的时候,许劲知付了钱,还打包了一盒生煎,是帮大智带的。

孟妍回家把明天要交的画稿整理出来,打包发过去,在修改意见出来之前无所事事地躺在沙发上开始刷朋友圈。

刷了没两下,刷到那个熟悉的萨摩耶头像:树。

他几分钟前发了条朋友圈,是转载的一篇文章,钠离子电池或将成为未来电化学储能新宠。

很无聊,看着就让人没有想点进去的欲望。

之前许劲知从来都不发朋友圈,她这会儿觉得稀奇,点进他朋友圈去看,一年稀稀落落没几条,大部分还都是些科研文章,中间夹杂着那么三两条日常。

其中有张照片全都是绿植,大小盆栽有十多盆,光线很好,随手一拍也有大片既视感,位置应该是在阳台。

她点开看了下,一眼扫过,其中几个小盆看着眼熟。

有个陶瓷盆上印着大红牡丹,样式很老,不像是现在年轻人会喜欢的东西,仔细看右下角还有红色掉漆的字:武尧机电二厂。

这是芝麻胡同,她放在窗台外面的盆栽之一。

往旁边看,连着三个小盆,全印着机电二厂,都是原来在机电二厂上班的邻居送他们家的,一共四个小花盆,两个牡丹,两个鸳鸯。

那年盛夏走得匆匆忙忙,没顾得上这些盆栽,上次说要拆迁她才回去一趟,开了窗外面窗台光秃秃的,还以为是被风吹掉下去了,没想到是被他带走,细心照看。

她盯着这张图看,说丝毫不被触动是假的。

"这生煎哪儿买的,挺不错。"

大智端着食品盒三两下解决掉,赞不绝口。

"小区门口的早餐店。"许劲知坐下靠着椅背,把桌上那些零碎物件往抽屉里放,"那家馄饨也不错,汤汤水水不好带,你有空下次去吃。"

大智把盒子扔完,收拾好了才过来:"今天晚上我过生日,你来吗哥?"

大智比他小一岁,叫他哥还叫得挺顺口,单凭平日里叫那几声哥,他也不能不去。许劲知合上抽屉,侧头笑了声:"都叫我哥了,这能不捧场?"

师大贴吧关于许劲知的热帖,孟妍下午又看了好几遍,上回没问出口的问题,这几天答案在胸口越演越烈,她忽然不想再等了,是与不是求个痛快,她要问,问他去师大干什么?

问他拿走那四个盆栽做什么?

保存她"中二"剪刀手的自拍也是意外之举吗?

等到吃过晚饭,孟妍算着时间他应该已经下班了,她走过去摁门铃,等了半天没人应，给他发消息，也没人回。

总不能是时间到了他乘上南瓜马车又消失了吧。

许劲知这天晚上十点多才回来，从电梯出来，就看见自己家门口多了个人，她搬了把椅子坐在他家门口，穿着粉色睡衣和兔耳朵的拖鞋，拿手机玩消消乐打发时间，耳边全是"叮叮当当"节奏欢快的游戏音乐声。

孟妍玩得认真，等人走近了才发现他。他目光扫了眼她手机，又看向她："怎么在这儿坐着？"

她站起身，同时关了手机，直言："微信发消息你没回。"

"没电了。"许劲知看她穿着睡衣这么晚了在这儿等，还以为有什么要紧事，"怎么了？"

随着他靠近，孟妍闻到股浓烈的酒味。他这人就算醉了看着也是没醉，让她忽然不确定这是不是一个问问题的好时机，她站在原地迟疑半天才说："我有事问你。"

"你说。"许劲知在门锁小屏上摁了下，识别到指纹响了一声后打开。

许劲知没醉，今天大智过生日，他去就是图个热闹，平时也不是那种起哄爱喝酒的，吃饭时总共只喝了一杯半，剩下半杯被人碰倒洒衣服上了，只不过深色看不出来。

孟妍想了半天，还是先试探问他："你喝醉了吗？"

她接下来要说的正经事可不能跟一个神志不清的醉汉讨论，怎么也等明天他酒醒了再说。

她一脸认真，许劲知也觉得莫名。他开了门，闲闲靠在门框上，勾唇笑了声："就问这个？"

大晚上在这儿守着，就问他醉没醉？

他要是真醉了呢，要怎么办。

孟妍看他还有心情调笑，想着应该不太醉，垂在身侧的手握了握，如果答案不是她想的那样，这话问出来就显得难堪，但一直藏着不问，她又总惦记着。

她脑子一热，趁着没想明白的冲动，不管别的了，先问了再说："我无意看见师大贴吧，里面有一个关于你的热帖，还有你朋友圈印牡丹花图案的盆栽，是不是芝麻胡同旧平房我放在外面窗台上的，还有那天掉下来一张我高中时候的自拍，我想知道是为什……"

"我喜欢你。"他没等她说完，就截断了她的话。

是一种以前从没说过的，觉得说出口很难为情的话，此刻真说出来好像也没那么难，甚至不能算是情话，只是陈述一种客观存在的事实。

"孟妍，我喜欢你，很早就开始了。"他漆色的眸子看着她眼睛，一瞬不移，声音透着沉沉哑意，"是我朽木不可雕，如果我做得不够好，你说怎么做，我照做。"

他会读书，可书上也没教他怎么去爱一个人，没有定理，毫无章法，规矩之外的不可控因素太多，他也在慢慢摸索着，又怕来不及。

他只是想让她知道，喜欢这件事，从来就不是她一厢情愿。

孟妍微怔一瞬，神情愣愣地看着他，这应该算，算是告白吧。

许劲知清醒得很，除了身上的酒味散不掉，脑子和身体都是清醒的。

这种时刻，孟妍也没机会提前预演，气氛都到这份上了，她轻别开眼，却无意落在他唇上，那接下来怎么说，接个吻？

她本是无心，一个眼神没有言语，赶着当下火候，其中意思却是悄然生出好几层。

有了前两次的经验，他闲闲勾了下唇，既然她这么放得开，他一个大男人又有什么好遮遮掩掩的。

不就是接吻嘛。

许劲知圈着她肩膀进屋，随手带上门，不管醉没醉，他想全都赖到那一杯半的酒上。

他手落在她腰间，将她抵在门板上："接吻？"

屋内没有开灯，只能借着照进来那点细碎月光，勉强看清对方的轮廓。

她点了点头，应了一声，语气同前两次那般认真。她做什么都很真诚，让人不管她说什么都想答应她。

他握在她腰间的手稍用力，将她送至自己身前，落下的吻带着隐忍和不甘，微湿的唇从她额头、鼻梁，逐渐往下，最后非常幼稚又报复性地在她唇上咬了下。

孟妍觉得他带着情绪，像在生闷气，又不知道他忽然生什么气。

平时她喜欢穿很宽松的衣服，看不出来，许劲知刚才这么一握，才知道她挺瘦，腰上没有一丝多余的赘肉。

经过上回，孟妍知道他不经咬之后，倒也收敛了些，他像是唐僧误入了女儿国，细皮嫩肉的。

对于不知道怎么就忽然开始的吻，许劲知吻了一下她下巴作为结束，但人没走开，也不急着开灯，周身缠绕着酒气，整个人伏在她身上，理性又克制地稳了稳气息。

他微弓着身，额头抵在她肩膀上，百思不解，她能感觉到颈间灼灼的热气，听见他低哑的嗓音问："是我太老派了吗？我理解不了这自由崇高的艺术。"

他也拿"行为艺术"那一套去说服自己,可根本就说服不了。

许劲知不想把话说那么难听,像一把两头带尖的刺刀,谁都不愿意接受,可他又糊弄不了自己,在二人交错的呼吸里,他声音有点难受。

"我是吻替吗?孟妍。"

她没说话,在许劲知一贯的认知里,沉默通常和默认是一个意思。

他该说的都说了,却还不如不说,心里越发堵得慌。他倒是希望自己今晚醉一点,可偏偏没有,一杯半,他清醒得过分。

孟妍忽然明白许劲知在气什么了,他就算生气也不善跟人表现,他只会生闷气,等她走了关上门自己把自己气死。

她能感觉到许劲知的呼吸声渐渐平复,握在她腰间的手逐渐松开。他站直身子,往后退了一步:"不早了,早点休息。"

空气中沉寂几秒,孟妍没走:"不听听我的回答吗?"

许劲知没把话说得太绝,抬手开了灯,给彼此留了退路:"答案要是不好听我就不听了。"

虽然听着可进可退,但说这话的人早就没了主导权。

门里的灯连带着室内暖调壁灯全亮起来,光线半明半暗,暧昧丛生。

"是好听的。"她看着他,认认真真地说,"不是艺术。"

许劲知站在光源下,头发都描上金光:"是什么?"

孟妍反问:"你觉得是什么?"

不是艺术,那只能是喜欢,但凭她这模棱两可的话他又不敢确定,可她偏偏轻言软语,让许劲知拿她没办法。

孟妍也是刚听他说"吻替"才反应过来,她以为许劲知不会当真,没想到他这么在意。

这几天他的心路历程估计都能写一部四十集大型连续剧。

明明是一件他很委屈的事情,她却没良心地忍不住想笑。考虑到小许同学的面子,她也没太放肆,压下扬了半天的嘴角说:"我不是故意的。"

她这么一笑,一切就说得通了,她没那些乱七八糟悬浮到不行的意思。

许劲知看着她笑,端不住架子,也跟着笑了。

虽然这些天他表面能装得像个浑球一样,无所谓地跟她说"下次轻点儿",但他心里其实挺想不通,也挺难受。

感觉有什么东西隔着,走不近她,以为是现在的圈子不同,想法不同,他企图融入她的圈子,去配合,去理解,拿出从前念书时候那劲头认认真真看了几本美术史的资料书,不感兴趣,就硬着头皮一页页往下看,中国的外国的,里面知识他倒是都记着了,就还是没明白她怎么想的。

现在忽然解释清楚了,根本没什么大不了的。

是两人内心戏演过了。

孟妍握上他手腕:"还不是因为你胆小鬼,许劲知,你胆小鬼。"

"又拿这话激我是吧。"他懒散站着,故意说,"我今天可喝酒了,真喝了。"

言外之意就是酒后可容易乱那什么,这在我家,你别乱撩。

明明今晚同事过生日喝酒的是他,他却比任何时候任何人都要清醒。

他像那《西游记》里不染尘埃的仙,她却偏想拉他入凡尘。

如果要怪,就怪她这迟来的叛逆期,从前不敢的,没说的,在经历满是遗憾过后,不敢也敢了。

距离拉进,她一双明媚动人的眼睛看着他:"你是不是尿了,许劲知。"

这画面像极了取经路上纤腰玉体的妖精,他也终究不是仙人,做不到六根清静超然绝尘,喉结上下轻滚一下,声音比刚才更哑了些:"谁尿。"

她难得犟得很:"你尿。"

许劲知左手搭在她后颈,劣性凸显,指尖拨弄着她耳垂,一步一步逼着她往后,似是难耐的隐忍,也是欲念冲破一切之前最后的壮胆。

她后背再次抵住门板,他微俯下身,又问了遍:"我问你谁尿。"

"肯定不能是我……"

话说一半,他的吻覆了下来,垂在身侧的手抬起,手指撩起她睡衣下摆,轻捏了下她腰间的软肉:"孟妍。"

屋内地暖很热,他平时进屋就开始脱衣服,今天没顾上,耽误了半天,这会儿更是哪儿哪儿都很热。

他这名字叫得没什么威胁力度,显然没起到作用。看他越是失了方寸,孟妍就越是得寸进尺,哪怕是这个时候,她眼睛里也依旧干净纯粹:"喂,许劲知,这你真受得了?"

许劲知偏开头淡笑了声。

声音很轻,和气音掺杂在一起,微不可闻。

这是什么妖精转世来折磨他了。

他最后一点仅存的理智也彻底崩塌,如果第二天醒了,要怪就怪那一杯半吧。

从进门玄关处,到客厅,再到他卧室,她从没来过许劲知这儿,却在壁灯昏暗的光线里看了个七七八八。

他随手带上窗帘，这是他的蔷薇，只能为他私有，月亮也不能偷窥。

她听见床头一阵抽屉推拉的琐碎，他手里多了一样东西，四四方方的包装。

孟妍一次次挑衅他的后果也很严重，连带着她自己被吃干抹净。

从前的错误认知也由此订正。

许劲知不是胆小鬼，他是懂得隐忍蛰伏的饿狼。

清晨，许劲知先醒了，不清楚具体几点，肯定是过了上班的时间了。

孟妍还睡着，昨晚上霸道卷走他所有的被子，只给他留了一个角，还有一条薄毯。

许劲知没起，又跟她躺了一会儿，才轻手轻脚地下床，随便拿了两件衣服穿上，出去打电话请个假，免得让人找他。

他手机昨晚就没电了，一直没充，干渴的电池现在才总算是插上电。

等充电的这一会儿工夫，他掂了掂桌上的水壶，很轻，里面一口水都没剩。

看着有了点儿电，他拔了线，打电话过去说："我请个假，今天不去了。"

那边组长问他："怎么又请假？"

距离上回请病假还没几天，说起来就成了"又"请假。

他随口说："起迟了。"

组长那刨根问底的精神贯彻到底，非要问出个一二三："你这种劳模还能起迟了？昨天大智生日，你是不是喝酒了，喝了多少？喝酒得有个度啊。"

许劲知总不能直接说这班我今天不想上了，因为我钱多得花不了，哪那么多为什么。他拿着手机顺话往下编，搪塞过去："嗯，我不舒服，今天不去了。"

他也刚醒没多久，有地暖的屋太热，睡一觉起来嗓子都是干的，听起来还真挺像那么回事儿。

"那行吧，你好好休息。"组长说完，语重心长地挂了电话。

孟妍刚出卧室，身上是才穿好的粉色睡衣，看着他站在那儿的背影，脚步一顿。

从里面出来这一路，她隐约听到什么"请个假"，以及他说最后那句"我不舒服"。

他请假不上班可以，他身体不舒服也可以，偏偏发生在一夜旖旎之后，难不成……

不会吧。

孟妍随手关上他卧室门,故意出点声音。

许劲知正准备倒水,听见声音侧头看她。

四目相对,气氛有点不太对劲的微妙。

刚才他电话里说的,许劲知道她八成听见了,放这个节骨眼上就很值得考究。他故作淡定地说:"这都半上午了上什么班,没一个小时就又该吃饭了,他非要问个所以然,我随口编的。"

她还是没说话,大约安静了四五秒,他无奈又好笑地说了句:"真是编的。"

虽然他今年二十六了,算是老大不小,但男女之间那点事,他从来没实操过,在这方面认知空白,从十八到二十六,也没多大区别。

"那你……"他没问剩下半句,清了清嗓子,就忽然说不出口了。

木讷得仿佛昨天晚上那个许劲知不是他。

"我还好。"相比他,孟妍回答得倒是大方。

大方看着他,仿佛被吃干抹净的那一方是他。

她不再停留,转身准备走了。他问了声:"去干什么?"

孟妍边走边说:"洗澡、喂猫,再不喂它得饿得开始啃沙发了。"

许劲知看着那抹粉色的背影,这颜色所含带的属性一点都不适合她,潇洒还是她潇洒。

这点让他望尘莫及。

孟妍回家先往猫碗里倒了些粮才去洗澡的,她洗完澡看着镜子,脖子上有些暧昧过后的痕迹。

镜子起了半截雾气,她手指在上面写了一个字:许。

许劲知,凡世俗尘的感觉怎么样。

许劲知洗了个冷水澡,头发也没擦干,毛巾搭在脖子上,随手拎了把椅子,像个老大爷似的叉腿坐着,拿了个白色喷壶浇阳台上那些盆栽。

如果是路边野生野长的,叶子枯几个掉几个,他不在意,这些他仔细养着的,哪盆枯了蔫了,便在乎得紧。

他一边浇水一边看着时间,算着她什么时候能洗完澡喂完猫。

孟妍头发刚吹干,就有人敲门,有门铃他不摁,选最简单原始的那一种。她放下吹风筒出去,拨了拨头发,把门打开,许劲知站在门口。

他沉默了一瞬:"我就是想确认一下,我们,算是在一起了吗?"

他只穿了件黑色的薄T恤,宽松休闲裤,头发要干不干,半遮着眉眼。

她点了点头,又指向他这件衣服:"算,但刚在一起你就不打理自己了,这也变得太快了吧。"

言语中带着那么一点点深恶痛绝的唾弃。

果然男人的嘴,骗人的鬼。

无一例外。

许劲知真佩服她这记性:"不是你说我穿那些花里胡哨的不好看吗?"

"我什么时候说了?"

"我帮你回忆回忆?"

哦,她想起来了,她说了,在昨晚。

第十三章

再美的童话也不及此刻分毫

许劲知今天请假不上班,反正最近也没什么事,缺他一个不缺,去了也是打完卡就聊聊天喝喝茶等着下班。

门开着,"建国"又从屋里跑出来了。

他弯下腰把它抱起来,自然而然地往屋里走,像进自己家一样:"它这是吃饱了?"

"它馋得很,给多少吃多少,不能给它吃太多,不消化。"孟妍随手把门关上,跟着进去。

早上起来还没吃饭,又不想下楼,孟妍把冰箱里自己做的那些点心拿出来给他垫垫肚子,等着中午再好好吃一顿得了。

她做的东西卖相很好看,放在一次性环保食品盒里,看着像是外面买来的。

许劲知拿起来吃了两块,随口问她:"在哪儿买的?"

"我自己做的。"孟妍拿了两瓶豆奶,给他一瓶,"平时闲着没事,喜欢做一些甜品和点心,盒子是我专门买的。"

他看着这盒子上的标志,觉得眼熟,这个标志像卡通太空人,很独特,跟外卖常用的那个盒子不太一样。他脑子还算够用,忽然笑了一下说:"粥很好,我吃完了。"

上次秦远非要让他吃了那碗粥,还说他不吃绝对会后悔,最后又扯到他和孟妍的关系上,当时觉得奇怪,秦远大大咧咧,就算他发烧快烧死了秦远也只会想到退烧药,根本想不到其他。

原来那碗粥,背后真的另有其人。

孟妍在心里暗念一句"叛徒":"他告诉你了?"

许劲知指尖点了点纸盒："一样的标志,他说那话差不多算是告诉我了,当时没反应过来,再说我平时点外卖也没见过这种盒子。"

说曹操曹操到,秦远给他打电话,说换了新工作,叫他中午吃饭。

许劲知说完挂了电话,刚放下手机,"建国"就跳上沙发,体态安详地卧在他腿上,盘成一团取暖。

他从自己屋里出来就穿了一件单衣,她倒是比硬汉还硬汉,没铺地暖,空调暖风也开得不高。他抽了张纸把手擦干净,侧头问了声:"你这儿冷不冷?"

孟妍还在吃,声音有些含糊:"我还想问你那儿热不热。"

她刚到南方上学的时候,觉得冬天阴风入骨,冷得不行,可能她适应能力超强,过了几年就觉得还行,好像也不那么冷。

昨天去许劲知那儿,对比之下,有地暖确实舒服些,让她也考虑着要不问问房东,允许的话,她也铺个地暖。

某人顺着猫背上的毛,毫不留情地拆台:"热你还把被子全卷走就给我剩一个角。"

她睡觉习惯把被子全往自己身上卷,忽然多个人她肯定改不过来,能给他留个角估计都是昨晚潜意识里的良心发现。

她咽下嘴里这一口桃酥,扭头看他,无意识地眨了下眼睛:"有吗?"

她睡完就忘,真不记得。

她早上起来发现被子全在自己身上,还倾情脑补了一下许劲知比她先起,然后细心地把被子帮她盖好才走的温馨画面。

事实是,她分毫不让不管他死活,全是她自己给自己的,这说明玛丽苏小说不要看太多,容易翻车。

许劲知对上她一双无辜的眼睛,他还能说什么,只能说自己有先见之明,还有一条毯子。

中午吃饭,许劲知带着她一起去了,秦远算是老熟人,不用见外。

地方是秦远挑的,是那家颜值至上的烤鱼店。

到了地方,许劲知刚停车,就见她转过头,盯着对面烤鱼店看,门口发传单的还是那个兼职男大学生。

就算他年老色衰也用不着这么明显吧,许劲知话里话外都透着股酸:"孟妍,男大学生好看是吧。"

"你是醋精吗?我看的是他后面的海报,游乐场的。"她回头看他一眼,随口说,"反正你今天也不上班,下午去游乐场吧。"

他手搭在方向盘上,指尖有一下没一下地轻点着,表情有些犯愁:"游乐场,是不是有点远?"

孟妍手里正好拿着手机,打开地图搜了一下,最近的2.5千米,她拿给他看:"不远啊。"

他当然知道不远,就是没想到她真去查,顿了几秒说:"要不,换个地儿。"

"为什么?"她稍微想了一下,似乎不难猜,"你不敢玩?"

许劲知拔了车钥匙,极不愿意地承认了:"嗯。"

他自己也觉得纳闷儿,许劲知,你这什么毛病,真不爷们儿。

小时候的孟妍对他除了"小胖"这个称呼,其余几乎没印象,从高三那年她在芝麻胡同再见到许劲知开始,少年时期的他就已经是完美无缺,刀枪不入。

从没想过他也有怕的东西。

当年觉得他高不可攀自持矜贵,到现在才感觉这个人是活在现实中,食人间烟火的,他和身边很多直男一样觉得涂唇膏很"娘",认为不敢玩那些项目影响他的硬汉气质,此刻被揭穿又不愿意承认,带一点别扭的样子跟平时那份清冷淡漠形成鲜明反差,真的很幼稚可爱。

她忽然试图验证,有点使坏的意思:"许劲知,你真可爱。"

如她所想,他轻蹙了下眉,更别扭了。

孟妍勾唇笑了一声,开门先下了车。他在车里后知后觉,伸手松了安全带。

他这是,又被调戏了?

秦远到得挺早,见两人一起来的,还惊讶了一下。他这种中间人一时都不知道该站谁那一边。

许劲知过来顺手拉开把椅子,接着往旁边又拉开一把,才自己坐了。

孟妍就在他拉开的那把椅子坐下,听见他问:"点过了吗?"

秦远默默看着,思绪很快转过弯来,自己站自己这边就好了,狗粮管饱:"点过了。"

许劲知往杯里倒水,苦荞茶,倒了四杯。

秦远看了眼表,觉得时间不太对:"怎么这么早,宋诗瑶还没下班,你早退不扣钱吗?"

许劲知说:"起迟了,请假没去。"

秦远不像许劲知的组长有那么旺盛的求知欲,这会儿一心等着宋诗瑶下班,没工夫问他闲话。

大概又过了十分钟,宋诗瑶就到了,事先不知道许劲知和孟妍这两人会来，现在看着他们坐一起，还有点在状况外。

秦远看着宋诗瑶坐下，手在桌子底下拉了她一下。两人相视一眼，信息交汇，像谍战片里面传消息的接头暗号，然后换上一副心领神会的表情。

孟妍看着宋诗瑶的表情变化，心想你俩能再明显一点吗？

自从高考完那个暑假过后，他们四个人就再也没坐在一起吃过饭，大学阶段宋诗瑶、秦远和许劲知他们三个偶尔会一起聚一下，这个武尧二中四人组，她缺席了好多年。

下午，孟妍还是想去游乐场，许劲知依了她。她倒也没选那些很刺激的项目，就是闲得无聊，想选个热闹场所，逛一逛。

到傍晚暮色沉沉，她买了杯奶茶，付钱时店员说送恶魔角的发箍，只有这一种款式没得挑，她拿了一个戴。

随即，她听见有人手机发出的拍照声。

许劲知站在旁边，拿着手机，懒散地笑了声："不行啊，你这不上相。"

她站这个角度，身后正是晚霞，他拿着手机心血来潮随手拍一张，结果把人给拍丑了。

孟妍不放心他手机里有自己的丑照，夺过去看，其实还行，没有太丑。

照片上，她戴着一个发光的恶魔角发箍，角度和构图和当初她拍许劲知的那张，意外地有点像。

像是二人隔着时空的对话。

对话的那一头，是穿着二中校服，十八岁的许劲知。

车停在外面，等她拿到奶茶，两个人沿着这条路往回走。

沿途越走人越多，走至人声鼎沸处。

她握了握温热的奶茶杯，忽然停下脚步，侧头看他，颇有几分郑重："许劲知，这些年，辛苦了。"

他也跟着停下，还没察觉到她忽然的认真："不辛苦。"

有件事，孟妍知道了，始终没办法释怀："你去师大找过我多少次？"

他想都没想，随口便说："不记得了。"

本科四年，有空就去，他本来不打算读研，却还想守着这块地界多待几年，三不五时还能去看看，便改了主意。

后来读研的时候就去得少了，再到收拾东西离开学校，回家前，又去了师大最后一次。

作为交换，她也告诉他一个秘密："我其实，也找过你，我跟我爸妈说是去找宋诗瑶的，时间很紧，就一天，你那天没在学校。"

她当时没想着要和他怎么样，就远远看一眼，看他好不好，就够了。

"第二年高考报志愿，清华和国美，我选了国美，然后我就后悔了，其实后来想想怎么选都会后悔。"她看着许劲知，语气难得带着一点小骄傲，"我很厉害的，我是那年清华美院设计第一名。"

"清华"这两个字，在复读那一年仿佛成了她的执念，满脑子就是想拿到那张艺考合格证，去不去读不一定，就是想考，如果能拿到，起码说明她配得上许劲知。

他一时词穷找不到合适的言语，从她的话里挑了句说："真厉害。"

不是敷衍，是许劲知也认为，她真的厉害。

她从一个破烂小城出去，家里有事四处辗转，从北到南，从前完全没去过的地方，陌生的环境，陌生的同学，不适应的气候。

她放弃了到手盖着红戳的录取通知书，以复读生的身份，去跟一群起点就站得比她高的应届生一起备考。

武尧二中升学大榜上全是她认识的同学，只有她前途未卜，看不到方向。

她说他辛苦了，谁又不辛苦呢。

许劲知没说别的，只有最直观的一句："下回吧，别再让我找不到。"

半天没听到回应，他偏头去看，她喝着奶茶，像是走神了。

许劲知也是没脾气了，艺术家上一秒认真下一秒走神，这么"精分"的吗？他不轻不重地弹了下她额头，好气又好笑："听到没？"

"我没走神，听着呢。"她看向他，主动挎上他的胳膊，"我不走。"

许劲知，我不会再走了。

当年走了，其实也后悔。

第二天，许劲知去上班，大智正在楼下买咖啡，看见他进店，就买了两人份。

大智过来递给他一杯咖啡和一盒三明治，上下打量他一眼："哥，你这衣服怎么又换成原来的风格了。"

许劲知原来的风格就是，没有风格。

两人在咖啡厅坐着，距离上班还有十几二十分钟，也不着急。许劲知慢条斯理拆着三明治的包装："女朋友不喜欢，说像个渣男，不正经。"

"但是帅啊。"大智倒是想掉饬，但那种花花公子风不适合他，穿上很奇怪。他喝了口咖啡，才慢半拍地反应过来，"你，女朋友？"

昨天请了一天假，今天就多了个女朋友，这速度着实快了点。

"就是你叫我去青年艺术家展上,《山水一程》那组插画的作者。"

当时大智也在,这么说他想着大智应该能懂。

当时他听到的,看到的,大智也全都看到了,包括她面对采访时说的那些话。

山水一程,各自安好。

以纪念学生时代一厢情愿的单恋。

这层意思大智当然听得懂,他大口咬了口三明治,边吃边说:"这说明什么,竹马不及天降,从前读书时候喜欢的没结果,现在遇到了,还得是你,这叫天降。"

外面阳光透过大面的玻璃照进来,许劲知靠着椅背,姿势闲散:"这么算的话,竹马是我,天降也是我。"

如此天定的姻缘,怎么能是个下下签。

让人想不通。

这句话信息量有点大,大智又仔细想了想,问:"你和艺术家,从前就认识?"

他淡笑一声说:"不能再认识了。"

知道他小时候叫"小胖"的没多少人,就芝麻胡同里那一片,现在走的走散的散,估计也就剩她了。

大智喝着咖啡,觉得有什么重要的点被自己遗漏了,忽然停下道:"所以你大学时候总是去师大,就是找她。"

像他们这种状元云集诸神混战的高校,进来的都是从前学校里顶尖的风云人物,大智也是。

大智同样是他们学校第一名考进去的,因为原来家在小县城,上大学前没出去过,忽然来了大城市有点手足无措,他穿着最体面的衣服,身后爸妈跟着来送他上学,报到的流程和手续很多,每个人都很忙。

大智问了两个穿志愿者服的学生,都在忙说等一下回他,自己在旁边站着也不好意思再问了。许劲知大他一届,拿了三瓶水从桌子后面过来,给了他和他的爸妈:"有事问我吧,我带你们去。"

大智看了一眼他志愿者的牌子,"大二 许劲知"。

这算是他进校认识的第一个人,还是同专业,一来二去就熟了。

大智有个朋友在师大,有次去师大的地铁上碰见了许劲知,直到一起出了地铁站,去师大的路上两人一直同路,大智问:"哥,你也约了朋友?"

当时许劲知说:"我找人,不见得找得到。"

大智没听明白:"啊?不见得找得到?"

周围人来人往，校内弯弯绕绕的小道，许劲知走得很熟，甚至还能给刚来不久的新生指路："我只知道她师大录取，别的我不知道。"

大智似懂非懂，隐约嗅到那么一点八卦味道，忍不住问："男的女的？"

许劲知笑了一下说："女的。"

大学整个在校期间，大智从没见过许劲知口中这个人的真面目，时间一长也就忘了。

现在一想，确实……

应该是有那么一个女生。

虽然找的方向完全从根儿上就是错的，但不管怎么说，他找到了。

许劲知点了下头，没再多说："还有五分钟上班，打卡。"

孟重阳最近买了些家用的东西，大到衣柜，小到瓜果花生，把屋子置办得井井有条，孟妍再进门的时候都愣了一瞬。

以前孟重阳是把钱揣在手里，能不花就不花，如今觉悟高了，不说报复性消费，但起码让自己过得舒服些，不管把钱给自己花，还是给闺女花，高兴了再说。

后来舅舅人找到了，东借西凑算是把钱还给人家了，结清了账，但这梁子是结下了，孟重阳不再理会她舅舅。

现在在这儿安顿好了，孟重阳下周便把老婆也接过来。

孟妍来的路上看见那草莓不错，买了一些，颜色很好看，没吃就觉得它甜。

上回孟妍和许劲知在这儿吃了顿饭，孟重阳就一直惦记着，越想越忧心，孟妍想过的，没想过的，孟重阳都替她想完了。

现在他洗着草莓，又旁敲侧击着问："你跟那小许，怎么样了？"

洗完的草莓放在白瓷碗里，她拿着吃："在一起了。"

"他爸妈现在是干什么的？"孟重阳说，"那会儿他十七八岁一个半大孩子，他爸妈就能睁着眼睛不管，让他一个人回来在胡同住半年？"

如果真在一起了，孟重阳有些话还是要仔细问的，家庭如果不和睦，对自己儿子都能这样，更别说对以后嫁过去的儿媳妇，指不定见了面要怎么样。

在他这儿当宝贝的闺女，可不能在别人那儿吃了半点亏。

"也不能说他爸妈不管。"孟妍吃着草莓，找了句合适的形容，"叛逆期，离家出走，他自己回来的，他爸妈来叫他，他说什么都不走。"

脾气倔得很。

现在想起来，许劲知还挺"中二"的。

离家出走，还跑这么远，亏他干得出来。

孟重阳沉默了一会儿，似是被这个理由说服了，毕竟谁家孩子还没个不服管教的叛逆期。他又问："那他是干什么工作的，你上回说的我也没听懂，研究那东西没有辐射吧，对身体没有损害吧？"

"爸，他又不是做核武器的哪儿来的辐射。"孟妍想了想，隔行如隔山，她也细说不来，"那些我也不懂，新能源汽车吧，那一类的，安全得很。"

孟重阳碎碎念着："安全就行，太危险的可不好。"

她不经意抬头，看见厨房的窗户外面飘起雪花。她手里还拿着颗草莓："爸，下雪了。"

"下雪了，没几天你妈也该来了。要不你问问小许，等你妈到了，让他再来一次，让你妈也见见。"

"太快了吧。"孟妍把草莓吃了，小声嘀咕。

刚在一起就见家长，总感觉有点……不太好。

但孟重阳这意思，孟妍找个机会，还是给他传达一下。

晚上，孟妍回家，出了小区就看着那雪比白天更大了些，雪下得断断续续，地上也积了薄薄一层。微信上，许劲知问她在哪儿，她回了他的消息：【我刚从我爸这儿出来，在路边等车。】

树：【下雪了，你爸那边不好打车，我正好下班，过去接你。】

孟妍本来想说不用，但又想见见他：【好，小区门口等你。】

等许劲知到了，孟妍上车前特意看了看他右侧的车头，确实有一片明显的划痕，就是上回蹭了车留下的，一直没管。

他不在意这些，一个代步工具，又不影响开。

孟妍坐上车，系好安全带，很快行驶上路。看见他车前中控台上放着一个金属质感的打火机，她闲着无聊，拿起来一开一合玩了两下，也没有太多的话想说，就是想看看他。

今天跟老爸说话，忽然觉得自己错过了很多，此刻看着许劲知英气的眉眼，仿佛能见他少时模样，一细想就叫人多愁善感。

许劲知手腕上戴了一块表，表带落在清瘦的腕骨上，那只手打着方向盘看着确实贵气。

谁说这世上没有十全十美的人呢，他就是。

孟妍别开眼，又看向窗外，车来车往，匆匆忙忙。

最近这气温明显下降，秋冬交接那段时间的流感也过去了，她买在家里那些预防流感的口服液让宋诗瑶上班带上,结果老忘,只拆了一盒,还剩下很多根本就没用上。

孟妍想着那些口服液,回去把没拆的那五盒整理出来,通通给许劲知拿过去了。

许劲知刚洗完澡,头发湿着,一开门猫先跑了进来,孟妍站在门口,手里拿了五盒口服液。

他低头瞧了眼:"这是什么?"

"口服液。"她拿起一盒给他看背面印的疗效,"防流感的,放着总有用。"

唇膏、口服液,她送的东西倒是实用。

但放他身上,都用不着。

他开着门,侧了下身,孟妍就拿着东西进去了。

"流感不是都过去了吗。"许劲知随手把门关上,跟着她往里走,"你买这么多这个干什么?"

她把五盒口服液往桌上摆好:"买多了剩下的。"

买多了,剩下的。

合着是清理一下存货。

他头发还有些滴水,过去拿了块毛巾,随手擦两下:"孟妍,有些话,可以不说。"

比如买多了剩下的,这种就可以不说。

她扭头看过来,一脸真诚:"不是你要问的吗?"

许劲知没说话,安静擦着头发,闭嘴吧,许劲知,咱有些话,也可以不问。

孟妍看见前面电视柜上那幅"面壁思过"的画,过去给翻了个面。

画里,他轻微颔首,半身赤裸,斑驳的光影打在他流畅的肌理上,像堕入人间的天神。

现在看到,还是忍不住感叹一声。

啧,许劲知这身材。

小时候算命先生说她命犯桃花,可她从小到大异性缘少得可怜,根本都不认识几个男生,一直当那人为了赚钱信口胡诌的。

这么一想,确实犯桃花,就一朵,但很优质。

她拿着画,表情有些疑惑:"不好看吗,为什么反过去?"

"我天天来回经过看着我自己的半裸画像,是不是有点……"他放下毛巾,找了个措辞,"有点变态?"

他反正看不下去。

"成吧。"孟妍把画放下,想了想,物归原样,给他反扣回去继续面壁思过。

她转过身,忽然想到什么,细细考究,他都被这眼神给看得不好意思了:"看什么?"

"看你发际线高不高,干你这行是不是会掉头发。"她说着,一本正经地走过去,伸手捋起他额前的碎发,认真看了两眼,"还行,许同学,头发还挺多。"

"建国"跑过来在他小腿上蹭,毛茸茸一团,有点痒,他往边上让了让:"你脑子里整天在想什么。"

孟妍觉得有点不可思议:"想你们这种技术工种,真能不掉头发?"

许劲知半天没说话,孟妍以为他误会了,忙解释说:"我没别的意思,你就算真有一天掉头发,秃了,丑了,我也爱你。"

这话直白得让人挑不出毛病,许劲知轻皱下眉:"我能选择不秃吗?"

孟妍有时候说话就很跳脱,此刻郑重地拍拍他的肩膀:"你懂那个意思就行。"

"建国"在地上乱跑,听声音是把什么东西给撞翻了。

她循声看过去,是束假花装饰物被撞掉在了地上。

孟妍过去把它拎起来:"'建国',要捣乱你就回家去。"

"建国"看她一眼,乖巧认怂,不动了。

许劲知这儿就他一个人住,他比较懒,也不算太爱干净爱收拾的那种人,一直秉持不动,就不乱,自然也不用收拾。

平时就在沙发上坐一坐,或者去卧室睡觉,看着还比较整洁。

孟妍把假花拿起来,重新插进花瓶里,有一朵摔断了,插不进去。

许劲知过去接过那朵断掉的假花,随手拉开抽屉往里一丢:"放抽屉里得了。"

抽屉打开,里面左右分格,左边是些乱七八糟的零碎,右边有单独一格,里面放着一支木签。

孟妍视线落在上面,她看着眼熟。

是她当年留下的那支下下签。

要是别的她可能还不记得,偏偏那糟糕的签词,她看过一遍又一遍。

盛夏离开的那天,她在大门外依依不舍地看着许劲知的背影,直到他进了拐角,再看不见。

她转身跑上楼,赶在他回家之前去到自己房间,拉开一半窗帘,像开满院墙的蔷薇,细心等候,过了三五分钟,她站的角度,恰能看见他上楼,然后经过阳台走廊，又见许劲知手搭了下掉漆的红色围栏，再往上，背过身，从兜里摸出钥匙开门。

孟妍刚才在他面前装出来的潇洒仿佛都是假的，此刻只想说再看一眼吧，再看一眼。

以后就再也见不到了。

如果此时他回头，一定能看见她，孟妍甚至想象得到他回头会是怎样一个场景。许劲知八成还是和往常一样笑得没个正形，懒散抬一抬下巴说："喂，又看我啊。"带着一点小欠，声线拿又让人说不出讨厌。

仅此一句，她便再舍不得走了，就算始终无法走近他，就算被那份云泥之别的距离感灼得内心酸涩，两眼通红，也让她想再努努力。

万一可以呢。

孟重阳等得着急，从楼下上来，看着地上摊开的行李箱，忍不住催她："赶紧收拾，来不及了。"

她急忙把窗帘拉上："在收拾了，马上。"

许劲知开了门，像是某种力量的牵引，他回头看了一眼，看见对面那扇方格窗户里，淡绿色的窗帘晃动一下，遮得严严实实，看不到人。

外面窗台上放了四盆盆栽，图案很老，是两个牡丹，两个鸳鸯。

孟妍匆忙应着，收拾得手忙脚乱，行李箱大敞着横在地上，她把从前关于许劲知的东西一一往箱子里放，小哆啦A梦、刻章、照片、笔记，她带不走许劲知，又总想带走些什么。

她放进去，孟重阳就弯下腰都给她拿出来了："这些就不要带了，没用，去了再买，赶紧装点有用的，准考证毕业证，上大学用的证件那些，都装好。"

孟妍点点头说："好。"

声音却已经藏不住哽咽。

孟重阳听出来了，也不忍心，又给她全都放回箱子里："想带带上吧，也不占地方。"

孟重阳手机响了，出去跟人打电话，说来接的车就快到了，让抓紧时间。

孟妍打开抽屉，那里面还有一支木签。

她满心欢喜求来的，结果是支下下签。

她从前不愿意信，现在听着孟重阳焦头烂额跟人接二连三地打电话，忽然也消极地想，她和许劲知，或许真的是天命不可违。

孟妍蹲下身，把那些小物件又全拿出来，胡乱往抽屉里放，一边放一边掉眼泪，她好像能带走这些东西，又好像什么都带不走。

思绪万千，根本想不通，一股脑全放下，她什么都不再要了。

· 264 ·

最后离开，她拿了这支签，去交给胡同口的快递站，拿了支笔潦草地在快递单上写好地址。

雨声淅淅沥沥，车已经在外面等了，车大灯照过来，更显得她形单影只。

她从快递站出来，孟重阳撑着伞过来："上车吧，都要走了还寄什么。"

孟妍没说话，老爸也就是唠叨一句，没再追问。

她坐上那辆红色的轿车，雨丝斜飞打在车窗上，点滴汇集。

她扭着头又看了一眼身后这条胡同，就在这里，她牵着他的手，吻了一下他的额头。

可是，许劲知，我撒了一个谎，我抽到的根本就不是上上签。

时隔多年，她又看见这支木签，忽然有点感慨。

"武尧城南那个庙，真挺灵的。"她把签拿起来，又看了一遍上面那烂记于心的签词，"当年抽了这么一支签，结果真的就事事不顺。"

没想到这签，他还留着。

许劲知这些年去过不少地方，上学，回家，找工作，租房子，随身的箱子都换了好几个，但这支木签，他一直留着。

"记得那会儿在庙里，我还去求菩萨保佑，希望我和你都能考上北京的大学，那一年，也确实算是灵验了。"她侧过头问，"我记得你当时也许了愿，许的什么？"

他看着她，声音不轻不重："愿你平安。"

心愿很短，愿她平安。

孟妍微怔了一瞬，当年只顾得惦记这支签，没问他许的什么愿，又或者他们提前说好去求高考的，就默认他也是求金榜题名，前程似锦。

没承想他在城南的庙里，跪在蒲团上，对着菩萨，许的愿里都没含带自己，而是愿她平安。

她手里仔细摩挲着木签，一双澄净的眼睛看着他："许劲知。"

她单独叫他的名字，又被她这样瞧着，叫人动心。他应了一声："嗯。"

孟妍把签拿给他看，振振有词："下回如果去庙里，咱们再抽一次姻缘签，可能我手气不好，换你抽。"

总不能再抽个下下签出来。

许劲知扫了一眼木签，上面的签词他也早就看过很多遍，确实是糟。他从她手中抽走，放回抽屉里，免得看着心烦："我抽的话，那必须得是上上签。"

孟妍说："那我可等着了。"

她也不是非得抽到支好签才肯罢休，就是觉得她和许劲知，不该是支下下签。

这么一会儿他头发也差不多干了，许劲知站在灯下，发丝蓬松、微乱，脸上棱角轮廓在光影中，比从前更硬朗些。

孟妍在老爸那儿吃了饭才回来的，许劲知没有，下班就去接了她，回来也不知道在瞎忙什么，到现在还饿着。

他瞧了眼墙上挂钟，快九点了："陪我再吃个饭？"

她这才反应过来："你没吃饭怎么现在才说。"

许劲知还认真想了一下，没想出个结果来，只能是："忘了。"

孟妍过去开了一点窗，想看看外面雪停了没。

雪还在下。

飘飘扬扬的小雪，两边路灯昏黄的光晕笼罩下来，如果她和许劲知走着出去，在那层雪上踩下一串深深浅浅的脚印，应该还挺浪漫的。

就这么几秒钟，冷风窜进来无孔不入，她忍不住缩了下脖子，关上窗。

算了，这份浪漫，不要也罢。

孟妍穿了件薄毛衫，把袖子往上翻了两折："我给你做一碗吃得了，我的厨艺深得我爸真传，我爸十分，我怎么也能做个八分半。"说着，她顺手开了他的冰箱门。

里面除了水、饮料、易拉罐装的啤酒，没有任何能做的东西。

果然，她不该对他的冰箱抱有任何不该有的幻想。

上次许劲知跟她去农贸市场，买回来那些菜确实在冰箱里放了一遭，但放着也放不明白怎么做，最后都是放坏了扔了。

孟妍回自己那儿拿了些食材，给他做了碗面，让他在外面等着。他闲不住，坐了一会儿就过来看。

她没去买食材，有什么用什么，一碗素面，看着清汤寡水，他也不挑，吃完还能夸上一句好。

"建国"去刨完垃圾桶，毫无收获地又回来了。

猫在他面前很乖，也不闹，似乎还很喜欢窝成一团在他腿上。

这让她严重怀疑，第一次见面"建国"就抓伤了他，是它这小东西心怀不轨故意的。

还好是在脖颈间，万一在脸上，那张神颜岂不是要破了相。

这个责任可就大了。

许劲知姿势闲散地坐着，微弯着腰逗猫，肩背弧度都透着股慵懒。

他身上一件黑色的薄T恤，领口落下来一些，半遮半掩，锁骨若隐若现，带着点肆意性感。

孟妍顿了一瞬说："你知道我爸今天说什么吗？"

听见话里这个称谓，仿佛是预料到场合的严肃性，他声音都敛住了几分不正经："说什么？"

孟妍说："说我妈下周会过来，叫你去见见。"

许劲知听了表情没多大变化，没说好，也没说不好。孟妍就是传达一下老爸的话，没有非要他去的意思："不想啊？"

"不是。"他把手里的球往远一抛，猫跳下去追，"那我得好好表现。"

俗话说丈母娘看女婿，越看越喜欢，老丈人看女婿，越看越生气。

这话真假不知道，这事儿轮他身上，他也有点没底。

但这一点没底微不足道，他没再说，左手伸过去，虚握住她的手腕，似是在跟从前记忆里的比对："以前真没发现你这么瘦。"

"以前你眼睛只看得见圣贤书，哪儿看得见我。"

孟妍调侃完他，低下头，瞧见他左手虎口处，那一道陈年细疤。

许劲知的手很好看，干净白皙，骨节分明，唯独这道疤一直留着。

她反握上他的手，翻过来看，他被玻璃划伤，掌心那一道是去医院处理的，现在还能看见痕迹，不过很浅。

"你这怎么总是磕磕碰碰的，一点都不爱惜自己。"她低着头，指尖顺着他掌心痕迹抚过。

"不小心弄的。"许劲知被她碰得有点痒，也没收手，另一只手轻撩起她散下的一缕碎发，别至耳后，沉沉声线钻进她耳朵里，"明天我得去陪我妈吃个饭。"

他难得正经，陪家人吃顿饭，但孟妍没从这句话里听出半点温情。

从他当年争执划伤了手，胳膊上也蹭了好几道细细的血痕，杨真终究是心软了，那近乎疯魔的控制欲也由此收敛。

他们之间的隔阂是早就有的，日积月累，不在一朝一夕。

很小的时候，许劲知还挺爱炫耀，不管什么都要炫耀，老师给本子上判个小红花都要拿回家举着炫耀一番。

杨真那时候总说，这有什么好得意的，成绩好才是真的好。

小孩子都爱玩，他也不例外，每次周末看着小区里别人家小孩在外面玩，他也很想加入，但杨真不许，很长一段时间他甚至连个正儿八经的朋友都没有。

如果他偏要跟谁玩，杨真叫不动他回家，就转头和那群孩子说："我们劲知是要学习的，你们玩你们的，下回不要找他。"

那么小的孩子，听了这话自然就都疏远他了。

秦远当时也听过这话，但脸皮厚，不当真。

许劲知几乎没有朋友，从小就是一门心思死读书。

家里条件越来越好，在周边圈子里算是富裕，班里同学有学钢琴的，杨真也毫不吝啬给他报了班，他不爱学，杨真逼着他去，他睡懒觉早上迟到了十五分钟，老师训了他，虽然是他迟到在先，但毕竟年纪小，老师当着那么多人的面训他，他心里还是觉得委屈，觉得丢脸。

中午杨真在门口接他，他刚想说，杨真就冷了脸："你知道这个钢琴班多贵吗？你知道家里给你买的琴多贵吗？我给你这么好的条件，你为什么还要这样？"

仅此一次，不论上课还是钢琴班，他再没迟到过，直到高三那年初六生日，第二天罕见的生病才破天荒地迟到了。

许劲知天生反骨，脾气也犟，初三那年杨真要他考重点高中，他一边兼顾钢琴考级一边复习，实在太累，考级没考过，学校成绩也往下掉。在学校被老师找，回家刚进门，杨真也不问缘由，上来便是一句："你这成绩能上什么重点，明年要是去读个普通高中，我又何必大费周章送你来这儿，不如就让你在武尧那县城里待着。"

许劲知心情也很差，随手放下书包，赌气说他明天不去学校了，不想念了，这破学谁爱上谁上。

他记不清中间又发生了什么，好像是他又顶了几句嘴，这点小事就扩大发酵，杨真拿水果刀悬在手腕上以死相逼，本来是想吓唬吓唬他，结果真把自己给划伤了。

许劲知看着杨真手腕上那道出血的伤口，他也怕，虽然当天他陪杨真去处理好，并无大碍，但那个场面萦绕在他脑子里，一晚上都没睡着。

从此以后，许劲知也不犟嘴了，她说什么就是什么，他默默听，再累也闷不吭声地忍着，不解释，不再多说一句，当一个只会做题的哑巴书呆子。

为了避免矛盾，他渐渐不再跟杨真主动说话，时间长了，就自然演变为无话可说。

钢琴他其实弹得不错，但现在不提也不弹，完全没兴趣再碰一下。

什么叫母子相顾也无言，在他和杨真身上体现得淋漓尽致。

第二天，许劲知选了一家苏菜馆，苏菜清淡，杨真喜欢。

建筑有点苏州园林的风格，挺雅致的。

杨真的穿衣打扮也很讲究，看着就很富太太，胳膊上再挎个名贵的包，进来往旁边凳子上一放:"最近,交女朋友了?我那天在路上,看见你接了一个姑娘。"

"嗯。"他嗓音淡淡,帮她倒水,"谈了。"

杨真多久见不了他一次,就是想跟他说说话:"跟妈说说,她是干什么的。"

"学美术的,艺术家。"

现在各行各业,杨真就是好奇,想看看他女朋友是个怎么样的人。

杨真问:"是本地人还是哪儿的?"

"老家武尧的,芝麻胡同,挨着咱们家阳台的那一户。"许劲知倒了杯水,递过去轻放在她跟前。

武尧,芝麻胡同,这几个字眼让杨真隐约想起来,当时后面那一户人家,那对夫妻生了一男一女,是有个女儿在的,女儿稍小了几个月,和许劲知同岁。

那会儿许劲知离家出走去武尧,她有次过去还看见把花伞,现在想想,都是有迹可循。

杨真点了点头:"那挺好的。"

许劲知还有点意外,以为她多少要挑点毛病,结果是一句挺好的。

这句话从杨真嘴里说出来,算是挺高的评价了。

杨真知道不论自己怎么样,许劲知都不会不认她这个妈,他近两年心情好了,好不容易能主动说几句话,她若还像以前那样控制他,他便立马不会再说了,再者不过就是乌鸦反哺,报答完她的养育之恩,就再剩不下半点恩情。

杨真不想到那一步,该放手就放手。他是一个独立的人,不是她杨真的附属品,只可惜这道理她明白得太迟。

从前她施加在许劲知身上沉重的压力,压得他喘不过气,又反抗不得,反过来想想,换作是谁,谁都受不了。

"你喜欢的,苏州菜。"他把杨真最喜欢的那盘松鼠鳜鱼转过去,不紧不慢,"别操心我了,年底项目通过了,也不忙,你最近身体还好吗?"

杨真说:"妈挺好的,跟那些姨姨婶婶的打打麻将,遛遛狗,妈也是上了年纪,老不出门闷得慌。"

许劲知跟她吃完这顿饭,中间还聊了不少闲话。除了少不经事的小时候,这是杨真第一次听他说这么多的话,他其实很容易满足,只要稍微顺着他,他就挺高兴的,这么简单的道理,她从前怎么就不懂呢。

走时,杨真不要他送,说约了人去做美容,让他走他的。

他出去就看见外面下雪了，白色的雪花飘飘而落，能抚平地表崎岖的纹路，粉饰万物，但不是所有的故事都能在一场雪下和解。

他再过几个月就二十七岁了，早就过了那个别扭反叛的青春期，不是他耿耿于怀不愿意下杨真给的这个台阶，而是心里早已释怀。

他和杨真的关系，真的也只能到这儿了。

得允许这世上不同的母子有各自不同的相处模式，他和杨真，或许只适合相敬如宾。

他穿了件黑色的厚外套，毛领子上已经落了雪，他去地下停车场取车，隔着老远就看见一个人。

孟妍站在他的车跟前，手里拿了一盒没拆的小蛋糕。她今天也是跟朋友出来吃饭的，吃完了朋友说送她回家，结果从商城到负二层车库，她看见许劲知的车停在这儿，就想着等一等他，让朋友先走了。

孟妍见他从前面走过来，感觉他有点心事重重的，像是心情不太好，记得他昨天说过，这顿饭，是跟他妈妈吃的。

等他走近，想到他从前跟家里的关系，她没问得太直白，把蛋糕放在他车引擎盖上，试探着看他一眼："我的肩膀，借你靠一下？"

他表情和往常一样没心没肺，笑了一下说："不用。"

刚才到最后走的时候，杨真还说："你有事跟妈说，你们要是相处好了，想买房子，挑地段好的买，多贵都不要紧，钱要是不够跟妈说，妈有，各方面，不能委屈了人家。"

杨真一口一个妈，他现在想想，忽然也挺不是滋味的。

"我跟我妈，就聊了聊家常，她约了人，不让我送。她以前逼得我太紧，关系很僵，现在吧，我真不怪她。"他默了一会儿才说，"但有些事，也是没办法，就只能这样了。"

孟妍伸手抚上他后颈，让他把头抵在自己肩上："我这肩膀，还是大方地借你靠一下。"

谁让她这侠义之心，这么多年就没变过。

她这毛病改不了，再迟两秒她就又忍不住脑补卖火柴的小女孩了，尽管他也没怎么样，但她就是心疼他。

"许劲知，有人站在你这边。"她胳膊环在他腰上，这样抱着他，把话点破，"我永远站在你这边。"

这句话似曾相识，许劲知头抵着她肩膀，脑袋埋在她颈窝，毛领和头发上带进来的雪化了，落在她皮肤上有点凉。

不得不说，她这小肩膀，靠着还挺心安。

她买的这个蛋糕回去送给了许劲知，巧克力奶油蛋糕，甜得发腻。

他吃了几口就不好好吃了，整个人心猿意马："有点腻，不吃了。"

孟妍正巧看了他一眼，两个人便不知道怎么又吻到一起了。

她尝到那点来不及散尽的巧克力的甜腻，若有所思地抽身："确实是腻。"

许劲知抱起她放在红木桌面上，这个高度正好，抬眸便对上她的视线，一双眼睛像被水浸润过似的。

她视线稍往下落，好奇般抬手，指尖摸了一下他的喉结。他握上她的手，喉结轻滚，稍别开眼，已然乱了心神："别瞎碰。"

蛋糕甜腻不假，更何况仙人开过荤，自然是看不上这些小点心了。

窗外的雪还在下，车轮碾过地面，轨道通往新的一天，衣服穿少的行人匆忙往家躲，外面冷，屋里暖。

那些不能用冷暖形容出来的东西又要怎么算呢，她在他脸侧吻了一下，凑在他耳边说："想不明白的事，就不要想了。"

等这场雪停了，距离年底就又近了两天，宋诗瑶要从这儿搬走，搬去和秦远一起住。东西不算多，但是零碎，孟妍帮她一起收拾。收拾完，家里像是打过仗，各种纸箱摊在地上，他们来不及整理，就先出了门。

孟妍拿着两包东西，胳膊肘碰了下宋诗瑶："你这去秦远那儿住，我心里怎么感觉跟嫁闺女似的。"

"得了吧，你和许劲知也没比我差，到时候不管咱们谁的喜酒，可都得来啊。"宋诗瑶回了秦远的消息，把手机放帆布包里。

孟妍笑她："缺了谁的也不能缺你的。"

秦远新换的工作和宋诗瑶公司挺近的，几乎紧挨着，以后他俩能天天黏在一起。

孟妍和宋诗瑶到了地方，秦远在门口等着，两人一见面，孟妍这电灯泡属性瞬间就点亮了，只得先走一步。

还没走出去多远，孟重阳给她打来视频，是在商场买衣服，挑不出哪个好看，给她打电话，让她帮出主意。

孟重阳那衣服不是黑的就是蓝的，没什么花样，这过两天要去机场接人，难得讲究一回。

视频晃得她款式都看不清，她直接问在哪个商场，她过去，答应完又想起出门前还没喂猫，想了几秒给许劲知发条消息：【在家吗，帮我

喂个猫？我去商场给我爸挑衣服，估计回去很晚，怕饿着它，它吃不上就喜欢捣乱，房门密码六个"0"。】

树：【在家。】

许劲知下班吃了饭回来，刚出电梯，就看见她这条消息，直接就去了她那儿，六个"0"的密码，也真够随意。

屋里有点乱，抽屉好多都开着，像是走的时候没顾上关。

许劲知找见那袋猫粮往它碗里倒了些，就是半天没看见猫。

他沿着屋里找，最后在她卧室看见了，"建国"在地上玩着一个毛线团，红色的毛线缠了满地，旁边是一个电饭锅的纸箱，纸箱大敞着，他本能地以为这毛线是它从纸箱里扯出来的。

许劲知赶它去吃饭，它倒是捣乱正在兴头上，抱着毛线不肯松。他出去把猫碗端过来，放在地上，"声东击西"地把毛线拿走了。

"建国"看见粮，自然对毛线没了兴趣，他把那团红毛线放纸箱里，目光不经意间扫过里面，全是熟悉的物件。

哆啦A梦、刻章、照片。

是上回看见，她说没用要扔的。

地上还有本摊开的《安徒生童话》，是《卖火柴的小女孩》那一篇，他捡起来看，随手翻了翻，里面夹了两张巧克力的糖纸。

尽管皱痕可见，但整体被压得很平，上面有字。

——每一个瞬间，都可能是一个童话的开始。

——爱，值得拥有，便值得去等待。

他记得之前有一次孟妍问他，问他知不知道这巧克力糖纸里面有字，他说不知道，确实一直没怎么注意，她那次说过以后，以后再吃这个巧克力，他总会刻意去看看，里面写的什么。

每回的字都不太一样，就是没见过这两句。

书里还有一张他戴着恶魔角的照片，他不记得，是她悄悄拍的，拍得有点糊，只有他一个侧脸。

书的末页，是她写的字：

　　确有一个瞬间是童话的开始，但我的爱恋终究偃旗息鼓，没能善终。

"童话"这两个字像是被晕开了，不太清楚，那块地方也有点皱。

一想到这可能是眼泪滴下来留有的痕迹，他手指捏着书页，情绪复杂。

心口沉闷泛着酸涩,要是平时他大概会自我调侃一句,许劲知,别矫情了行吗,你以为在拍青春电影啊。

现在却连调侃都调侃不出了。

他拿着书,觉得手上的东西格外沉,有千斤重。他低头看着吃粮的猫:"'建国',我要怎么办?"

"建国"头埋在碗里吃粮,应都没应一声。

许劲知等了半天,笑骂它一句:"喂,别吃了行吗?"

孟妍去商场陪孟重阳挑衣服,她喜欢稍微年轻一点的款式,孟重阳穿上也还行,就是他本人嫌这嫌那,说是不是太年轻了,看着出洋相。

孟妍好说歹说才给他买下来,孟重阳也没有那么老,这衣服正能穿,穿小年轻身上反而显老气,不合适,衣服这东西,偶尔换换样式也挺好。

买完衣服行头,又顺便在外面吃了晚饭,孟妍到家时许劲知还没走,屋内灯开着,猫在地上玩球。

没想到他还在,孟妍往里走着,问他句:"还没走啊?"

她不记得走之前屋里就这么乱还是"建国"捣乱,又或者二者都有,现在乱得简直都看不下去。

当时不想束缚它,就直接没买笼子,它倒是舒服了,成天各屋跑。

许劲知坐在椅子上,手里拿个橘子,微仰起头看她,朝地上精力旺盛的猫睇了一眼:"你这是饿了它多久,'建国'就差在家里大闹天宫了,我不得看着点儿。"

猫不知道从哪儿翻出个饮料瓶盖,自己咬着玩,近乎忘我,都不带理人的。

孟妍看了眼说:"它平常也这样,活跃得不行。"

"成吧。"他没养过猫,他也不懂,"那我先回去了。"

许劲知走后,孟妍去卧室拿东西,纸箱还横在地上,上面是大片散开的红毛线。

毛线不放在这里的,她拿起来,下面是本《安徒生童话》。

旁边零星几样东西,显然是不会再扔了,用一个电饭锅的纸箱装看着也挺寒碜,既然遇上了就先把手头这点活干了,换个地方放。

她拿着去宋诗瑶之前住的那间屋子,里面都腾空了,她随手拉开桌子下面的抽屉,把纸箱里的东西往外拿。

这些东西都带有部分记忆,孟妍挑出书里面那两张糖纸,改夹到最后一页。

目光所及，微怔一瞬。

最后空白页上的字，是离开武尧的沉沉雨夜，她坐在火车上写的。

"童话"这两个字笔墨晕开，她写这句话时眼泪不小心滴上去，惹得纸面轻皱。

现在下面多了一行大气舒展的笔迹，油墨很新——

  童话未待完续，我们永不结局。

纸张不厚，透着光隐隐能看见背面，她往后翻，是同样的字迹：

  很抱歉，我现在才看见这些，明明你的爱意毫不遮掩，我当年感觉到了，又怕自作多情，装看不见，顽石不肯开窍，古树也不开花，我总是慢你一步，又后知后觉。好在我不停地走，我赶上了。

许劲知出去没走太远，站在自己屋门口，手搭在门把手上，忽然就走了神。有些话现在说可能听着挺没意思的，但他还是要说，还是要写，把以前缺了的都给补上，他在那段话最后一句写着：

  我喜欢你，孟妍。
许

一滴咸涩的泪猝不及防滴下来，"许"字也晕开了。

她拿着这本书追出去，许劲知听见声音回头，人就已经到了跟前。

孟妍哭起来很丑，不想让别人看见，更别说这人是他。

曾经的点滴都一一得到了回应，人越长大，在有些事情上就失去了特权，比如这个年纪还哭哭啼啼，好像挺丢人的，但这回实在没忍住。

丢人就丢人吧，管不了那么多了。

许劲知见她眼眶红红，眼角带泪，刚要问她怎么了，就看见她手里拿着那本童话书，不言而喻，她都看到了。

他伸手蹭掉她眼角的泪，半开玩笑地说："早知道你要哭，我就不写了。"

写了几句话，以为她不会看，或者在很久之后的某一天才会偶然发现，却没想到她这么快就翻到了，还把人给惹哭了，这算怎么回事儿。

他也不会哄人，有点手足无措。

孟妍跟他较真:"你要是不写,我会哭得更厉害。"

许劲知被她逗笑,靠门站着,瞧着挺闲散的姿势,说的话却是百依百顺:"写,不够我还能接着写。"

童话书最后的空白页,正反两面,用时八年,寥寥几句,却胜过前面所有精雕细琢的故事。

她翻着看,看不够,从前许劲知的字写得一般,现在对比着看,倒是比她的更胜一筹。

孟妍窝在他沙发上,这儿暖和,来了就不想走了。她把书递过去给他看一眼:"你这字比我的好看了,悄悄练了?"

"练过一段时间,确实比从前的字好看点。"许劲知坐在旁边,胳膊肘支在腿上,手里松松拿着罐可乐,自然垂下。

大学时候有个室友沉迷书法,正好是他失眠最严重的那几个月,白天晚上都睡不着,他打发时间,跟着练练字。

客厅的灯光明亮,光照下来,她靠着沙发角落坐着。

那个姑娘拿着本《安徒生童话》问他:"许劲知,你说我们算不算这本书的最后一篇故事?"

"算。"他点头,能看见后颈的棘突,随手把可乐放在桌上,瓶身跟着晃了下,碳酸气泡发出轻微的声响。

"还得是压轴戏。"他抬眸看向她,她也正看着他笑。许劲知不知道要怎么形容当下所感,只觉得再美的童话也不及此刻分毫。

现在他估计不会再失眠了。

以后也不会了。

赶着年底,白女士回来那天,孟重阳穿着新衣服去机场接,正好是个周末,孟妍和许劲知也一起去了。

许劲知这个名字,白女士在电话里可没少听,只依稀记得说以前胡同里,房子背后那一片,是有那么一家姓许的。

后来搬走了,就再没见过。

许劲知也没见过她,感觉站在这儿等未来丈母娘,还有点紧张。

出口处人来人往,许劲知在人群中看到一个中年女人,孟重阳随即就招手:"芸英,这儿。"

孟妍的母亲,白芸英。孟妍长得跟她很像,身上自带一种温柔的气质。

白芸英过来这边,笑着看向许劲知:"这是小许吧。"

身为后辈,他表现得总是得体:"是,阿姨。"

没有过多的介绍，从机场出去，许劲知开着车，路上聊着聊着就熟络了。

两边的小店和商场都布置出一些新年主题的装饰，红红火火的热闹气氛很浓。

等到了家，孟重阳走在前头，白芸英跟他们走在一起，一边走还一边问："现在放假了吗？"

许劲知回："还没有，阿姨，再上两天就放了。"

进了门，桌上水果都是孟重阳出门前就洗好摆出来的。

孟重阳放了东西，往里面走，看着这些水果又想起他那宝贝葡萄架，可惜得不得了："昨天逛超市看着这葡萄不错，买了些，就是现在没院子，不如从前，以前住胡同里，院儿里种葡萄架，到夏天的时候年年长得都不错。"

每逢葡萄熟了，就她和孟重阳两人也吃不了，水果不经放，就摘下来洗干净，给邻居挨着送，有的人不太好意思收，还会回赠她们一盘米糕。

胡同外面有一排槐树，每年都有些人去采槐花，采回来也会挨着邻里送，吃个新鲜，做卤面。

孟妍忽然想起来，那年葡萄刚长叶子，她就跟许劲知说，等葡萄熟了，请他来家里吃葡萄。

最后不但没吃上，养了好多年的葡萄架无人照看，也枯死了。

她向来言而有信，现在端起其中一盘葡萄，往他跟前一递："许劲知，请你吃葡萄。"

不管他记不记得，这顿葡萄，她是要请的。

许劲知伸手，从里面撇下一枝，拿一颗放进嘴里，是甜的。

该怎么说，这葡萄，他还是吃上了。

两人眼神相交的那一瞬，孟重阳和白芸英正在说话，没人注意到他俩。

谁也没有明说，但孟妍知道，他没忘。

一顿葡萄大餐，他也惦记得紧。

孟妍挑了颗又大又饱满的，帮他剥掉皮，喂给他："还记着呢。"

他吃下，神情松散地抬了下眼皮，嘴角微勾，像她欠了一屁股风流债跑路了似的，有些固执地说："记着，你要是不请，我就一直记着。"

孟妍故作惊讶，把那盘葡萄放在桌上，他伸手就能够到的位置。

"那你可得多吃点，我大方着。"

孟重阳和白芸英去张罗做饭，主要还是孟重阳做，白芸英帮忙洗洗菜。

孟妍想着白女士刚到，要不先休息一下，她还没进厨房，白芸英就挽着袖子，把她撵了出来："去去去，人家第一次来，你把小许晾着，人下回不敢来了。"

孟妍嘴上应着,心说他可不是第一次来,以前在胡同里就没少来。

他第一次去他们家是给手机充电,坐在孟重阳做的小木凳上,蜷着腿,弯着腰,怎么坐怎么憋闷的姿势,他也没好意思吭声。

现在坐在这儿不紧不慢地吃葡萄,真有种恍如隔世的感觉。

晚上吃完饭,又聊了会儿天,孟重阳和白芸英都是很开明的人,不会为难人,再说许劲知确实样样好,在长辈面前礼貌谦逊,乖得不行,平时那点自由散漫收敛到看不见半点痕迹。

晚上八九点,孟妍第二天有稿子要交,许劲知正好送她回去。

她有点拖延症,不到最后不动笔,孟妍回去拿着平板,调整最后一点细节。

是张人物稿,背景是一片草原,很小清新的感觉。

"建国"畏寒,暗戳戳往她跟前凑,贴着她缩成一团。孟妍看了它一眼,忽然停下笔,捞起猫:"走,带你蹭地暖去。"

于是,她顺理成章去了许劲知那儿。

孟妍问过房东,房东说可以铺地暖,得找工人把瓷砖全翻起来,家具这些全得撤出去,听着是个大工程,挺麻烦的,孟妍就一直拖着没去找人。

她进去时许劲知还放着电视,播着部电影《情书》。孟妍有印象,指给他说:"这里面男主叫,树,和你微信名一样。"

许劲知开了电视就是这部,他刚才在干自己的事,压根儿没仔细看,人都认不全:"不是这个女生叫树吗?"

她解释:"两个人同名同姓,都叫树,全名藤井树。"

"还挺巧。"许劲知在旁边接了杯水,回沙发上坐着,电影播了半截他再看也看不懂,换了别的,纪录片《舌尖上的中国》。

这儿暖和,"建国"这小没良心的也不往她跟前凑了,去许劲知那儿围着巴巴献殷勤。

孟妍很快修完最后一点草地细节,关上平板放在一边。

她刚才进来想着赶紧把这图弄完,没注意,这会儿才看见跟前茶几上放着一盒药,是百乐眠。

里面露出一半的那板药上只剩最后两颗了,明显他是用过这盒药的,之前从没听他提起过,她拿在手里,侧头看他:"你平时睡觉,还得吃这个吗?"

失眠这毛病放在现在年轻人身上好像不是太稀罕的事,她身边也有好多人不是想熬夜,是真的睡不着,耗到凌晨三四点睡下去,第二天上班都很没精神，只能借助些药类的东西早点入睡，第二天打卡上班，勉强保持一个正常的作息，但是药三分毒，吃多了总是不好的。

许劲知目光落在那盒药上，简单说："有段时间睡不着买的，现在不需要了，忘了扔。"

他今天出门时想顺手带出去扔，结果往这儿一放就给忘了。

这样一来，某些事就解释得通了，她回武尧旧平房拿东西那次，他为什么半夜坐在阳台打游戏，因为睡不着打发时间。

孟妍看了眼盒子，真的就剩两颗了，她晃了下说："那我扔了啊。"

他手撑在身后，随口应着："嗯。"

如果说她是他失眠的解药，未免太夸张也太离谱了，但平心而论，确实比那盒百乐眠管用得多。

除夕那天，孟妍在厨房帮忙包饺子，饺子皮是白女士擀的，馅儿是孟重阳做的，她包饺子手艺还可以，起码不丑。

不管晚上年夜饭吃什么大鱼大肉，桌上这盘饺子一定不能少了。

许劲知除夕难得睡个懒觉，半上午才起，收拾一下礼品和杨真一起去长辈那里。他们家亲戚多，尤其是过年，大叔大伯这些聚在一起就是喝酒，多久不见一次，拉着他不让走，说什么都要他喝几杯。

孟妍晚上吃了年夜饭，给他打电话时听着那边是吵吵嚷嚷的。

他拿着手机，去了个稍微安静点的地方跟她通电话，满打满算，也就两天没见。在挂断之前，许劲知清了下嗓子，说了句难得肉麻的话："那个，想不想我？"

跟旁人的绵绵情话差之千里，从他嘴里说出来倒是挺稀奇，别扭，也生硬。

她点点头说："想。"

孟妍当他随口问的，没当回事，反正过了初二初三又能天天在一起了。

电话挂断后四十分钟，这次是他打了过来。

许劲知低沉的声线穿过听筒，懒懒散散的，有点卖关子："下来，给你个东西。"

他忽然神神秘秘，很吊人胃口。孟妍加了件外套跑下楼，许劲知见她出来，递给她一把仙女棒和一个打火机。

他穿着一身黑，站在路灯下，更显得眉眼深邃，轮廓分明："这些东西我现在都见不着卖的，我看我侄子有，要了些。"

"你侄子多大，这么容易就给你了？"孟妍握了握这把仙女棒，有二三十根，正过节的，想从小孩子手里拿走玩具，就凭许劲知这点笨拙的口舌功夫，怕是难。

"他今年十一，我拿五百块钱换的。"许劲知说得挺自然，丝毫没觉得自己亏了，还像是平白捡了个大便宜。

孟妍看着他笑，五百块钱弄这么一把仙女棒，估计他侄子也在感谢有这么一个财大气粗的小叔。

她都想象得出他是怎么拿五百块钱诱惑小朋友的，像个拐小孩的坏叔叔，连哄带骗地跟他侄子说你把仙女棒给我，我跟你换。

仙女棒点了两根，当年他领悟不到这东西有趣在哪儿，现在也领悟不到，就是觉得，她可能会喜欢。

孟妍确实喜欢各种会发光的东西，他负责点好，交到她手上。

仙女棒的光反衬在她眼睛里，像溅落四处的星星。

他看着她高兴，只能说侄子这玩具，牺牲得值。

许劲知跟她在楼下站了会儿，看了眼表，沉默了一瞬才说："我得走了，离这儿远，我出来时说是去买烟的。"

结果人就带着一把仙女棒失踪了一个多小时。

在这个众人欢乐的节日里，他大老远跑过来专门给她送一把仙女棒，又在仙女棒燃尽之后散场。

孟妍很想说，许劲知，你多少是沾点童话属性的，还得是坐上南瓜马车在午夜钟声响起之前匆忙落跑的童话女主。

不过这话他肯定不乐意听，硬汉人设不能倒，幼稚还要强。

她拿着东西，倏然凑近吻了一下他唇边，说："许劲知，新年快乐。"

那天，许劲知发了一条朋友圈。

图片是一根点燃的仙女棒，配文：【新年快乐。】

但凡跟他关系好的，都知道他这人无聊得很，根本不会去玩这种东西，于是在底下纷纷排队吃狗粮。

远远啊：【行了行了哎呀真的，我这刚打开朋友圈就被你秀一脸。】

瑶瑶啊：【有羡慕到，@远远啊。】

梁柏彦：【我就不该点进来。】

孟妍初六那天再看到这条朋友圈，瞧着评论还是忍不住笑，都是以前高中的老同学，挺有意思的。

她正看着，老爸的电话打了进来。孟重阳应该在外面，挺热闹的，声音从一阵嘈杂里传出来："阿妍，你跟小许出不出来看灯，我跟你妈在这边呢,广场这一片弄得都不错,挺喜庆的。"

孟妍想了下说:"不去了,爸,我订了蛋糕,在配送中,走了没人拿。"

孟重阳见不着她,拿着电话也要唠叨:"平时没人管,你放着正经饭不吃,尽吃那些乱七八糟的。"

她更正说:"不是,今天是许劲知的生日。"

是他二十七岁的生日。

"初六,小许今天生日?"孟重阳那边广场似乎有活动,音乐声越来越大,他再往前走就听不见电话里的声音了,于是说,"那行,阿妍,你们过生日,我跟你妈接着转转,代我跟小许说句生日快乐。"

她应了声:"好,爸。"

通话结束,许劲知不知道什么时候到了身后。

"阿妍,阿妍。"他抱着胳膊倚在门框,眉眼带笑,学着孟重阳那样叫她,"阿妍。"

许劲知声线就是那种好听的低音,沉沉懒懒的,故意在这儿叫她"阿妍",拿人得很。

孟妍抱起平板准备画画,刚画了两笔,许劲知在旁边又说了句:"阿妍,还不错,我以后叫你阿妍。"

好听是好听,就是听着让人没办法专心。

她拍了他一下,故作凶狠:"你别这么叫,叫我大名。"

她装凶装得不像,许劲知也完全没意识到这一点:"怎么我就不能叫了,这不显得亲切点儿吗?"

"不行,就是不行。"孟妍说不清,拿上东西准备换个屋,身后的人却没打算罢休。

她忽然停下,转身看他,若有所思:"许劲知,你小名叫什么?"

他瞬间不说话了,他那小名属实是有点,不太好听。

孟妍忽然想起来了,"哦"了一声,使坏般叫他:"小胖,是吧小胖。"

她说完又觉得哪儿不太对,改口说:"可是你也不算小了,要不叫你,大胖?亲切点。"

小胖,大胖,听着越来越离谱了怎么回事。

许劲知看她一眼,有些尴尬地轻咳了声:"别叫了,还是叫大名吧,这份亲切,我不配听。"

他自知在"小名"这件事上说不过她,主动转移话题:"几点了,那节目是不是播了,我去看一下。"

孟妍把平板往床上一丢,忽然来劲:"你小时候真挺圆的,四五岁那照片我还留着呢，整条胡同的小孩就你最圆润，我后来什么都不记得，你长什么样我都不记得，就只记得'小胖'这个称呼了。"

如果拿出当初的照片看，跟他现在对比着，她估计都不敢认，这可能就是"男大十八变"。

许劲知穿了一件黑色T恤，身形高瘦，却不显单薄，弯腰去拿遥控器，肩背形成一道自然的弧。

知道大胖难听，他这会儿也不叫她阿妍了。

他坐下调着台，很多都还在重播新年晚会。猫跳上沙发，他伸手摸了两把："可以适当忘一忘，有些事儿吧，也不用记那么清。"

正巧门铃响了，孟妍离得近，她过去开。

许劲知再回头，就是她拎着蛋糕进来了。

过生日这种事情，他很早就不过了，蛋糕他也不是很喜欢吃，所以生日一直就和平常一样。

昨天他跟孟妍说这话的时候，她表情惋惜，皱眉不解，说这怎么行，怎么也得买个蛋糕吧，说今年有她在，她的男朋友必须得有个仪式感的生日。

许劲知很少听这种话，差点就要开始感动了，结果她又适时补了一句。

是她想吃。

蛋糕她从门口外卖小哥手里接过来，往桌上一放，发现袋子里好像少了样东西，里外看了看："老板是不是忘给蜡烛了，没蜡烛怎么许愿。"

她习惯性就说完这一通，又反应过来这位寿星不能用常人思维理解："哦，你是不是，不喜欢许愿。"

他却破天荒地说："今年要许。"

以前落下的愿望，没许的，他都要许。

孟妍拿起赠送的打火机，"嚓"的一声，冒出点微小的火苗，她用手拢着，生怕灭了似的："凑合一下？"

许劲知看了眼那微弱火光，淡笑着说："许好了。"

孟妍这架势都端好了，就等着他许，结果这人看一眼，就说许好了。

她收了打火机："你也太敷衍了吧。"

许劲知慢条斯理地拆着蛋糕盒子，不紧不慢："心诚则灵。"

在他切蛋糕的时候，她没忍住问："你许的什么愿？"

他好多年没许过愿，这次就索性许了个奢侈的："许你明天一觉睡起来能忘了我那绰号。"

开了年，许劲知上班一直都挺清闲，还是年前那个打卡摸鱼的状态，凡是她发的消息，他立马就回了。

直到三月团队有了个新的研发项目，忽然忙起来好一阵，仿佛又回到去年顾不上吃饭顾不上睡觉，忙得像个陀螺的那段时间了。

孟妍每天会跟他说按时吃饭，他答应得倒是快，真照做了没又是一说。

她趁着有空，中午去他们公司，没提前告诉他，就是想看看他平常的工作状态。

她来得不早不晚，许劲知和大智是已经吃完午饭回来的，两人走在她前面，没看见她。

大智手里还提了两杯喝的，是帮别人带的："哥，今天估计能结束，明天休假，那谁说明天去喝酒，你去吗？"

许劲知想都没想，就说："不去。"

大智问："有事儿？"

他似是还仔细斟酌了一下，但没斟酌出个结果来："陪女朋友算不算事儿？"

大智也不再问了："成，我懂了。"

许劲知不谈恋爱就罢了，谈起来还真是秀得无孔不入。

猝不及防就被秀到了。

眼看着他们就快要进电梯，孟妍叫了他一声："许劲知。"

他回头，随即勾起抹笑，又冲大智说："你先上去吧，我等会儿再去。"

大智掂着东西，似懂非懂地点了点头，先进了电梯。

"你怎么来了？"他朝这边走，几步就到了跟前。

"给你们送几张邀请函，周末如果有空，可以去看，我师姐的个人画展。"孟妍从包里拿出一沓邀请函，有十几张，"我顺便也是看看，你有没有好好吃饭。"

许劲知接过来，邀请函每张都做得很精致，拿着还挺有分量，他看着她，故意说："许某人受宠若惊，有人惦记着，这饭当然得吃，我说话算话。"

站着聊了两句，孟妍催他："快上去吧，别让人以为我霸着你不让走。"

早忙完早休息，她刚才听见他同事说，今天能完事的话，明天就休假。

许劲知的团队不负众望，今天把事都做完了，比平时下班时间还早了一个小时，项目待审期间，休假三天。

许劲知回去得挺早，孟妍正心血来潮，想做顿饭，等做完出去，他人已经靠在沙发上睡着了。

孟妍知道他最近挺累，调低了电视声音，想让他睡一会儿，再叫他吃饭。

她坐在旁边刷微博，昨天一对艺人结婚，微博上全是这两人之前在节目中秀恩爱的剪辑片段。

她看得入迷，旁边人慢悠悠醒过来，瞥见她屏幕，他声音倦哑："哎，回关一下我。"

"你关注我了？"孟妍惊讶一瞬，没想过他还玩微博，每天新增的都是粉丝，谁会想那里面混着一个许劲知，她翻着粉丝列表，仔细地找，"你是哪个？"

许劲知跟她视线对上，见她一脸茫然，看样子是真不知道，有些话咽在喉咙里，忽然不知道该怎么说。

他点了取关，又重新关注了一遍。

孟妍这边很快显示，新增一个粉丝。

ID 名为：树。

她点进去看，这个账号早在三年前就给她发过消息。

树：【你说跟我一辈子的话，还算不算？】

孟妍捧着手机，一时间仿佛动作都僵硬了，眼睛看着中间这行字，久久不能平静。

刚分开的那会儿，许劲知不知道她原来的微信号之类已经弃用，还发过消息，当然没得到任何回应。后来，许劲知偶然知道了她的微博，加上也一直没去打扰她，某天借着酒意，脑子不清醒发了一句似是而非的话，却始终都是未读。

她未关注那一栏里的消息，就算有红点，她也没点进去看的习惯，很久才点进去一次，广告消息很多，她也不挨着看，更何况这个"树"的微博 ID 是他不久前才改的，以前是个英文名。

"算。"她愣愣点头，不知道该如何表达，"算，我说的话，也都算话。"

气氛忽然变得有些沉，许劲知觉得再放任她酝酿一会儿，她又不知道该想些什么了，于是借着话茬提议说："明天有空吗？去鸡鸣寺，再抽一次签。"

没想到他会主动提，孟妍点点头说："好。"

她这些天才逐渐意识到，有些事从来都不是她一个人觉得遗憾，那些曾让人心动的瞬间，也的确含有爱意。

四月二十日，谷雨。

孟妍和许劲知起了个大早，坐飞机又转车才去了鸡鸣寺，没提前做好攻略，三月多来才是最佳，这会儿樱花都开败了。

青灯古寺，翘角飞檐，四周郁郁葱葱的参天古树巍峨挺拔，清冷庄重。周围来来往往，来祈福上香的人很多。

悠扬钟声里，仿佛回到当年高考结束，为求金榜题名，她拉着许劲知去城南寺庙，抽到支下下签又不肯认，幼稚也天真。

这会儿第二次求签，她心里也没底，还没做好准备，许劲知伸手便抽了。

她没敢看，微抬起头问他："什么签？"

"上上签。"他似乎没觉得意外，把签递给她看。

他和孟妍，就该是支上上签。

周身围绕着庙里特有的香火味，还有雨后青草香。孟妍拿着这支红木签，从台阶往下走，看得认真也仔细，低声念着签词："日出风月散，光明照世间。"

他微垂下眼，勾着唇笑，一如少年时候。

"是我和阿妍。"

《安徒生童话》的末页，她跟在许劲知那段话后面，又悄悄加了一句，没告诉他。

　　人声鼎沸处，草长莺飞时，愿他能得到这世间千般美好，鲜花遍地都不足够。

　　愿那个喜欢哆啦Ａ梦的少年永远热烈，永远坦荡轻狂。

番外一
这世上有些人的爱就是沉默的

当年分开以后,中间那八年,他又是怎么过的呢。

今年春夏多雨,淅淅沥沥,像极了从前在芝麻胡同的那个夏秋。

"爸,让我打个电话吧。"

孟妍寄完那支下下签,一路上转了好几趟车才到了白芸英住的地方。这地方风景是美,但很潮湿,听说再过几个月还有回南天,孟妍一晚上没休息好,眼角微红。

她靠在桌沿,手搭在两边,微低着头,声音淡淡的:"让我再给他打个电话吧,爸。"

"别打了,等过了这段时间再说。"孟重阳也不问打给谁,心里还是七上八下,把手机丢进抽屉,上了锁,"你哥哥的事,我不想再发生一次,你不能有任何闪失。"

孟妍本想再说,现在也说不出口了,沉默了半响,点了点头。

她好像老是干一些后悔的事,昨天什么也没说清就走了,现在忽然想给他打个电话。

算是告别吧。

那年高考成绩下来,秦远考得还行,六百出头,五班那群人也经常聚在一起打球。

秦远玩归玩,自己玩嗨了还是发现许劲知这两天干什么都提不起兴趣,打球基本球都不过自己手,就算自己拿到了,也往别人手里传。

六月底,天正热着,中场休息时,许劲知坐在树荫底下,身上的白色球服是数字"8",他拔了旁边一根草拿在手里玩,表面看着在玩这根草,其实有点走神，脑子里什么也没想。

"哎，你这两天怎么了？"秦远拿了瓶冰水碰了碰他的腿，"给，武尧市状元还不高兴啊，那省第一也没比你多几分，就三五分，一道选择题的差距，不至于吧。"

秦远家里挺重视教育的，从小多贵的补课班都舍得给他报，他中考前一天晚上罕见地没睡着，导致第二天很困，没平时考得好。

但他就算正常发挥，也不会是一中里面出头的，算是一中的中下水平。

平常自娱自乐，开心就好，他从没有那种"非得让自己到一个什么高度"的觉悟，也不太理解班上那些好学生，偶尔考差一次连着抑郁好几天。

他之前觉得许劲知不算那类里的，但自从出了成绩，再见就是这副蔫蔫的状态，秦远忽然也说不准了。

许劲知拿了那瓶水，拧开喝了一口，冰水入喉，润了润干涩的嗓子："不是。"

秦远挨着他坐下，开始瞎猜："那是你妈，非得要求你是个省状元？"

"出成绩那天我还在我爷爷那儿，她就问了一句考得怎么样，我说还行，就没再说。"许劲知放下水，把手摊开，手心是那道愈合好的疤，"估计是摔这一下吓到她了，她这段时间不管我，也不问。"

杨真怕逼急了他再干出些什么事情来。

秦远看着他问："那是怎么了？"

许劲知也说不清，扔了那根草，又拔了根新的："可能是天热，烦得很。"

孟妍走了，明明前一天晚上他们还说着话，第二天她就不见了，还寄给他一支签，下下签。

简而言之，他想不通。

从球场解散，秦远回家路上碰见了宋诗瑶，宋诗瑶正从超市出来，手里提着个袋子，里面装了几罐啤酒。

秦远刚打完球，身上还有点汗，站在傍晚余晖里散发着荷尔蒙的气息。

宋诗瑶从袋子里拿出一罐，递给他说："喝点？"

两人去旁边一家茶水铺外面坐着，顶上是把红色的大伞，还印着这家茶水铺的广告。

秦远坐在宋诗瑶对面，看宋诗瑶开了罐啤酒，也不喝，就拿在手里看。秦远看她，她看啤酒罐，相互看了三五分钟。

秦远憋不住话，伸手敲了敲桌子："喂，你们怎么了？你和老许，怎么看着一个个这么抑郁。"

虽然说今年分数虚高，但是宋诗瑶这个省内排名，应该是可以踩线上清华或北大。

秦远那"好学生论"又在心里过了一遍，跟这两人比起来自己简直算不上有上进心，但偏偏就自己整天乐呵呵的。

"孟妍走了，搬家了，不知道搬去哪儿了。"宋诗瑶放下啤酒罐，她不爱喝这个，是家里人叫她下来买的，"就下雨那天晚上，她给我发了条微信，好像说不回来了，就再联系不上了。"

秦远和孟妍平时不联系，也没听许劲知提过，这会儿听了后知后觉地反应过来："哦，我好像，懂了。"

忽然懂了许劲知那状态是怎么回事。

秦远喝了口啤酒，想了几秒，感觉懂了，又没完全懂："搬家归搬家，现在什么年代了，高铁飞机哪儿到不了，她怎么能说不联系就不联系。"

秦远默了默，又说："那老许怎么办？"

宋诗瑶想："也可能，是她故意不去联系许劲知，之前孟妍跟我说过，她始终不确定许劲知到底喜不喜欢她，许劲知也从没说过一句喜欢她，爱她，或者类似表明心意的这种话，原本她是单相思，然后在一起了，感觉是2.0版的单相思，或许是知难而退，放弃了。"

毕竟像许劲知那样的人，在武尧挑不出第二个，像是贫民窟里飞来一只失足的金凤凰，让人移不开眼。孟妍和他之间的距离和差距本就存在，等他羽翼丰满高飞之时，这个差距只会越来越大。

宋诗瑶也是这小城市土生土长的人，她第一眼看到许劲知，也觉得高不可攀，别的班有人说许劲知当市状元不过是之前教育资源好，天时地利，她甚至也想过如果自己有许劲知那样的教育条件，在考学这方面，她是不是也可以稍微轻松那么一点点。

想想就算，她没嫉妒，也没纠结。

她其实挺能理解孟妍的，关系越近，越能看清两个人之间那条无法逾越的楚河，想放弃也是情理之中。

秦远神经大条，不知道这里头还有这么一说。

他了解许劲知，如果许劲知对人没那种意思，他就不会和孟妍在一起。

只不过人跟人表达喜欢的方式不一样。

现在的局面已经这样了，秦远也不知道该怎么说。他往后靠着竹椅，叹了口气："老许吧，他就是这种人，他嘴上没说不代表不喜欢。"

这世上有些人的爱就是沉默的。

比如许劲知。

高三落幕，二中升学大榜实时更新，许劲知偶尔会去看看，直到在艺术类提前批录取名单里看到了孟妍。

那也是他知道关于她的最后一点消息。

开学后，他去了学校，各种办卡交费琐碎的事情很多，知道宿舍和食堂在什么地方，下一步就是打听师大在哪儿，问他们学校新生什么时候开学。

学校就那么大，他觉得总能再见。

某天，许劲知在宿舍收拾东西，后面来了个老乡，别人都叫他炀哥，听着挺威武的，全名叫高炀。

高炀指了指他桌上的东西，开口就是熟悉的乡音："你这是哪儿买的，我也想养两盆。"

桌上一个纸箱，里面放了四小盆绿植，花盆图案是两个牡丹，两个鸳鸯。

他扫了眼盆栽："不是买的，我自己带的。"

他要是不带走估计也没人管，自己养得活养不活，总能让它暂且多见两天太阳。

"这花盆样式看着挺老。"高炀指了指前头，"还是放阳台吧，放这儿养不活，我妈在家老喜欢倒腾这些，见光才能长得好。"

许劲知抱起箱子，应了一声："好。"

他养着这几盆绿植，闲了就浇浇水，还真养活了。

上了大学，身边谈恋爱的多了，有一天，高炀问他："哎，你怎么不谈个恋爱？"

许劲知往食堂的路上走着，来来往往的人很多，他无所谓地说："不想谈。"

高炀侧头看他。许劲知穿着一件黑色的冲锋衣，宽松休闲裤，顶着这张脸走在学校回头率还是挺高的，但平时寡到一种超凡脱俗的境界，完全不会去勾搭妹子。

关于许劲知的传闻，高炀也听到过几句，他性子直，有什么说什么。

"我听说，你以前有个前女友。"到了食堂门口，高炀步子放慢，试探问，"要不忘了吧。"

许劲知一只脚都踏进食堂里了，手掀了下帘子，回头看高炀："为什么要忘呢？"

没有抬杠的意思，就是不经意便这么说了。

为什么要忘。

秦远也问过他类似的问题，他差不多也是这么答的。

就算没结果，也不必忘。

再说那么活生生存在过的一个人，只要他没失忆，这辈子就忘不了。

有可能时间长了，他会记不清她的声音，记不清她的样貌，但他永远忘不了曾经有那么一个姑娘，在蔷薇盛开的胡同里，小心翼翼地踮起脚，吻了一下他的额头。

后来想想，如果要细细算起来，他还去过一次国美，有段时间明星在那儿拍戏，他正好暑假在亲戚家，表妹追星，缠着他让他带着去，她自己一个人去家里爸妈不准。

许劲知正好闲着，就带她去了，两人在那充满艺术气息的校园里待了一天，走之前表妹去旁边便利店买冰激凌，他站在门口刚点上根烟，火星燃上烟头，他抬眸，隔着几米距离看见一个穿着白裙子的背影。

那个女生裙子过膝，头发散在肩头，在校门口随手打了辆车上去，全程也就三五秒，他却走了神。

直到表妹拿了两个冰激凌出来，顺着他视线往前看，空空荡荡，连车尾灯都看不着了。

"哥，看什么呢？"

他的烟还夹在手里，一直放着没抽："刚看见一个人，像我认识的。"

就一个背影，他也觉得像。

"谁啊。"表妹顿了顿，又说，"很重要的人吗？"

许劲知弹了弹堆积的烟灰，把烟掐了，丢进垃圾桶，似是无奈般轻叹了声："认错好多次了，应该不是她。"

天气很热，趁着傍晚才有点凉风，冰激凌开始融化，空气中都带有一丝甜味。

表妹："草莓和香草，只有这两个口味，你选一个。"

他偏头瞧了一眼，随口说："香草。"

番外二
愿他要星得星，要月得月

孟妍本来不知道这些，是连哄带骗才让他说出来的。

她窝在他怀里，低低叫了一声他的名字："许劲知。"

她也没想好自己下一句要说什么，就是想叫他。

孟妍伸手，搂上他的腰："那个暑假我用别人的手机给你打过一次电话，但不知道为什么没打通。"

"打过就好，我真当你把我忘了。"他声音淡淡的，一副无所谓的样子扯了别的话题，"是不是该起了，早点收拾东西，别误了车。"

至于那个电话为什么没接到，他也早不记得了，现在谈只会徒增伤感，今天趁着休假去旅游，他不想大早上的就把气氛搞得那么沉重。

她点了点头："好，收拾东西。"

他们提前做了攻略，去一个南方古镇，位置是在山里的，夜里气温比较低，需要多带几件厚衣服。

孟妍洗脸刷牙，完事换他进去。她趁着空去卧室整理东西，抽屉打开，里面是本《安徒生童话》，虽然一本书什么时候都不会变，但她看到就想拿起来翻一翻。

末页，在她悄悄加那几句话后，不知道什么时候又多了一行让人哭笑不得的字：

　　幼稚不幼稚，我垫底，别写了，你再写我可往上加页了啊。

孟妍捧着这本书，看着字笑了一声，她都想象得到许劲知写下这行字的时候那忽如其来的胜负欲：

到底是谁幼稚。

她合上书,开始收拾行李,去古镇待个六七天,东西不多但是挺杂,护肤品这些瓶瓶罐罐就占了一半。

起床就是半上午,吃过午饭才出发去车站,路上无聊,许劲知摘了一边的耳机给她塞上。

上次戴他的耳机,还是高三誓师大会,他耳机里放的哆啦A梦,现在听了两句,竟然还是。

她有句话早上就想说了,现在没忍住,看着他道:"许劲知,你幼稚不幼稚。"

他唇边带着抹笑,指尖划拉一下屏幕,懒懒说:"那换一个。"

她握上他的手,没让他换:"不要,就这个吧,挺好听的。"

都说男人至死是少年,别人是不是她不知道,反正许劲知是。

在某些事情上固执得要命。

到了古镇已经是傍晚,去当地民宿里放了行李,店家推荐他们去看篝火晚会,说待会儿天再黑一些会冷,走前还送了两条披肩,暗红色的民族风图样,下面带着一排垂下的流苏,很漂亮。

外面小镇的灯接连亮起,半明半暗中,许劲知站在那儿,身后是青石板的蜿蜒小路,暮色勾勒出他挺拔的身形,褪去了十七八岁的青涩,这么看是比当初成熟了些。

他额前的碎发被风吹着有些乱,棱角凌厉,下颌清晰,整个人闲闲地靠着根电线杆,看见她说:"喂,又看我啊?"

嗯……好吧,她收回说他成熟那句话。

她过去挽上他胳膊,故意别过头去:"谁看你了。"

小镇的篝火晚会人很多,尤其是等天色彻底黑下去,镇上的小孩子围着跳动的火焰,嘈杂,也热闹。

两个人挨着坐在一簇篝火旁,他屈起一条腿,手搭膝盖上,指尖拨弄着那条披肩上的暗红流苏。

火焰一跳一跳,她看不清他的眉眼,两人不小心对视上,橘调的光照在他侧脸,这一幕像电影里反复推敲过的最美一帧,比任何惊心动魄的结局都要浪漫。

如此风景,不做点什么好像说不过去。

他们坐的这个角落在人群之外，看遍喧嚣却不染分毫，她目光稍往下移，落在他唇上："接个吻。"

有些话，真是一回生二回熟，越说越熟络。

许劲知偏头看着她笑，吻了一下她耳郭，又落在她唇边，于是这个吻变得细细绵绵。

中途，他停了一下，声调沉沉懒懒的："我在这儿想好半天了。"

清晨，淡绿色的窗帘漾开一道缝隙，光线洋洋洒洒地照了进来。

窗户没关好，夜里被吹开了，吹得人还有些凉。

许劲知睡得很沉，醒来身边已经看不见人，他刚起来脑子还是一片混沌着，不太清醒。

前面桌子上放了一枝花，底下压着几张纸，纸上的字密密麻麻，像是留给他的。

他随手拿起来看，是孟妍写的：

许劲知，这些天我其实有很多话想说，但是看到你没心没肺地对我笑，我忽然就嗓子一哑，说不出口了。

我想说声抱歉，我不知道中间还有许许多多关于我们的故事，我挺后悔为什么没去清华，后悔为什么没早点联系你，心疼中间你不间断寻找我的这八年，每当我想起来，我就会想你怎么什么都不缺啊，我想给你更多，可不知道从哪下手，这些话如果当着你的面说出来像是在自责，你听了反倒会反过来安慰我，我最不希望的就是这样。许劲知，请小气一点，不用这么大方，跟我无理取闹胡搅蛮缠也没关系。

看到这里你也不必为我介怀，以后我当你的保护伞，我做你的港湾，我不允许我的小许同学再受一丁点的委屈，我也可以是你最坚实的靠山。未列入梁山好汉名单的第109位孟某人，将重新拾起超人的披风，从此只当你一个人的英雄。

昨天在篝火旁许愿，我愿我的小许同学要星得星，要月得月，如果这世上所有美好是鲜花一捧，那便连花带纸的都给他也是应该。

如果关于我们的故事能重来一次，这回还是我追你。

不是暗恋，是明追。

不需要为什么，那个叫许劲知的"中二"少年一切都值得。

…………

他看完这大篇幅的字,手指微拢,纸张轻皱。

许劲知开门出去,人还没往外走,孟妍正站在外面,小臂上挎着一个竹编的花篮,里面满满是花,颜色交错,高高低低。

他手里还拿着那几张信纸,看了眼她那一篮子花,又看向她:"你去哪儿了?"

她提了提手里的花篮:"我去摘星星了。"

摘不到星星,摘了一篮子满天星。

看着花,又想到纸上的内容,许劲知笑了声说:"傻不傻。"

还需要摘什么星星,他早就得到了。

她愿他要星得星,要月得月。

他低头看着那几张信纸,怎么说,星星是她,月亮也是她。

番外三（童年篇）

七加十五等于二十四

  墙上贴着几张星星幼儿园的奖状，黑色的毛笔字体写着"孟妍 美术之星"。

  孟重阳胳膊上挎着个菜篮子，视线扫过坐在奖状下的小人儿："阿妍，我去接你哥哥放学，别乱跑，回来给你们炖排骨。"

  她抱着水壶，脆生生道："好。"

  房门"咔哒"一声关上，她上一秒答应的事情就成了耳边风。

  孟妍踩上凳子，推开窗朝后面那户喊："小胖，你在家吗？咱们一起去找大雄玩吧。"

  许劲知隐约听见有人在叫他，但没敢吭声。

  杨真拿着笔在纸上圈了个数，看着他问："七加十五等于多少？"

  他垂头，背着手，脑子转不过弯："二十……二十四？"

  杨真皱眉："你再好好想想，七加十五等于多少？"

  "二十。"他不确定地抬头看她一眼，随即又改了口，"二十七。"

  杨真那点耐心消耗殆尽，放下本子，脾气已经有点急了："七加十五怎么会等于二十七？"

  许劲知把头低下，没再吭声，七加十五，他真的不会。

  旁边的小闹钟响了一阵，杨真看了眼表，随后说："我有点事，你爸待会儿会回来，你再好好看看书。"

  许劲知听话地点头，看着杨真收拾了几样东西匆匆离开。

  他爬上床翻书，手指落在书上，仔细地找："七加十五等于……"

  答案没找到，倒是听见外面一声稚趣的童音："小胖，我看到你妈妈出去了。"

许劲知放下书,出门去看。阳台对面那家窗户开着,淡绿色的窗帘旁边站着一个小女孩,是胡同里的,上回听说,她好像叫孟妍。

他过去走上阳台,两人隔着窗,也就一米的距离。许劲知伸手抓了抓头发,有些苦恼地问:"你知道七加十五等于多少吗?"

窗台外面摆着盆栽,图样是牡丹和鸳鸯。

孟妍随口说:"你出来玩我就告诉你。"

这句话到底是把人给骗出来了。

两个人站在胡同口的树荫下,一人一半分着棒冰,她心虚地嘟囔着:"七加十五啊,等于……等于二十四。"

许劲知跟她并排坐着,毫不留情地揭穿她:"你骗人。"

根本就不是等于二十四。

"哎呀,出来玩就好好玩嘛,我看你就不该叫小胖,干脆叫小书呆子得了。"孟妍那点算数功夫也不利索,被揭穿了索性摊牌不装了,"刚才我买棒冰遇见大雄他妈妈了,说大雄回老家了,就咱俩。"

小团体少了一个,两人坐在树下,有一句没一句地聊。

一个话题结束,她吃完最后两口棒冰,扭头发现他在走神。

孟妍忽然想使坏,从旁边揪了朵红花别在他耳朵上。

她手刚拿完冰,还是凉的,轻微的触感让他回神。他拿下花还给她,稚嫩又傲娇:"我是男孩子,我不要。"

"那我要,我是女孩子。"孟妍看着他笑,"你帮我别上吧。"

许劲知拿着那朵花,微倾下身,别在她耳后:"我刚才在数树上的花,七加十五等于二十二。"

正午时分,巷子里飘浮着各家的油烟味儿,不知道谁家的蔷薇铺了满墙,清风徐来,卷着淡淡花草香。

女孩戴着花,脚挨不到地,晃着腿:"哦,七加十五等于二十二啊,那我记住,下回就不骗人了。"

番外四

永远到不了十二点

孟重阳新得了一个相机,是二手店里收来的,他看着喜欢,就留下了。

第一张照片拿胡同里这些小孩试试手,心血来潮给照了一张大合照。

总共八九个小孩,孟妍左右挨着大雄和小胖。

孟重阳猫着腰,举着相机,颇有一副专业的架势:"笑一下,待会儿都去孟叔叔家吃葡萄。"

"咔嚓!"

画面定格。

照片上,许劲知难得笑了一下,也许是阳光刺眼,笑起来眼睛都没了。

一到暑假,胡同里的小孩成天待在一起,不到饭点儿不回家,玩嗨了到饭点也不回家,得各家爸妈出来哄着拖着才愿意走。

拍完照片,众人去她家吃葡萄,许劲知也跟着走,还没到门口,杨真就把他拉了回去:"都中午了,回家吃饭,下午早点收拾东西,好在天黑之前赶到新家。"

孟重阳领着那群孩子走在前头,没注意到这后面的已经掉了队。

杨真拉着他,许劲知却不肯跟她走。

孟妍站在旁边,穿着一件白裙子,悄悄看一眼他,再看一眼他妈妈,大人在跟前,她不怎么敢说话。

许劲知抬头看着杨真,知道不走不行,只得妥协。夏日炎炎,在这日头底下晒着,他额头已经出了汗,想了想,还是跟孟妍说:"我就不去你家了,我得搬走了,下午爸妈带我去新家。"

孟妍呆呆看着他,没明白搬家意味着什么。

杨真也冲她笑:"阿妍,日头晒小心中暑,我们就先回家了,你也赶紧回家，你爸妈待会儿该出来找了。"

她似懂非懂地点头："哦。"

孟妍回家问了父母，才知道搬家就是他要走了，应该不会再回来了。

她吃完饭就回自己房间，站在窗户边，往对面看。

那个算数都算不明白的年纪，离别这个词更是高深莫测，但她不想让他走，这倒是真的。

午后，太阳晒得毒辣。许劲知出门拿花盆底下的钥匙。

孟妍在屋里看见他出来，没多想就冲他喊："喂，小胖，你过来我家，我送你一个礼物。"

于是，人又被她给骗出来了。

他到了问："什么礼物？"

孟妍支支吾吾说不上来，礼物都是要提前准备的，但是她没有，刚才就是脑子一热，想叫他来。

想着上次七加十五的事儿，许劲知看着她，稚气的眉毛一皱，又气又想笑："你又骗人。"

"我没骗人。"孟妍认真摇头，忽然灵机一动，从旁边彩笔盒里拿了一根蓝色的出来，"我爸爸说，搬家就是要走，再也不回来了，那我给你画一个手表吧，我刚学的，可以路上看时间。"

他也依，伸出手给她。

彩笔画在胳膊上，冰冰凉凉的，歪歪扭扭的一个表，实在算不上好看。

她还细心地画上指针，按照家里墙上的表画的，指向三点："等时针走到十二点，你再走好不好。"

十二点对那个时候的她来说很晚很晚，晚到像是永远都不会到来。

更何况这个彩笔画的手表，根本就不会转动。

也永远到不了十二点。

他答应说："好。"

那天的最后，她没有等到晚上十二点就睡着了，第二天早上，她又朝着对面那家叫"小胖"，便再无人答应了。

时间过去了很久，听老孟说，当时许劲知他们搬家，她还哭了好几天。

小孩没心没肺，哭完过段时间就给忘了。

在漫漫的岁月长河中，在盛夏的聒噪蝉鸣里，孟妍某天忽然想起来，兴致勃勃地跟他提起这件事，问他还记不记得。

记不记得那块彩笔画的蓝色手表，永远到不了十二点钟。

一经提醒,他好像依稀记得是有那么回事。

许劲知靠在沙发上,手里拎着一罐可乐,闲闲笑了下说:"我后来那不是又回来了吗……"

蓝色手表的指针永远到不了十二点,他就永远都不会走。